Daria Donzowa

Vöge

Darja Donzowa (eigentlich Agrippina Donzowa) wurde 1952 in Moskau geboren. Sie studierte Journalistik an der Moskauer Lomonossow-Universität, arbeitete zunächst als Übersetzerin und unterrichtete später Französisch und Deutsch. Seit 1998 schreibt sie Kriminalromane, mittlerweile sind es vier Krimi-Reihen. Sie hat bisher 46 Bücher veröffentlicht, von denen insgesamt 72 Millionen Exemplare verkauft wurden. Darja Donzowa wurde dreimal in Russland Schriftstellerin des Jahres. 2002 und 2003 wurde jeweils eines ihrer Bücher als »Bestseller des Jahres« ausgezeichnet. Darja Donzowa moderiert im russischen Radio eine Talkshow und hat im Fernsehen eine Rubrik. Ihre Kriminalromane dienten als Vorlage für Hörspiele und Fernsehserien. Sie lebt mit ihrem Mann, ihren drei Kindern und ihren Hunden in Moskau.

Im Aufbau Verlag erschienen bisher ihre Romane *Nichts wäscht weißer als der Tod* (2006), *Spiele niemals mit dem Tod* (2007), *Perfekt bis in den Tod* (2007), *Bis dass dein Tod uns scheidet* (2008) und *Verlieb dich nie in einen Toten* (2009).

Zuerst steht Tanjas Wohnung unter Wasser, dann brennt der Toaster, anschließend fällt der Hängeschrank samt Geschirr herunter. Tanja geht Dübel holen und trifft ihre Jugendliebe Edik. Damals am Konservatorium sagte man ihm eine Weltkarriere als Geiger voraus. Heute ist er Friedhofsdirektor. Kurz nach ihrer Begegnung wird er erstochen. Als Tanja zu ermitteln beginnt, gerät sie in eine Welt geheimnisvoller Leidenschaften. Und wie immer darf es weder Major Kostin noch ihre Patchworkfamilie wissen, dass sie nach einem Mörder sucht. Ein spannender Krimi und das wunderbarste kreative und vergnügliche Chaos im Familienalltag.

Darja Donzowa

Vögel, die am Abend singen

Kriminalroman

Aus dem Russischen
von Helmut Ettinger

aufbau taschenbuch

Die Originalausgabe unter dem Titel
»Прогноз гадостей на завтра«
erschien 2006 bei EKSMO-Press, Moskau.

ISBN 978-3-7466-2506-5

Aufbau Taschenbuch ist eine Marke
der Aufbau Verlag GmbH & Co. KG

1. Auflage 2009

Umschlaggestaltung Mediabureau Di Stefano, Berlin
unter Verwendung einer Illustration von Martin Haake
Druck und Binden CPI – Clausen & Bosse, Leck
Printed in Germany

www.aufbau-aufbau.de

1. Kapitel

Wer kann mir erklären, warum auf einen schönen Abend so ein hässlicher Morgen folgt? Warum man nach einer schlaflosen Nacht, ohne jedes Make-up, mit roten Augen wie ein Angorahäschen und zerzaustem Haar ausgerechnet seiner Jugendliebe über den Weg läuft, die man ewig nicht gesehen hat? Einem Mann im feinen Zwirn, der, nach teurem Rasierwasser duftend, am Steuer eines dicken Mercedes sitzt, lächelnd die schneeweißen Zähne bleckt und dazu meint: »Na, jünger bist du ja nicht gerade geworden, meine Liebe. Weshalb lässt du dich so gehen?«

Sollte ich nun vor Wut kochen oder vor Selbstmitleid vergehen? Warum war ich ihm nicht gestern begegnet, als ich in meinem Mantel aus sibirischem Feh, sorgfältig frisiert und hergerichtet, auf eine Party ging? Warum musste es unbedingt heute sein, da ich, von Kopfschmerz geplagt, in meiner schäbigsten Jacke zur Apotheke lief? Das Schicksal ist schon ein arger Schalk, der zuweilen böse Scherze mit uns treibt …

Schon der Start in diesen Tag war eine einzige Katastrophe. Da die Kinder Kira und Lisa in der Schule saßen und ich nicht zur Arbeit musste, wollte ich die ruhige Stunde am Morgen nutzen und schaltete die Waschmaschine ein.

Der technische Fortschritt erleichtert uns Frauen das Leben ungemein. Heute müssen wir Laken und Bettbezüge nicht mehr mit übelriechender Kernseife bearbeiten und uns auf dem Waschbrett die Finger wund scheuern. Das erledigt die Maschine für uns.

Ich stopfte, was da schmutzig herumlag, in die Trommel

und drückte den Knopf. Als ich hörte, wie das Wasser geräuschvoll in unsere *Candy* schoss, ließ ich mich, zufrieden, meine Pflicht getan zu haben, mit einer Tasse Tee vor dem Fernseher nieder.

Ein kalter, trüber Morgen schaute zum Fenster herein. In diesem Jahr brachte uns der Herbst schon strengen Frost – zehn Grad minus am 2. November! Aber in meiner Küche war es gemütlich warm und duftete nach frischem Toast. Alle unsere Vierbeiner – wir haben eine Menge davon: vier Hunde und drei Katzen – hatten sich auf ihre Lieblingsplätze zurückgezogen. Unsere drei Hunde mit kurzem, glattem Fell, die Möpsinnen Mulja und Ada, dazu die Staffordshire-Dame Rachel, verkriechen sich, wenn es kalt wird, gern unter eine Decke. Der vierte im Bunde, die Promenadenmischung Ramik mit dickem schwarzweißem Pelz, schläft einfach auf den Fliesen unter dem großen Küchentisch. Fressen ist seine Leidenschaft, weshalb er sich stets nahe bei seinem Napf aufhält. Es könnte ja jemand etwas hineinlegen. Damit hat er durchaus Erfolg. Beim Kochen fällt immer mal etwas herunter – eine halbe Möhre oder gar ein Stückchen Fleisch... Und auf dem Tisch lassen achtlose Hausbewohner gern ein paar Kekse oder Bonbons in einer Schale zurück. Zu offenem Raub lässt sich Ramik allerdings nicht hinreißen. Anders unsere dicke Mulja. Erblickt sie einen angeschnittenen Kuchen, der auf dem Küchentisch vergessen wurde, zögert sie keinen Augenblick. Vor Anstrengung schnaufend, klettert sie zunächst auf einen Stuhl und von dort mitten auf die Tischplatte, wo sie das Objekt der Begierde erwartet. Hat sie es dann verschlungen, schläft sie wie ein Stein und lässt sich von nichts und niemandem stören. Ihre Schwester Ada macht das wesentlich intelligenter. Sie würde nie ein Wurstbrot anrühren, das Kira achtlos auf dem Zeitungstischchen beim

Fernseher ablegt. Sie starrt es nur mit traurigen Augen unverwandt an und seufzt dabei tief. Dafür ist Ada von morgens bis abends bellend in der Wohnung unterwegs und sucht nach einem Spielpartner. Vor ihr hat man Tag und Nacht keine Ruhe. Leider wohnt in unserer Nachbarwohnung eine Dame, die gern tief in die Flasche guckt. Wenn sie Gäste hat, und das passiert fast jeden Abend, dann gibt Ada überhaupt keine Ruhe.

Auch an diesem Morgen saß sie auf der Küchenschwelle und ließ alle paar Sekunden ein kurzes »Wau!« ertönen.

»Sei endlich still!«, fuhr ich sie an.

Aber die Möpsin gab keine Ruhe. Ich versuchte sie zu ignorieren und starrte auf das Fernsehbild. Ich wollte einen gemütlichen Tag mit Nutzen für uns alle verbringen. Zuerst einkaufen, dann für drei Tage im Voraus Mittagessen kochen, einen Napfkuchen backen, den Kira schon seit Tagen von mir verlangte, und die Wohnung putzen. Die Flusen in den Ecken konnte ich schon nicht mehr sehen.

Ada wollte sich einfach nicht beruhigen. Aufgeregt schaute sie immer wieder in Richtung Korridor und blaffte unentwegt weiter.

»Sei jetzt endlich still!«, rief ich schließlich wütend. »Was hast du denn?« In diesem Augenblick ertönte ein lautes Heulen. Ich stürzte aus der Küche. Das war Rachel. So reagierte sie nur bei höchster Gefahr.

Als ich in den Korridor trat, schrie ich vor Schreck auf. Ich stand mit beiden Füßen im Wasser, besser gesagt, in Seifenlauge, die heftig aus dem Bad strömte. Ada bellte nun wie wild und schaute mich vorwurfsvoll an, als wollte sie sagen: Das habe ich gemeint! Und du hast mich angefahren!

Als ich mich schimpfend und fluchend zum Bad durchgekämpft hatte, sah ich die Bescherung: Der Schlauch des

Waschautomaten, durch den das Schmutzwasser ins Waschbecken fließen sollte, hing friedlich an der Wand. Ich hatte ihn schlichtweg vergessen.

Nun blieb mir nichts weiter übrig, als die Überschwemmung unter dem Geheul der Hunde mühsam zu beseitigen. Eine Stunde später schlich ich, völlig durchnässt und zerzaust, in die Küche zurück. Nach diesem Desaster glaubte ich mir eine Belohnung verdient zu haben. Ich steckte also eine Scheibe Brot in den Toaster und schaltete ihn ein …

Aus dem Gerät, das am frühen Morgen noch einwandfrei funktioniert hatte, schoss eine Stichflamme hervor. Ada heulte auf und verschwand unter dem Tisch. Zu Tode erschrocken, riss ich den Stecker aus der Dose und warf das Markengerät von Bosch auf den Balkon hinaus, wo es völlig ausbrannte. Zum Glück blieb als einzige Spur von dem Malheur nur ein schwarzer Fleck am Boden unserer Loggia übrig.

Nachdem ich den entfernt hatte, stopfte ich den Lappen in den Mülleimer, schaute kurz in den Spiegel und seufzte tief auf. Vor dem Einkaufen musste ich mich erst einmal selber in Ordnung bringen. Ich war noch nicht aus der Tür, als es hinter mir einen lauten Schlag tat, auf den nun alle vier Hunde mit Geheul reagierten.

Aus unerfindlichem Grund war einer der Hängeschränke in der Küche zu Boden gefallen. Davon haben wir in dem großen Raum mehrere und alle mit nützlichen Dingen vollgestopft: Töpfen, Lebensmitteln, Konserven … Jeder hätte herabfallen können, aber es hatte ausgerechnet den erwischt, in dem wir Tassen, Teller und Gläser aufbewahrten. Nun war der Küchenboden übersät von zerschlagenem Glas und Porzellan. Das Kristall schien förmlich zu Glaspulver zersprungen zu sein.

Als Erstes holte ich die vor Entsetzen wimmernde Ada

aus dem Epizentrum des Bebens hervor und bugsierte sie auf den Korridor hinaus. Dann schüttelte ich Ramik die Glassplitter aus dem Fell und schickte ihn der Möpsin hinterher. Niedergeschlagen machte ich mich an die Beseitigung des Chaos. Dieser Tag, den ich so ruhig hatte angehen wollen, geriet allmählich zum Alptraum.

Als ich nach zwei Stunden wieder etwas zu mir gekommen war, griff ich nach dem Bohrer, um für den herabgefallenen Schrank neue Löcher zu bohren. Da stellte ich fest, dass keine Dübel mehr im Hause waren. Über den Jogginganzug, in dem ich zu Hause herumlaufe, warf ich rasch meine chinesische Daunenjacke, um ins nächste Eisenwarengeschäft zu laufen. Ich wusste eines ganz in der Nähe am breiten Prospekt bei der Metrostation. Eigentlich hatte ich große Lust auf Kaffee, aber nach allem, was schon passiert war, traute ich mich gar nicht mehr, den Wasserkocher einzuschalten.

Ich schlüpfte in Kiras älteste Stiefel, schlug die Kapuze hoch und lief auf die Straße. Bis die Kinder aus der Schule kamen, musste ich die Wohnung in Ordnung gebracht haben. Ich wollte nicht riskieren, dass sie sich auf meine Kosten lustig machten. Kira und Lisa sind in einem Alter, das die Fachleute mit dem rätselhaft schönen Begriff *Pubertät* bezeichnen. Wie man es auch nennen mag, sie hatten sich zu höchst anstrengenden, ewig miteinander im Streit liegenden, mit sich und der Welt unzufriedenen Subjekten gemausert.

Erst gestern hatte Kira einen Mann von intelligentem Äußeren als Esel beschimpft, nur weil der ihn im Geschäft ein wenig angestoßen hatte. Der rückte seine Brille zurecht und sagte friedlich: »Oh, entschuldigen Sie!«

»Esel!«, fuhr Kira ihn an. »Idiot, was trampelst du mir auf den Füßen rum!« Der so Beschimpfte maß mich und den wutschnaubenden Jungen mit einem vielsagenden Blick, wandte sich um und ging ohne ein Wort. Dafür warf uns die Verkäuferin den gewünschten Kefir hin und fragte giftig: »Ist das Kerlchen schon gegen Tollwut geimpft?«

Ich schob Kira auf die Straße hinaus und zischte ihn an: »Schämst du dich denn gar nicht?«

»Wieso?«, gab der zurück. »Soll er doch das nächste Mal gucken, wo er hintritt.«

»Du meine Güte«, murmelte ich, »eine Schande! Was wird der Mann jetzt von uns denken?«

Kira warf mir einen abschätzigen Blick zu und brummte: »Hör auf, Tanja, den sehen wir nie wieder! Kann mir doch egal sein, was der von uns denkt!«

Was sollte ich darauf sagen? Abends kam Lisa in mein Zimmer gestürzt. Sie riss den Kleiderschrank auf, griff nach einer Hose und wollte sie sich über das schon recht üppige Hinterteil zerren. Als das nicht ging, rief sie heulend: »Stell dir vor, Tanja, ich bin dicker als du! Was soll ich denn jetzt machen?«

Ich musste daran denken, wie oft sie sich nach der Schule eine Schachtel Pralinen griff und ohne Bedenken verputzte. Lisa heulte immer noch. »Ich bin die dickste, hässlichste Kuh in der ganzen Klasse! Und Mascha Gawrjuschkina bleibt schlank wie eine Tanne!«

»Vielleicht solltest du etwas weniger Süßes und Fettes essen?«, warf ich schüchtern ein. »Du könntest regelmäßig ins Fitness-Center gehen – zum Bodybuilding, zum Aerobic oder zum Schwimmen. Da sind ruck-zuck zehn Kilo runter!«

Lisa lief puterrot an, warf mir die Hose vor die Füße und zischte: »Na, vielen Dank auch! Du kannst einem vielleicht Trost spenden! Wenn ich ein bisschen Mitleid erwartet hätte – dann bestimmt nicht von dir!«

»Was habe ich denn Schlimmes gesagt? Weniger essen und Sport sind immer noch das beste Mittel!«

»Na klar!« Lisa konnte sich gar nicht beruhigen. »Und ich dachte, du sagst etwas in der Art: ›Liebe Lisa, du siehst doch hervorragend aus …‹ Na, schönen Dank auch! Dabei futterst du viel mehr Pralinen als ich! Und anderen Vorwürfe machen …«

»Ich wiege auch nur 48 Kilo und …«

»Lass mich in Ruhe!«, kreischte Lisa, aufs höchste erbost, rannte aus dem Zimmer und warf voller Wut die Tür hinter sich zu.

Im Eisenwarenladen hatte ich das erste Mal an diesem Morgen Glück. Die Dübel und Schrauben, die ich brauchte, waren im Angebot. Mit dem Tütchen in der Tasche trat ich auf die Straße, wo mir ein eisiger Wind entgegenschlug.

»Frossja!«, erklang es da plötzlich hinter mir.

Ich fuhr herum. So konnte nur jemand rufen, der mich aus meinem früheren Leben kannte.

Meine Biografie zerfällt exakt in zwei Teile – vor und nach meiner Bekanntschaft mit Katja Romanowa. Zum ersten Teil gehören eine Kindheit ohne Höhepunkte in der strengen Obhut meiner Mutter, einer Opernsängerin, und meines Vaters, der sich der Wissenschaft verschrieben hatte, das Studium der Harfe am Moskauer Konservatorium, eine nicht sehr erfolgreiche Künstlerlaufbahn, eine Ehe, aus der ich schließlich davonlief und die mit der Scheidung endete. Meine Eltern gaben mir den Namen Jefrossinja.* Dann aber führte mich das Schicksal mit Katja und deren Familie zusammen. Von nun an verlief mein Leben völlig anders. Meine Familie – das sind jetzt Katja mit ihren beiden Söhnen Serjosha und Kira, Serjoshas Frau Julia und

* Nachzulesen in Darja Donzowas Roman *Nichts wäscht weißer als der Tod*, Aufbau 2006.

alle ihre Tiere. Katja ist Chirurgin. Serjosha arbeitet bei einer Werbeagentur, und Julia ist Journalistin. Lisa habe ich bei einem meiner Versuche aufgelesen, eigenes Geld zu verdienen. Sie können sich sicher vorstellen, dass eine Harfenistin heute kaum jemand braucht. Katja verdient sehr gut, denn sie ist für ihre Schilddrüsenoperationen berühmt, und die Patienten stehen bei ihr Schlange. Zwar hat sie trotz akademischen Grades ein miserables Gehalt, aber die dankbaren Patienten stecken ihr immer mal etwas zu. Für sie selbst macht es keinen Unterschied, ob einer arm oder reich ist. Jeder erhält bei ihr die notwendige Aufmerksamkeit und Zuwendung. Gewöhnliche Menschen halten sie deshalb für nicht ganz normal: Sie geht um acht Uhr morgens aus dem Haus und ist nie vor neun Uhr abends zurück.

Katja sagt mir immer wieder: »Lass die Komplexe, dass du kein eigenes Geld verdienst! Mach mir die Wirtschaft, mein Geld reicht für alle.«

Ich will aber nicht auf Kosten anderer leben. Daher bin ich ständig auf der Suche nach einer Arbeit. Einmal habe ich es in der Hauswirtschaft versucht. Der vielgelesene Schriftsteller Kondrat Rasumow stellte mich als Haushälterin ein. Aber es sollte wohl nicht sein. Ich war kaum zwei Wochen in seiner Familie, da wurde mein Arbeitgeber ermordet. Seine Tochter Lisa stand ganz allein da. Katja und ich nahmen sie zu uns.*

Bei Katja habe ich also eine neue Familie gefunden. Wir tragen übrigens zufällig den selben Familiennamen. Wer nicht weiß, wie wir zusammengekommen sind, glaubt, wir seien Schwestern. Mein alter Name Jefrossinja gefiel mir schon lange nicht mehr. Er erinnerte mich an die sinnlos

* Nachzulesen in Darja Donzowas Roman *Spiele niemals mit dem Tod*, Aufbau 2007.

verlebten Jahre. Als ich in die neue Familie eintrat, ließ ich meinen Namen ändern, und nun steht in meinem Pass Tatjana Romanowa. Für meine jetzigen Freunde und Bekannten bin ich Tanja.

»Frossja, bist du das?«, rief der samtene Bariton noch einmal.

Als ich ihn ansah, hätte ich mich beinahe verschluckt. Aus einer edlen Limousine blickte mir Eduard Malewitsch entgegen. Als ich seinen eleganten Flanellmantel und den vornehmen Anzug darunter sah, musste ich einen tiefen Seufzer unterdrücken. Warum begegnete ich ihm gerade jetzt, da ich zerzaust und ohne Make-up, mit Nägeln, von denen beim Kampf gegen die Überschwemmung der Lack abgeblättert war, in meiner ältesten Jacke über die Straße lief? Dabei hatte ich einen hübschen Pelzmantel im Schrank, den mir Serjosha zum Geburtstag geschenkt hatte. Das Schlimmste aber war, dass ich in diesem Aufzug ausgerechnet Eduard unter die Augen kam.

Wir hatten uns auf dem Konservatorium kennengelernt, Malewitsch studierte Geige. Man sagte ihm eine große Zukunft voraus. Schon im dritten Studienjahr gewann er einen internationalen Wettbewerb, ich glaube, es war im bulgarischen Varna. Er galt als die große Hoffnung seiner Lehrer. Zudem sah er auch noch gut aus. Mir war stets ein Rätsel, wie er es fertigbrachte, sich immer nach der letzten Mode zu kleiden, den teuersten Frisör zu besuchen und die damals begehrtesten Zigaretten zu rauchen. Dabei war er nicht einmal Moskauer und lebte wie die meisten Studenten aus der Provinz nur von seinem Stipendium.

Im vierten Studienjahr verliebten wir uns ineinander. Ich galt als sehr zurückgeblieben, denn meine höchst autoritär eingestellte Mutter hielt mich an der kurzen Leine. Es waren halt auch ganz andere Zeiten. Das höchste, was wir uns erlaubten: Wir schwänzten die Vorlesungen und streiften wochenlang Hand in Hand durch das frühlingshafte Moskau. Ein Rendezvous am Abend war völlig unmöglich. Meine Mutter hätte sofort verlangt, dass ich ihr den Kavalier vorstelle. Womit das enden würde, konnte ich mir denken.

Aber es ging auch so nicht gut aus. Meiner Mama kam bald zu Ohren, dass ihr Töchterlein das Studium vernachlässigte. Sie forderte Rechenschaft von mir. Als sie von dem Jungen ohne Moskauer Wohnrecht hörte, packte sie offenbar das blanke Entsetzen, denn sie schickte mich sofort den ganzen Sommer über zu einer entfernten Verwandten nach Sotschi. Dafür fand sie einen einfachen Grund. Unsere Wohnung wurde renoviert und ich, die ich angeblich an Allergien litt, wurde vorsichtshalber ans Schwarze Meer verfrachtet.

Schweren Herzens fügte ich mich. Als ich dann am 1. September ans Konservatorium zurückkehrte, hatte Eduard bereits geheiratet. Nicht irgendwen, sondern die Tochter von Professor Arbeni, die lustige Nina, wie er eine vielversprechende Geigerin. Mir war es ausgesprochen unangenehm, ihm jetzt auf dem Korridor oder in der Kantine zu begegnen, aber ich gab mir alle Mühe, so zu tun, als sei nichts geschehen. Nach dem Abschluss des Konservatoriums sah ich Eduard nicht wieder. Eine Zeitlang erschien sein Name auf Plakaten, aber eines Tages war er verschwunden. Ich glaubte, wie viele begabte Musiker sei er nach dem Westen gegangen. Und nun sah ich ihn plötzlich leibhaftig vor mir.

»Frossja!«, rief Eduard erfreut. »Steig ein! Wie geht es dir?«

Ich setzte mich zu ihm in den Wagen. Sollte ich ihm die Wahrheit sagen? Meine Arbeit an einer privaten Musikschule war ich gerade losgeworden. Ich hatte die Eltern der

Schüler nicht länger ertragen. Zur Zeit gab ich Musikunterricht in einer öffentlichen Schule ganz in der Nähe, für 200 Rubel im Monat. Mann und Kinder hatte ich nicht vorzuweisen.

Unter dem Eindruck von Eduards nobler Erscheinung, berauscht vom Duft seines teuren Parfüms, log ich, dass sich die Balken bogen: »Mir geht es super. Ich bin verheiratet und habe zwei Söhne. Die Konzerte habe ich aufgegeben, denn für eine Frau mit zwei Kindern ist das etwas mühsam. Ich spiele jetzt in einem Orchester und mache vor allem Rundfunkaufnahmen. Im Moment bin ich gerade dabei, unsere Wohnung zu renovieren …«

Ich holte tief Luft und wies das Tütchen mit den Dübeln vor. »Ich habe rasch ein paar von diesen Dingern gebraucht, da bin ich eben losgelaufen, wie ich war. Und nun kommst ausgerechnet du!«

Eduard lachte laut auf. »Du renovierst deine Wohnung! Na, dann ist ja alles klar. Und ich dachte schon, du bist unter die Obdachlosen geraten …«

»Wenn du sehen würdest, wie es jetzt bei uns aussieht! Alle zwölf Zimmer in völligem Chaos! Und mein Mann hat sich nach Amerika verdrückt.«

»Du klebst selber Tapeten?«

»Nein! Wo denkst du hin? Ich habe eine Malerbrigade angeheuert, Italiener. Von unseren kann man doch keine Qualitätsarbeit erwarten.«

»Komm, Frossja«, fuhr Eduard fort, »lass uns irgendwo bei einem guten Kaffee ein Schwätzchen machen …«

»Aber ich muss nach Hause!«

»Ruf an und sag, du bist aufgehalten worden! Wie lange haben wir uns nicht gesehen!«

Verlegen wehrte ich ab. »In dem Aufzug?«

»Das spielt doch keine Rolle! Wir fahren zu McDonalds,

da schaut keiner hin. Ein gemütliches Eckchen findet sich schon.«

Er ließ den Motor an. Unerwartet für mich selber, rief ich: »Na dann los! So eine Gelegenheit kommt so schnell nicht wieder!«

»So gefällst du mir!«, rief Eduard und gab Gas.

Wahrscheinlich hielt mein Schutzengel gerade ein Nickerchen oder hatte sich zur Mittagspause davongemacht, denn er hinderte mich nicht an einem Schritt, dessen Folgen mich noch lange plagen sollten. Warum löste er kein Erdbeben aus oder wenigstens einen Brand? Warum sprang Eduards feiner Wagen problemlos an und brachte uns sicher ans Ziel? Warum bockte er nicht wie mein kleiner Lada? Konnte er nicht gerade eine leere Batterie oder feuchte Kerzen haben? Aber nein, er rollte schnurrend über den Prospekt und trug uns zuverlässig der Katastrophe entgegen.

2. Kapitel

Bei McDonalds fanden wir im chinesischen Saal tatsächlich in einer Ecke ein gemütliches Tischchen. Bald hatten wir jeder einen Big Mac vor uns stehen und redeten munter drauflos.

»Wo spielst du jetzt?«, fragte ich.

»Auf dem Friedhof«, antwortete Eduard in aller Ruhe und schlug die Zähne in den Big Mac.

Ich dachte, ich hätte mich verhört, und fragte zurück: »Sagtest du Friedhof? Gibt es einen neuen Konzertsaal mit diesem netten Namen?«

»Ein Friedhof ist ein Friedhof«, meinte Eduard grinsend. »Gräber, Steine, Kränze, untröstliche Verwandte ...«

Mir blieb der Mund offen stehen. »Du spielt bei Beerdigungen? Direkt am Grab? Oder auf der Orgel in der Kirche?«

Jetzt lachte Malewitsch laut auf. »Ach, Frossja, du bist immer noch das kleine Dummchen. In russisch-orthodoxen Kirchen gibt es keine Orgel und keine Musiker. Dort wird ohne Begleitung gesungen. Du verwechselst das mit den Katholiken. Aber ich spiele überhaupt nicht mehr.«

»Was tust du dann dort?«

»Ich bin Direktor eines Friedhofes. Der ist nicht besonders groß und liegt auch nicht in Moskau.«

Ich war so überrascht, dass ich beinahe das Getränk umgestoßen hätte, das bei McDonalds für Capuccino ausgegeben wird. Ich konnte es nicht fassen.

»Du machst in Bestattungen?! Wo denn?«

»An einem ganz bezaubernden Ort«, gab Eduard lächelnd zurück. »In Belogorsk, 25 Minuten von der Hauptstadt entfernt. Ich wohne nach wie vor in Moskau, arbeite aber im Moskauer Gebiet. Mitten in der schönsten Natur.«

Ich wollte meinen Ohren nicht trauen. Eduard Malewitsch, der Geiger mit der großen Zukunft – und nun das! Betrunkene Totengräber, Obdachlose …

Mein ehemaliger Kommilitone schien die Wirkung seiner Worte nicht zu bemerken. Unbekümmert pries er die Schönheiten von Belogorsk in den höchsten Tönen. Dann kam er auf seine Frau mit dem merkwürdigen Namen Gema zu sprechen.

Fünfzehn Minuten später – unsere Tabletts waren leer gegessen, wir waren schon beim Eis, entfuhr es Eduard plötzlich: »Ach, du meine Güte!«

»Was ist denn?«

»Ich habe mein Gelenktäschchen im Auto liegenlassen, mit dem Handy darin.« Bei diesen Worten hielt er mir die Schlüssel hin und bat: »Sei doch so lieb und hol sie mir.«

Die Aufforderung fand ich, gelinde gesagt, ziemlich dreist. Wofür hielt er mich? Oder hatte er auf seinem Friedhof völlig vergessen, wie man sich benimmt? Eine Dame nach seiner vergessenen Tasche zu schicken!

Offenbar sah man mir an, was ich dachte, denn Eduard fügte rasch hinzu: »Entschuldige, meine Liebe, ich weiß, das klingt wie eine Frechheit, aber meine Bandscheibe quält mich wieder mal, und ich komme so schlecht hoch. In dem Täschchen ist ein Medikament, das ich brauche.«

Ich lächelte ihn erleichtert an und nahm die Schlüssel. Ja, wir werden alle nicht jünger. Nun plagte schon meine ehemaligen Studienkollegen dieses und jenes Zipperlein. Aber an Wirbelsäulenproblemen kann man auch als junger Mensch leiden. Ich lief also auf die Straße hinaus und schloss Eduards Luxuslimousine auf. Tatsächlich, da lag es. Ein kleines Täschchen mit einer Lederschlaufe. Ich steckte es in meine große Jackentasche, schloss sorgfältig ab und ging ohne Eile ins Restaurant zurück.

Eduard saß tief über den Tisch gebeugt. Jetzt hatte es ihn wohl richtig krumm gezogen.

»Die fliegende Apotheke ist da!«, verkündete ich gutgelaunt und nahm wieder Platz.

Beinahe hätte ich laut aufgeschrien. Aber im letzten Moment fielen mir die vielen Kinder ein, die es sich an den Nachbartischen wohl sein ließen. Eduard bot einen schrecklichen Anblick. Riesige, weit aufgerissene Augen, die fast aus den Höhlen springen wollten, blickten starr über meinen Kopf hinweg. Die Lippen waren zu einer Grimasse verzerrt, und aus einem Mundwinkel lief Speichel.

Ein leichter Schwindel erfasste mich. Als ich genauer hinschaute, sah ich, dass in Eduards linker Seite tief bis zum Griff ein Messer steckte. Ich nahm meinen ganzen Willen zusammen, stand auf, ging zur Treppe und schaute mich noch einmal um. Eduard saß mit dem Rücken zum Saal und dem Gesicht zur Wand. Vor ihm stand noch das Tablett mit den Resten des Cheeseburgers, der Tüte mit kalten Pommes frites und anderen guten Sachen. Wir hatten absichtlich eine ruhige Ecke gesucht, und von weitem sah es so aus, als sei der Kavalier beim Warten darauf, dass seine Dame von der Toilette zurückkam, etwas eingenickt.

»Wer ist hier der Chef?«, fragte ich eine Angestellte mit dem McDonalds-Schild.

»Der Chef wofür?«, fragte sie zurück und verzog den Mund zu einem breiten Lächeln.

Als sie sah, wie verwirrt ich dreinschaute, erklärte sie: »Wir haben einen Direktor fürs Personal, einen für die Gastronomie ...«

Sie brachte mich völlig durcheinander. Hätte Eduard sich vergiftet, dann wäre wohl letzterer zuständig gewesen, aber man hatte ihn mit einem Messer erstochen.

»Wo ist der Chef des Sicherheitsdienstes?«

»Dort am Haupteingang steht er«, erklärte die Angestellte bereitwillig und wies auf einen hochgewachsenen dunkelhaarigen Mann in gutsitzendem Anzug.

Ich lief auf ihn zu, schaute auf das Schildchen an seinem Revers und fragte: »Oleg Sergejewitsch?«

Er lächelte breit. »Worum geht es? Ich hoffe, es ist nichts Schlimmes passiert?«

»Mir nicht.«

»Sehr schön, und was ist Ihr Problem?«

»Mein Begleiter ist soeben ermordet worden.«

Oleg Sergejewitsch schluckte. »Soll das ein Witz sein?«

»Keineswegs. Wahrscheinlich mit einem Messer, der Griff ist zu sehen. Ich habe noch nichts gesagt, um die Gäste nicht zu erschrecken.«

»Führen Sie mich unauffällig hin!«, stieß der Mann hervor.

Wir gingen in den chinesischen Saal zurück. Der Sicherheitschef musterte Eduard mit scharfem Blick und zischte im Befehlston: »Sie warten hier.«

»Also, wissen Sie«, gab ich aufgebracht zurück, »vielleicht sagen Sie erst einmal danke? Ich kann auch das ganze Restaurant zusammenschreien, wenn Sie wollen. In fünf Minuten sind dann alle Gäste weg!«

Oleg Sergejewitsch nahm meine Hand und erklärte gefühlvoll: »Sie können sich gar nicht vorstellen, wie dankbar ich Ihnen bin. Aber seien Sie so lieb und harren Sie hier noch ein paar Minuten aus.«

Vorsichtig ließ ich mich wieder Eduard gegenüber nieder, krampfhaft bemüht, nicht zu ihm hinzusehen, der gerade noch fröhlich plaudernd einen Hamburger verspeist hatte.

Plötzlich verstummte die Musik, und eine Frauenstimme sagte: »Verehrte Gäste! McDonalds wertet jetzt seine heutige Tombola aus. Die Gewinner sind alle Besucher des chinesischen Saals. Als Preis können Sie Talons für einen kostenlosen Besuch in unserem Haus in Empfang nehmen. Bitte begeben Sie sich zu Kasse Nr. 2. Dieses Angebot gilt allerdings nur fünf Minuten. Beeilen Sie sich, die ersten drei erhalten zusätzlich ein T-Shirt mit unserem Firmenlogo.«

Der Raum leerte sich rasch. So schnell sie konnten, liefen die Gäste in den mittleren Saal mit den Kassen hinüber. Als der Letzte den Raum verlassen hatte, eilte Oleg Sergejewitsch mit zwei kräftigen Burschen herbei.

»Macht schnell, Jungs!«, rief er aufgeregt.

Die beiden packten Eduard unter den Achseln und verschwanden mit ihm durch eine kleine, kaum sichtbare Tapetentür.

»Kommen Sie bitte«, sagte der Sicherheitschef nun zu mir.

Eine halbe Stunde später traf die Miliz ein.

»Wir müssen den Tatort besichtigen«, erklärte einer der Männer in Pullover und zerknautschter Hose trocken.

Eine hochgewachsene schlanke Dame in blütenweißer Bluse, die mir gerade in ihrem Büro einen köstlichen Kaffee vorgesetzt hatte, nicht das Zeug, das man im Restaurant bekam, rief händeringend: »Meine Herren, ich flehe Sie an! Wir befinden uns hier mitten im Presseviertel. Viele Reporter essen regelmäßig bei uns, weil sie einen Rabatt erhalten. Werbung muss sein ... Auch jetzt dürften einige unter den Gästen sein. Wenn die etwas mitbekommen ... Ich bitte Sie um höchste Diskretion!«

Der Kerl in der zerknitterten Hose brummte mürrisch, schaute kurz auf das Schildchen, das die Dame an ihrer Bluse trug, und gab dann zurück: »Reporter? Du meine Güte! Sie werden in allen Zeitungen stehen, das ist doch die beste Werbung! Was stört Sie daran, Jelena Sergejewna?«

»Wollen Sie mich auf den Arm nehmen?«, erwiderte die Dame erzürnt. »Sie können sich überhaupt nicht vorstellen, was mein Chef mit mir macht, wenn er erfährt, dass ich das nicht verhindert habe. Dies ist ein ausländisches Unternehmen! Die Amerikaner sind so auf ihr Image bedacht! Haben Sie nicht gehört, was kürzlich in einer anderen unserer Filialen passiert ist?«

»Was denn?«, fragte ein zweiter Beamter und lächelte ironisch. »Ist ein Gast an Ihrem Big Mac erstickt?«

Jelena Sergejewna schüttelte den Kopf. »Das nun gerade nicht. Ein junges Paar mit Baby saß nahe bei der Tür zu den Lagerräumen. Auf so etwas kommt man ja gar nicht! Aus dem Keller ist eine Ratte aufgetaucht und hat das Kind in das Füßchen gebissen! Den Aufstand hätten Sie erleben sollen! Die Eltern wollten die Firma vor Gericht zerren. Damit es keinen Skandal gibt, hat McDonalds ihnen schließlich eine Wohnung gekauft!«

Der Mann in der zerbeulten Hose musste grinsen. »Gibt es bei Ihnen überall Ratten? Oder nur in der einen Filiale? Können Sie mir nicht die Adresse sagen, ich hab's nämlich satt, ewig mit der Schwiegermutter zusammenzuhocken ...«

»He, Kostja«, meldete sich jetzt ein anderer, »Schluss mit dem Gequatsche! An die Arbeit!«

»Die Arbeit läuft uns schon nicht weg«, entgegnete Kostja und fuhr fort: »Journalisten kriegen hier also Rabatt. Dabei verdienen die nicht schlecht und könnten sich die hundert Rubel für ein Mittagessen durchaus leisten. Unsere Dienststelle ist auch gleich hier um die Ecke. Wir können nicht jeden Tag hierherkommen ... Aber uns hat noch niemand von McDonalds eingeladen. Dabei sorgen wir für Ihre Sicherheit! Und jetzt sollen wir geheim halten, was hier passiert ist? Wie kämen wir dazu? Jetzt wird erst mal der Tatort abgesperrt und dann ...«

»Liebe Leute«, flehte nun Jelena Sergejewna, »ich sehe ja ein, das war sehr gedankenlos von uns. Gebt uns Gelegenheit, die Scharte auszuwetzen! Sie können auf der Stelle zur Kasse Nr. 2 gehen! Wir haben eine Neuheit im Angebot: McCountry!«

Kostja musste lächeln. »In Ordnung, beruhigen Sie sich erst mal, wir erledigen das schon. Ich hoffe, Sie haben dafür gesorgt, dass sich niemand an den bewussten Tisch setzt?«

»Dort spielt unser Sicherheitschef Oleg Sergejewitsch gerade einen Gast«, antwortete Jelena Sergejewna mit zitternder Stimme.

»Sehr gut«, lobte der zweite Beamte. »Das machen wir jetzt auch. Ich habe eine Schwäche für Chicken Nuggets. Neun von diesen Dingen mit Currysoße wären nicht schlecht.«

»Und wo ist die Leiche?«, fragte Kostja.

»Im Séparée«, antwortete Jelena Sergejewna eifrig, »das

ist ein kleinerer Raum, in dem wir Geburtstagsfeiern ausrichten.«

»Die Leiche hätten Sie besser nicht von der Stelle bewegt. Aber das ist nun auch egal«, meinte Kostja und schnarrte im Befehlston: »Also, an die Arbeit! Aljoscha und ich gehen zum Tatort, und du, Mischa, nimmst auf, was die Zeugin zu sagen hat.«

Der dritte Mann, der bisher geschwiegen hatte, tat nun auch den Mund auf. »Gibt es hier ein ruhiges Plätzchen?«

»Am besten in meinem Büro«, bot uns die Dame an.

»In Ordnung«, ließ Kostja hören. »Und Sie, Jelena Sergejewna, führen unsere Leute von der Spurensicherung zu dem Toten.«

Ich blieb mit dem maulfaulen Kerl allein. Der zückte ein Notizbuch, schnaufte schwer und begann mich auszufragen: Vorname, Name, Vatersname, Geburtstag, Adresse ...

Ich antwortete gehorsam. Ja, den Verstorbenen kannte ich seit langem. Nein, in den letzten Jahren hatten wir uns nicht gesehen. Ja, es war eine zufällige Begegnung, und das McDonalds hatten wir spontan aufgesucht.

»Wie hat er Ihnen erklärt, warum er seine Geigerlaufbahn aufgegeben und sich dem Bestattungswesen zugewandt hat?«, fragte Mischa.

»Er ist vor einigen Jahren auf der Straße gestürzt und hat sich die Hand gebrochen. Mit dem Geigespielen war es nichts mehr, und er musste sich eine neue Arbeit suchen. Er konnte aber nichts anderes als Musik machen ...«

»Merkwürdig«, murmelte Mischa vor sich hin, »er hätte doch Unterricht geben können. Wie ist er ausgerechnet auf den Friedhof verfallen?«

Jetzt musste ich lächeln. »Ich war auch auf dem Konservatorium. Und heute? Ich gebe Kindern in einer Grundschule Musikunterricht, die sich dafür überhaupt nicht interessieren. Das bringt mir zweihundert Rubel im Monat. Lehrer werden in unserem Lande mit Kopeken abgespeist.«

»Aber wenn ich Sie recht verstanden habe, war Malewitsch doch bereits richtig berühmt«, widersprach Mischa.

»Das schon, aber ein Oistrach war er natürlich nicht.«

»Was hat das mit Gosstrach, dieser Versicherung, zu tun?«, fragte der Milizbeamte verdutzt zurück.

Ich unterdrückte eine spitze Bemerkung. Dem Ignoranten zu erklären, wer der große Geiger David Oistrach, war, hatte ich keine Lust.

»Von einer Versicherung ist hier auch nicht die Rede.«

»Als der Mord geschah, wollen Sie draußen gewesen sein«, sagte der Milizionär jetzt. »Wo waren Sie denn?«

Mich überkam eine große Müdigkeit. Dieser Vormittag, den ich so ruhig hatte verbringen wollen, verdüsterte sich immer mehr. Und den Küchenschrank hatte ich auch noch nicht aufgehängt... Wenn ich ihm jetzt von dem Täschchen erzählte, ging die Fragerei von vorn los.

»Ich war auf der Toilette.«

»Wo sonst«, stellte Mischa fest. »Ich glaube, das war's.«

Mir dröhnte der Kopf, als ich langsam zum Ausgang schlich. Zu McDonalds würden mich keine zehn Pferde wieder bringen.

»Tatjana, meine Liebe«, hörte ich hinter mir jemand rufen. Ich wandte mich um und sah, wie Jelena Sergejewna mit mehreren weiß-rot gestreiften Päckchen schwer atmend angelaufen kam.

»Ich weiß gar nicht, wie ich Ihnen danken soll ...«

»Das ist doch nicht der Rede wert.«

»Wo denken Sie hin! Ich möchte Ihnen sagen, dass Sie in unserem Hause immer ein besonders willkommener Gast sind. Nehmen Sie ...«

»Was ist das?«

»Nichts Besonderes, nur ein paar kleine Souvenirs.«

»Danke«, sagte ich nur und machte mich auf den Heimweg.

Als ich in den Korridor trat, stolperte ich erst einmal über Kiras Schuhe, die wie immer da lagen, wo sie ihm von den Füßen gefallen waren. Ich wollte sie gerade aufheben und zur Seite stellen, da stürzte der Junge auch schon aus der Küche und brüllte mich an: »Was ist eigentlich bei uns los? Hat es einen Tornado gegeben? Das Geschirr ist weg, der Wandschrank liegt am Boden …«

»Er ist einfach heruntergefallen«, erklärte ich.

»Und wer zuletzt aus dem Haus gegangen ist, hat vergessen, das Gebäck abzuräumen!«, fuhr er im selben Tonfall fort. »Natürlich hat Mulja es gefressen! Das waren so schöne Plätzchen …«

»Die Verpackung hat sie auch gleich verputzt!«, fügte Lisa vom Bad her hinzu. »Morgen wird sie wohl Würstchen mit Plastikpelle kacken!«

»Und ich wollte Tee trinken und Plätzchen essen«, nörgelte Kira.

»Wo warst du überhaupt?«, fragte Lisa streng.

»Genau!«, pflichtete ihr Kira bei. »Vielleicht dürfen wir mal erfahren, wo du dich rumtreibst?«

Schweigend hängte ich meine Jacke an die Garderobe.

»Brauchst gar nichts zu sagen!«, wetterte Kira weiter. »Bei McDonalds bist du gewesen!«

»Wie kommst du denn darauf?«

»Na, woher sind denn die Päckchen?«

»Einen Big Mac hat sie sich gegönnt, und wir hocken hier zu Hause!«, erklärte Lisa jetzt beleidigt. »Wir müssen Kohldampf schieben, kriegen kein Mittagessen, der Kühlschrank ist leer, aber Tanja isst auswärts. Wir Kinder sind dir wohl völlig egal!«

Jetzt wurde es richtig interessant. Erlaubte man sich neuerdings auch nur die geringste Ermahnung, zum Beispiel, dass die Schuhe in den Schrank gehören, dann hieß es sofort: Ich bin erwachsen und weiß selber, was ich zu tun habe. Aber wenn mal nichts zu essen im Haus war, dann wurden ganz schnell wieder Kinder aus ihnen.

»Was ist denn da drin?«, fragte Kira jetzt neugierig.

»Keine Ahnung«, antwortete ich wahrheitsgemäß.

»He, Tanja«, rief Lisa jetzt lachend, »soll das eine Überraschung sein?«

Die Kinder griffen sich die Päckchen und liefen in die Küche. Bald tönte es von dort: »Klasse! Super!!«

Völlig benommen ließ ich mich auf die Couch fallen. Mein Kopf war vollkommen leer. Es dauerte eine ganze Weile, bis ich wieder klar denken konnte. Die Kinder hatten recht, der Kühlschrank konnte so leer nicht bleiben. Am nächsten Tag erwarteten mich Unterricht und danach der Pädagogische Rat. Was ich bei Letzterem sollte, war mir allerdings völlig unklar. Das Fach Musik nahm keiner der anderen Lehrer ernst. Ich hatte mich daran gewöhnt, den Kindern nur noch Einsen zu geben und auch nicht mehr einzugreifen, wenn sie ein wenig herumtobten. Dem Pädagogischen Rat konnte ich also keinen Nutzen bringen. Aber Anna Jewgenjewna, die gestrenge Schuldirektorin, erklärte kategorisch: »Für Ihr Gehalt müssen Sie schließlich etwas tun!«

Ich wollte schon zurückfragen: »Dieses klägliche Sümmchen nennen Sie Gehalt?«

»Tanja!«, rief Kira mit vollem Mund aus der Küche, »wie bist du denn zu der Torte gekommen?«

Als ich in die Küche trat, sah ich erst einmal, was ich da alles angeschleppt hatte: Hamburger, Cheeseburger, eine Schachtel Chicken Nuggets, verschiedene Dips und Kuchen. Außerdem zwei T-Shirts und eine Buttercremetorte im Karton.

»Toll!«, quietschte Lisa vergnügt, »mit Schlagsahne, besser geht's nicht!«

»Warum steht hier drauf: ›Zum Geburtstag‹?«, wollte Kira jetzt wissen.

Da war ich überfragt. Die aufgeregte Jelena Sergejewna hatte offenbar alles zusammengepackt, was ihr gerade in die Hände gekommen war.

»Und was ist das?«, erkundigte sich Lisa und wedelte mit einem kleinen Büchlein.

»Gib her!«, forderte Kira. Er riss es ihr aus der Hand und schrie: »Ich werd verrückt! Das sind ja Talons für kostenloses Spachteln bei McDonalds! Und so viele!«

»Wo hast du die her?«, fragte mich Lisa unvermittelt und runzelte die Brauen.

Die Wahrheit konnte und wollte ich ihnen nicht sagen.

»Ich habe im Radio gehört, dass bei McDonalds eine Lotterie stattfindet. Da bin ich hingefahren und habe den ersten Preis gewonnen.«

»Das is ja'n Ding!«, riefen die Kinder im Chor. »Jetzt kannst du ein ganzes Jahr lang umsonst Hamburger futtern!«

Die Aussicht auf so viele pappige Brötchen mit langweiligen Buletten war so düster, dass mir unwillkürlich entfuhr: »Die Talons sind für euch!«

Fast zehn Minuten lang herrschte nun unbeschreiblicher Jubel. Als er sich langsam legte, meinte Lisa bedauernd: »Was hier liegt, können wir gar nicht alles essen. Aber morgen schmeckt es doch nicht mehr!«

»Ruft eure Freunde an«, riet ich.

»Gute Idee!«, rief Kira und griff sofort zum Telefon.

»Erst ich!«, forderte Lisa.

»Du kannst mich mal!«, gab Kira zurück.

»Esel!«

»Blödes Weib!«

Ich ließ sie streiten und wollte mich in mein Zimmer zurückziehen. Auf dem Flur sah ich, dass meine Jacke vom Haken gefallen war und nun von Mulja als Nest benutzt wurde.

»Schweinerei!«, rief ich empört und scheuchte die Möpsin fort, denn sie haarte schrecklich, und meine Jacke war dunkelblau. Ärmel, Rücken und Vorderteil zierten unzählige kleine helle Härchen. Da ich nicht als überlebensgroßer Mops herumlaufen wollte, ging ich mit der Jacke ins Bad und schüttelte sie kräftig über dem Waschbecken aus. Etwas plumpste heraus. Auf den Bodenfliesen lag Eduards ledernes Täschchen.

3. Kapitel

Mit aufgerissenen Augen starrte ich auf das elegante Herren-Accessoir. In meiner Jackentasche hatte ich es völlig vergessen. Hoffentlich war nichts Wichtiges darin.

Aufgeregt öffnete ich das kleine Ding. Beinahe wäre mir ein Schrei der Überraschung entfahren. Eines der Fächer war mit Geldscheinen vollgestopft. Als Erstes riegelte ich das Bad von innen zu. Dann kippte ich den Inhalt der Tasche auf die Waschmaschine. Es waren zehn Hundertdollarnoten, dazu 3000 russische Rubel, eine Packung Aspirin, Kamm, Taschentuch und ein winziges, flaches Handy von Ericsson, das ich zunächst für ein Spielzeug hielt.

Ich nahm es in die Hand, da blinkte auch schon ein grünes Lämpchen. Zu hören war nichts. Offenbar hatte Eduard den Ton abgeschaltet. Ohne lange nachzudenken, klappte ich den Deckel auf, drückte auf den Knopf mit der Aufschrift *Yes* und hielt das Ding ans Ohr.

»Also, mein Lieber«, erklang da eine schlechtgelaunte Stimme, »wo treibst du dich eigentlich herum? Ich bimmle und bimmle, und kein Rückruf! Warum sagst du nichts? Bist du wieder besoffen?«

»Verzeihen Sie«, sagte ich leise, »Sie wollen Eduard Malewitsch sprechen?«

»Das wird ja immer schöner!«, kreischte die Stimme am anderen Ende. »Wer sind Sie denn? Und wieso gehen Sie an Eduards Telefon?«

Die Miliz hatte also der Frau den Tod ihres Mannes noch nicht mitgeteilt. Am liebsten hätte ich sofort aufgelegt. Aber ich musste ihr ja das Geld übergeben! Einen Ausweis hatte ich in der Tasche nicht gefunden, kannte daher Eduards Adresse nicht. Da musste ich wohl die Rolle der Unglücksbotin auf mich nehmen. Dazu fiel mir sehr unpassend ein, dass man in alter Zeit die Überbringer schlechter Nachrichten geköpft hatte. Ich stammelte: »Eduard ist etwas zugestoßen, er kann nicht selber antworten. Aber ich habe seine Tasche. Da ist eine Menge Geld drin. Sagen Sie mir, wo Sie wohnen, und ich bringe sie Ihnen.«

»Alles klar«, stellte die Dame trocken fest. »Er hat sich wieder volllaufen lassen und muss ausnüchtern. Kommen Sie meinetwegen her. Retschnaja Uliza 9, Wohnung 17. Das ist ...«

»Danke, ich kenne die Gegend.«

Aus dem Handy tutete es. Als ich aus dem Bad kam, wäre ich im Korridor beinahe über einen Haufen Schuhe und Stiefel gestolpert. Aus der Küche erklang fröhliches Gelächter. Kira und Lisa hatten ihre Freunde zusammengetrommelt.

Die Kinder einzuweihen schien mir nach wie vor nicht angebracht. So leise ich konnte, holte ich meinen Fehmantel und die neuen pelzgefütterten Stiefel aus dem Schrank. Das entsprach nicht ganz dem Wetter, aber Eduard war offenbar sehr wohlhabend gewesen, und seine Gattin passte in dieses Bild, wenn ich nach der launischen Stimme urteilte. Lieber wollte ich in meinem Pelz schwitzen.

In der Küche wurde wieder laut gelacht. Bestimmt waren die jungen Gäste schon bei der Torte angelangt. Geräuschlos zog ich die Wohnungstür hinter mir zu. Zur Retschnaja Uliza waren es nur ein paar Schritte. Ich musste bei der nächsten Ampel nach rechts abbiegen. Den Weg ging ich besser zu Fuß.

Nr. 9 erwies sich als Plattenbau, wie es in Moskau so viele gibt. Im Aufgang kein Wachmann und kein Fahrstuhlführer. Eduard war also gar nicht der Krösus, den er mir vorgespielt hatte. Oder er war erst kürzlich zu Geld gekommen. Denn wenn Leute ein bestimmtes Wohlstandsniveau erreichen, dann legen sie sich als Erstes eine luxuriöse Wohnung zu. Dieses Haus aber hatte nicht einmal eine Wechselsprechanlage.

Die Frau, die auf mein Klingeln öffnete, sah allerdings umwerfend aus. Sie war groß, blond, hatte eine Wespentaille und einen üppigen Busen, der in einem knallroten Pullover steckte. Dieser endete direkt unter den appetitlichen Rundungen und ließ viel nackte Haut sowie einen Nabel mit einem goldenen Piercing sehen. Erst darunter saß eine hautenge schwarze Hose, die zehn Zentimeter über den Knöcheln endete.

»Geben Sie her«, sagte die Person unverfroren und streckte mir die Hand entgegen.

Ich maß ihr stark geschminktes Gesicht, das platinblonde Haar, dessen Wurzeln schwarz schimmerten, und reichte ihr das Täschchen. Frau Malewitsch öffnete es sofort, ließ einen Pfiff hören und sagte dann: »Ich hoffe, es ist alles drin. Ich weiß genau, wie viel Dollars Eduard bei sich hatte.«

Ich runzelte die Brauen und erwiderte in ziemlich scharfem Ton: »Wenn ich Sie hätte bestehlen wollen, wozu wäre ich dann überhaupt gekommen?«

»Na, mach dir nicht gleich ins Hemd«, gab die Blondine, schon friedfertiger, zurück.

Sie schien noch sehr jung zu sein, bestimmt nicht älter als zwanzig. Das konnte auch die Schminke – die getuschten Wimpern und Brauen, die von Rouge flammenden Wangen und die blutroten Lippen nicht verbergen. Mit widerlich langen Nägeln griff sie in das Täschchen, zog einen Hundertrubelschein hervor und hielt ihn mir mit königlicher Geste hin. »Für deine Mühe. Ich hoffe, das genügt.«

Wut stieg in mir auf und trübte meinen Blick.

»Hör mal«, zischte ich durch die Zähne, »du könntest dich wenigstens dafür interessieren, was mit Eduard passiert ist!«

»Du meine Güte!«, fauchte die liebende Gattin zurück. »Was denn noch? Der wird wieder blau gewesen sein und irgendwo seinen Rausch ausschlafen! Ein Glück, dass er nicht bei der Miliz gelandet ist!«

»Da irrst du dich«, sagte ich langsam. »Er ist, wie du dich ausdrückst, bei der Miliz gelandet!«

Jetzt zuckte das Weib doch zusammen. »Das is ja'n Ding! Wo steckt er denn? Da werde ich wohl wieder was hinblättern müssen!«

»Mit Geld wirst du nichts erreichen, die Sache ist ernster.«

»Er hat also richtig was angestellt?«, rief die Gattin jetzt. »Aber das ist bei ihm auch nichts Neues. Erst vor einer Woche hat er einem Bullen die Zähne eingeschlagen. Sie werden es nicht glauben, was die uns abgeknöpft haben! Ich bin jetzt noch nicht drüber hinweg!«

»Eduard ist tot«, sagte ich leise.

»Wie meinen Sie das?«, fragte das Weib begriffsstutzig.

»Er ist heute bei McDonalds ermordet worden. Merkwürdig, dass die Miliz dir das noch nicht mitgeteilt hat.«

»Ich verstehe nur Bahnhof«, stotterte Frau Malewitsch kopfschüttelnd. »Meinen Sie, er hat sich dort bis zur Leichenstarre volllaufen lassen?«

»Nein«, sagte ich jetzt hart. »Er ist eine Leiche.«

»Um Gottes willen!«, kreischte die Frau auf, verdrehte die Augen und sank in sich zusammen.

Ich trat ein, schloss die Tür hinter mir und suchte erst einmal nach der Küche. Die Wohnung war klein und ungemütlich. Sie hatte einen engen Korridor und eine Kochnische von höchstens fünf Quadratmetern. Eingerichtet war sie mit abgeschabten Möbeln, einem uralten Kühlschrank Marke *Minsk* und einer Kochplatte russischer Produktion.

Da ich keine Medikamente fand, füllte ich kaltes Wasser in eine Schüssel und bespritzte damit das Gesicht der Bewusstlosen. Die rührte und regte sich nicht. Besorgt rieb ich ihr mit einem feuchten Handtuch Stirn und Wangen. Dabei wischte ich die Schminke fort, und hervor kam ein blasses, etwas einfältiges, aber nicht unangenehmes Mädchengesicht mit einem Schmollmündchen, das gar keinen Lippenstift nötig hatte.

»Bitte nicht«, flüsterte Frau Malewitsch und versuchte sich aufzusetzen. »Nehmen Sie den Lappen von meinem Gesicht.«

Zehn Minuten später saßen wir in der winzigen Küche beisammen. Die Ellenbogen auf den Tisch gestützt, jammerte die junge Witwe: »Mein Gott! Was wird denn jetzt aus mir? So ein Unglück! Die Miete ist nur bis Dezember bezahlt, und ich habe überhaupt kein Geld!«

»In dem Täschchen sind doch mindestens tausend Dollar und noch eine Menge Rubel«, sagte ich leise.

»Das reicht hinten und vorne nicht!«, barmte sie weiter. »Und wohin soll ich gehen, wenn es zu Ende ist? Vielleicht auf die Straße? Wovon kaufe ich Essen und Klamotten? Ach, Eduard, du Schwein!«

Meine Augen wurden vor Staunen immer größer. Es heißt, jedes Volk habe den Führer, den es verdient. Aber jeder Mann hat auch die Frau, die ihm gebührt. Für welche Sünden Gott wohl Eduard mit diesem Monster gestraft hatte?

»Vielleicht rufen Sie wenigstens bei der Miliz an?«, entfuhr es mir. »Hier ist die Nummer!«

»Wozu denn? Die Bullen können mir gestohlen bleiben!«

»Die werden sowieso bald hier sein.«

»Warum?«, fragte die Frau verständnislos.

»Die kommen bestimmt.«

»Was können die von mir wollen?«

Ja, was eigentlich?

»Die brauchen Ihre Aussage. Und Sie werden ihn doch begraben wollen.«

»Wozu soll das denn gut sein?«

Mir blieb das Wort im Halse stecken.

»Ich denke gar nicht daran!«, rief Eduards Frau empört. »Ein Begräbnis! Vielleicht auch noch einen Leichenschmaus! Wissen Sie, wie viel Geld für so was draufgeht? Als mein Großvater den Löffel abgegeben hat, hat unsere Mutter in ihrer Dummheit ihr ganzes Sparbuch für den Blödsinn leer gemacht. Im Handumdrehen war alles weg, was sie sich ein Leben lang zusammengespart hatte: für einen teuren Sarg, eine Kapelle und jede Menge Wodka! Sie hätte sich lieber um die Lebenden sorgen sollen. Der Alte hatte doch sowieso nichts mehr davon!«

Ich konnte nur staunen. So ein Exemplar war mir noch nicht begegnet. Jetzt verstand ich, warum der bedauernswerte Eduard sich dem Suff ergeben hatte. Ein Wunder, dass er nicht auch noch den Drogen verfallen war, wenn er mit einer solchen Harpyie zusammenleben musste.

Ohne sich darum zu kümmern, welchen Eindruck sie auf mich machte, wetterte das Frauenzimmer weiter: »Und wieso überhaupt ich? Soll ihn doch Gema verscharren, der hinterlässt er mehr als mir!«

Der merkwürdige Name ließ mich aufhorchen, und plötzlich dämmerte es mir.

»Moment mal, du bist gar nicht seine Frau?«

»Kein Stück!«, keifte das Weib.

»Wieso hast du mich dann mit der Tasche herkommen lassen?«

»Weil der Kerl die letzte Zeit hier gewohnt hat!«, gab sie giftig zurück. »Hat mir goldene Berge versprochen! Und jetzt? Kratzt einfach ab und lässt mich als Bettlerin zurück! Wegen ihm habe ich meine Arbeit aufgegeben! Und nun das!«

»Wie heißt du denn?«

»Lena«, antwortete die Person.

»Die Tasche steht dir also gar nicht zu!«

»Das wäre ja noch schöner!«, kreischte Lena wütend. »Er war mit mir zusammen! Die Dollars gehören mir!«

»Hast du die Telefonnummer seiner Frau?«

»Von Gema? Hab ich!«

»Gib sie mir.«

»Wozu?«

»Gib mir jetzt die Telefonnummer, sonst rufe ich auf der

Stelle die Miliz. Dann kannst du sehen, wo du bleibst! Rechtlich stehst du in keinem Verhältnis zu Eduard. Seine Moneten nehmen sie dir sofort wieder ab!«

Lena presste die Lippen zusammen und zischte dann: »Auf dem Zettel da neben dem Telefon!«

Ich wählte die Nummer. »Hallo«, flüsterte es so leise aus dem Hörer, als ginge ein Lufthauch durch trockenes Herbstlaub.

»Verzeihen Sie, spreche ich mit Frau Malewitsch?«

»Ja«, kam es kaum hörbar von weit her.

»Ich bin Tatjana Romanowa. Eduard und ich haben zusammen am Konservatorium studiert. Hören Sie mich?«

In der Leitung knackte es.

»Hallo«, rief ich, »Gema, sind Sie noch dran?«

»Ja«, ertönte es kaum vernehmbar, »ja.«

»Sie wissen, was heute passiert ist?«

»Die Miliz hat es mir mitgeteilt.«

»Ist jemand bei Ihnen?«

»Nein.«

»Darf ich vorbeikommen?«

»Kommen Sie!«, rief die Frau. »Ich bitte Sie, ich flehe Sie an, ich fürchte mich so allein...«

»Wo wohnen Sie?«

»Sofronjewski Pereulok 18.«

«Wo ist denn das?«

»Von der Metrostation Prospekt Mira sind es nur ein paar Schritte.«

Ich schaute auf die Uhr. Sie zeigte Punkt sechs. Lena wirkte völlig ungerührt. Sie hatte sich eine Zigarette, Marke »Parlament«, angesteckt.

»Her mit dem Täschchen«, sagte ich im Befehlston.

»Noch was?«, gab sie zurück und lachte laut auf. »Mach, dass du rauskommst! Die Miliz will sie rufen! Das wollen wir doch mal sehen! Ich werde denen jetzt mitteilen, dass eine Verrückte bei mir eingedrungen ist!«

Mit diesem frechen Weib war wohl jeder Streit zwecklos. Ich ließ sie stehen und trat auf die Treppe hinaus. Da war Gema, nach dem kurzen Gespräch zu urteilen, wohl ein ganz anderer Mensch. Ich konnte mir vorstellen, wie sich die arme Frau jetzt fühlte. Zwar kannte ich sie nicht, aber mit Eduard verbanden mich Jahre gemeinsamen Studiums und eine kurze Liebesaffäre. Wenn wir uns auch lange nicht gesehen hatten, die Sympathie war geblieben.

Draußen war es schon dunkel und bitterkalt. Es fühlte sich an wie zum Dreikönigstag und nicht wie Anfang November. Der Verkehr rollte nur langsam. In Gedanken versunken, ging ich den kurzen Weg zu unserem Haus zurück. Aber die Fahrbahnen waren überfroren, da ließ ich mein Wägelchen doch lieber stehen. Ich bin keine besonders gute Fahrerin und wollte nichts riskieren. Außerdem hatte ich es zur Metro nicht weit, und auch Gema wohnte ja dicht bei einer Station.

4. Kapitel

Die Tür des Hauses bewachte ein höflicher, aber strenger Sicherheitsmann. Vestibül und Treppe waren aus Marmor, der riesige Fahrstuhl blitzte vor Sauberkeit und duftete nach gutem Parfüm. Alles deutete darauf hin, dass hier keine Säufer und Asozialen wohnten, sondern Menschen, die es im Leben zu etwas gebracht hatten.

Gema war das genaue Gegenteil der aufgeputzten Lena. Sie war nicht sehr groß und sorgfältig frisiert. Aus einem bleichen Gesicht mit blutleeren Lippen blickten mich trübe Augen mit fast erloschenem Blick an. Ich bin selbst kaum 1,60 Meter groß und wiege nicht einmal fünfzig Kilo, aber neben Gema kam ich mir dick und rund vor. Eduards Gattin war ein geradezu körperloses Wesen. Zum ersten Mal erblickte ich eine Frau, die noch weniger Busen hatte als ich. Dabei kann ich mich, wenn nachts unser Hoftor geschlossen ist, ohne Probleme durch die Gitterstäbe zwängen.

»Guten Tag«, sagte Gema kaum hörbar. »Legen Sie ab. Möchten Sie einen Kaffee?«

»Lieber Tee«, antwortete ich und hängte meinen Mantel in einen großen Garderobenschrank mit Spiegeltür.

Gema stand gramgebückt dabei und sagte kein Wort.

»Wie lange soll ich denn noch warten? Das Teewasser kocht!«, erklang plötzlich von irgendwoher Eduards samtene Baritonstimme. »Herein mit euch!«

Vor Schreck ließ ich den Mantel fallen. Kalter Schweiß brach mir aus. Eduard war am Leben? Sollte der Messerstich doch nicht tödlich gewesen sein?

»Wo bleibt ihr denn, Mädchen«, rief es wieder, »der Wodka wird warm, und die Kartoffeln werden kalt, kra, kra …«

Jetzt klang Eduard wie eine Krähe. Ich starrte Gema an und fragte schockiert: »Wer ist das?«

Die Frau seufzte tief auf. »Schrecklich, nicht?«

»Eduard lebt?!!«

Ohne ein Wort öffnete Gema die Küchentür. Von dort schritt ein großer Papagei hervor. Ja, er schritt und flog nicht etwa. Ein sehr eindrucksvolles Tier: grau wie ein Hase und ziemlich zerzaust.

»Das ist Archie«, erklärte mir Gema. »Er ist sehr klug und ein großer Stimmenimitator. Manchmal scheint mir, er sei gar kein Vogel, sondern ein verzaubertes Kind oder besser, ein Halbstarker.«

Als verstehe er ihre Worte, öffnete Archie den Schnabel und ließ ein Miauen hören, das bei einer Katze nicht echter hätte klingen können. Dann legte er den Kopf schief und fragte: »Und wer bist du?«

Mechanisch antwortete ich: »Tanja.«

Archie ließ einen Pfiff hören und machte sich davon.

»Schrecklich, nicht wahr?«, wiederholte Gema. Dann fragte sie: »Woher wissen Sie, dass Eduard tot ist?«

Ich seufzte und sagte: »Wollen wir uns nicht setzen?«

»Ja, natürlich«, antwortete Gema und wurde plötzlich hektisch. »Entschuldigen Sie schon, ich bin ziemlich durcheinander. Bitte hier herein.«

Wir traten in eine riesige Küche, die zugleich als Esszimmer diente. Gema setzte sich auf eine Couch, sprang aber sogleich wieder auf und goss mir Tee ein. Ihre Hände zitterten. Sie ließ einen Teelöffel fallen, dann verstreute sie etwas Zucker auf dem Tisch. Schließlich riss auch noch der Faden des Teebeutels. Aber sie nahm sich zusammen und vergoss keine Träne. Nur manchmal zitterte ihre Stimme verräterisch.

Ich bearbeitete den Teebeutel mit dem Löffelchen und berichtete, was bei McDonalds vorgefallen war.

»Was meinen Sie«, flüsterte die Witwe, »hat er sehr gelitten?«

Ich musste an sein verzerrtes Gesicht und die hervortretenden Augen denken, sagte aber rasch: »Nein, nein, er ist ganz ruhig gestorben, mit einem Lächeln auf den Lippen.«

»Wenigstens das«, murmelte Gema. »Eduard fürchtete sich so sehr vor Schmerzen.«

Wir schwiegen eine Weile. Dann legte Gema ihre Hand, leicht wie ein Herbstblatt, auf meine und sagte mit einem Lächeln: »Es ist gut, dass Sie in seiner letzten Stunde bei ihm waren. Sie haben sich einmal geliebt?«

Ich lächelte gequält zurück. »Das ist wohl zu viel gesagt. Während des Studiums am Konservatorium sind wir einige Male zusammen ins Kino gegangen. Aber ein Paar ist aus uns nicht geworden. Und dann hat Eduard Nina Arbeni geheiratet.«

»Die arme Nina«, seufzte Gema. »Sie wissen, was mit Nina geschehen ist?«

»Nein. Eine Zeitlang habe ich ihren Namen auf Plakaten gelesen. Aber als ich selbst Konzerte gab, sind wir uns nicht begegnet. Ich war nicht gerade berühmt, genauer gesagt, eher Lückenbüßerin in bunten Programmen. Sie wissen doch, wie das damals gemacht wurde. Zuerst ein Poem über Lenin, dann gab es ein Ballettsolo, danach klassische Musik und schließlich Schlagersänger, dressierte Hunde, Artisten und einen Komiker ... Nina dagegen hatte eigene Soloabende in den besten Konzertsälen. Sie gehörte zur Elite, ich dagegen nur zum Fußvolk der Kunst ...«

Gema lächelte versunken, dann aber fiel ein Schatten über ihr Gesicht.

»Nina ist tot.«

»O je«, sagte ich erschrocken. »Wann ist sie denn verstorben?«

»Schon vor neun Jahren. Im Grunde habe ich Eduard geheiratet, weil sie uns verlassen hat. Wir waren eng befreundet, verstehen Sie?«

»Ehrlich gesagt, nicht sehr«, murmelte ich.

»Haben Sie ein wenig Zeit?«

»Natürlich«, antwortete ich zuvorkommend.

»Soll ich Ihnen von Eduard und mir erzählen?«

Das hatte mir gerade noch gefehlt. Wenn ich etwas nicht mag, dann die Geständnisse fremder Leute. Aber die arme Gema musste das wohl loswerden. Ich blickte verstohlen auf die Uhr. Es war kurz nach sieben, noch nicht sehr spät.

Sollte sie sich erst einmal bei mir ausheulen. Sicher hatte sie Freunde und Bekannte, die ich später anrufen konnte.

Nina Arbeni und Gema kannten sich schon als Kinder. Ihre Häuser umstanden denselben Hof, und sie spielten viel zusammen. Ihre Eltern hatten nichts dagegen. Ninas Vater war Professor am Konservatorium und Gemas Mitglied der Akademie der Wissenschaften. Mit der Kunst hatte er nicht viel im Sinn. Er arbeitete in einem geheimen Forschungsinstitut der Medizin oder Biologie. Als Kind interessierte sich Gema nicht sehr dafür, was ihre Eltern trieben. Erst später erfuhr sie, dass ihr geliebter Vater eine internationale Berühmtheit im Bereich der medizinischen Forschung und ihre Mutter seine rechte Hand war. Nina und Gema besuchten gemeinsam die Musikschule. Nina lernte Geige, und Gema hatte eine angenehme Stimme. Später trennten sich ihre Wege. Nina wurde ins Konservatorium aufgenommen. Gema versuchte gar nicht erst, Opernsängerin zu werden. Ihre Stimme war hübsch, aber nicht stark genug. Sie konnte im Familienkreis wunderschöne Romanzen vortragen und sich selbst dabei am Klavier begleiten. Zu mehr reichte es nicht. Außerdem war Gema nicht ganz gesund. Sie schlug die medizinische Laufbahn ein. Nach dem Studium verschaffte ihr der einflussreiche Papa eine Aspirantur. Nun winkte ihr die Dissertation und eine Anstellung am Institut des Vaters. Doch Gema interessierten die Bandwürmer und Hautparasiten wenig, mit denen sich ihre Eltern befassten. Als Ärztin praktizieren wollte sie nicht. Davon hatte sie seit ihren klinischen Praktika genug. Die Kranken boten einen schrecklichen Anblick und rochen so abscheulich, dass ihr übel wurde. Daher entschied sie sich für die Wissenschaft. Aber schon der Anblick eines Mikroskops brachte sie zum Gähnen. So ein Leben war für sie ohne jeden Reiz. Auch im persönlichen Bereich ging es nicht voran. Die Männer machten um Gema einen Bogen. Nicht einmal ihre reiche Mitgift – Wohnung, Auto und Datsche – konnten sie reizen. Zu blass und farblos war die Braut.

Für Nina dagegen lief alles glänzend. Noch während des Studiums am Konservatorium heiratete sie Eduard Malewitsch, einen begabten Jungen aus der Provinz. Auch als Geigerin machte sie rasch Karriere. Bald hatte sie ihren eigenen Hörerkreis.

Die beiden Frauen blieben enge Freundinnen. Gema besuchte Nina häufig und freute sich über deren Erfolge. Sie trafen sich regelmäßig zum Abendessen. Sie fuhren auch zusammen in den Urlaub. Eduard behandelte Gema wie Ninas Schwester.

Dann geschah etwas Furchtbares. Nina wurde krank. Keine Frage, dass man sofort die besten Fachärzte, alle Leuchten der Medizin konsultierte. Einer nach dem anderen stellte seine Diagnose – Krebs, TBC, Asthma ..., aber die Ärzte stocherten im Nebel. Nina hustete stark, hatte ständig leicht erhöhte Temperatur, und man konnte zusehen, wie sie immer weniger wurde. Dann kam sie ganz zum Liegen und spuckte Blut. Keine Heilmethode, weder Strahlen- noch Chemotherapie, schlug an. Schließlich schied die arme Nina still aus dem Leben. Eltern und Ehemann waren untröstlich.

Die Ärzte forderten eine Obduktion, denn sie wollten wissen, an welcher Krankheit die Patientin gestorben war. Aber Professor Arbeni weigerte sich kategorisch.

»Ich werde doch meine Tochter nicht von euch zerstückeln lassen!«

Ein Arzt wollte den alten Mann mit dem Argument überzeugen: »Wenn wir Ninas Todesursache finden, können wir vielleicht andere Menschen retten!«

Arbeni hielt dagegen: »Das fehlte noch! Nina ist nicht mehr zu helfen! Ich verbiete kategorisch, dass Sie sie für Ihre idiotische Wissenschaft missbrauchen!«

Um zu verhindern, dass die Ärzte seinem Willen zuwiderhandelten, ließ er den Leichnam seiner Tochter in der Wohnung aufbahren.

Einen Tag vor ihrem Ende hatte Nina zu Gema gesagt: »Ich glaube, mit mir ist es bald vorbei.«

»Sag doch nicht so was«, entgegnete Gema und trocknete sich die feuchten Augen. »In einer Woche kommt mein Vater aus Afrika zurück, der hilft dir bestimmt!«

»Nein«, flüsterte Nina, »das ist das Ende. Ich habe nur eine einzige Bitte an dich: Heirate Eduard. Ihr werdet ein gutes Paar.«

»Red nicht solchen Unsinn«, erwiderte Gema aufgebracht.

Aber Nina beharrte: »Das musst du mir versprechen.«

Schließlich rang sich Gema widerwillig die Worte ab: »Wenn du uns mit neunzig Jahren verlässt, dann werde ich Eduards Frau.«

»So ist es gut«, murmelte Nina und schloss die Augen. Sie sollte sie nicht mehr öffnen. Am Abend setzte die Agonie ein, und um drei Uhr morgens war die schöne Nina tot.

Einen Monat nach dem Begräbnis begannen Gema und Eduard sich zusammen in der Öffentlichkeit zu zeigen. Die Geschichte, wie Nina die Freundin gebeten hatte, ihren Platz einzunehmen, machte die Runde. Die Krankenschwester, die dieser traurigen Szene beigewohnt hatte, plauderte sie aus. Daher wagte niemand ein Wort gegen Gema und Eduard zu sagen. Im Gegenteil, die Bewunderung für eine so seltene Freundschaft war allgemein. Über die Eheschließung der beiden wunderte sich dann niemand mehr. So wurde Gema Eduard Malewitschs Frau.

Mit der Heirat hatte Gema plötzlich auch auf anderen Gebieten Erfolg. Zwei Jahre später entdeckte sie an sich seltene übersinnliche Gaben und begann damit Kranke zu heilen. Bald führte sie die ersten Sitzungen vor Publikum durch.

»Moment mal«, rief ich entgeistert aus. »›Gema Dautowa – Ihr Rettungsring‹ – das sind Sie? Ihre Plakate hängen ja überall!«

Gema nickte. »Ja, wir haben entschieden, dass ich besser unter meinem Mädchennamen auftrete. Es konnte doch niemand ahnen, dass Eduard sich die Hand bricht und keine Konzerte mehr geben kann.«

Das Schicksal brachte Gema das Glück und entzog es Eduard. Das Leben erinnert oft an kommunizierende Röhren – es gibt an einer Stelle und nimmt an einer anderen. Zwei Jahre nach der Eheschließung mit Gema hatte Eduard einen verhängnisvollen Unfall. Eine gebrochene Hand ist unangenehm, aber für Tausende Menschen keine Katastrophe. Für einen Geiger schon. Ein ganzes Jahr lang saß Eduard untätig zu Hause herum. Schließlich verfiel er dem Alkohol. Gema reiste mit ihren Sitzungen quer durch Russland. Sie wurde berühmt und trat in immer größeren Sälen auf. Es kam zu wunderbaren Heilungen schwerkranker Menschen. Lahme konnten wieder gehen, Blinde erblickten das Tageslicht, Stumme sprachen die ersten Worte, Allergien oder die Schuppenflechte verschwanden binnen Wochen, als hätte es sie nie gegeben. Gema nahm märchenhafte Summen ein. Sie baute ein ganzes Unternehmen auf. Da waren Verwaltungsangestellte, Flugblattverteiler und Kosmetikverkäufer. Gema stellte eine besonders »aufgeladene« Creme für die Gesichtspflege her, die ihr die Frauen aus den Händen rissen wie heiße Piroggen. Es hieß, die gelbliche Masse, die in einfachen rosa Dosen vertrieben wurde, vollbringe wahre Wunder.

Mit einem Wort, Gemas Stern stieg unaufhaltsam, während der Eduards immer tiefer sank. Dann hatte auch er unerwartet Glück. Einer seiner Freunde, ein ziemlich hohes Tier, bot ihm den Posten … eines Friedhofsdirektors an.

Als Gema davon hörte, fand sie den Gedanken unsäglich. Eduard lachte nur. »Das geschieht mir recht! Der Friedhof ist wohl mein Schicksal.«

Aber mit der Zeit fand er Gefallen an der ungewöhnlichen Tätigkeit.

»Eduard wollte überall der Beste sein«, erzählte Gema wehmütig, »als Geiger oder als Friedhofsdirektor … Sie können sich nicht vorstellen, wie er dort aufgeräumt hat. Er entließ alle Säufer, verjagte die Obdachlosen und richtete eine Kapelle ein. Später kam ein Konzertsaal hinzu, wo inzwischen die besten Künstler auftreten.«

Gema verstummte einen Augenblick und sagte dann leise: »Und wer alles bei ihm gespielt hat! Der Geiger Dawidowski, der Cellist Markow, die Pianistin Sotnikowa, der Karawajew-Chor ist aufgetreten… Nicht nur ganz Belogorsk hörte zu, sondern selbst aus Moskau kamen die Leute …«

Eduard verdiente nun auch wieder gut. Da Gema von dreißig Tagen im Monat höchstens eine Woche zu Hause war, waren Eduards alte Laster bald wieder da. Er trank, allerdings nicht so sehr wie zuvor, und ließ sich mit anderen Frauen ein.

»Darunter habe ich sehr gelitten«, erinnerte sich Gema. »Ich liebte Eduard so sehr, dass ich sogar bereit war, seine Affären zu übersehen. Schließlich ist er immer wieder zu mir zurückgekommen. Aber er fiel auf die abscheulichsten Schlampen herein. Lena, seine letzte, war die Schlimmste von allen. Die hat er in einem Striplokal aufgelesen. Eduard kaufte ihr eine Wohnung und teure Sachen. Aber sie war nur hinter seinem Geld her.«

»Ich habe sie gesehen.«

»Tatsächlich?« Gema wunderte sich. »Und wo? Haben Sie denn noch Kontakt zu Eduard gehabt? Ich dachte, Sie seien sich nach dem Konservatorium nie wieder begegnet.«

Nun musste ich mit der Geschichte von dem Täschchen herausrücken. Gema schlug die Hände zusammen.

»Das Miststück! Und das Handy hat sie auch?«

Ich nickte verlegen.

»So ein Pech«, flüsterte Gema, »geradezu ein Unglück!«

»Warum denn?«

»Eduard hatte ein Ericsson vom letzten Schrei mit Mailbox, Roaming und ähnlichen Spielereien, außerdem mit einem Taschenrechner, Internetzugang, vor allem aber einer umfangreichen Adressdatei. Dort sind die Telefonnummern seiner vielen Bekannten gespeichert. Ohne das Handy kann ich nicht alle erreichen und zum Begräbnis einladen. Was mache ich denn jetzt? Auf keinen Fall werde ich diese Person anrufen!«

Da ich an dieser verfahrenen Situation schuld zu sein schien, schlug ich vor: »Wenn Sie möchten, fahre ich zu Lena und hole das Handy. Wegen meiner Unbedarftheit haben Sie schließlich schon Geld eingebüßt ...«

»Die Dollars interessieren mich nicht.« Gema winkte ab. »Ich würde viel mehr aufwenden, um Eduards Mörder zu finden.«

»Vielleicht sollten Sie den Ermittlern etwas zustecken, dann geben die sich vielleicht mehr Mühe!«

Auf Gemas Gesicht erschien ein trauriges Lächeln.

»Ach, liebe Tanja, unsere tüchtigen Milizionäre nehmen die Dollars und tun nichts! Das sind doch alles Betrüger! Zu denen habe ich keinerlei Vertrauen.«

»Dann beauftragen Sie eben einen Privatdetektiv!«

Wieder lächelte Gema nachsichtig. »Eine meiner Freundinnen hat das kürzlich getan. Sie war der Meinung, dass ihr Mann sie betrügt. Ich habe versucht, ihr das auszureden, aber vergebens. Der Detektiv hat ihr Berichte seiner Beobachtungen vorgelegt und ihr dafür mehrere Tausender abgeknöpft. Und wissen Sie, was sich dann herausstellte?«

»Was denn?«

»Er hat den Mann gar nicht beobachtet, sondern sich sein Geschreibsel aus den Fingern gesaugt. Nein, an solche Kerle verschwende ich kein Geld. Wenn es einen ehrlichen Ermittler gäbe, der mir wirklich helfen will ...«

»So einen kenne ich!«

»Tatsächlich?« Gema schien sich aufrichtig zu freuen. »Liebe Tanja, bringen Sie ihn zu mir!«

»Ich weiß nicht, ob er so etwas macht, ob er überhaupt private Ermittlungen übernehmen darf ...«

»Ich flehe Sie an, überreden Sie ihn! Wie heißt er denn?«

»Wolodja Kostin, er ist Major und sehr erfahren.«

»Bitte, bitte!!!«

Tränen stiegen Gema in die Augen und liefen ihr über die Wangen.

»Eduard, mein armer Mann! Ich werde keine Ruhe finden, bevor ich nicht weiß, wer ihn umgebracht hat. Das ist das Einzige, was ich noch für ihn tun kann. Mein Gott, ist das nicht schrecklich? Warum nur...?«

»Ich will sehen, was sich machen lässt«, sagte ich ergriffen. »Ich gebe mir alle Mühe, aber...«

»Kein Wort mehr!« Gema wurde plötzlich hektisch. »Sie sind die Einzige, die mir helfen kann. Hier, nehmen Sie das!«

Sie sprang auf, lief zu einem Schrank, holte eine schwere Kassette heraus und warf mehrere Bündel Banknoten auf den Tisch.

»Eins, zwei, drei, vier…«

»Was soll denn das?«, stammelte ich verdattert, »ich will kein Geld.«

»Nein, nein!«, schrie Gema jetzt fast. »Sie werden mir helfen, das weiß ich. Gütiger Gott, ich kann kein Auge zutun, solange der Mörder nicht hinter Gittern sitzt! Nehmen Sie schon, sonst stürze ich mich gleich aus dem Fenster!«

Ihre Hände zitterten, die Stimme versagte. Ich hatte den Eindruck, sie könnte jeden Augenblick den Verstand verlieren und tatsächlich aus dem Fenster springen. Ich steckte das Geld in meine Tasche. Sollte sie sich erst einmal beruhigen. Am nächsten Tag wollte ich es ihr zurückgeben. Ich hatte tatsächlich vor, Wolodja am Abend anzusprechen. Vielleicht ließ er sich ja darauf ein. Er brauchte dringend Geld. Aber ich hatte keine Ahnung, wie man derartige Dinge in seiner Dienststelle betrachtete.

Als Gema sah, dass ich das Geld genommen hatte, beruhigte sie sich wieder, steckte sich eine Zigarette an und fragte dann mit schwacher Stimme: »Und das Handy bringen Sie mir?«

»Auf jeden Fall«, sagte ich eilig, weil ich fürchtete, die Arme könnte gleich wieder in Hysterie verfallen.

»Jetzt sofort?«

»Ja.«

»Sie fahren also hin und holen es?«

»Natürlich«, antwortete ich in beruhigendem Ton. »Keine Sorge. Dafür brauche ich zwei Stunden, höchstens zweieinhalb.«

»Ich weiß gar nicht, wie ich Ihnen danken soll«, flüsterte Eduards Witwe. »Seit Nina tot ist, habe ich keine wirkliche Freundin mehr. Ich wüsste gar nicht, wen ich darum bitten könnte. Manchmal denke ich, ich sollte Eduard in jene Welt folgen. Wie werde ich nur ohne ihn weiterleben?«

Und sie begann wieder zu weinen, diesmal ganz leise wie ein krankes Hündchen. Mitleid übermannte mich. Ich umarmte Gemas zarte Schultern und spürte, wie es sie schüttelte. Sie barg ihr Gesicht an meiner Brust. So standen wir, bis Gema mich entschlossen von sich schob.

»Entschuldigen Sie, das passiert mir zum ersten Mal. Ich kann mich eigentlich gut zusammennehmen!«

»Sie haben einen Schock erlitten, da ist das ganz normal.«

»Nochmals danke, dass Sie mich in dieser schweren Stunde unterstützen.«

»Das ist doch nicht der Rede wert. Warten Sie auf mich, ich bin bald zurück.«

Gema brachte mich zum Fahrstuhl. Als sich die Tür schon öffnete, sagte Eduards Witwe plötzlich: »Ich glaube, ich könnte dem Ermittler sagen, wo er den Mörder suchen soll.«

Ich hielt erschrocken inne.

»Wo denn?«

»Auf dem Friedhof«, sagte Gema mit Nachdruck. »Da sind in der letzten Zeit merkwürdige Dinge passiert. Ein gewisser Shora Sawrassow hat Eduard gedroht. Sie hatten irgendeine Auseinandersetzung …«

Ich trat in den Lift und wollte schon auf den Knopf drücken.

»Denken Sie daran«, erklärte Gema nun in überraschend feierlichem Ton, »Sie haben versprochen, mir zu helfen. Sie dürfen mir nichts vormachen, mir nicht!«

»Natürlich nicht«, sagte ich eilig, »Sie können beruhigt sein, ich halte, was ich verspreche.«

Der Aufzug brachte mich nach unten. Der höfliche Sicherheitsmann öffnete mir die Haustür. Als ich auf die Straße trat, überlief mich ein Schauer. Der Frost war stärker geworden. Pelzmantel und Stiefel kamen mir jetzt sehr zupass.

Die Retschnaja Uliza erreichte ich rasch und ohne weitere Zwischenfälle. Erst dort begannen die Schwierigkeiten. Lena öffnete nicht. Ich klingelte und klingelte, aber in der Wohnung blieb es totenstill. Auch auf mein heftiges Klopfen reagierte niemand. Schließlich läutete ich an der Nachbartür. Ein junger Mann von etwa zwanzig Jahren mit zerwühltem Haar und zerknittertem Gesicht schaute heraus. Wahrscheinlich hatte ich ihn aus dem Schlaf gerissen. Bei dem Wetter verkroch sich jeder gern unter einer warmen Decke.

»Was ist?«, brummte er unfreundlich.

»Können Sie mir sagen, wo Ihre Nachbarin ist?«

»Lena?«

»Ja.«

»Vielleicht in der Disko oder im Klub…«

»Hat die Diskothek auch einen Namen?«

Der Junge musste lachen. »Na, Sie sind mir vielleicht eine! Der Teufel weiß, wohin sie ausgeflogen ist!«

»Wie kommen Sie überhaupt auf die Diskothek?«

»Vor einer halben Stunde habe ich sie gesehen. Da ist sie in voller Kriegsbemalung, mit rotem Röckchen und Pelzjacke an mir vorübergeflattert. ›Weshalb hast du dich denn so aufgedonnert?‹, habe ich sie gefragt. ›Will zum Tanz mit einem tollen Mann, er wartet unten im Wagen!‹, hat sie nur gerufen und war verschwunden.«

»Wann sie zurück ist, hat sie nicht gesagt?«

»Warum sollte sie? Sie ist mir doch keine Rechenschaft schuldig! Und wer sind Sie überhaupt?«

»Ich bin Lenas Tante. Ich wollte sie besuchen. Und nun ist sie nicht da!«

»Das ist Pech«, meinte der Bursche. »Aber ich kann

Ihnen nicht helfen. Lena ist ein Nachtfalter, vor morgen früh können Sie kaum mit ihr rechnen.«

Damit warf er die Tür zu. Da stand ich nun vor der verschlossenen Wohnung. Was sollte ich tun? Die herzlose Person hatte das Geld genommen und ließ es sich wohl sein. Aber die arme Gema wartete darauf, dass ich mit dem Handy zurückkam. Ich schaute mir die Tür genauer an. Ein ganz gewöhnliches Schloss. Noch dazu passte die Tür nicht genau in den Rahmen, und ein Stückchen von dem Riegel war zu sehen. Ohne lange nachzudenken, holte ich eine Nagelfeile aus meiner Handtasche und schob sie darunter. Es klickte leicht, und die Tür ging auf.

Ich schaute mich kurz um, schlüpfte durch den Spalt und drückte die schmutzige Tür zu, die aus Presspappe gemacht zu sein schien. In Abwesenheit der Bewohner in ein fremdes Quartier einzudringen, gilt nach dem Strafgesetz als Einbruch, für den man sich eine beträchtliche Strafe holen kann. Aber ich wollte nicht stehlen. Mir ging es nur um Eduards Handy. Hoffentlich hatte Lena es nicht mitgenommen, um vor ihren Freundinnen damit anzugeben.

Das kleine Ding lag in der Küche. Anstelle des grünen leuchtete jetzt ein rotes Lämpchen. Vielleicht war der Akku leer. Hocherfreut steckte ich das Handy in die Tasche und lugte vorsichtig ins Treppenhaus hinaus. Niemand zu sehen. Aus der Nachbarwohnung erklangen jetzt die harten Bässe von Rockmusik. Offenbar war der Bursche nun munter und hatte das Radio eingeschaltet oder eine CD aufgelegt. Die Nachbarn zur Rechten schienen in heftigem Streit zu liegen. Die hohe Stimme einer Frau und die tiefe eines Mannes schrien wild durcheinander. Um mich kümmerte sich niemand. Leise zog ich die Tür hinter mir zu. Da ich Lena nicht begegnen wollte, lief ich, zwei Stufen auf einmal nehmend, die Treppe hinunter.

5. Kapitel

Ich beeilte mich so sehr, dass ich ganz außer Atmen war, als ich wieder bei Gemas Haus anlangte. Der Sicherheitsmann lächelte mir zu wie einer alten Bekannten. Ich stieg in den Aufzug und fuhr hinauf. An Gemas Wohnungstür war ein Zettel mit der Aufschrift »Für Tanja« befestigt. Verdutzt nahm ich ihn ab, faltete ihn auseinander und las:

»Liebe Tanja, verzeihen Sie mir, dass ich Sie in diese Geschichte hineinziehe. Sie sind so nett zu mir gewesen. Die Wohnungstür ist nicht verschlossen. Aber gehen Sie bitte nicht ins Schlafzimmer, denn was Sie dort sehen würden, wäre nicht angenehm für Sie. Rufen Sie bitte die Miliz und tun Sie mir einen letzten Gefallen: Seien Sie bei der offiziellen Wohnungsbesichtigung Zeugin. Mir liegt sehr daran, dass keine fremden Leute hereinkommen. Ich folge Eduard aus freiem Willen. Mein Leben ist sinnlos geworden. Meinen letzten Wunsch müssen Sie nicht erfüllen. Im Grunde ist jetzt schon alles gleich. Ihre Gema.«

Ich stürzte in die Wohnung, ergriff das Telefon, das auf einem Zeitungstischchen lag, wählte mit der einen Hand die 03 und stieß mit der anderen die Tür zum Schlafzimmer auf. Auf dem Bett erblickte ich Gema. Sie lag ausgestreckt da, ihre Pantoffeln standen akkurat auf dem Bettvorleger. Ihre Hände waren auf der Brust gefaltet. Das Gesicht strahlte Ruhe aus. Ein friedliches Bild.

»Schnelle Medizinische Hilfe, worum geht es?«

Ich drückte den roten Knopf. Nein, einen Arzt brauchte sie wohl nicht mehr. Haben Sie schon einmal darüber nachgedacht, worin sich ein schlafender Mensch von einem toten unterscheidet? Beide liegen still da, aber der tote hat einen ganz besonderen Gesichtsausdruck. Etwas ist daraus verschwunden, wahrscheinlich das Leben.

Gema sah sich gar nicht mehr ähnlich. Das Gesichtchen hatte kaum noch die Größe einer Faust, die Wangen waren tief eingefallen, die Nase ragte spitz hervor, und über der Stirn lag bereits ein gelblich-blauer Schatten.

Auf dem Nachtschränkchen erblickte ich ein leeres Fläschchen und einen weiteren Zettel. Nachdem ich die Miliz gerufen hatte, las ich den kurzen Text: »An meinem Tod ist niemand schuld. Das Gift habe ich aus freiem Willen genommen. Ohne meinen geliebten Mann kann ich nicht weiterleben. Gema Dautowa-Malewitsch.« Es folgten Datum und Unterschrift. Unter dem Zettel lag Gemas Pass.

Die Miliz erschien erst nach zwei Stunden. Ich erwartete sie in der Küche, wo ich dumpf in den eingeschalteten Fernseher starrte. Es lief gerade die Quizsendung »Was? Wann? Wo?« Die mag ich sehr, aber später ich konnte mich an keine einzige Frage oder Antwort mehr erinnern.

»Tanja!«, hörte ich aus dem Korridor eine bekannte Stimme rufen. »Wo steckst du denn, du Unglücksmensch?«

Mir fiel eine bleischwere Last von der Seele. Ein Glück, dass sie Wolodja geschickt hatten. Jetzt konnte ich endlich aufatmen.

Den Major habe ich in einer schweren Zeit kennengelernt. Er führte die Ermittlungen, als meine Freundin Katja entführt wurde.* Vom Bekannten wurde Wolodja zu einem Freund und schließlich zu unserem besten Freund. Wir überredeten unsere Nachbarin aus der Einzimmerwohnung nebenan, mit ihm zu tauschen, und wohnen nun alle zusammen auf einem Treppenabsatz. Ich würde gern mehr Zeit mit ihm verbringen, aber Wolodja jagt Tag und Nacht die Verbrecher der Hauptstadt, und das für ein ziemlich mickriges Gehalt. »Der letzte Romantiker unter den Bul-

* Ausführlich in Darja Donzowas Roman *Nichts wäscht weißer als der Tod*, Aufbau 2006.

len«, nennt ihn Serjosha, unser Lästermaul. Wolodja stört das nicht, denn er liebt seine Arbeit. Gern zitiert er Felix Dzierżyński: »Ein Tschekist braucht saubere Hände, ein heißes Herz und einen kühlen Kopf.«

Dieser Satz war allerdings an die Mitarbeiter des NKWD gerichtet, von denen viele absolut keine sauberen Hände hatten. Aber Wolodja Kostin erfüllt diese Forderung. Er ist intelligent, umsichtig und hochgebildet. Er lässt sich nicht bestechen. Er fühlt nicht nur mit den Opfern, sondern manchmal auch mit den Tätern, vor allem solchen, die nicht mehr ein noch aus wissen.

»Also, Tanja«, brummte Wolodja, »Arme hinter den Kopf, Gesicht zur Wand, Beine breit und raus mit der Wahrheit! Ein aufrichtiges Geständnis trägt zur Strafminderung bei …«

Als er mein verstörtes Gesicht sah, ließ er die Späße. »Erzähl schon, was ist passiert?«

Ich sagte ihm, was ich wusste. Als Einziges verschwieg ich das Geld in meiner Tasche. Denn mit Wolodja waren zwei Männer gekommen, die ich überhaupt nicht kannte. Einer steckte sich eine Zigarette an, der andere ließ sich schweigend auf der Couch nieder. In ihrer Anwesenheit konnte ich Wolodja natürlich nicht fragen, ob er bereit war, für ein Honorar privat zu ermitteln. Aus demselben Grund erwähnte ich auch den Zettel nicht, den Gema für mich an der Tür befestigt hatte. Der ging nur mich etwas an, und am Wesen der Sache änderte er nichts.

Den Rest schilderte ich sehr ausführlich. Ich bedauerte sogar, dass ich unerlaubt in Lenas Wohnung eingedrungen war. Wolodja nickte zuweilen. Seine Begleiter hüllten sich in Schweigen. Als ich geendet hatte, sagte mein Gegenüber nur: »Alles klar. Sieh zu, dass du nach Hause kommst. Wir sprechen uns noch.«

Das verhieß nichts Gutes. Da ich die Sache nicht noch

schlimmer machen wollte, nickte ich nur und tat, wie mir geheißen.

Draußen war es noch kälter geworden. Außerdem war ein Wind aufgekommen, der einem durch Mark und Bein ging. Ich zitterte vor Kälte. Zum Glück stand mein weißes Wägelchen ganz in der Nähe. Ich holte den Schlüssel aus meiner Handtasche und drückte auf den Knopf der Zentralverriegelung. Keine Reaktion. Ich steckte den Schlüssel ins Schloss. Er ging leicht hinein, ließ sich aber nicht drehen. Im nächsten Moment heulte die Sirene der Sicherheitsanlage auf wie ein hungriger Wolf. Ich gab mir alle Mühe, aber das Schloss ließ sich nicht öffnen. Klar, das war der Frost. So etwas passiert im Moskauer Winter jeden Tag. Die Schlösser sind eine der Schwachstellen des Lada. Für einen guten ausländischen Wagen fehlt mir leider das Geld. Zum Glück hat mir unser Nachbar Maxim Iwanowitsch einen Trick gezeigt. Wieder wühlte ich in meiner Tasche, holte ein Feuerzeug heraus und hielt das zitternde Flämmchen an die Scheibe des Seitenfensters.

Die Sekunden zogen sich endlos hin. Die Füße wurden mir kalt, der Rücken tat mir weh, und zu allem Überfluss wollte die Sirene keine Ruhe geben. Endlich klickte es, und der kleine schwarze Knopf auf der Innenseite der Tür sprang hoch. Ich riss die Tür auf und ließ mich erleichtert auf den Fahrersitz fallen. Ein starker, ungewohnter Geruch wie von Rasierwasser stieg mir in die Nase. Die Sirene heulte immer noch. Auch ins Zündschloss wollte der Schlüssel nicht passen. Nun begriff ich überhaupt nichts mehr. Ich musste wohl wieder aussteigen und Wolodja holen. Der Major hat noch jeden Wagen in Gang gebracht. Vor dem Hauseingang stand der Minibus der Miliz, mit dem die Ermittler gekommen waren. Ich konnte den Fahrer sehen, der mit dem Kopf auf dem Lenkrad ein Nickerchen machte. Vielleicht sollte ich ihn bitten. Aber wahrscheinlich rührte der keinen Finger für ein fremdes Weib. Nein, Wolodja würde mir helfen.

Ich öffnete die Wagentür und wollte schon aussteigen …, da hörte ich jemanden brüllen: »Da bist du ja endlich, du Missgeburt! Rühr dich nicht vom Fleck, sonst kriegst du was vorn Latz!«

Völlig entgeistert starrte ich den Mann an, der sich vor meinem Auto aufgebaut hatte. In dem feisten Gesicht, das den Biertrinker verriet, saßen kleine flinke Äuglein, eine platte Nase und zusammengekniffene Lippen. Über seinen Aufzug hätte ich laut loslachen können, wäre die Lage nicht so ernst gewesen. Er hatte sich in eine kurze, speckige Lederjacke mit schrägem Reißverschluss gezwängt, unter der ein ausgeleiertes T-Shirt hervorschaute, dazu eine knallblaue Jogginghose und an den Füßen Plüschpantoffeln in Form niedlicher rosafarbener Häschen. Als ich in seiner ausgestreckten rechten Hand einen schweren Revolver erblickte, wurde mir noch kälter. Ein Verrückter mit einer Waffe!

»Jetzt kannst du aussteigen«, kommandierte der Mann und hielt mir die Pistolenmündung direkt vors Gesicht.

»Weshalb?«, piepste ich.

»Los, Beeilung!«

»Und wenn ich nicht will?«

»So ein Miststück!«, dröhnte der Kerl nun noch lauter. »Ein Weib und dreht solche Dinger! Auch noch im Pelz! Wolltest du das Kassettengerät klauen?«

»Wie kommen Sie denn darauf?«, antwortete ich ängstlich, denn ich wusste, dass man mit Unzurechnungsfähigen in ruhigem Ton sprechen muss.

Wenn doch der Fahrer des Minibusses endlich den Kopf gehoben hätte! Die Waffe hätte er doch sehen müssen.

»Du lügst!«

»Ich sage die Wahrheit, ich mache mir nichts aus Musik im Auto!«

»Wozu bist du dann eingestiegen?«

Ich seufzte schwer. Was für ein Tag! Und ich hatte ihn mir so schön vorgestellt. Ich wollte in aller Ruhe Mittagessen kochen und mir es dann mit einem Krimi auf der Couch bequem machen. Nicht genug, dass man den armen Eduard ermordet hatte und Gema ihm in den Tod gefolgt war. Zu allem Überfluss ging mir jetzt auch noch dieser Verrückte auf die Nerven, der entweder aus einer geschlossenen Anstalt oder nachlässigen Verwandten entlaufen war. In mein Schicksal ergeben, murmelte ich: »Ich wollte nach Hause, die Kinder warten. Vielleicht gehen auch Sie wieder hinein? Sonst erkälten Sie sich noch. Bei dem Frost in Pantoffeln auf der Straße – das ist gar nicht gut.«

»So was Unverschämtes hab ich ja noch nie erlebt!«, giftete der Mann weiter und fuchtelte wieder mit der Pistole herum. »Schluss jetzt, raus mit dir, aber dalli!«

»Ich denke nicht daran«, antwortete ich und hielt mich am Lenkrad fest.

»He, ihr, was treibt ihr denn da?!«, rief jetzt endlich der Fahrer des Minibusses.

»Hilfe!«, kreischte ich, »der will mich umbringen!«

Der Fahrer stieg aus, trat lässig an den Mann heran und sagte im Befehlston: »Wirf das Ding weg!«

»Ach, ihr macht das zu zweit?«, schrie der aufgeregte Kerl mit gellender Stimme und zielte auf den Fahrer. »Ich ruf die Miliz, dann werden wir ja sehen!«

»Ich bin die Miliz«, erwiderte der Fahrer seelenruhig. »Waffe weg, Gesicht zum Wagen, Hände auf den Kofferraum! Los, beweg dich.«

»Aber die sitzt immer noch im Auto!« Der Mann wollte sich wehren.

In diesem Augenblick ging die Haustür auf, und die Ermittler traten auf die Straße, allen voran der Major.

»Wolodja!«, schrie ich, so laut ich konnte. »Hilf mir, ich bin überfallen worden!«

Nun ging alles sekundenschnell. Die Milizionäre drehten dem Mann die Arme um und warfen ihn mit dem Gesicht nach unten in den Schnee. Die zwei rosa Häschenpantoffeln standen einsam neben der Wagentür.

»Das ist nur ein Spielzeug«, sagte einer der Milizionäre enttäuscht und zeigte den anderen die Waffe.

»Gut gemacht«, meinte ein zweiter, »von einer echten kaum zu unterscheiden. Wo hast du die denn her?«

»Ihr Blödmänner!«, rief der Mann zurück. »Schweinehunde!«

Der Chauffeur puffte den am Boden Liegenden mit dem Stiefel in die Seite. »Mach nur so weiter!«

»Leonid!«, befahl jetzt Kostin, »ruf auf dem Revier an, die sollen sich mit ihm befassen.«

»Nein, so was«, wunderte sich Leonid und zückte sein Handy, »sieht aus wie ein braver Bürger in seiner Lederjacke. Aber lauert den Leuten mit der Waffe auf wie ein echter Straßenräuber!«

»Ihr blöden Hammel!«, heulte der Mann erneut auf. »Das ist doch alles ganz anders! Das Weib hier wollte mein Auto klauen! Als die Sirene geheult hat, habe ich aus dem Fenster geschaut und bin losgerannt, wie ich war, hab mir nur die Lederjacke von meinem Sohn gegriffen und bin in die Pantoffeln meiner Frau geschlüpft! Die Spielzeugpistole habe ich dem Enkel aus der Hand gerissen, weil ich dem Hundsfott einen Schrecken einjagen wollte! Sieht aus wie echt! Nun ist es auch noch ein Weib! Und ihr Holzköppe habt nichts Besseres zu tun …«

Bei diesem Wortschwall überlief es mich eiskalt. Wie

dumm konnte man eigentlich sein? Meine Hutschachtel hatte ich doch zu Hause stehen lassen, weil ich nicht bei Glatteis fahren wollte... Über all dem, was inzwischen passiert war, hatte ich das völlig vergessen. Jetzt begriff ich auch, warum der Schlüssel weder ins Tür- noch ins Zündschloss passen wollte.

Wolodja warf einen raschen Blick auf das Nummernschild des Wagens und fragte finster: »Was sagst du dazu, Tanja?«

»Ich ..., ich ... habe wohl die beiden Ladas verwechselt. Meiner sieht genauso aus ..., weiß ... und ziemlich verrostet... Was bin ich bloß für eine Idiotin!«

»Soll ich hier noch lange mit der Schnauze im Dreck liegen?«, fragte der Besitzer nun unerwartet friedfertig. »Wenn ihr wollt, hole ich den Fahrzeugbrief.«

»Stehen Sie auf«, brummte Wolodja.

»Das kann ich nicht allein, mich hat die Hexe geschossen.«

»Wer?«, fragte der Fahrer begriffsstutzig. »Wer hat geschossen?«

»Er hat'n Ischias«, klärte ihn der Mann von der Spurensicherung auf. »Er kommt nicht von selber hoch.«

Nun halfen die Milizionäre ihm auf, klopften ihm den Schnee von den Sachen, steckten ihm die Häschenpantoffeln an die Füße und setzten ihn erst einmal in den Wagen. Ich entschuldigte mich wortreich.

Gegen elf Uhr abends waren Wolodja und ich endlich zu Hause. Der Major klingelte gleich an unserer Tür.

»Wer ist da?«, fragte Lisa vorsichtig, ohne zu öffnen.

»Die Staatsmacht im Mantel!«, rief Wolodja. »Mach schon auf, Lisa, ich fall bald um vor Hunger!«

Die öffnete rasch und legte gleich los: »Außer Torte haben wir nichts im Haus. Tanja kümmert sich um gar nichts mehr. Die treibt sich nur noch den ganzen Tag in der Stadt rum!«

Als sie meiner ansichtig wurde, schaltete sie noch einen Gang höher: »Sieht man dich endlich wieder mal! Wir müssen morgen zur Schule, schon vergessen?«

»Ich auch«, brummte ich.

»Na, du mit deinen Tonleitern«!, keifte sie weiter, »aber ich muss morgen eine Kontrollarbeit in Algebra schreiben! Das Quartal ist bald vorbei! Und wenn ich wieder eine Drei kriege? Was dann?«

»Reg dich ab«, warf Wolodja ein, »setz lieber Teewasser auf. Bei mir liegt noch ein Ende Wurst und ein Stück Käse im Kühlschrank.«

Mit dem Major streitet Lisa lieber nicht. Einige Male hat sie versucht, die Halbstarke zu spielen, aber das ist ihr schlecht bekommen. Wolodja packte sie einfach, steckte sie in die Wanne und duschte sie kalt ab. Zu allem Überfluss warf er auch noch ein Stück Kernseife ins kalte Wasser, deren Geruch Lisa auf den Tod nicht ausstehen kann. Seitdem erlaubt sie sich in Wolodjas Anwesenheit keine Frechheiten mehr. Ich werde seitdem den unguten Gedanken nicht los, dass körperliche Züchtigung von Kindern vielleicht doch keine so schlechte Sache ist …

»Was hast du denn da?«, fragte jetzt Kira, der inzwischen auch aufgetaucht war. Er zeigte auf die große Schachtel, die Wolodja in den Händen hielt.

»Das wirst du gleich sehen«, antwortete der Angesprochene geheimnisvoll. »Geh in die Küche.«

Auf dem Tisch lagen die Reste der Hamburger und der Pommes frites herum. Auch die Torte war fast aufgegessen. Auf einem Stuhl schlief, in sich zusammengesunken, Serjosha.

»Wo ist Katja?«, fragte ich.

»Noch im Dienst«, antwortete Kira. »Einem ihrer Patienten geht es schlecht, sie wird wohl über Nacht bei ihm bleiben.«

»Und Julia?«, wollte ich wissen.

»In der Redaktion«, gab Kira Auskunft. »Muss den Umbruch der neuen Ausgabe machen. Serjosha ist gerade erst gekommen, hat gegessen, und tschüss.«

Immer wieder muss ich mich darüber wundern, dass Katjas Großer einschlafen kann, wo er geht und steht. Selbst in der Metro oder auf einer Party, wenn die Stimmung auf dem Höhepunkt ist.

Wolodja stellte die große Schachtel auf den Tisch und nahm die Schnur ab.

»Hallo!«, kam es von dort.

»Wer ist denn das?« Lisa riss die Augen auf.

»Archie!«, rief ich. »Du hast den Papagei mitgenommen?«

Wolodja nickte. »Er hat mir leid getan. Die Wohnung ist leer, da verhungert er doch. Soll er erst einmal bei uns unterkriechen, dann sehen wir weiter. Er hat mich so an Kescha erinnert.«

Wolodja hatte lange Zeit einen Papagei namens Kescha. Irgendwann wurde er krank und starb.

»Der kann ja sprechen!«, rief Lisa begeistert.

Archie kletterte aus dem Karton, postierte sich am Rande der Tischplatte, plusterte sich auf, legte den Kopf schief, schaute Kira an und sagte: »Hallo. Wie heißt du?«

Der, völlig verdattert, antwortete: »Kira.«

»Archie«, stellte sich der Vogel vor.

»Sehr angenehm.« Kira ließ sich verwirrt auf den Dialog ein.

Die ungewohnten Laute lockten unsere Hunde an, die einer nach dem anderen in der Küche auftauchten, gefolgt von den Katzen.

»Hoffentlich fressen die den nicht«, sagte Lisa besorgt.

Archie warf Rachel, die mit der Schnauze bis auf den Tisch reichte und die Schachtel beschnupperte, einen bösen Blick zu. Dann hackte er mit seinem kräftigen Schnabel unerwartet nach ihrem Kopf und fuhr sie an: »Verpiss dich!«

Rachel setzte sich erschrocken auf die Hinterbeine und ließ nur ein kurzes »Wau!« hören.

»Wau, wau«, äffte Archie sie nach. »Verschwinde!«

Wolodja musste lachen.

»So, nun habt ihr euch also miteinander bekannt gemacht.«

6. Kapitel

Der Morgen begann wie immer um zwanzig vor acht. Das widerwärtige Piepsen des Weckers trieb mich hoch. Ich sprang auf, schlüpfte in meine Pantoffeln, ging auf den Korridor hinaus und rief, so laut ich konnte: »Aufstehen!«

In der ganzen Wohnung blieb es totenstill. Ich weiß nicht, wie das in anderen Familien ist, aber meine Kinder sind morgens kaum hochzukriegen. Als Nächstes drehte ich das Radio auf volle Lautstärke. Dann schaute ich zu Lisa hinein.

»Raus aus dem Bett, es ist Zeit!«

Unter dem Berg von Kissen und Decken bewegte sich etwas, Bonbonpapier, eine leere Chiptüte, die Zeitschrift *Cosmopolitan* und ein Plüschhündchen fielen zu Boden.

»Lass mich in Ruhe, Tanja!«, brummte eine dumpfe Stimme, »ich muss erst zur zweiten Stunde los!«

Ich zog ihr die Decke weg, riss die Lüftungsklappe auf und schaltete ihren Fernseher ein.

»Guten Morgen, alle miteinander!«, rief der Moderator.

»O-a-a«, stöhnte Lisa, setzte sich auf und schüttelte den Kopf, dass die langen Haare flogen.

Die hatten wir geschafft. Jetzt war Kira an der Reihe. Für ihn habe ich einen besonderen Trick. Ich packe Mulja und stecke sie ihm unter die Decke. Sie fängt sofort an, ihm die Fußsohlen zu lecken. Versuchen Sie mal, dabei zu schlafen!

Als ich sah, dass der Junge schon ein wenig durch die Augenlider blinzelte, ging ich den letzten und schwierigsten Teil der Aufgabe an. Ich stellte mich vor Serjoshas Bett und brüllte aus Leibeskräften: »Serjosha, aufstehen!!!«

Gewöhnlich kommt mir Julia zu Hilfe. Wie alle Frauen ist sie sofort wach und knufft ihren Mann in die Seite. Aber heute lag Serjosha allein quer über dem ganzen Doppelbett. Nach einem Nachtdienst in der Redaktion erscheint Julia immer erst gegen zehn Uhr morgens.

Ich wandte alle Mittel an, die mir zur Verfügung standen. Aber obwohl es wegen des offenen Fensters im Zimmer inzwischen eisig kalt war, Radio und Fernseher in voller Lautstärke heulten, schnarchte Serjosha ungerührt weiter. Es war, als versuchte ich den Heizkörper zum Leben zu erwecken, der ruhig an der Wand hing.

Langsam wurde ich böse. Ich wollte schon aufgeben, ihn auf die Beine zu bringen. Sollte er doch zu spät zur Arbeit kommen!

»Serjosha, steh auf«, piepste es da plötzlich aus einer Ecke.

Auf dem Fußboden stand Archie.

»Serjosha, steh auf«, wiederholte er mit dünnem Kinderstimmchen. Nie hätte ich gedacht, dass ich mich für Fremde so anhöre! Aber ich war froh, dass Hilfe kam.

»Archie, setz dich aufs Bett und gib's ihm!«

Als hätte der Vogel meine Bitte verstanden, flog er ans

Kopfende des Bettes und wiederholte: »Aufstehen, aufstehen, aufstehen!«

Da sich nichts rührte, wandte ich mich hoffnungslos zur Tür.

»He, Tanja!«, hörte ich auf einmal Serjosha schreien. »Bist du verrückt geworden?«

Ich fuhr herum. Serjosha hatte sich aufgesetzt und rieb sich den Schädel.

»Wird man hier neuerdings mit Schlägen auf den Kopf geweckt?«

»Wieso?«

»Was heißt, wieso? Das tut doch weh!«

Ich schaute zu dem Papagei hin, der friedlich auf der hohen Lehne des Bettes hockte. »Danke, Archie! Du hast es geschafft!«

Als eine halbe Stunde später die Wohnung leer war, rief ich Wolodja an. Am Abend zuvor hatte er fallenlassen, vor zehn werde er nicht aus dem Haus gehen, und auch ich hatte erst in der dritten Stunde Unterricht.

»Isst du ein Rührei mit mir?«, erkundigte ich mich.

»Was für eine Frage!«, rief Wolodja.

Eine Minute später klappte die Tür, und der Major erschien in der Küche. Wir frühstückten zusammen. Ich tastete mich vorsichtig an das heikle Thema heran. »Sag mal, Wolodja, wenn dich jemand um eine private Ermittlung bittet...«

»Worum?«, fragte der Major verblüfft.

»Stell dir vor: Ein Mann ist ermordet worden, und seine Ehefrau möchte dich als privaten Ermittler haben.«

Wolodja stellte die Tasse ab. »Was ist denn das für ein Unsinn? Erstens sind Privataufträge in meiner Dienststelle streng verboten. Und zweitens, wie stellst du dir das vor? Wenn der Mann ermordet wurde, gibt es eine offizielle Ermittlung. Das ist dann ein Fall, mit dem sich bereits jemand befasst.«

»Aber du kannst doch versuchen, die Sache an dich zu ziehen.«

Wolodja schaute mich zweifelnd an und tippte sich mit dem Finger an die Stirn. »Red nicht solchen Quatsch, Tanja. So geht das bei uns nicht.«

»Wie geht es denn bei euch?«

»Was heißt, wie? Nach dem Gesetz.«

»Wolodja, sie rückt 6000 Dollar raus.«

»So viel Geld hat sie übrig?«

Ich musste an Eduards schicke Limousine, an sein mit Geldscheinen vollgestopftes Täschchen, die luxuriöse Wohnung, Gemas Brillantschmuck denken und sagte vorsichtig: »Die Dame ist wohlhabend.«

»Sie hat ihren Mann wohl sehr geliebt«, meinte Wolodja seufzend, »wenn sie für ihn solche Summen aufwenden will. Andere geizen mit jeder Kopeke, und Dritte bemerken unter Umständen gar nicht, dass er nicht mehr da ist.«

Ich spitzte die Ohren. »Hast du dich mit Vera überworfen?«

»Sie hat mich verlassen«, teilte Wolodja trocken mit. »Ich möchte nicht darüber reden. Schließlich waren wir nicht verheiratet. Ich kann Frauen haben, so viele ich will. Vera! Du meine Güte! Heute sie, morgen eine andere …«

Aber seine düstere Miene sagte mir, dass ihm die Sache schon sehr naheging.

»Du machst es also nicht?«, fragte ich, um ihn von dem unangenehmen Thema abzulenken.

»Auf keinen Fall!«, gab Wolodja kurz zurück und erhob sich. »Ich muss los.«

Ich führte die Hunde aus, spülte das Geschirr und zog mich schließlich in mein Zimmer zurück. 6000 Dollar lagen in meiner Tasche. Was sollte ich jetzt damit machen? Ich konnte das Geld Gemas Eltern übergeben. Aber wo waren die wohl zu finden?

Da fiel mir ein, dass sie das Institut für Tropenmedizin erwähnt hatte. Ich blätterte im Telefonbuch und hatte die gesuchte Nummer bald gefunden.

»Institut für Tropenmedizin, hallo«, erklang eine freundliche Stimme.

»Entschuldigen Sie bitte, arbeitet bei Ihnen jemand mit dem Familiennamen Dautow?«

»Anton Sergejewitsch Dautow«, antwortete die Dame mit ausgesuchter Höflichkeit, »war viele Jahre der Direktor unseres Institutes. Aber zu unserem großen Bedauern ist er bereits vor einigen Jahren verstorben.«

»Soviel ich weiß, hat seine Frau mit ihm zusammengearbeitet?«

»Agnessa Nikolajewna weilt ebenfalls nicht mehr unter den Lebenden. Sind Sie von der Presse?«

»Ja«, sagte ich schnell. »Von der Zeitschrift *Medizin und Leben*.«

»Wenn Sie einen Artikel über Anton Dautow schreiben möchten, dann wenden Sie sich am besten an seine Tochter. Gema Dautowa war auch eine Zeitlang an unserem Institut tätig. Ich glaube, sie hat hier sogar ihre Dissertation verteidigt. Wenn Sie wollen, kann ich Ihnen die Telefonnummer heraussuchen.«

»Danke, die kenne ich. Hatten die Dautows außer Gema noch weitere Kinder?«

»Nein«, kam es vom anderen Ende. »Sie haben nur für die Wissenschaft gelebt und das eine Kind erst im reifen Alter bekommen.«

Ich legte auf. So eine idiotische Situation! Ich wurde die Dollars nicht los! Es war, als hätte ich sie gestohlen. Widerlich! Da fiel mir eine meiner Bekannten mit dem merkwürdigen Namen Fedora ein. Sie besitzt eine private Detektei. Direktorin kann man sie kaum nennen, denn sie hat keine Mitarbeiter und hockt allein in einem winzigen Zimmerchen in einem riesigen Bürohaus. Auch Aufträge hat sie kaum. Sie würde sich sicher über diese Aufgabe freuen und sie nach bestem Wissen und Gewissen erledigen. Vielleicht war sie nicht sehr erfolgreich, aber dafür grundehrlich.

Hoffnungsvoll gestimmt, wählte ich ihre Nummer.

»Agentur *Sherlock*.

»Hallo, Fedora...«

«Tanja!«, rief das Mädchen erfreut. «Was ist, hast du es dir überlegt und wirst bei mir Abteilungsleiterin?«

»Vorerst nicht«, brummte ich, »du willst mir ja nichts dafür bezahlen.«

»Wo ist denn dein Enthusiasmus geblieben?«, rief Fedora. »Jeder fängt mal klein an! Mein Pussik wird noch vor Neid platzen!«

Pussik ist ihr Mann, der Besitzer der Detektei *Phönix*. Er hat jede Menge Mitarbeiter, Computer und gleich mehrere Büros. Vor zwei Jahren wurde Fedora bei ihm eingestellt. Aber statt eine steile Karriere als Privatdetektivin hinzulegen, ließ sie sich von ihrem Chef heiraten. Der sperrte sie in einer luxuriösen Wohnung ein und verlangte von ihr, nur noch für ihn da zu sein. Da kannte er Fedora aber schlecht. Die Küchenfee zu spielen war das Letzte, was sie vorhatte. Nach einem Jahr verkaufte sie ein paar ihrer besten Schmuckstücke und eröffnete ihre eigene Detektei *Sherlock*. Ihr Mann war kategorisch dagegen, und zwischen beiden wäre es beinahe zu Handgreiflichkeiten gekommen. Hilfe hatte sie von ihm nicht zu erwarten. Sie kamen schließlich überein, dass Fedora versuchen sollte, ganz allein auf sich gestellt in diesem schwierigen Metier

Fuß zu fassen. Jetzt setzte sie alles daran, Erfolg zu haben, um ihrem Mann eine Nase zu drehen. Aber bislang hatte sie kaum Aufträge an Land ziehen können. Ich wäre sehr gern bei ihr eingestiegen, aber sie konnte mir im Moment keine Kopeke zahlen.

»Hör mal, Fedora«, sagte ich, »ich habe einen Auftrag für dich.«

»Was ist es denn?«, fragte meine Freundin kühl.

Ich erzählte ihr kurz, worum es ging.

»Entschuldige«, antwortete Fedora, »ich kann nicht.«

»Willst du keine 6000 Dollar verdienen?!«

»Das möchte ich schon«, meinte Fedora niedergeschlagen. »Aber vorgestern habe ich meinen ersten Auftrag übernommen. Der Kunde hat sofort bezahlt, und nun muss ich mich für ihn ins Zeug legen.«

»Dann arbeite doch an zwei Aufträgen gleichzeitig.«

»Mit dem einen bin ich voll ausgelastet.«

Darauf fiel mir nichts mehr ein.

»Hör mal, Tanja«, meinte Fedora plötzlich, »mach du es doch, wenn die Bezahlung gesichert ist.«

»Ich?!«

»Warum nicht?«

»Das kann ich nicht …«

»Nun halt aber mal die Luft an!«, rief Fedora ärgerlich. »Du kannst das! Nicht umsonst wollte ich dich unbedingt für mein Büro haben! Du hast die längste Zeit für 200 Rubel in der Schule gearbeitet! Am Anfang ist es immer schwer, aber dann kann das ein sehr einträgliches Geschäft sein! Entschuldige, ich habe zu tun.«

Und schon hatte sie aufgelegt. Was sie sagte, klang vernünftig. Doch im Moment konnte ich nicht lange darüber nachdenken, ich musste zum Unterricht.

Kaum hatte ich das Schulgebäude betreten, da rief die

Direktorin Anna Jewgenjewna, ein Riesenweib, das glatt als eine der Säulen des Bolschoi Theaters durchgehen konnte, mir zu: »Romanowa, kommen Sie gleich mal zu mir!«

Ich folgte ihrem Ruf.

»Also, Tatjana Andrejewna«, donnerte meine Vorgesetzte los, »Sie wissen, dass wir hier kein privater Verein sind. Weshalb haben Sie gestern den Pädagogischen Rat versäumt?«

»Ich hatte doch meinen freien Tag! Außerdem habe ich irrtümlich angenommen, dass er erst heute tagt.«

Die Direktorin richtete sich zu ihrer ganzen furchteinflößenden Größe auf. Warum sie bei Taille 150 wohl solche enganliegenden knallroten Pullis trug? Vielleicht gab es ihre Größe in einer normalen Farbe einfach nicht? Oder sie wollte die Kinder einschüchtern, damit die ihr nicht zu widersprechen wagten? Sich mit ihr anzulegen hatte ohnehin keinen Sinn. Wagte man ein Widerwort, dann runzelte sie die Brauen und donnerte einen an, dass die Trompeten von Jericho, die bekanntlich Mauern zum Einsturz brachten, sich dagegen wie ein leises Flöten ausgenommen hätten. Hielt sie sich gegenüber den Eltern noch etwas zurück, so tat sie sich bei Lehrern und Schülern keinen Zwang an. Dazu war sie der großen russischen Sprache in ihrer ganzen reichen Vielfalt mächtig. Ein Wortgefecht mit ihr hielt höchstens unser Werklehrer Iwan Michailowitsch aus, aber der war fast immer betrunken.

Kira und Lisa gehen in eine ganz normale städtische Schule, wo man keine Kopeke von uns verlangt. Die dortige Direktorin, eine nette, umgängliche Frau, hat hervorragende Lehrer um sich geschart. Die sind weder nachtragend, noch wollen sie immer recht haben. Wenn man dort während des Unterrichts die Korridore entlanggeht, hört man hinter den Türen die Lehrer mit ruhiger Stimme sprechen und die Kinder ab und zu lachen. Über das Klima in einer Schule sagen auch die Spitznamen viel, die die Kinder ihren Lehrern geben. Kiras Klassenlehrerin heißt nur Liebchen, die Direktorin Brötchen, der Physiklehrer Newton, die Englischlehrerin Lilli, und Russisch gibt Olga.

An der Schule, wo ich gegenwärtig unterrichte, ist alles anders. Chemie unterrichtet der Ochsenfrosch, Deutsch die Böse Fee und Geografie gar der Vollidiot.

»Vergessen Sie nicht«, nörgelte die Direktorin, »wir haben hohe Arbeitslosigkeit im Land, und Sie kriegen regelmäßig Ihr Gehalt. Wenn Sie bei uns nicht unterrichten wollen, brauchen Sie es nur zu sagen, dann stellen wir jemand anderen ein.«

»Na gut.«

»Was ist gut?«, fuhr die Direktorin mich an, und Zornesröte stieg ihr ins Gesicht. »Was kann gut daran sein, wenn Sie eine wichtige Veranstaltung versäumen, die …«

»Gut, ich kündige.«

»Aber das geht doch nicht!«, kreischte Anna Jewgenjewna jetzt auf, »mitten im Schuljahr!«

»Eben haben Sie doch selber gesagt, wenn ich nicht mehr bei Ihnen unterrichten will … Ich will nicht mehr!«

»Das könnte Ihnen so passen!«, keifte das Weib. »Ich behalte Ihr Arbeitsbuch ein!«

Ich zuckte nur die Schultern.

»Ohne das werden Sie nirgendwo mehr eingestellt!«

»An jeder Metrostation kann ich mir ein neues kaufen.«

»Ihr Restgehalt zahle ich Ihnen auch nicht aus!«

»Dann behalten Sie es doch!«, erklärte ich hoheitsvoll und bewegte mich zur Tür.

»Romanowa!«, brüllte sie mir hinterher.

Ich hielt kurz inne und gab zurück: »Ich habe Vor- und Vatersnamen.«

»Tatjana Andrejewna«, sagte die Direktorin jetzt in etwas gedämpfterem Ton, »ich bestehe darauf, dass Sie hier bis Ende des Jahres Ihren Dienst tun.«

»Geben Sie mir das schriftlich in drei Exemplaren! Dann denke ich über Ihr Angebot nach.«

»So eine blöde Kuh! Mach bloß, dass du wegkommst! Hält sich für unersetzbar! Verschwinde, verschwinde!«, geiferte Anna Jewgenjewna.

In der Regel habe ich keine Lust, mich mit solchen Leuten herumzustreiten, und zahle es denen, die mich beleidigen, nicht in gleicher Münze heim. Das ist keine christliche Demut. Ich will mich einfach nicht auf ihr Niveau begeben. Aber hier muss mir eine Sicherung durchgebrannt sein. Ich griff nach einem Plastikfläschchen mit Klebstoff, das auf dem Schreibtisch der Direktorin stand. Ein blitzender Strahl fuhr heraus und landete auf ihrer Turmfrisur. Das leere Gefäß warf ich ihr vor die Füße und sagte ganz leise: »Wenn du mich noch einmal anschreist, dann hau ich dir den Briefbeschwerer über den Schädel! Ist das klar?«

»Klar«, antwortete die Direktorin erschrocken. Wie alle Großmäuler war sie tief im Inneren furchtsam und feige.

»So ist es gut«, stellte ich befriedigt fest und schritt zur Tür. Dort drehte ich mich noch einmal um und warf der völlig verwirrten Dame hin: »Mein Gehalt kannst du an den Friedensfonds überweisen. Und das Arbeitsbuch ... steck dir doch sonstwohin!«

7. Kapitel

Zu Hause fand ich niemanden vor außer unseren Tieren und Julia, die in Jeans und Pullover aufs Bett gefallen und eingeschlafen war. Ich ging in die Küche, brühte mir einen

Tee auf und starrte zum Fenster hinaus. Fedora hatte den Nagel auf den Kopf getroffen.

Mein ganzes Leben lang tue ich nicht das, was ich selber will. Als ich ein Kind war, bestimmte meine Mutter über mich. Sie brachte mich in die Musikschule und setzte mich an die Harfe. Ihr zu widersprechen kam mir nicht in den Sinn. Daher ging ich nach der Mittelschule ganz folgerichtig zum Studium ans Konservatorium. Meine Mutter wählte mir auch den Ehemann aus und starb in dem Bewusstsein, ihr Kind in guten Händen zu wissen. Von nun an entschied mein Mann für mich. Ich habe lange gebraucht, bis ich lernte, mit meinen Problemen selbst fertig zu werden. Aber nach wie vor konnte ich nicht das Leben führen, das ich wollte, denn ich musste Geld verdienen. Wirkliche Befriedigung fand ich in der Arbeit nicht. Als versorgte Ehefrau schlug ich meine Mußestunden mit dem Lesen von Kriminalromanen tot. Wahrscheinlich habe ich zu jener Zeit alles verschlungen, was in Russland erschien. Bis heute gibt es für mich nichts Schöneres, als mich mit einem neuen Buch der Marinina in einen stillen Winkel zurückzuziehen. Quantität ist nach und nach in Qualität umgeschlagen. Schon mehrmals bin ich in kritischen Situationen gewesen, aus denen ich mich immer wieder selbst herausgewunden habe. Da wurde mir klar, dass es mein Traum war, wie die Heldin der Marinina, Majorin Kamenskaja, bei der Kriminalpolizei zu arbeiten. Wer aber würde dort eine Frau in den besten Jahren ohne juristische Ausbildung nehmen, die weder einen Nahkampf bestehen noch schießen oder schnell laufen konnte, vom Autofahren ganz zu schweigen. Michael Schumacher bekäme glatt einen Herzinfarkt, würde er sehen, wie ich mein Wägelchen einparke. Jetzt aber bot mir das Schicksal eine Chance. Einfach behalten konnte ich Gemas Geld nicht, aber als Honorar für ehrliche Arbeit? Das war doch etwas anderes. Rechenschaft geben konnte ich allerdings niemandem mehr ... Gema war tot. Doch ich hatte ihr versprochen, Eduards Mörder zu finden. Der Killer, der ihn auf dem Gewissen hatte, war auch schuld an ihrem Tod. Zwar hatte sie sich selbst vergiftet, aber aus welchem Grund? Außerdem war mir Gema durch und durch sympathisch. Sie hätte ich mir als Freundin vorstellen können. Und dann das Geld ... Warum machte ich mir eigentlich etwas vor? Vor allem reizte es mich doch, als echte Spürnase zu arbeiten.

Entschlossen griff ich zum Telefon.

»Also, Fedora, ich bin einverstanden. Bei dir bekomme ich bestimmt einen ordentlichen Dienstausweis, oder?«

»Wenn du in einer Stunde hier bist, ja.«

Ohne lange zu überlegen, griff ich meine Schlüssel, schloss die Wohnung ab und eilte, so schnell ich konnte, zur Detektei *Sherlock*. Ich wusste auch schon, wo ich mit den Ermittlungen ansetzen wollte. Gema selbst hatte mir den Weg gewiesen, als wir uns das letzte Mal sahen: »... Auf dem Friedhof. Dort hat ein gewisser Shora Sawrassow Eduard gedroht ...«

Nach Belogorsk zu kommen war überhaupt kein Problem. Von der Metrostation Tuschinskaja fuhren gleich zwei Linientaxis dorthin. Nummer 69 hatte seine Endhaltestelle am Zentralkaufhaus. Bei der anderen Linie war »Friedhof« angegeben. Ich stieg ein und nahm zwischen düster dreinblickenden Frauen in schwarzen Kopftüchern Platz. Den ganzen Weg sagte keine ein Wort.

Als ich am Eingang des Friedhofs ausstieg, war ich überrascht. Gema hatte nicht übertrieben. Eduard war es offenbar gelungen, hier etwas Ungewöhnliches zu schaffen. Vor dem schwarzen schmiedeeisernen Tor drückten sich keine alten Frauen mit Blumensträußen oder betrunkene Bettler herum. Es herrschte andächtige Stille. Links vom Tor saß ein Wachmann in einem verglasten Häuschen. Als er mich sah, ließ er seine Zeitung sinken, sagte aber nichts. Nach der Gesichtskontrolle betrat ich den zentralen Platz und war von dem Anblick überwältigt. In der Mitte erblickte ich Michelangelos *Pietà*. Natürlich als Kopie. Links stand eine kleine Kapelle, bunt bemalt wie ein Osterei, rechts ein flaches Gebäude aus roten Klinkern. »Konzertsaal« las ich über dem Eingang. Akkurate Schilder wiesen den Weg zur Verwaltung, zum Steinmetz und zur Sanitätsstelle.

Die Friedhofsverwaltung wirkte von außen fast wie ein Schloss. Drinnen erinnerte sie eher an ein supermodernes Bankgebäude – überall Marmor, Gold- und Bronzeverzierungen. Auch hier wurde Sicherheit groß geschrieben. Diesmal trat mir eine Frau in schwarzer Uniform mit gelbem straff gezogenem Lederkoppel und Pistolentasche entgegen.

»Was wünschen Sie?«, fragte sie streng.

»Ich suche Arbeit …«

»Zu Emma Markowna, der Personalchefin. Geradeaus, Zimmer 8«, antwortete die Dame in offiziellem Ton und ließ mich das Drehkreuz passieren. Ich ging den Korridor entlang, der mit einem weichen Läufer ausgelegt war. Auf den Fensterbänken standen überall Blumen. Zwar künstliche, aber von guter Qualität und von echten kaum zu unterscheiden. Die Wände waren mit Bildern geschmückt. Nichts erinnerte hier an eine Friedhofsverwaltung. Schüchtern klopfte ich an die Tür von Zimmer 8. »Immer herein!«, ertönte es laut von drinnen.

Als ich in den großen, peinlich sauberen, mit grauen Büromöbeln eingerichteten Raum trat, entfuhr es mir: »Sie?!«

Vor mir saß meine frühere Klavierprofessorin Emma Markowna Basilewitsch. Auch sie riss die Augen auf.

»Frossja! Was willst du denn hier? Wie geht es der Frau Mama? Oder? Es wird doch nicht …«

Ihre Miene verdüsterte sich. Eilig suchte ich sie zu beruhigen. »Nein, nein, ich habe keinen Todesfall zu beklagen. Jedenfalls nicht in der letzten Zeit. Meine Mutter ist schon lange nicht mehr …«

»Tee oder Kaffee?«, fragte Emma Markowna geschäftig.

Als sie nach fünf Minuten etwas zur Ruhe gekommen war, machte ich den Versuch, ihr mein Leben seit dem Abschluss des Konservatoriums in Kurzform zu erzählen. Dabei vergaß ich nicht, von Zeit zu Zeit am Faden meines Lipton-Teebeutels zu zupfen.

»Gütiger Gott!«, staunte Emma Markowna, »das ist ja ein ganzer Roman! Den Namen geändert! Tanja soll ich dich jetzt nennen! Und neben dem armen Eduard hast du gesessen! Das ist ja furchtbar!«

Ich wartete geduldig ab, bis sich der Schwall der Gefühle etwas gelegt hatte. Am Ende fragte sie leise: »Eduard hat dir also hier eine Arbeit versprochen?«

»Ja, als er hörte, dass ich zur Zeit keine Beschäftigung habe…«

»So war er, eine Seele von Mensch!«, rief Emma Markowna aus. »Auch mich hat er hier untergebracht. Im Konservatorium haben sie Stellen gestrichen und mich einfach hinausgeworfen! Kannst du dir das vorstellen? Und zudem noch angedeutet, eine alte Frau wie ich müsste eigentlich von selbst drauf kommen, dass es Zeit wird, ihre Stelle frei zu machen. Wäre Eduard nicht gewesen – ich hätte glatt verhungern können. Du weißt ja, ich habe keine Kinder und niemanden, der mir hilft.«

»Und ich dachte, Sie geben jetzt Privatunterricht …«

Emma verdrehte empört die Augen. »Wo denkst du hin? Die Arthritis macht mir Sorgen, meine Finger sind wie

Vogelkrallen, da ist nicht mehr viel mit Spielen. Anfängern könnte ich schon noch eine Menge beibringen. Aber das hieße, sich mit kleinen Kindern abquälen. Du glaubst gar nicht, wie schwer das heutzutage ist. Und für Studenten reicht es eben nicht mehr … So habe ich auf meine alten Tage noch einmal etwas völlig Neues lernen müssen.«

Ich verkniff mir ein Lächeln. Emma Markowna war das wandelnde Tageblatt des Konservatoriums gewesen. Sie wusste über jeden Bescheid. Vielleicht hatte man sich auch deshalb so schnell von ihr getrennt, als sich die erste Gelegenheit bot. Jetzt als Personalchefin zu arbeiten musste doch das reine Vergnügen für sie sein. Eduard hatte ein gutes Händchen bewiesen, als er eine Dame auf diese Stelle setzte, vor der niemand etwas verbergen konnte.

»Aber von Ihnen hat mir Eduard gar nicht erzählt!«, sagte ich mit meinem schönsten Lächeln. »Er hat mich an einen gewissen Sawrassow verwiesen.«

Als ich diesen Namen nannte, huschte ein Schatten über Emmas Gesicht. Schweigend trank sie ihren Tee. Dann aber brach es aus ihr heraus: »Also, Mädchen, ich vertraue dir. Ich habe deine Eltern gut gekannt. Du musst wissen: Hier arbeiten sehr viele und ganz verschiedene Leute.«

Eduard hatte sich eine erstklassige Belegschaft zusammengestellt. Als er Direktor des Friedhofs wurde, warf er als Erstes die ewig betrunkenen Totengräber hinaus und stellte neue ein. Seine Hauptforderung: Es mussten absolute Nichttrinker sein. Ein Jahr später war der Friedhof nicht wiederzuerkennen. Mit dem Spaten hantierten jetzt ehemalige Ingenieure, Lehrer oder Mitarbeiter verschiedener Forschungsinstitute. Sie wurden in perfekt sitzende Uniformen gesteckt und ordentlich bezahlt. Eduard vertrieb die alten Frauen und Bettler, die bisher das Tor belagert hatten. Er ließ einen Konzertsaal bauen und die

Kirche restaurieren. Jetzt waren hier nur noch wohlerzogene und gutausgebildete Leute tätig. Sie fühlten sich wie eine große Familie, feierten zusammen Feste und brachten auch ihre Angehörigen mit. Dann stellte Eduard Shora Sawrassow ein. Als Emma Markowna den jungen Mann zum ersten Mal sah, wusste sie sofort: Der kam aus ganz anderen Kreisen. Schon sein Äußeres brachte einen auf ungute Gedanken. Shora erschien stets in tailliertem schwarzem Hemd und ohne Schlips. Der für das massige Genick zu enge Kragen stand immer offen und gab eine Goldkette frei, die besser zu einem Schiffsanker gepasst hätte. Auch seine Ausdrucksweise ließ an Eindeutigkeit nichts zu wünschen übrig. Als Emma Markowna ihn zum ersten Mal reden gehört hatte, kam sie wenig später in Eduards Büro und knallte ihm Sawrassows Personalakte auf den Schreibtisch.

»Was ist denn los?«, fragte der Direktor freundlich.

»Dein Sawrassow«, fauchte Emma Markowna, »hat uns allen etwas vorgemacht! Ich habe mich erkundigt! Er hat zweimal gesessen, aber in seinem Fragebogen steht davon kein Wort! Schmeiß ihn raus! Herr im Himmel, Eduard, wo hattest du nur deine Augen? Ist dir klar, wen du da angeschleppt hast?«

Der Direktor rauchte in Ruhe seine Zigarette zu Ende. Dann fragte er leise: »Emma Markowna, meine Liebe, wie hoch ist Ihr Gehalt?«

Die Personalchefin war verblüfft. »Offiziell 600 Rubel, dazu der Umschlag, den Sie jeden Ersten verteilen.«

»Möchten Sie, dass dort künftig das Doppelte drin liegt?«

»Natürlich«, brummte Emma Markowna.

»Dann tun Sie etwas dafür, dass die Belegschaft eine gute Meinung von Shora Sawrassow bekommt«, erklärte Eduard ungerührt. »Denn mit seiner Hilfe werden wir künftig wesentlich mehr verdienen.«

»Und wie soll das gehen?«, fragte Emma Markowna, in der schon wieder der Zorn hochstieg.

»Das ist ein kleines Geheimnis unter Männern«, antwortete ihr Chef grinsend. »Sie können beruhigt sein, es läuft alles nach Recht und Gesetz.«

Aber Emma Markowna hatte ein sehr ungutes Gefühl. Sawrassow gefiel ihr überhaupt nicht. Daran änderte auch das dicke Kuvert nichts, das sie zwei Wochen später erhielt. Man muss sagen, auch Shora gab sich große Mühe, nett und freundlich zu erscheinen. Seine Kolleginnen verwöhnte er großzügig mit Süßigkeiten. Nur Emma Markowna konnte sie nicht genießen. Für sie haftete der Geruch von etwas Verbotenem daran.

»Die Einnahmen sind seitdem tatsächlich gestiegen«, räumte sie seufzend ein, »aber ich werde den Eindruck nicht los, dass mit Shora etwas nicht stimmt. Nicht umsonst ist er vorbestraft!«

Ich setzte die mit zarten rosa Blüten verzierte Teetasse ab. Arme Emma Markowna! Sie lebte noch immer in einer anderen Zeit. Eine Vorstrafe war jetzt kein Fleck in der Personalakte mehr, sondern wirkte beinahe wie eine Auszeichnung. Menschen mit krimineller Vergangenheit konnte man selbst in den obersten Etagen der Staatsmacht begegnen. Mich wunderte an dieser Sache nur, weshalb der nette Shora Sawrassow mit seiner so zeitgemäßen Vergangenheit nicht ein Abgeordnetenmandat oder einen Gouverneursposten ins Visier nahm, sondern auf diesem bescheidenen Friedhof außerhalb Moskaus versauerte. Was für Geschäfte er hier wohl mit Eduard Malewitsch betrieben hatte?

»Zu meinem großen Bedauern«, fasste Emma Markowna unser Gespräch zusammen, »müssen wir uns jetzt wohl oder übel zu Shora begeben, denn er ist im Moment der amtierende Direktor.«

Als wir bei Sawrassow eintraten, stand er mit dem Rücken zur Tür und telefonierte. Ohne sich nach uns umzudrehen, hieß er uns mit einer Handbewegung Platz nehmen. Emma Markowna presste beleidigt die Lippen zusammen, setzte sich aber. Shora schrie derweil aufgebracht in den Hörer: »Na und? Wir sind verpflichtet, beide, ihn und sie, in einem Grab beizusetzen. Auf Ihre Regeln scheiß ich! Verwandte sind keine mehr da! Das bezahlen alles wir! Warten Sie nur ab, mit Ihnen werde ich auch noch fertig!«

Zornig warf er das Telefon auf den Tisch, ließ sich in seinen Sessel plumpsen, wischte sich mit einem Papiertaschentuch den Schweiß von der Stirn und polterte: »Stellen Sie sich vor, Emma Markowna, was es doch für Schweinehunde gibt! Die könnte ich …! Sie wollen die Leichen von Eduard und Gema nicht rausrücken! Angeblich, weil ich kein Verwandter bin! Diese Bullen! Aber die werden sich noch umgucken! Meine Kumpel sitzen überall, auch bei der Miliz. Vielleicht lass ich noch zu, dass Eduard wie ein Hund ohne Totenmesse verscharrt wird!«

»Eduard war Jude«, erinnerte ihn Emma Markowna. »Was Gema war, weiß ich nicht, aber wahrscheinlich auch nicht russisch-orthodox. Sie soll tatarischer Nationalität sein – und die sind Muslime.«

»Macht nichts, dann schaffe ich eben einen Mullah und einen Rabbi herbei!«, rief Shora und hieb mit der Faust auf den Tisch. »Gott ist doch immer derselbe! Aber wenn es um die Form geht, dann kriegen wir das schon hin. Erst singt der Mullah, danach betet der Rebbe, was nötig ist, und zum Schluss kommt der Pope dran.«

»Und wozu der?«, fragte Emma Markowna verdattert.

»Um sicherzugehen«, erklärte Shora in vollem Ernst.

»Und wie es sich gehört, gibt es danach den Leichenschmaus, gleich hier an Ort und Stelle. Ich habe schon das Nötige veranlasst.«

»Georgi Iljitsch«, sagte Emma Markowna jetzt offiziell, »darf ich vorstellen – Tatjana Romanowa. Sie hat gemeinsam mit Eduard Malewitsch studiert und war durch einen tragischen Zufall persönlich zugegen, als er zu Tode kam.«

»Das is ja'n Ding, verflucht noch mal«, rief Shora aus und sprang vor Überraschung auf. »Erzähl mal, wie ist das denn passiert?«

Nun musste ich die ganze Geschichte noch einmal herunterspulen.

»Eduard hat dir also eine Stelle versprochen«, murmelte Sawrassow vor sich hin. Dann aber krähte er fröhlich: »Ist schon gemacht! Ich werde doch nicht den Letzten Willen eines Freundes ignorieren! Emma Markowna, wir stellen sie für die Trauerfeiern ein.« Dann wandte er sich mir zu: »Klavier spielen kannst du doch?«

Emma Markowna rutschte unruhig auf ihrem Sitz hin und her. Ich antwortete mit einem Lächeln: »Ein bisschen schon.«

»Na, Mozart, oder was anderes Trauriges hast du sicher drauf?«

Nun hielt es Emma Markowna nicht mehr aus. Im Brustton der Überzeugung erklärte sie: »Mein lieber Georgi Iljitsch, ich habe Frau Romanowa persönlich ausgebildet und kann versichern, dass sie …«

»Na, wenn sie bei Ihnen gelernt hat, dann ist alles in Ordnung«, unterbrach sie Sawrassow. »Soll sie morgen anfangen.«

Und schon hatte er wieder das Telefon in der Hand. Beim Hinausgehen hörten wir ihn brüllen: »Hör mal, Kolja, hier will mir so ein Kerl von der Truppe, die mit M anfängt, nicht erlauben, Eduard unter die Erde zu bringen, wie es sich gehört …«

Dann standen wir draußen. Emma Markowna atmete tief durch und fragte: »Na, wie finden Sie unseren Shora?«

»Das ist schon eine Type«, antwortete ich. »Wofür hat er denn gesessen?«

»Altes Strafgesetzbuch, Paragraf 146, Absatz 3, Betrug im besonders schweren Fall«, kam es von Emma Markowna, als verkünde sie gerade das Urteil. »Beide Male!«

Ich enthielt mich jeden Kommentars. Von Wolodja Kostin wusste ich, dass die Stellung eines Häftlings im Lager sehr davon abhängt, wofür man ihn verknackt hat. Wer wegen Vergewaltigung oder Kindesmissbrauch einsitzt, ist für die Mithäftlinge vogelfrei. Räuber, Diebe und Mörder dagegen stehen hoch im Kurs. Betrüger gelten unter Kriminellen als intelligent und haben nichts auszustehen, aber eine besondere Stellung können sie nicht erwerben.

»Morgen früh Punkt zehn trittst du deinen Dienst an«, verkündete nun Emma Markowna. »Offizielles Outfit, schlicht, keine Schminke, höchstens ein bisschen Puder, verstanden?«

Ich nickte und beeilte mich, das nächste Linientaxi zu erreichen.

Vor unserem Aufgang stand ein hellblauer Minibus mit den Initialen des Katastrophenschutzes. In böser Vorahnung krampfte sich mein Herz zusammen. Als ich aus dem Fahrstuhl stieg und die weit geöffnete Tür unserer Wohnung erblickte, in der sich mehrere Männer drängten, wurde mir ganz schlecht. Dann sah ich unter den unbekannten Gesichtern Lisas und Kiras hochrote Köpfe auftauchen. Mir fiel ein Stein vom Herzen. Gott sei Dank, die Kinder waren heil und gesund, der Rest würde sich klären.

»Was ist passiert?«, rief ich.

Eine Frau wandte sich um. Vor mir stand Katja.

»Ach je, Tanja«, stotterte sie, »wir mussten die Stahltür aufschneiden lassen.«

Ich starrte auf das große Eisenteil, das an der Wand lehnte.

»Warum denn das?«

»Na ja ...«, druckste Katja.

»Jemand hat sie abgeschlossen, und der Schlüssel ist weg!«, warf Kira aufgeregt ein.

»Julia musste zur Arbeit! Kannst du dir vorstellen, wie sie getobt hat?«, rief Lisa.

»Ich verstehe überhaupt nichts«, murmelte ich. »Der Schlüssel, die Tür ... Kann das einem normalen Menschen mal jemand erklären?«

»Also gut, ich erklär es dir!«, sprach Lisa. »Wir haben doch drei Schlösser an der Tür, O. K.?«

Ich hörte ihr mit offenem Mund zu. Als wir die Stahltür bestellten, wollten natürlich alle, sie möge nicht zu knacken sein. Daher wurde mit den Schlössern getrickst. Eines hat nur ein Schlüsselloch von außen, lässt sich also auch nur von dort schließen, das zweite analog nur von innen. Das dritte dagegen, ein ganz einfacher Typ englischer Produktion, kann von innen und außen benutzt werden. Dieses ist für einen echten Einbrecher kein Hindernis, schützt uns aber zumindest vor unserer trinkfreudigen Nachbarin und ungebetenen Gästen.

Die beiden anderen sind echte Panzerschrankschlösser mit langen Schlüsseln, an denen jeweils zwei Bärte sitzen.

»Wenn Sie sich in Ihrer Wohnung einschließen«, hatte uns der Schlosser beim Einsetzen der Tür geduldig erklärt, »dann kann niemand herein. Auch das beste Werkzeug nützt nichts, weil das innere Schloss von außen nicht zu erreichen ist. Sie können in aller Ruhe schlafen.«

Ich habe nie begriffen, weshalb man dasselbe Prinzip auch von außen anwandte, aber auf mich wollte damals keiner hören.

Drei Monate lang erfreuten wir uns an unserem Supersystem, da verlor Kira seinen Schlüssel. Kein Schlüsseldienst wollte uns eine Kopie anfertigen, und die Firma, die das Wunderding eingebaut hatte, war inzwischen pleitegegangen. Einen Monat später war auch Serjoshas Schlüssel weg. Nun haben wir ein Exemplar für alle Fälle als eiserne Reserve in den Schrank innen neben der Tür gehängt. Wenn wir jetzt aus dem Hause gehen, benutzen wir das einfache Schloss. Das zweite wird nur verschlossen, wenn wir alle miteinander auf die Datsche fahren. Heute aber war eine seltsame Sache passiert.

Julia schlief nach der in der Redaktion durchwachten Nacht wie ein Stein bis zwei Uhr mittags. Dann fuhr sie hoch, stürzte rasch eine Tasse Tee hinunter und wollte zur Arbeit eilen. Aber das ging nicht. Die Tür ließ sich von innen nicht aufschließen. Katja, die inzwischen vom Dienst kam, konnte nicht hinein, weil sich die Tür auch von außen nicht öffnen ließ. Nun wurde klar, dass jemand aus Versehen auch das obere Schloss von außen zugesperrt hatte. Serjosha, den Julia in ihrer Verzweiflung in seinem Büro anrief, teilte ihr mit: »Ich bin heute Morgen ganz ohne Schlüssel aus dem Haus gegangen.« Wer statt seines eigenen das Ersatzbund gegriffen hatte, wurde klar, als Lisa und Kira aus der Schule zurückkehrten und ihre Schlüssel vorzeigten.

Während Katja bei der Nachbarin Tee trank, rannte Julia in der Wohnung auf und ab und beschimpfte mich lästerlich. Sie war in einer besonders dummen Lage. Da die meisten Mitarbeiter ihrer Redaktion der Grippe zum Opfer gefallen waren, stand ihr ein weiterer Nachtdienst bevor, wofür sie einiges Material mit nach Hause genommen hatte. Nun glühte die Telefonleitung von den Flüchen ihres Chefs. Einen Internet-Anschluss haben wir in unserer Wohnung nicht.

Um drei Uhr nachmittags rief der Chefredakteur persönlich an und erklärte trocken: »Julia, wenn Sie um 16.00 Uhr nicht zur Stelle sind, dann haben Sie die längste Zeit in dieser Redaktion gearbeitet!« Da wurde entschieden, die Hilfe des Katastrophenschutzes in Anspruch zu nehmen. Die Tür wurde aus den Angeln geschnitten. Mit dem Schrei: »Wenn mir Tanja unter die Finger kommt – die bring ich um!«, rannte Julia zur Arbeit.

Die anderen machten sich ans Aufräumen. Dann kam ich.

8. Kapitel

Natürlich hatte ich das Schlüsselbund in meiner Tasche.

»Und wie sollen wir jetzt ohne Tür schlafen?«, fragte Kira streng.

»Bei uns gibt es doch nichts zu klauen!«, antwortete ihm Katja gleichmütig.

»Und meine Flugzeugmodelle?«, rief der Junge empört.

»Steck sie unters Bett«, riet Lisa.

Da kreischte plötzlich eine Metallsäge. Ich fuhr zusammen. »Wird hier im Haus noch eine Tür geöffnet?«

»I wo«. Kira kicherte. »Das ist Archie! Dem hat die Säge vorhin so gefallen, dass er sie jetzt ständig nachmacht!«

»Archie ist ein Guter«, teilte uns der Papagei mit und trippelte in die Küche. »Archie ist ein toller Vogel, schschschsch ...«

»Archie ist ein Idiot!«, kreischte Lisa. »Halt sofort deinen Schnabel, wir wissen so schon nicht, wo uns der Kopf steht!«

Der Vogel drehte den Kopf, warf dem Mädchen einen

flinken Blick aus seinen schwarzen Äuglein zu und piepste nun mit dünner Kinderstimme: »Lisa, die fünfte Pirogge ist vielleicht nicht das Richtige für die Nacht.«

Der Gescholtenen blieb der Mund offen stehen. Beinahe hätte ich laut losgelacht. Archie fuhr ungerührt mit meiner Stimme fort: »Dein Hinterteil ist auch so schon ganz schön ...«

In der Küche wurde es mäuschenstill. Archie wippte mit seinem grauen Schwanz und trippelte seelenruhig hinaus.

»So etwas habe ich nie gesagt!«, erklärte ich rasch. »Das von der fünften Pirogge schon, aber nicht, was dann kam ...«

»Du hast mit anderen über mich getratscht!«, heulte Lisa beleidigt auf und stürzte in ihr Zimmer.

»So was aber auch!«, entfuhr es mir. »Denkt er sich das aus?«

»Bestimmt.« Katja winkte ab. »Also – morgen wird die Tür wieder eingebaut, aber jetzt müssen wir erst einmal etwas zu uns nehmen.«

Als sie den Kühlschrank öffnete, entfuhr ihr ein Pfiff. Ich lugte ihr über die Schulter. Der Anblick war schon beeindruckend. Die oberen drei Fächer waren völlig leer, im untersten lag eine einsame Halbliterpackung Kefir.

»Was meinst du«, flüsterte mir Katja zu, »warum haben die Kinder den nicht getrunken?«

Ich holte die Tüte *Bio-Max* heraus, roch daran und erklärte: »Weil er verdorben ist. Und was haben wir im Gefrierfach?«

Katja öffnete die Tür. »Nichts, nur zwei Stück Fleisch für die Katzen, die Julia mal mitgebracht hat. Ich laufe jetzt rasch zum Supermarkt.«

»Nein«, sagte ich entschlossen, »das mache ich. Setz schon mal Wasser für Pelmeni auf.«

»Nimm die *Von Petrowitsch*, die schmecken so gut.«

»Du meinst, *Von Palitsch*«, widersprach ich. »*Von Petrowitsch* heißt das Toilettenpapier.«

»Das heißt *Von Sergejewitsch*«, meldete sich Kira. »Die guten Pelmeni sind *Von Konstantinowitsch*.«

»Alles klar«, gab ich zurück und griff nach meiner Jacke. In Lisas Zimmer war es mäuschenstill. Das Mädchen tat mir leid. Ich steckte den Kopf durch ihre Tür und fragte: »Hör mal, Lisa, soll ich dir ein paar Donuts mitbringen?«

»Ja, sehr gern«, antwortete Lisa, die nicht nachtragend war. »Aber die runden. Die herzförmigen mag ich nicht.«

»Die Schlüssel lass hier!«, rief Katja aus der Küche.

Ich starrte auf die leere Türöffnung. Ja, Schlüssel waren jetzt wirklich das Letzte, was ich brauchte.

Trotz der späten Stunde waren im Supermarkt noch jede Menge Kunden. Bald hatte ich meinen Korb voll und schaute mich suchend um, an welcher Kasse die wenigsten Leute standen. Da fiel mein Blick auf einen Fernsehschirm. Ein junger Reporter stellte gerade die rhetorische Frage: »Was meinen Sie, wo versteckt man am besten eine Leiche? Wo wird man sie am wenigsten suchen? Bereits Sherlock Holmes wusste, dass man eine Sache am wenigsten dort vermutet, wo sie hingehört: Tassen im Geschirrschrank, einen Kranken im Bett und eine Leiche … auf dem Friedhof.«

Der Gedanke überraschte mich so, dass ich beinahe den Korb fallen gelassen hätte.

»Wollen Sie zur Kasse?«, fragte eine freundliche Stimme hinter mir.

»Nein«, antwortete ich trocken und starrte weiter auf den Bildschirm. Jetzt war dort ein altes Gräberfeld zu sehen, wo zwei Männer beim blassen Licht des Mondes heimlich etwas vergruben. Aus dem Off erklang die Stimme des Reporters:

»So ist die Wetrow-Bande vorgegangen. Die Leichen von Ermordeten lud sie auf Lastwagen und brachte sie nach Ljudowo im Moskauer Randgebiet. Dort wurden sie in fremden Gräbern verscharrt. Der Plan ging auf. Während der ganzen fünf Jahre, in denen die Bande in der Hauptstadt aktiv war, kam niemand auf die Idee, zu fragen, was sich da auf dem Friedhof von Ljudowo abspielte. Die Mörder agierten nur nachts und hatten sich der Komplizenschaft einiger Friedhofsangestellter versichert. Die Sache kam erst ans Licht, als der Kopf der Bande, Stepan Wetrow, gefasst wurde. Aus Furcht, er könnte die Höchststrafe erhalten, ließ Wetrow augenblicklich alle seine Mittäter fallen. So konnte die Miliz den Taxifahrer Andrej Serjogin verhaften, außerdem Jelena Rjumina, die, als Tramperin getarnt, teure ausländische Wagen an den Straßen gestoppt hatte. Die größte Überraschung aber stand noch bevor. Für das Verschwinden der Leichen hatte ausgerechnet Oleg Sawostjanow gesorgt, der Friedhofsdirektor, der in der ganzen Stadt als mustergültiger Familienvater und herzensguter Mensch geachtet war. Seinen materiellen Wohlstand verdankte er der Komplizenschaft mit der Bande. Das Gerede vom Erbe einer fernen Tante erwies sich als Lug und Trug.

Als der Abspann des Berichts der Kriminalpolizei lief, stolperte ich, völlig durcheinander, aus dem Supermarkt. Nun wusste ich, was in Belogorsk vorging. Um des schnöden Mammons willen hatte sich Eduard Malewitsch mit Shora Sawrassow eingelassen. Es waren die Leichen Ermordeter, die ihm das große Geld brachten. Jetzt begriff ich, weshalb Emma Markowna seit kurzem die doppelte Summe in ihrem Kuvert hatte. Wer von den Mitarbeitern wohl noch in diese dunklen Machenschaften eingeweiht war? So schnell kam die Wahrheit ans Licht. Wahrscheinlich hatte Gema recht. Nur Shora Sawrassow konnte Eduard umgebracht haben. Natürlich nicht persönlich, sondern über einen Auftragsmörder. Vielleicht hatte Eduard Gewissensbisse bekommen oder sich im Suff verplappert …

Ich fühlte mich fast am Ziel. Es fehlten nur noch ein paar Beweise, dann konnte ich mein Herz bei der Miliz erleichtern. Von diesem Gedanken beflügelt, kam ich zu Hause an. Erst als ich im Korridor über einen Haufen herumliegender Schuhe stolperte, fiel mir auf, dass ich den Einkaufskorb voller Lebensmittel im Supermarkt hatte stehenlassen.

So geräuschlos ich konnte, machte ich auf den Zehenspitzen kehrt und lief den ganzen Weg wieder zurück. Als ich ankam, waren die Türen des Supermarktes verschlossen und mit einem handgeschriebenen Zettel versehen. Darauf stand: »Verehrte Kunden, verzeihen Sie uns, wenn wir Ihnen Ungelegenheiten bereiten. Wir müssen heute unser Geschäft leider schließen. Ab morgen ist es wieder rund um die Uhr geöffnet.«

Vor Empörung blieb mir fast die Luft weg. Eilig suchte ich ein paar Kioske auf, aber dort war an Pelmeni nicht zu denken. Kaugummi, Bonbons und Chips fand ich dagegen in großer Auswahl vor. Der Wagen, der die guten russischen Plinsen verkaufte, war schon geschlossen, und am Stand mit den Kartoffelgerichten erklärte mir die nette, aber todmüde Verkäuferin: »In einer halben Stunde können Sie wiederkommen.«

Nun blieb nur noch der Hähnchengrill. Als ich an der weißen Bude anlangte, zerrten zwei hübsche Mädchen in feschen blauen Schürzen gerade die leeren Kisten heraus.

»Habt ihr noch Hähnchen?«, fragte ich, so freundlich ich konnte.

»Alle aufgegessen!«, teilten mir die beiden lächelnd mit. »Morgen gibt's frische.«

Verzweifelt sah ich mich um. Da fiel mir eine Frau auf, die neben einem Kühlschrank auf und ab hüpfte, um sich etwas warm zu halten.

»Was gibt's denn bei Ihnen?«, fragte ich und versuchte durch das Glas des riesigen Kastens etwas zu erkennen.

»Pizza«, antwortete die Händlerin und klapperte mit den Zähnen. »Nimm nur, da kannst du nichts falsch machen. Schmeckt ganz toll.«

Mir kam es verdächtig vor, dass sie nachts mit Fertiggerichten handelte. Daher fragte ich: »Warum bietest du die jetzt an, wo alle Kunden längst zu Hause sind?«

»Ja, das ist mein großes Problem«, bestätigte die Frau mit einem Seufzer. »Sieh hier! Das hat man mir um acht Uhr mitgeteilt!« Zum Beweis hielt sie mir ihr Handy mit der letzten SMS unter die Nase. Ich las: Wir haben eine Panne. Steh, so lange du kannst. Sobald wir flott sind, holen wir dich ab.«

»Da stehe ich nun«, jammerte die Verkäuferin, »bei dieser Kälte, ohne was zu essen und zu trinken ... Soll ich hier vielleicht übernachten?«

»Na gut«, sagte ich mitfühlend. »Wer ist denn der Hersteller?«

»Das ist Markenware. Eine italienische Firma. Wenn du die erst einmal probiert hast, kommst du immer wieder.«

»Und was ist drauf?«

»Leider habe ich nur noch Meeresfrüchte. Die mit Wurst und Pilzen sind schon aus.«

»Etwa Seetang?«

»Wie kommst du denn darauf?« Die Frau tat verwundert. »Kein Gedanke! Nur Muscheln, Garnelen und Tintenfisch!«

Nachdenklich blickte ich auf den Kühlschrank. Ich konnte mir lebhaft vorstellen, was für ein Geheul die Kinder erheben würden, wenn ich ihnen zum Abendbrot Tintenfisch vorsetzte. Aber ich hatte keine Wahl.

»Also gut, ich nehme eine!«

Die Frau holte eine große Schachtel hervor und überreichte sie mir mit den Worten: »Wohl bekomm's!«

Als ich die Pizza zu Hause auf dem Küchentisch auspackte, fragte Serjosha, der inzwischen von der Arbeit zurück war, misstrauisch: »Warum ist sie denn so blau?«

»Sie ist mit Meeresfrüchten belegt«, erläuterte ich, »die sind so violett – wahrscheinlich die Miesmuscheln oder die Garnelen.«

»Und was soll der mickrige Wurm mit den hervorstehenden Augen sein?«, warf Lisa ängstlich ein.

»Das ist von einer Muschel.«

»Warum hast du denn nicht etwas gekauft, das wir gewohnt sind, Würstchen oder Pelmeni?«, beharrte Serjosha. »Was soll mir denn vertrocknetes Brot mit Haifisch?«

Um nichts in der Welt wollte ich, dass sie von der Geschichte mit dem vergessenen Einkaufskorb erfuhren. Daher schob ich das gefrostete Etwas in die Backröhre und antwortete giftig:

»Was seid ihr bloß für Ignoranten! Stopft das ganze Leben lang nur Pelmeni in euch hinein! Es gibt doch jetzt so viel anderes! Es sollte eine Überraschung sein!«

Zehn Minuten später hatten sich alle um den großen Teller versammelt, auf dem ein frischgebackenes Stück Teig in dunklem Violett dampfte.

»Also, wer fängt an?«, fragte Serjosha munter und schnitt die Pizza in gleiche Teile. »Ich will erst mal sehen, was mit dem passiert, der davon probiert.«

Katja opferte sich, nahm ein Stück, roch daran, biss ab, kaute nachdenklich und meinte: »Gar nicht schlecht!«

»Nichts Besonderes«, urteilte Lisa, die ebenfalls abgebissen hatte.

»Das heißt also, ekelhaft!«, fasste Serjosha zusammen. »Der unglückliche Tintenfisch sollte im Meer leben und viele kleine Tintenfische bekommen, nicht als Belag auf einer ungenießbaren Pizza enden!«

»Es gibt Schlimmeres«, kam es jetzt von Kira. »Zum Beispiel die mit Kartoffeln gefüllten Piroggen, die Mama vorgestern angeschleppt hat.«

»Brrr«, rief Lisa und schüttelte sich, »die waren ja widerlich!«

»Der Teig ist ein bisschen hart«, ließ Katja leise hören. »Aber wieso habt ihr alle so blaue Zähne?«

»Das ist ja furchtbar!«, kreischte Lisa auf, »ein Alptraum!«

»Kein Problem«, warf ich in beruhigendem Ton ein. »Das kommt von der Tinte.«

»Moment mal!«, unterbrach mich Serjosha in scharfem Ton. »Willst du sagen, du hast eine Pizza gekauft, auf die sie das gegossen haben, was in einen Füllfederhalter gehört?«

Dass meine Hausgenossen so borniert und misstrauisch reagierten, brachte mich endgültig aus der Fassung.

»Nein, verdammt noch mal! Doch nicht solche Tinte!«

»Welche denn?«, beharrte Serjosha. »Was gibt's denn sonst noch für Tinte?«

»Was hattest du denn in Biologie?«

»Der?«, höhnte Kira, »der hatte immer eine glatte Drei, ich dagegen eine gute Zwei!«

»Dann wirst du doch wissen, was für Tinte das ist!«

»Na«, stotterte der Junge, »na ...«

»Du bist mir vielleicht ein Darwin!«, rief sein älterer Bruder und wieherte los.

»Hört auf zu streiten«, warf Katja ein. »Wenn Tintenfische in Gefahr geraten, stoßen sie aus einem besonderen Sack eine dunkle Flüssigkeit aus, um sich zu tarnen.«

»Und wo sitzt dieser Sack bei ihnen?«, fragte Lisa.

»Das weiß ich nicht«, gab Katja zu, »aber derartige Schutzreaktionen sind im Tierreich gar nicht so selten. Der Skunk verströmt zum Beispiel in dieser Situation einen fürchterlichen Gestank.«

»Der lässt einfach einen Furz!«, widersprach Kira.

»Und der Tintenfisch …«, hub Katja wieder an.

»Das ist ja furchtbar!«, unterbrach sie Serjosha. »Wir haben eine Pizza mit pupsenden Meeresfrüchten gegessen.«

»Hört jetzt endlich auf!«, kreischte Lisa, »mir wird schon ganz schlecht!«

»Was streitet ihr denn so? Und warum habt ihr keine Wohnungstür?«, rief da jemand von draußen. Wolodja Kostin trat in die Küche.

Nun zeigten alle auf mich und erklärten, einander überschreiend, was passiert war. Aber der Major hatte die Pizzaschachtel entdeckt und fragte: »Wo habt ihr denn die her?«

»Gekauft«, antwortete Katja. »Willst du mal probieren? Es ist gerade noch ein Stück übrig. Gar nicht schlecht, schmeckt nur etwas merkwürdig. Aber wenn man bedenkt, dass es Meeresungeheuer sind …«

»Wo habt ihr diese Pizza her?«, fragte Wolodja und blickte uns alle der Reihe nach finster an.

»Aus dem Supermarkt«, antwortete ich schnell.

Der Major war sichtlich erleichtert.

»Was soll die Frage?«, erkundigte ich mich vorsichtig.

»Vor einer Woche«, erzählte der Major, »wurde eine Pizzabäckerei ausgehoben. Wegen Verletzung der hygienischen Bestimmungen. Dort waren Moldauerinnen ohne Arbeitserlaubnis beschäftigt. Der Teig wurde ganz traditionell hergestellt – aus Wasser, Mehl und Salz... Aber der Belag! Die Truppe fing Hunde ein und ...«

»Das ist ja schrecklich!«, flüsterte Kira und wurde ganz grau im Gesicht.

»Da kann ich dir nicht widersprechen«, nickte Wolodja. »Aber damit nicht genug. Ich habe zwar noch nie Hundefleisch gegessen, aber der Unterschied zu Rindfleisch wird sicher zu schmecken sein. Da hatten die Gauner folgende Idee: Sie nahmen ganz gewöhnliche Tinte, bespritzten damit das fertige Produkt und verkauften es als Pizza mit Meeresfrüchten, denn bekanntlich stößt der Tintenfisch bei Gefahr ...«

»... aus einem besonderen Säckchen eine dunkle Flüssigkeit aus«, vollendete Lisa erschrocken den Satz.

»Genauso ist es!«, stimmte ihr der Major zu. Dann packten sie ihr Produkt in ganz normale Pizzaschachteln von der bekannten Firma *Ernos*. Deren Mitarbeiter schlugen auch als Erste Alarm, als sie das Zeug bei Straßenverkäufern entdeckten. Aber wenn Tanja die Pizza im Supermarkt gekauft hat, dann ist ja alles in Ordnung.«

»Bist du dir sicher?«, fragte Serjosha ahnungsvoll.

»Ganz sicher«, erklärte Wolodja im Brustton der Überzeugung. »Die beziehen keine Ware von unbekannten Lieferanten. Das war auch den Herstellern klar. Sie versuchten sie gar nicht erst bei großen Ketten loszuwerden. Sie verkauften sie selber an den Metrostationen. Dort setzten sie Frauen mit Kühlschränken ein, allerdings nie vor acht Uhr abends. Sie gingen ganz richtig davon aus, dass die Käufer zu der späten Stunde nehmen, was sie kriegen können.«

»Und diese Pizza ist wirklich aus dem Supermarkt?«, fragte Serjosha zum wiederholten Mal und sah mich dabei scharf an.

»Ist schon jemand daran gestorben?«, erkundigte sich Lisa.

»Nein, nein«, sagte der Major beruhigend. »Magenverstimmungen und allergische Reaktionen auf die Tinte hat es gegeben …«

»Mir ist schlecht«, verkündete Kira und verschwand in der Toilette.

»Und unsere Pizza willst du im Supermarkt gekauft haben? Bringst du da auch nichts durcheinander?« Serjosha ließ nicht locker.

Ich nickte hartnäckig mit dem Kopf. Um nichts in der Welt konnte ich zugeben, wie es sich wirklich verhielt.

»Also, ihr nehmt jetzt zur Prophylaxe erst mal jeder ein Furasolidon«, verkündete Katja, »nur, um sicherzugehen. Unser Supermarkt hatte bis jetzt immer einwandfreie Ware. Wir haben übrigens ein Stück von der Pizza für dich übriggelassen, Wolodja.«

»Sei mir nicht böse«, erwiderte Wolodja höflich, »aber nach dieser Sache kann ich keine Pizza mehr sehen. Lieber nehme ich ein paar Pelmeni …«

»Nun mal immer mit der Ruhe«, äußerte jetzt Katja, »du hast doch gerade selbst gesagt, dass die Bande ausgehoben wurde.«

»Wir haben nicht alle erwischt.« Wolodja seufzte. »Erst heute erhielten wir die Nachricht, dass wieder Produkte mit Hundefleisch aufgetaucht sind.«

Jetzt drehte sich Serjosha um und stürzte aus der Küche, Lisa hinterher.

»Ich hol mal die Tabletten«, verkündete Katja und verschwand.

Wolodja folgte ihr. Ich blieb allein und starrte entsetzt auf den einsamen Rest, der noch auf dem Teller lag. Da kam mir ein Gedanke. Ich nahm ihn und flötete, so verführerisch ich konnte: »Mulja, meine Kleine, schau mal, was ich hier für dich habe!«

Unsere dicke Möpsin, die nie widerstehen konnte, wenn es etwas zu fressen gab, war sofort zur Stelle. Sie verschlingt alles, was nicht niet- und nagelfest ist. Wie oft haben wir ihr schon Radiergummis, schmutzige Socken oder Bananenschalen aus dem Maul holen müssen. Ada, Rachel und sogar Ramik, eine echte Promenadenmischung, machen um derartige »Delikatessen« einen Bogen. Mulja schnappt erst zu und überlegt dann, ob der Gegenstand essbar ist. Jetzt aber näherte sie sich dem Stück Pizza außerordentlich misstrauisch. Zu meiner großen Überraschung schnupperte sie nur kurz daran, ließ sich dann auf ihr dickes Hinterteil fallen und heulte jammervoll auf.

»Sie hat keine Lust, ihre Großmutter zu fressen«, erklärte mir Serjosha, der gerade den Kopf in die Küche steckte. »Sei so gut und quäle das arme Tier nicht. Stell dir vor, dir würde eine Pirogge mit Füllung aus einem lieben Angehörigen angeboten.«

Und schon war er verschwunden. Ich warf den Rest Pizza in den Mülleimer und ging ins Bad. Als ich im Spiegel meine tiefblaue Zunge und die ebenso verfärbten Zähne sah, dachte ich bei mir: Warum muss so etwas immer mir passieren?

9. Kapitel

Um zehn Uhr morgens saß ich in schwarzer Hose, weißer Bluse und schlichter Jacke am Klavier und klimperte ein Stück von Mozart. Ehrlich gesagt, war mir dabei gar nicht wohl. Die Situation drückte auf die Stimmung: Der Sarg unter einem Berg von Blumen, die vielen Menschen mit den traurigen Gesichtern, das Weinen der Angehörigen … Endlich war die Trauerfeier zu Ende. Die schluchzenden Frauen entfernten sich.

»Beim ersten Mal ist das nicht gerade angenehm«, meinte die füllige Dame lächelnd, die die Feier geleitet hatte. »Sie werden sich schon noch daran gewöhnen. Trinken Sie im Büro jetzt erst einmal einen Tee. Die nächste Trauerfeier ist um zwölf.«

So floss mein Arbeitstag träge dahin. Zwei Stunden später ließ ich noch einmal Mozarts Requiem ertönen. Dann begab ich mich zu Emma Markowna, die mir Kaffee und Torte vorsetzte. Um drei Uhr nachmittags bat mich die Dame wieder in die Feierstätte, wo ich vor dem Mikrofon spielen sollte. Der Friedhof war voller Besucher, und meine »Darbietung« wurde von Lautsprechern auch in den hintersten Winkel übertragen. Um fünf wurde ich ins Büro Nr. 3 gebeten. Eine Buchhalterin, die junge Natascha, hatte Geburtstag.

Ich nahm mir ein weiteres Stück Torte mit einer blutroten Rose darauf und ließ mich am Fenster nieder. Emma Markowna hatte nicht übertrieben. Hier gab es in der Tat nur wohlerzogene Leute, man reichte Tee, von Wodka oder auch nur Sekt war weit und breit nichts zu sehen. Selbst Shora Sawrassow, der pausenlos Witze erzählte, wollte heute nichts als nett sein.

Unvermittelt wurde der Redefluss des amtierenden Direktors vom Klingeln seines Handys unterbrochen.

»Hallo!«, rief Shora. Dann fuhr er mit leiser Stimme fort: «Einen Moment, ich gehe in mein Büro, hier kann man kein Wort verstehen.«

Gespannt blickte ich ihm nach. Wenige Sekunden später schlüpfte ich auf den Gang hinaus, lief zur Tür seines Büros und ging dort in die Hocke, als wollte ich einen gelösten Schnürsenkel wieder festbinden. Dabei lauschte ich angestrengt.

Shora gehörte offensichtlich zu den Menschen, die sich

am Telefon nur schreiend verständigen können. Ich verstand jedes Wort.

»Sie rufen in Nikolais Auftrag an? Gut, ich erwarte ihn.«

Offenbar wurde am anderen Ende nach der Zeit gefragt, denn Sawrassow erklärte: »Kommen Sie um elf Uhr abends in mein Büro, dann ist niemand mehr da. Der Wachmann weiß Bescheid und lässt den Wagen herein.«

Einen Moment war es still, dann fragte Sawrassow aufgeregt: »Ist der Kunde groß? Ach so, dann ist es kein Problem. 300 Dollar, und die Sache ist geritzt. Wenn Sie es wünschen, können wir auch eine Trauerfeier veranstalten.«

Erneut Schweigen.

»Nein, nein«, rief Shora jetzt in den Hörer. »Unser Pope ist echt, aber bezahlt werden muss er auch. Mit 300 ›Grünen‹ ist die Sache erledigt, ein Begräbnis, wie es sich gehört. Ihre Verwandten werden zufrieden sein. Also noch einmal: Um elf Uhr rollen Sie aufs Gelände und melden sich bei mir. Keine Angst, hier ist dann niemand mehr.«

Drinnen knarrte eine Diele. Wie der Blitz verschwand ich hinter der Toilettentür. So war das also! In der kommenden Nacht sollte eine Leiche gebracht werden, die Sawrassow dann in aller Heimlichkeit verscharren ließ und dafür 300 Dollar einstrich. Eingeweiht waren ein Wachmann und ein Geistlicher, der bereit war, dem Unglücklichen für die gleiche Summe die letzte Ehre zu erweisen. Der reine Wahnsinn! Vom Fenster aus sah ich, wie Shora das Bürogebäude verließ und in der Steinmetzwerkstatt verschwand. Fünf Minuten später kam er wieder heraus, aber nicht allein, sondern mit einem Mann in sauberem blauem Overall. An der Mauer der Urnenhalle blieben sie stehen und gestikulierten aufgeregt. Was sie sagten, konnte ich nicht hören, doch bald wurde klar, dass sie darüber stritten, was für eine Abdeckung die Nische mit der Urne des Verstorbenen erhalten sollte – eine weiße Tafel aus Marmor oder eine schwarze aus Granit.

Immer wieder hoben die Männer Steinproben auf und hielten sie prüfend vor die gähnende Öffnung. Mir wurde ganz schlecht. Sie wollten also den Toten nicht begraben, sondern zuvor einäschern.

Endlich waren sie sich einig. Der Mann in dem Arbeitsanzug ging in die Werkstatt zurück, Shora in sein Büro. Ich ließ meinen Blick über den Hof schweifen. Wenn man hier Leichen verbrannte, dann musste doch auch ein Ofen vorhanden sein. Aber wo? Da entdeckte ich in einem Winkel ein Häuschen aus rotem Backstein, dessen Esse mir übermäßig groß vorkam. Ich lief hinaus und ging mehrmals um den Bau herum. Vor der Tür hing ein Schloss, und an den Fenstern waren die Vorhänge geschlossen. Ich hätte meinen Kopf wetten können, dass die unglücklichen Opfer der Banditen hier endeten. Was sollte ich tun?

Völlig durchgefroren ging ich ins Büro zurück. Ganz einfach: Ich musste mich irgendwo verstecken und abwarten, was um elf Uhr nachts geschah.

Nach und nach verließen die Mitarbeiter das Friedhofsgelände. Ich blieb in der Feierhalle, denn die wurde auch nachts nicht verschlossen. Dort machte ich es mir in einem Sessel bequem. Der kleine Saal, wo man von den Toten Abschied nahm, lag gleich neben dem Eingang ins Bürogebäude. Wenn tatsächlich jemand kam, dann konnte ich die Schritte hören und hatte genügend Zeit, um hinter dem Klavier zu verschwinden. Aber erst einmal herrschte – sehr passend – Totenstille. Shora vertrieb sich offenbar die Zeit in seinem Büro. Die Uhrzeiger bewegten sich im Schneckentempo. Die Augenlider wurden mir schwer …

Plötzlich erklang von der Straße her ein kurzes Hupen. Ich fuhr hoch und lief zum Fenster. Ein riesiger Jeep rollte durch das Tor und hielt unter einer Laterne. Aus dem Bürohaus trat Shora. Dem Wagen entstieg ein Bursche, dem man schon von weitem den Banditen ansah: ein Muskelprotz, von Kopf bis Fuß schwarz gekleidet und kurz geschoren. Er öffnete den Kofferraum und zerrte einen nicht allzu großen Sack hervor. Als Shora ihn übernahm, lief es mir kalt den Rücken herunter. Herr im Himmel, das war ein kleines Wesen, denn Sawrassow hielt es allein auf dem Arm. Hatte man etwa ein Kind umgebracht?

Nun kam aus dem riesigen Gefährt eine zierliche Frau im eleganten Pelzmantel hervor, die nervös ein Taschentuch in ihren Händen knüllte. Aus der Finsternis tauchte der Pope auf, ein beleibter Mann mit prächtigem Bart. Tröstend legte er der schluchzenden Dame die Hand auf die Schulter.

Ich folgte der Szene mit großen Augen. Das Häuflein so ungleicher Personen verschwand in dem Häuschen mit der großen Esse. Nun gab es für mich kein Halten mehr. Ich lief auf den Hof hinaus, schlich näher und versuchte zum Fenster hineinzuschauen. Aber ich konnte nichts erkennen. Durch die zugezogenen Vorhänge drang kein Strahl. Mit größter Vorsicht öffnete ich die Tür.

Durch den Spalt blickte ich in einen etwa zwanzig Quadratmeter großen Raum – in der Tat ein Krematorium. In der Mitte erhob sich ein mit rotem oder schwarzem Tuch verhülltes Podest mit Gleitschienen, das am Ende von einem kleinen Vorhang abgeschlossen wurde. Rechts daneben sah ich etwas wie einen Transportwagen, auf dem eine kleine Gestalt lag. Ein weißes, mit Spitzen besetztes Tuch bedeckte sie. Am Kopfende prangte ein Strauß roter Nelken.

»Wir nehmen heute Abschied von deinem Diener«, tönte der Geistliche und schwenkte das Weihrauchfass.

»Mein lieber Kleiner«, ließ die Dame schluchzend hören. Der Bursche ganz in Schwarz zog die Nase hoch und tupfte sich die Augen mit einem Taschentuch.

»Was machst du hier?«, sagte plötzlich jemand hinter mir.

Vor Schreck hätte ich beinahe aufgekreischt. Jäh wandte ich mich um. Vor mir stand der Wachmann.

»Was machst du hier?«, fragte er noch einmal.

»Na, zuschauen«, antwortete ich verwirrt.

»Sieh mal an!«, gab der Wachmann zurück und blaffte im Befehlston: »Mitkommen!«

»Weshalb?«, fragte ich erschrocken.

»Na, mach schon!«, kommandierte er noch einmal und stieß mich in den Raum.

Als Shora die Tür gehen hörte, wandte er sich um, runzelte einen Moment die Brauen, fing sich aber sofort wieder und erklärte: »Das ist Tatjana Romanowa. Sie wird uns etwas spielen. Nehmen Sie bitte Platz, meine Liebe.« Dabei schob er mich mit fester Hand in Richtung eines Klaviers, das ich an der Wand entdeckte. Mit weichen Knien schlich ich zu dem Instrument, ließ mich auf dem Klavierschemel nieder und legte meine zitternden Hände auf die Tasten. Wieder erklang Mozarts Requiem.

Um dieses Stück gibt es eine rührende Legende. Dem großen Meister soll nachts ein Mann erschienen sein, schwarz gekleidet und das Gesicht verhüllt. Er warf eine Geldsumme auf den Tisch und verlangte, dass Mozart dafür ein Requiem komponiere. Der führte den im Voraus bezahlten Auftrag aus, aber der Unbekannte ließ sich nicht wieder sehen. Der Meister soll später erzählt haben, bei der Arbeit sei es ihm gewesen, als schreibe er diese Musik im Auftrag des Todes, der bald wieder erscheinen werde, um ihn zu sich zu holen.

Ob das nun wahr ist oder nicht, doch das Requiem lässt vielen Menschen eine Gänsehaut über den Rücken laufen. Und nun hatte ich es ausgerechnet in dieser Situation zu spielen. Ich kam mir vor, als begleite ich mein eigenes Begräbnis. Was wohl Shora mit mir anstellte, wenn diese Totenfeier vorüber war? In meiner Verzweiflung hatte ich wahrscheinlich etwas zu sehr in die Tasten gehauen, denn plötzlich trat Shora leise an mich heran und flüsterte: »Es reicht!«

Ich erstarrte.

»Gesicht zur Wand!«, befahl Sawrassow.

Ich musste wohl oder übel gehorchen. Shora holte von irgendwoher einen hölzernen Trog herbei, der an einen Sarg ohne Deckel erinnerte, und sagte leise: »Jetzt dürfen Sie Abschied nehmen.«

Die Frau warf sich über die mit dem Tuch bedeckte Gestalt und zerknüllte krampfhaft das Gewebe.

»Ist ja gut, ist ja gut«, murmelte jetzt der Bursche in Schwarz. »Beruhige dich doch.«

»Dreizehn Jahre waren ihm auf dieser Welt beschieden«, tönte Shora feierlich.

Aus den Augenwinkeln verfolgte ich die Szene. Der reine Alptraum! Die Gestalt wirkte für einen Jungen dieses Alters viel zu klein, vielleicht war er lange krank gewesen.

»Es hat ihm an nichts gefehlt«, tönte Sawrassow weiter. »Alle haben ihn lieb gehabt, dieses gutmütige, fröhliche und kluge Wesen. Er hat Ihnen Freude gebracht, und jetzt begraben wir ihn in allen Ehren. Sie werden einen Ort haben, an dem Sie Blumen niederlegen und um Ihren Liebling trauern können.«

»Amen«, kam es von dem Popen.

Nun trat Sawrassow an den Transportwagen heran und nahm das Spitzentuch fort. Bei dem Anblick wollten mir die Sinne schwinden. Dort lag, mit roten Nelken umlegt … ein Pudel.

»Das ist ja ein Hund!«, entfuhr es mir.

Sawrassow warf mir einen scharfen Blick zu, sagte aber nichts. Behutsam legte er das Tier in den kleinen Sarg, stellte das Gefährt auf die Schienen und drückte auf einen Knopf. Der Vorhang öffnete sich, und der »Trauerwagen« entschwand unseren Blicken.

»Kommen Sie bitte morgen gegen elf Uhr abends noch einmal her«, ließ sich jetzt Shora hören. »Dann setzen wir die Urne bei.«

Die Frau, die sich immer noch nicht beruhigt hatte, ging langsam zum Ausgang. Der junge Mann steckte Sawrassow einen Umschlag zu.

»Bis morgen, Herr Sawrassow«, brummte der Geistliche.

»Auf Wiedersehen, Väterchen«, antwortete der. Dann wandte er sich mir zu. »Also, nun mal raus mit der Sprache, weshalb schnüffeln Sie hier herum? Und Emma Markowna, die ist mir erst eine! Wie viel haben Sie der Alten bezahlt, dass sie Sie als ihre Schülerin vorstellt?«

»Ich habe wirklich zusammen mit Eduard am Konservatorium studiert!«

»Dann ist das Spionieren wohl Ihre Freizeitbeschäftigung? Wer hat Sie beauftragt? Für wen arbeiten Sie?«

Mit zitternden Händen fischte ich meinen Dienstausweis aus der Hosentasche.

»Detektei *Sherlock*«, las Sawrassow und staunte. »Tatjana Romanowa, Leiterin der operativen Abteilung. Alle Achtung. Eine Privatdetektivin sind Sie also. Und weshalb haben Sie sich auf dem Friedhof anstellen lassen?«

Ich atmete tief durch. Nun musste ich wohl oder übel mit der Wahrheit heraus.

»Los, gehen wir in mein Büro«, befahl Shora.

Dort erzählte ich ihm alles. Sawrassow trommelte mit den Fingern auf der Tischplatte. »Du hast also gedacht, dass wir hier Leichen von Ermordeten verscharren.«

»Ja.«

»Und dass ich Eduard umgebracht habe? Na? Das glaubst du doch!«

»Wenn man alles so bedenkt, dann kann es schließlich sein …«

»Quatsch nicht drum herum! Du hast mich für einen Mörder gehalten? Wie kann man nur so blöd sein!«

»Selber blöd!«, gab ich wütend zurück.

Sawrassow musste lachen. »Du hast also wirklich gedacht, ich wäre einer, der Leichen verschwinden lässt. Ein Killer! Dann wolltest du mit eigenen Augen sehen, wie wir die sozusagen verarbeiten?«

»Ich konnte doch nicht wissen, dass ich erwischt werde! Warum begrabt ihr die armen Tiere denn bei Nacht?«

Shora brummte: »Weil es am Tage nicht geht.«

Ich starrte ihn verständnislos an. Sawrassow kratzte sich am Hinterkopf und fragte unvermittelt: »Hast du jemanden zu Hause?«

»Natürlich, Kinder und…«

»Ich meine, hast du Tiere?«

»Klar, vier Hunde, drei Katzen und jetzt auch noch einen Papagei!«

»Und ist nicht mal eins gestorben?«

»Die sind alle noch ziemlich jung.«

Shora runzelte die Brauen. »Darauf gekommen ist Eduard, die Erde werde ihm leicht. Der war ein ganz Schlauer. Er hatte die Idee, und ich habe die Ausführung übernommen.«

Jeder, der einen Hund oder eine Katze sein eigen nennt, kommt einmal in die Lage, seinen Liebling begraben zu müssen. Für Tausende Menschen ist der Pudel oder Bologneser längst wie ein Familienmitglied, ein Freund oder gar ein heißgeliebtes Kind geworden. Aber Friedhöfe für Tiere gibt es in der russischen Hauptstadt nicht. Den Leichnam eines Kätzchens oder eines Hamsters kann man nur auf der Müllkippe entsorgen. Aber wer mit so einem vierbeinigen Freund durch viele Jahre seines Lebens gegangen ist, bringt es nicht übers Herz, ihn oder sie so enden zu sehen. Da lässt man sich eben etwas einfallen. Wer eine Datsche hat, setzt seinen Freund dort in einem ruhigen Winkel bei. Andere finden die sonderbarsten Orte als letzte Ruhestätte.

Eduards Variante war einfach genial. Das verstorbene Tier wurde eingeäschert, nachdem man sich in würdiger Weise von ihm verabschiedet hatte. Die Urne fand ihren Platz im Kolumbarium. Herrchen oder Frauchen konnte nun zu seinem Liebling auf den Friedhof gehen und ihm sogar ein paar Blumen bringen.

Die Sache war nicht allzu teuer, und Anwärter gab es in Hülle und Fülle. Mehrere Urnenwände waren bereits voll, bald musste man wieder eine neue hochziehen.

»Und wie regelt ihr das mit den Papieren?«, fragte ich verwundert.

»Das ist meine Sache«, antwortete Shora grinsend. »Dazu sage ich nichts.«

»Aber der Geistliche! Erlaubt denn die Kirche, Hunden den letzten Segen zu geben?«

Jetzt musste Sawrassow lachen. »Michail ist bei uns sonst für die künstlerische Umrahmung zuständig. Er war tatsächlich einmal Geistlicher, ist aber nicht mehr bei der Kirche tätig.«

»Und das Krematorium? Gibt es nie Inspektionen bei Ihnen?«

»Eduard hat mir immer den Rücken frei gehalten. In der Stadtverwaltung haben sie ihm die Füße geküsst«, erklärte Shora. »Jetzt kann ich durchaus Unannehmlichkeiten kriegen. Ich muss mich halt selber kümmern.«

»Wissen viele Mitarbeiter, was Sie hier treiben?«

»Na klar, fast alle«, brummte Shora. »Außer Emma Markowna. Aber die hat man mit Geld ruhiggestellt.«

Ich verstummte betreten.

»Na?«, fuhr Shora fort, »kapierst du jetzt, dass ich mit Eduards Tod nichts zu schaffen habe? Schließlich tun wir hier nichts Kriminelles. Ganz im Gegenteil, alle Beteiligten sind rundum zufrieden. Herrchen oder Frauchen begraben ihren Liebling, und wir verdienen daran. Die zuständige Behörde wird sich ihr Teil gedacht haben, wenn sie monatlich ihren Umschlag bekommen hat. Und geschadet haben wir auch niemandem. Nein, deswegen musste Eduard nicht sterben.«

»Weswegen dann?«, fragte ich rasch.

Shora zuckte die Achseln. »Bestimmt wegen einem Weib. Was die Frauen betraf, konnte er sich nicht bremsen.«

»Aber er war doch verheiratet.«

Sawrassow schlug mit der flachen Hand auf den Tisch. »Also, verdammt noch mal, was hat denn das damit zu tun? Und Gema war es sowieso egal! Die ist doch nur im Lande herumgereist und hat die Leute für dumm verkauft!«

»Was soll denn das jetzt heißen?«

Sawrassow grinste hämisch. »Das soll heißen, dass sie ein Riesengeschäft für Einfaltspinsel aufgezogen hat. Wenn Eduard besoffen war, hat er sich darüber lustig gemacht.«

»Ich verstehe kein Wort!«

»Da gibt's nicht viel zu verstehen. Sie hat sich als Heilerin ausgegeben – mit übersinnlichen Kräften … Wenn sie in irgendeinem Kaff auftaucht, dann hängen die Straßen voller Plakate, sogar Rundfunk und Fernsehen machen Reklame für sie. Meist plant sie drei Sitzungen. Bei der ersten ist der Saal kaum halb voll. Gema fängt mit ihrem Hokuspokus an, und bald stürzt aus der dritten Reihe ein Krüppel hervor, wirft seine Krücken weg, rennt zur Bühne und schreit: ›Ich kann wieder gehen!!!‹ Das Publikum tobt, die Leute sind außer sich, und bei den folgenden Sitzungen passt keine Maus mehr in den Saal. Draußen hauen sich die Leute um die Karten.«

»Solche Wunder hat sie vollbracht?«

Wütend fuhr Sawrassow in seinem Sessel hoch. »Du bist ja noch dümmer, als ich dachte! Der Invalide war doch nur Theater! Ein bezahlter Schauspieler! Der reine Zirkus, verstehst du? Und was für Kohle Gema damit gemacht hat! Wofür wir auf dem Friedhof ein ganzes Jahr arbeiten müssen, das hatte sie in einem Monat. Eduard bekam richtige Minderwertigkeitskomplexe! Er hat sich immer nur arme Weiber ausgesucht, um vor ihnen mit seinem Reichtum protzen zu können. Nein, den Mörder muss man unter seinen Geliebten suchen.«

»Und die kennen Sie alle?«

»An alle hätte sich nicht einmal Eduard erinnern können. Seine letzte, Lena, hat er in einem Striplokal kennengelernt, wo sie sich vor den Leuten auszieht. Statt des Gehirns hat die einen Geldzähler im Kopf. Eduard interessierte sie überhaupt nicht, höchstens seine Brieftasche. Doch wie eine Mörderin kommt sie mir nicht vor. Außerdem hat er sie dort herausgeholt, für sie eine Wohnung gemietet und ihr alle Wünsche erfüllt. Ohne ihn ist sie gar nichts. Aber die vorletzte …«

Shora verstummte und suchte in seiner Tasche nach Zigaretten.

»Was ist mit der?«, drängte ich. »Wer ist sie?«

Shora spielte mit dem Feuerzeug, räusperte sich und verkündete dann: »Eine eifersüchtige Hexe! Bei jeder Gelegenheit hat sie Eduard Szenen gemacht. Im Büro ist sogar einmal eine Scheibe zu Bruch gegangen. Stell dir vor, kommt zu ihrem Liebhaber und wirft ihm das Fenster ein! Wäre dir so was eingefallen?«

»Natürlich nicht.«

»Siehst du!«, rief Sawrassow und wieherte los. »So idiotisch hättest nicht mal du dich benommen!«

Ich schluckte die Beleidigung und fragte zurück: »Wissen Sie, wie sie heißt?«

Sawrassow gab einen Laut von sich, der eher wie ein Grunzen klang, und murmelte dann: »Iphigenie.«

»Soll das ein Witz sein?«, fragte ich scharf.

»Wieso?«, rief Shora fröhlich, »da kenne ich Leute mit noch ganz anderen Namen! Das ist ihr Pseudonym! So sind die Künstler nun mal. Wie wenn ein Schriftsteller auf den Buchdeckel nicht seinen richtigen Namen schreibt, sondern einen anderen. Die Marinina, zum Beispiel, heißt auch nicht Marinina ...«

»Ich weiß, was ein Pseudonym ist. Aber wozu hat diese Iphigenie eins gebraucht? Ist sie eine Schauspielerin, eine Sängerin, oder schreibt sie gar Romane?«

»Nein.« Shora kicherte immer noch. »Viel schlimmer – sie ist eine Wahrsagerin.«

»Was?«

»Eine reinrassige Zigeunerin in der dritten Generation, Iphigenie Rome, liest aus der Hand und legt Karten«, klärte mich Sawrassow auf.

»Und wo wohnt die Dame?«

»Keine Ahnung.«

»Kennst du ihren richtigen Namen?«

»Sie hat ihn mir nicht verraten.«

»Das sind ja schöne Informationen, die du da verkaufst«, sagte ich böse. »Ich soll eine Frau suchen, die keinen Namen hat und nirgendwo wohnt!«

»Wozu willst du sie denn suchen?« Sawrassow spielte den Ahnungslosen.

»Du hast doch selber gesagt, dass sie auf Eduard eifersüchtig war.«

»Wie eine Verrückte!«, bestätigte Shora. »Sie hat ihm das Fenster eingeworfen und dabei geschrien: ›Wenn ich dich nicht kriege, dann soll keine dich kriegen! Wenn ich erfahre, dass du dich mit einer anderen einlässt, bring ich dich um!‹ Aber suchen braucht man sie nicht.«

»Warum nicht?«

»Weil sie ständig in ihrem Salon hockt und auf Kunden wartet.«

»Nun sag mir endlich ihre Adresse!«, zischte ich.

»Wo ich sie doch nicht habe!«

Ich war nahe daran, ihn umzubringen.

»Wie ihr Etablissement heißt, kann ich dir allerdings sagen: ›Orakel von Delphi‹! Das findest du bestimmt im Telefonbuch. Ich spüre es direkt: Die ist schuld an Eduards Tod. Und außerdem …«

»Was denn noch?«

»Ich kenne mich in der Verbrecherwelt ein bisschen aus. Du hast doch die Leiche gesehen. Wo hat das Messer gesteckt, im Rücken?«

»Nein, in der linken Seite.«

»Natürlich! Denk doch mal selber nach. Dafür muss man ganz nah an das Opfer herantreten. Kein Profi würde so was ausgerechnet bei McDonalds machen. Und überhaupt – ein Mord im Restaurant! Wie in einer mexikanischen Telenovela! Normalerweise läuft das anders ab.«

»Wie denn?«

»Mein Gott, du stellst aber Fragen! Guckst du kein Fernsehen? So was macht man in einer dunklen Hauseinfahrt, wenn das Opfer aus dem Wagen steigt. Piff paff, und das war's. Die Waffe lässt der Killer verschwinden, und dann kannst du lange suchen. Auftragsmorde werden selten aufgeklärt, selbst wenn es sich um berühmte Leute handelt. Eduard hat nie einen Leibwächter gehabt, da war das doch ganz einfach. Aber im McDonalds? Nein, das war ein Weib! Eine Bekannte. Sie ist an seinen Tisch getreten, da hat er ihr sagen müssen, dass sie verschwinden soll, weil er gerade mit einer anderen Mittag isst. Da hat sie ihn vor Wut abgestochen. Typisch Frau! Such diese Iphigenie, die war es, ich irre mich nicht!«

Ich blickte nachdenklich zum Fenster hinaus. Ob es wohl viele Frauen in der Hauptstadt gab, die immer ein Messer in ihrer Handtasche bei sich trugen?

»Die hat immer ein Messer bei sich gehabt«, fuhr Shora fort, als könnte er Gedanken lesen. »Wir haben mal zu dritt im Restaurant gesessen, da hat Gema Eduard angerufen. Er sollte sofort zu ihr kommen. Eduard hat sich vor Iphigenie ganz klein gemacht. ›Ach meine Liebe, ich muss dringend dienstlich weg, natürlich bringe ich dich erst noch nach Hause.‹ Sie aber hat ihn mit ihren riesigen Augen angefunkelt und gezischt: ›Mach dir nur nicht in die Hose vor deinem lieben Frauchen! Verschwinde, wir brauchen dich hier nicht!‹ Sie kriegten sich mächtig in die Haare. Schließlich zog Eduard den Schwanz ein und ging. Mir war das Ganze peinlich. Draußen war es schon dunkel, und ich konnte sie wohl kaum allein nach Hause gehen lassen. Sie war eine schöne Frau, außerdem von oben bis unten mit Schmuck behängt. Ich bot ihr also an, sie nach Hause zu bringen. Sie, rot vor Wut, blaffte mich an: ›Geh mir aus den Augen, ich kann selber auf mich aufpassen!‹

›Mach keinen Unsinn‹, gab ich in ruhigem Ton zurück. Doch sie drehte sich weg und warf mir über die Schulter zu: ›Ich nehme ein Taxi, deine Dienste können mir gestohlen bleiben!‹

Da fragte ich: ›Macht es dir denn nichts aus, nachts zu einem fremden Mann in den Wagen zu steigen? Der fährt mit dir glatt an einen finsteren Ort und geht dir an die Wäsche!‹

Iphigenie öffnete ihre Handtasche, holte ein Messer heraus und zischte: ›Das soll mal einer probieren! Dem schneid ich die Eier ab!‹

Das ist keine Frau, sondern ein Drachen!«

Als wir Shoras Büro verließen, schneite es dicke, weiche Flocken. Der ganze Friedhof war schon in Weiß gehüllt. An der Urnenwand leuchtete ein trübes Lämpchen. Während Shora seinen Motor warm laufen ließ, las ich die Inschriften auf den Täfelchen. Was waren hier wohl Hunde und Katzen? »Karawajewa, Anna Petrowna. 1927–1999«, »Welechow, Sergej Andrejewitsch. 1942–2000«, »Der geliebte Sohn der Familie Rogosin, 1988–2000«, »Ruhe in Frieden, Marta Fedina, 1990–2000«. Was wohl Anna Petrowna oder Sergej Andrejewitsch gedacht hätten, wüssten sie, dass man sie gemeinsam mit Vierbeinern bestatten würde? Aber eigentlich können Menschen viel widerwärtiger sein als Hunde und Katzen. Zumindest tun sie Dinge, auf die ein Tier nie kommen würde. Zum Beispiel einen verflossenen Geliebten mit dem Messer abstechen.

10. Kapitel

In unsere Wohnung schlich ich auf Zehenspitzen. Die Tür fehlte immer noch, statt dessen hatte man die Öffnung mit einem Vorhang verhängt, an dem ein Zettel mit der Aufschrift hing: »Vorsicht, vier bissige Hunde!«

Ich unterdrückte ein Lachen, schob den Vorhang zur Seite und tat einen großen Schritt. Da stolperte ich über eine weiche Masse ... Es folgte ein drohendes Knurren und das empörte Gebell eines Staffordshire-Terriers.

»Pfui, Rachel, pfui«, flüsterte ich und schlüpfte aus meinem Pelzmantel. »Sei still, erkennst du mich denn nicht?«

Aber die Hündin war nicht zu beruhigen. Sie blaffte immer lauter.

Rachels Verhalten wunderte mich. Gewöhnlich hört man von ihr höchstens einmal ein kurzes »Wau«. Ada kläfft bei jedem Anlass und manchmal auch ohne ihn. Von der Möpsin war aber nichts zu hören, statt dessen bellte Rachel, was das Zeug hielt.

Überall klappten Türen, das Licht ging an. Alle Bewohner kamen herbeigelaufen, wie sie gerade waren – Kira im Schlüpfer, Serjosha in der Schlafanzughose, Julia, Katja und Lisa im Nachthemd. Dann war auch noch aus dem Treppenhaus Wolodja Kostins verschlafene Stimme zu hören: »Was soll denn der Lärm? Habt ihr einen Einbrecher erwischt?«

»Nein!«, rief ihm Katja zu. »Geh wieder schlafen. Tanja ist nach Hause gekommen.«

»Um drei Uhr morgens!«, fauchte Julia empört. »Wegen ihr haben wir keine Tür mehr, und jetzt wirft sie uns auch noch mitten in der Nacht aus dem Bett!«

»Wo treibst du dich denn rum?«, fragte mich Serjosha mit finsterem Blick. »Raus mit der Sprache!«

»Anständige Frauen ziehen nicht in der Nacht um die Häuser!«, verkündete Kira. »Sie kommen nach der Arbeit nach Hause, machen das Abendbrot, geben ihren hungrigen Kindern zu essen und setzen sich dann mit dem Strickstrumpf vor den Fernseher!«

»Und manche«, fuhr Lisa fort, »helfen ihren Kindern sogar bei der Biologiearbeit.«

Ich weiß nicht, welche Aussicht für mich schlimmer war: mit zwei widerwärtig spitzen Stahlnadeln heruntergefallene Maschen aufzufangen oder über Lexika mit der Beschreibung menschlicher Innereien zu brüten.

»Wau, wau, wau!« Rachel wollte sich einfach nicht beruhigen.

»Jetzt ist aber Schluss, Rachel!«, rief ich und warf der Hündin einen drohenden Blick zu. Da sah ich zu meinem Erstaunen, dass die Gescholtene schon wieder friedlich schlief. Sie rührte sich nicht einmal, als ich ihr aus Versehen auf den Schwanz trat. Unsere »bissige« Wächterin war wohl etwas übermüdet.

»Wau, wau, wau!«, tönte es aus der Küche.

»Kann nicht mal einer diesem Vogel den Schnabel stopfen?«, brüllte Serjosha wütend.

»Schnabel stopfen, Schnabel stopfen!«, kam das Echo aus der Küche.

»Zum ersten Mal im Leben könnte ich jemandem den Hals umdrehen!«, seufzte Julia.

»Ich zum zweiten Mal!«, schnaufte Serjosha. »Mein erstes Opfer wäre Tanja gewesen. Jetzt sag endlich, wo du warst. Kannst du dir nicht denken, was für Ängste wir ausgestanden haben?«

Als ich sah, wie sie da mit wirrem Haar und verschlafenen Gesichtern vor mir standen, ergriff mich tiefe Rührung.

»Ihr habt wirklich Angst um mich gehabt?«

»Die macht sich auch noch lustig über uns!«, rief Julia empört. »Morgen bleibst du hier in der Wohnung und rührst dich nicht vom Fleck!«

»Warum denn das?«

»Ich habe zwei Operationen«, erklärte Katja, »Serjosha muss mit einem Kunden verhandeln, Julia spielt im Moment den Chefredakteur, die Kinder sind in der Schule, und um zehn Uhr vormittags wird die Tür gebracht. Einer muss sie schließlich entgegennehmen.«

»Aber ich habe zu tun!«

»Was denn?«, fragte Julia giftig. »Aus der Schule haben sie dich doch rausgeworfen!«

»Woher weißt du denn das schon wieder?«

Julia griff sich ein kleines graues Büchlein, das auf dem Tisch lag, und wedelte mir damit vor der Nase herum.

»Dein Arbeitsbuch wurde bei uns abgegeben. Also, du bist dran.«

»Ich kann wirklich nicht!«

Julia zuckte die Schultern und verschwand in ihrem Zimmer.

»Wenn ihr wollt, bleibe ich hier!«, sagte Kira. »Mit Vergnügen!«

»Na, das kannst du vergessen!«, warf ihm Serjosha hin. »Du gehst schön zur Schule. Und von dir, Tanja, haben wir immer noch keine Antwort auf die klare Frage: Wo bist du gewesen?«

Der war aber auch nicht zu bremsen.

»Ich hatte ein Rendezvous!«

»Waaas?«, riefen jetzt alle meine Mitbewohner im Chor. »Mit wem?«

So dumm die Ausrede auch war, jetzt musste ich dabei bleiben.

»Ein Mann hat mich ins Restaurant ausgeführt.«

Alle schwiegen betreten. Schließlich sagte Serjosha begütigend: »Na gut, das ist etwas anderes. Wenn's dir Spaß macht …«

Am nächsten Morgen weckte mich jemand mit einem derben Stoß. Vor meinem Bett stand Julia.

»Was ist passiert?«, fragte ich erschrocken.

»Tanja«, murmelte das Mädchen, »ich muss mich über dich wundern!«

Ich fuhr hoch und blickte auf die Uhr: zehn Minuten vor acht.

»Wenn dich gestern ein Mann eingeladen hat, warum hast du nichts gesagt? So geht man doch nicht aus – in den ältesten Klamotten, ungeschminkt und unfrisiert.«

Ich starrte sie verständnislos an.

»Wenn du dich heute Abend wieder mit dem Kerl triffst, dann mach dich gefälligst ordentlich zurecht!« Und wie bei einem Zaubertrick holte sie einen türkisfarbenen Hosenanzug mit feinem grauem Pelzkragen hinter ihrem Rücken hervor und warf ihn über die Sessellehne.

»Der letzte Schrei«, verkündete Julia triumphierend. »Hat einen Haufen Geld gekostet. Damit stichst du alle aus!«

»Ich weiß gar nicht, wie ich dir danken soll«, murmelte ich und zog die Bettdecke hoch.

Zehn Minuten später klappte meine Tür schon wieder. Diesmal war es Lisa.

»Tanja«, flüsterte sie mir zu, »du hast doch keine Ahnung von solchen Sachen! Ein teures Parfüm musst du nehmen, damit kannst du jedem den Kopf verdrehen!«

»Woher weißt du denn so was?«, fragte ich.

»Habe ich im *Cosmopolitan* gelesen! Hier, nimm!« Und sie drückte mir ein Flakon aus blutrotem Glas in die Hand.

»Was ist denn das?«

»Das Parfüm der Saison, *Feu d'Issey* von Miyake! Ein paar Spritzer, und dein Kavalier liegt dir zu Füßen!«

Rasch drückte sie auf den Zerstäuber. Ein duftendes Wölkchen umhüllte mich. Mulja, die wie immer zu meinen Füßen lag, musste kräftig niesen und verkroch sich unter der Bettdecke.

»Das ist doch bestimmt sündhaft teuer!«, rief ich. »Wo hast du denn das her?«

»Ein halbes Jahr gespart«, erklärte Lisa stolz.

Als ich eine Viertelstunde später in die Küche schlurfte, lagen zwei Zettel auf dem Tisch. Einer war von Katja: »Tanja, nimm diese Handtasche, wenn du möchtest.« Ich schaute baff auf das elegante Etwas, das meine Freundin nur bei ganz seltenen Gelegenheiten hervorholte.

Dann las ich neugierig die zweite Botschaft: »Tanja, ich habe deine Karre genommen, die bald auseinanderfällt. Fahr du den Nexia, der passt besser zu einer Dame.« Auf dem Zettel lagen Schlüssel und Zulassung.

Nun wusste ich nicht, ob ich lachen oder weinen sollte. Aber erst einmal schaltete ich den Wasserkocher ein. Bis vor kurzem hatte Serjosha einen vorsintflutlichen Ford gefahren. Von außen sah der gar nicht schlecht aus – weiß und mit blitzendem Chrom. Aber innen … Die reine Katastrophe. Die hinteren Türen klemmten, meist konnte man nur über den Vordersitz auf die Rückbank gelangen. Regelmäßig fiel der Schalldämpfer aus. Der Anlasser machte, was er wollte, das Lenkrad blockierte, und immer wieder war irgendwo eine Dichtung defekt. Als Serjosha im Sommer auf die Datsche kam, sah ich auf dem Fahrersitz einen Hosengürtel liegen, der mit einem Ende an einem Bolzen befestigt war, der vorn aus dem Autoboden ragte.

»Was ist denn das für eine Konstruktion?«, fragte ich neugierig.

»Das Gaspedal ist abgebrochen«, erklärte er lachend. »Jetzt fahre ich mit Handgas!«

Dann ging die ganze Familie nach Amerika, um dort ordentlich Geld zu verdienen. Als sie wiederkamen, kaufte sich Serjosha als Erstes einen neuen Nexia, auf den er mächtig stolz ist. Er ist sonst sehr großzügig, aber den Wagen darf niemand fahren außer ihm. Erst letztes Wochenende hat er sich geweigert, ihn Julia zu geben. Die Eheleute gerieten in heftigen Streit und beschuldigten einander schließlich aller irdischen Sünden. Und nun bot er mir das gute Stück von sich aus an.

»Tanja!«, sagte plötzlich Kira hinter mir.

Ich fuhr zusammen. »Hast du mich erschreckt! Wieso bist du nicht in der Schule?«

»Ich muss erst zur zweiten Stunde los«, teilte mir der Junge sachlich mit. Dann fügte er hinzu: »Tanja, wir sind doch beide erwachsene Menschen. Darf ich offen zu dir sein?«

»Natürlich.«

»Also: Was triffst du dich mit deinem Kavalier in einem Restaurant? Warum bringst du ihn nicht mit nach Hause?«

Ich musste mir auf die Zunge beißen, um nicht laut loszuprusten. Als ich mich wieder etwas im Griff hatte, antwortete ich: »Weil jeder Mann sofort die Fliege macht, wenn er diese Familie kennenlernt.«

»Du verstehst mich falsch«, gab Kira finster zurück. »Ich meine, ihr sollt am Tage hierherkommen! Da ist weder Mama noch Serjosha oder Julia hier. Lisa und ich sind in der Schule. Wir können auch bis 18.00 Uhr bleiben und unsere Hausaufgaben dort machen. Das wird euch doch wohl reichen, oder?«

Jetzt wusste ich nicht mehr, was ich sagen sollte.

»Du kannst ganz beruhigt sein«, fuhr Kira fort. »Bis sieben Uhr abends taucht hier keiner auf.«

Er stürzte eine Tasse Kakao hinunter. Schon im Gehen wandte er sich plötzlich um und fragte: »Ich hoffe doch, ihr benutzt Verhütungsmittel?«

Das hatte ich nun gar nicht erwartet.

»Welche meinst du denn so?«, fragte ich vorsichtig.

Kira schnaufte empört. »Also, Tanja, dir muss man aber auch alles erklären. Hast du noch nichts von Aids gehört? Davor schützt am besten ein Präservativ.«

Damit ging er. Ich blieb mit offenem Mund stehen, schüttelte entgeistert den Kopf und rief ihm nach: »Und woher weißt du das alles?«

»Hatten wir in Sexualkunde!«, antwortete Kira fröhlich und lief die Treppe hinunter.

Das verschlug mir vollends die Sprache. Sexualkunde … Was wohl meine Mutter gesagt hätte, wäre ich mit einer solchen Nachricht aus der Schule gekommen?

Damit mir die Geschichte mit der Tintenpizza nicht noch einmal passierte, kochte ich einen großen Topf Suppe und briet einen ganzen Berg Bouletten. Die Uhr zeigte schon elf, aber von den Handwerkern, die unsere Tür einsetzen wollten, war weit und breit nichts zu sehen. Ich suchte nach dem Auftragschein und wählte die dort angegebene Telefonnummer.

»Firma Argus«, ließ sich eine nette Männerstimme hören.

»Ich warte seit zehn Uhr auf eine Tür, die Sie mir liefern wollen …«

»Meine liebe Dame«, wurde ich unterbrochen, »wir nennen niemals eine genaue Lieferzeit, sondern geben nur den Tag an.«

»Aber auf meinem Schein steht zehn Uhr!«

»Wir arbeiten von 10.00 Uhr bis 23.00 Uhr. Haben Sie noch ein wenig Geduld, die Tür kommt bestimmt.«

»Ja, aber wann?«

»Im Laufe des Tages!«

Empört warf ich das Telefon auf den Tisch. So was Dummes aber auch! Sollte ich wirklich den ganzen Tag in der Wohnung sitzen? Ich hatte so auf zehn Uhr gehofft und geglaubt, das Einsetzen der Tür würde nicht länger als vierzig Minuten dauern.

»He, Tanja!«, rief es da von draußen. »Komm mal rüber!«

Ich steckte den Kopf aus der Küchentür. Auf der Schwelle stand unsere Nachbarin Lussja.

Von unserem Treppenabsatz gehen drei Türen ab. Die eine führt in unsere Wohnung, die andere zu Wolodja Kostin. Vor einigen Jahren hat Serjosha Julia geheiratet. Die wohnte in der Nachbarwohnung auf der anderen Seite. Nach der Heirat wurde die Trennwand kurzerhand durchbrochen, und es entstand eine große Wohnung mit einer riesigen Küche. Julias Eingangstür wurde zugemauert. Seitdem wir Wolodja Kostin nebenan untergebracht haben, gehört uns der Treppenabsatz fast allein. Nur Lussja stört. Mit ihr haben wir aber auch einen Fang gemacht! In unserem Haus leben lauter anständige, schwer arbeitende Leute. So unglaublich es klingt, aber bei uns pinkelt niemand in den Fahrstuhl oder sprüht Grafitti an die Wände. Vor einem Jahr haben die Bewohner eine Wechselsprechanlage einbauen lassen und eine Fahrstuhlführerin angestellt. Jetzt haben wir im Hauseingang einen Läufer und Grünpflanzen. Zu Neujahr wurde sogar ein geschmückter Tannenbaum aufgestellt.

Der einzige Störfaktor ist Lussja, und ausgerechnet wir haben sie zur Nachbarin. Sie säuft wie ein Loch, und wenn sie so richtig in Fahrt ist, dann grölt sie durchs ganze Haus. Die Gelage, die bei ihr fast täglich stattfinden, enden häufig in so wüsten Szenen, dass wir schon mehrfach die Miliz rufen mussten. Am meisten fürchte ich, dass Lussja eines schönen Tages mit einer brennenden Zigarette im Bett einschläft und das ganze Haus in Brand steckt.

Aber Lussja hat auch lichte Momente. Alle drei Tage geht sie in die Metro putzen. Dann ist sie stocknüchtern.

»Hör mal, Tanja«, flötete sie mit süßer Stimme, »kannst du mir nicht hundert Rubel pumpen?«

»Die versäufst du doch sowieso!«

»Wo denkst du hin? Ich muss morgen früh um fünf zur Arbeit antreten.«

»Wozu brauchst du dann das Geld?«

»Für Strumpfhosen. Sieh her!« Sie lüpfte ihren Rock. Tatsächlich, ein Loch am anderen.

»In denen kann ich wirklich nicht mehr rumlaufen.«

Da schoss mir ein Gedanke durch den Kopf. Rasch sagte ich: »Eine Strumpfhose kannst du von mir haben, gute Qualität. Und dazu hundert Rubel. Die brauchst du mir nicht zurückzugeben.«

»Und was soll ich dafür machen?«, fragte Lussja sachlich.

»Wir kriegen heute eine neue Tür, und ich muss dringend weg. Sei so nett, bleib hier und pass auf.«

»Weiter nichts?« Lussja nickte. »Kein Problem. Kannst ruhig deiner Wege gehen. Ich schau denen auf die Finger.«

Ich gab ihr den Auftragschein. »Sei in einer halben Stunde hier.«

»Wird gemacht!«, gab die Nachbarin zurück. Dann fügte sie hinzu: »Wenn du noch einen Hunderter drauflegst, sauge ich dir die ganze Hütte durch und putze auch noch das Klo. So toll sieht es bei euch nämlich nicht aus.«

Ich blickte auf die Flusen in den Ecken und sagte: »Also, abgemacht. Du putzt auch noch die Wohnung und kriegst für alles 200 Rubel plus ein Paar neue Strumpfhosen.«

Zufrieden schwirrte Lussja ab. Ich nahm das Telefon, wählte die Auskunft und bat: »Ich hätte gern Telefonnummer und Adresse des ›Orakels von Delphi‹.«

»Notieren Sie«, sagte eine melodische Mädchenstimme. Ich tat, wie mir geheißen. Fünf Minuten später wählte ich die genannte Nummer, und schon kam es aus dem Hörer: »Das Orakel von Delphi bietet Ihnen Hilfe in jeder Lebenslage.«

»Kann ich bei Ihnen Frau Iphigenie erreichen?«

»Ja.«

»Ich hätte gern einen Termin bei ihr.«

»Die erste Sitzung kostet 700 Rubel.«

Was hatte die nur für Preise!

»Und der Termin?«

»Ist nicht nötig. Kommen Sie einfach vorbei.«

Das ging ja besser, als ich dachte. Frohgestimmt streifte ich die Jeans über. Schlange standen die Kunden bei diesem Orakel wohl gerade nicht.

Den Zugang zu dem Etablissement verwehrte mir eine Eisentür mit Spion. Links entdeckte ich eine Klingel. Ich drückte den Knopf.

»Zu wem möchten Sie?«, tönte eine knarrende Stimme aus einem Lautsprecher, die einer Frau, aber auch einem Mann gehören konnte.

»Zu Iphigenie.«

Das Schloss summte, und ich trat ein. Die Diele war beeindruckend. Dunkelblaue Tapeten, ein fast schwarzer Teppich und eine Decke von gleicher Farbe, auf der Fixsterne und Planeten glitzerten, die offenbar mit Phosphorfarbe aufgetragen waren. An einem Tisch zur Linken saß eine Dame. Von deren Anblick allein konnten einem die Haare zu Berge stehen. Sie war von einer Körperfülle wie ein russischer Ofen, hatte ein quadratisches, sehr maskulines Gesicht, in dem riesige Augen wie Kohlen glühten. Das lange schwarze Haar, sicher gefärbt, reichte ihr fast bis zu den Hüften. Hals und Handgelenke waren von kilometerlangen Schlangen aus Glasperlen und Lederstückchen umhüllt.

»Ich möchte zu Iphigenie.«

»Sind Sie zum ersten Mal hier?«, fragte das himmlische Wesen.

Ich nickte.

»Dann macht es 700 Rubel.«

Als die rosafarbenen Scheinchen gezählt und in der Schublade verschwunden waren, schüttelte die Gestalt ihre Mähne und sagte im Kommandoton: »Den Korridor entlang, letzte Tür links.«

Ich stapfte den endlosen Gang entlang und fühlte, wie mir unter dem Pelzmantel der Schweiß den Rücken hinunterlief. Das Orakel war total überheizt.

Als ich mich der bewussten Tür näherte, öffnete sie sich geräuschlos von selbst. Vor mir lag ein Raum von höchstens zwanzig Quadratmetern. Wände und Decke waren mit etwas drapiert, das wie schwarzer Samt wirkte. Der dunkle Fußbodenbelag schien überall der gleiche zu sein. In der Mitte des Raumes stand ein Tisch, auf dem eine dicke Kerze in einem Gefäß brannte, das an einen riesigen Kognakschwenker erinnerte. Daneben drehte sich auf schwarzem Fuß eine merkwürdige Kugel aus undefinierbarem Material. Sie strahlte und glitzerte, als sei sie von innen beleuchtet. Regelrecht bizarr aber sah die junge Frau aus, die da vor mir in einem Sessel saß.

Sie war schmal und leichenblass. Aus den riesigen Augen, die fast das ganze Gesicht einnahmen, schoss sie einen bohrenden Blick auf mich ab, der mir durch und durch ging. Das lange, schwarze, feingekräuselte Haar fiel auf magere, fast kindliche Schultern herab. Ich sah nur ihren Oberkörper, der in eine feuerrote, weite Bluse gehüllt war. Die Frau war keine Schönheit, wirkte aber sehr originell. Sicher drehte man sich auf der Straße nach ihr um.

»Nehmen Sie Platz«, sagte die Wahrsagerin mit unerwartet rauchiger Stimme.

Ich ließ mich in einem Sessel nieder. Als Iphigenie eine Handbewegung machte, blitzte an einem ihrer Finger ein Stein auf, der zu schwer für diese schmale Hand zu sein schien.

»Ich lege Ihnen erst einmal die Karten.« Sie griff nach dem Stapel, der vor ihr lag.

»Einen Augenblick bitte, Sie wissen doch noch gar nicht, was mein Problem ist.«

Iphigenie hob abweisend die rechte Hand. »Einer Wahrsagerin muss man nichts erzählen. Sie errät alles selbst. Schauen wir erst einmal nach Ihrer Gesundheit.«

Die zierlichen Finger mischten rasch das Kartenspiel. Ich fühlte mich ein wenig schwindlig. Die Luft in dem Raum war zum Schneiden dick, und von der brennenden Kerze ging ein leichter Parfümduft aus.

»Soso«, murmelte Iphigenie, »Sie haben Rückenschmerzen, besonders das Kreuz tut Ihnen weh.«

»Stimmt«, bestätigte ich, »das kommt vor.«

»Außerdem haben Sie nichtsanierte Zähne«, sprach die Wahrsagerin nachdenklich, »und sind oft nervös. So geht Ihnen Lebenskraft verloren. Und nun – die Gefühle. Was beunruhigt sie … Natürlich, ein Mann … Zwischen fünfundzwanzig und vierzig Jahre alt, dunkelblond, sitzt in einem Büro … Wahrscheinlich ein Kollege oder gar Ihr Chef …?«

Ich nickte und musste mir ein Lächeln verkneifen. Das Mädchen war nicht dumm. Rückenschmerzen! Welche Frau über dreißig hatte die wohl nicht ab und zu? Karies an den Zähnen! Du meine Güte! Und wie schnell sie von der Gesundheit zu meinen Emotionen übergewechselt war. Ein dunkelblonder Mann mittleren Alters! Wer hätte so einen nicht unter seinen Bekannten?

»Oh, Ich spüre, ich sehe, ich höre …«

Es zischte leise und mich umwehte ein leichtes Lüftchen. Offenbar hatte sie unbemerkt einen versteckten Ventilator eingeschaltet.

»Spüren Sie die Kälte?«, fragte Iphigenie.

»Ja.«

»Das ist der Geist des alten Roma. Sie haben Glück, er erscheint nicht jeder. Wenn Sie einen Rat haben wollen, wie Sie in einer bestimmten Lage handeln sollen, dann fragen Sie ihn. Aber beeilen Sie sich, er wird nicht lange in diesem Raum verweilen.«

Da ich den ganzen Zinnober schon satt hatte, atmete ich einmal tief durch und erklärte dann in sachlichem Ton: »Ich möchte wissen, wie viel die Frau kriegt, die Eduard Malewitsch umgebracht hat.«

Im Raum wurde es totenstill. Dann sagte Iphigenie mit ganz normaler Stimme: »Ich verstehe nicht …«

»Soll ich meine Frage wiederholen?«, fragte ich mit einem freundlichen Lächeln. »Wie viel brummt wohl das Gericht der Dame auf, die Eduard Malewitsch erstochen hat?«

»Waaas?«, fragte Iphigenie völlig verdattert. »Was?«

»Mit einer Hieb- und Stichwaffe, wie die Miliz so etwas nennt.«

Die Zauberin wurde noch bleicher. Aus ihren Lippen wich alles Blut, und die Nase wurde spitz.

»Ist das Ihre Art, mir mitzuteilen, dass Eduard tot ist?«

»Ja«, antwortete ich. »Bei McDonalds hat man ihn umgebracht, und ich war bei ihm.«

Iphigenie hob ihren zarten Arm und griff sich ins Haar. Dann stöhnte sie auf und rutschte lautlos vom Sessel.

11. Kapitel

Ich erschrak nicht allzu sehr. Iphigenie war offenbar eine hervorragende Schauspielerin. Eine Ohnmacht vorzutäuschen war nicht schwer. Als Erstes musste ich feststellen, ob da nicht irgendwo ein Messer war. Vielleicht hatte die Dame die Angewohnheit, jeden abzustechen, der ihr etwas Unangenehmes sagte.

Ich stand auf, ging zu einer Wand und tastete sie ab. Irgendwo musste doch ein Fenster sein, hier oder gegenüber? Das Haus, in dem das »Orakel von Delphi« saß, sah von außen ganz normal aus und hatte überall Fenster. Plötzlich hatte ich etwas wie eine Schnur in der Hand. Ich zog daran, der dunkle Vorhang öffnete sich, und das Licht eines trüben Novembertages flutete ins Zimmer. Das war völlig verstaubt und hatte eine Renovierung bitter nötig. Der Tisch zerkratzt und abgeschabt, die Sesselbezüge fadenscheinig.

Iphigenie saß auf dem Fußboden, an ein Tischbein gelehnt. Ich tätschelte ihr leicht die Wangen.

»He, komm, Schluss mit dem Theater!«

Sie schnappte nach Luft und öffnete die Augen. Es gelang ihr nur mit Mühe, den trüben Blick auf mich zu richten.

»Dort«, flüsterte das raffinierte Ding, »in der Tischschublade liegt ein Fläschchen. Gib es mir schnell …«

Ich blickte sie zweifelnd an. Bei Tageslicht konnte man sehen, dass Gesicht und Hals mit dicker weißer Schminke bedeckt waren. Warum wollte sie, dass ich ihr den Rücken zudrehte? Nicht dumm! Wenn ich in der Schublade suchte, attackierte sie mich vielleicht von hinten mit dem Messer …

»Nichts da! Steh doch selber auf und nimm dir, was du brauchst, Miststück!«

Iphigenie zuckte zusammen und versuchte sich aufzurichten. Da begann es ihren Körper zu schütteln, das Gesicht verzog sich zu einer Grimasse. Als ich die ineinander verkrampften Finger sah, wurde mir doch etwas mulmig zumute. Nein, das konnte man nicht spielen ... Ich stürzte zum Tisch und riss die Schublade auf. Die war mit Medikamenten in Schächtelchen und Folien vollgestopft. Ich kannte nicht ein Einziges davon. Kein Analgin oder Aspirin, dafür endlose Namen, die das Ganze noch unheimlicher machten. Aber zum Glück lag da nur ein einziges Fläschchen.

Ich schraubte es auf und ließ ein paar Tropfen in Iphigenies offenen Mund fallen. Dabei ging ich vorsichtig zu Werke, denn ich kannte die Dosis nicht, die sie brauchte.

Unvermittelt entspannte sich der Körper der Frau, ihr Blick wurde klar, und sie flüsterte: »Danke, das genügt.«

Einige Minuten später kletterte sie aus eigener Kraft in den Sessel zurück. Erschauernd zog sie die Schultern zusammen. Ich schloss rasch das Fenster. Bald war es im Zimmer wieder so schwül wie zuvor.

»Dort in der Ecke steht eine Kaffeemaschine«, murmelte die Wahrsagerin.

Zehn Minuten später setzte ich ihr eine Tasse mit dem heißen, aromatischen Getränk vor und fragte: »Was fehlt dir denn?«

Iphigenie lächelte traurig. »Meine Großmutter war das jüngste Kind in ihrer Familie. Ihre Eltern hatten schon neun Jungen und sieben Mädchen. Sechs Jahre später, als niemand mehr mit einer Schwangerschaft rechnete, kam meine Großmutter zur Welt.«

Ich nickte. So etwas sollte vorkommen.

»Alle Mädchen litten an Epilepsie«, erklärte Iphigenie. »Die Krankheit wird über die weibliche Linie vererbt. Jungen bleiben davon verschont. Aber meine Großmutter hatte Glück. Weder sie noch meine Mutter leiden daran, und auch ich nur ein bisschen, während alle meine Cousinen sich damit herumquälen. Wir bekommen nur manchmal Migräneanfälle. Und wenn ich mich sehr aufrege, dann gerate ich in einen solchen Zustand. Das war aber kein richtiger epileptischer Anfall ...«

»Und wieso regst du dich erst jetzt auf?«, fragte ich frech. »Als du Eduard abgestochen hast, warst du eiskalt!«

Iphigenie richtete ihren tränenumflorten Blick auf mich. »Wer sind Sie?«

»Ich bin von der Miliz und komme, um Sie festzunehmen«, behauptete ich keck. »Das Haus ist umstellt, Widerstand zwecklos.«

»Ich hätte Eduard nie umbringen können«, flüsterte Iphigenie. »Ich habe ihn geliebt.«

»Das ist ja wohl das Letzte!«, parierte ich. »Jeder sagt, dass du auf Eduard wahnsinnig eifersüchtig warst! Du hast das Fenster seines Büros eingeworfen und läufst ständig mit einem Messer in der Tasche herum.«

Iphigenie nickte. »Das mit dem Fenster stimmt. Und was das Messer betrifft – hier, bitte.« Sie öffnete langsam ihre Handtasche und zog einen eleganten Dolch hervor. Er hatte einen geschnitzten Griff, die Klinge sah scharf und sehr gefährlich aus.

»Den habe ich immer bei mir«, berichtete Iphigenie. »Ich wohne in einer schlimmen Gegend, einem Arbeiterviertel mit allem, was dazugehört – ewig betrunkenen jungen Männern, dunklen Straßen und nicht einem einzigen Milizionär. Wenn ich meinen Wagen in die Garage gestellt habe, dann renne ich, zitternd vor Angst, zu meiner Haustür. Ich weiß, es ist dumm, denn mit dem Ding werde ich bestimmt nicht viel ausrichten, aber ich habe es immer bei mir, für alle Fälle. Es beruhigt mich ein wenig. Du hast doch sicher auch etwas bei dir, um dich zu verteidigen?«

Ich trommelte mit den Fingern auf die Tischplatte. Sie hatte richtig geraten. In meiner Handtasche lag eine kleine Spraydose mit besonders starkem Haarlack. Wolodja Kostin hatte Katja und mir einmal einen ganzen Vortrag darüber gehalten, wie man sich vor Angriffen schützen kann.

»Pfefferspray oder Tränengas sind nicht schlecht«, verkündete er, »aber bevor man die benutzt, muss man die Windrichtung prüfen, sonst kriegt man das Zeug selber ins Gesicht und fällt dem Vergewaltiger hilflos vor die Füße. Etwas Besseres kann dem gar nicht passieren!«

»Die sollen sich Pistolen zulegen!«, hatte Kira gefordert.

»Um Gottes willen!«, wehrte Wolodja ab. »Was ist, wenn sie dabei den Angreifer schwer verletzen?«

»Was soll sein?«, fragte Julia verwundert zurück. »Geschieht ihm doch recht, soll er die Frauen in Ruhe lassen!«

»Da irrst du dich aber sehr«, erklärte der Major. »Das ist mehr als Selbstverteidigung. Dafür kann man glatt hinter Gitter gehen.«

»So ein Unsinn!«, empörte sich Katja. »Ich werde überfallen, und anschließend gehe ich in den Knast?«

»Genau!«, nickte Wolodja triumphierend. »Und wenn der Kerl beweisen kann, dass du ihm einen dauerhaften gesundheitlichen Schaden zugefügt hast, dann kannst du auch noch zahlen!«

»Was für ein Wahnsinn!«, rief ich. »Und wie sollen wir uns nun verteidigen?«

Wolodja musste lachen. »Eine Pistole ist eine Waffe. Aber gemahlener Pfeffer ist nur ein Küchengewürz. Wenn du den zu deiner Verteidigung einsetzt, kann niemand behaupten, du hättest die Grenze der Selbstverteidigung überschritten. Die Sache ist doch ganz einfach: Du gehst aus dem Supermarkt nach Hause, der Kerl will dich berauben. Du bleibst cool und schleuderst ihm Pfeffer ins Gesicht. Selbst wenn er sich daran fast zu Tode hustet, wird dir nichts passieren. Du kannst ihn auch mit Deospray bearbeiten.«

Deshalb trage ich immer eine kleine Dose besonders klebrigen Haarlack mit mir herum. Iphigenie hatte keine Freunde bei der Miliz, daher war sie auf das Messer verfallen.

»Ich habe Eduard nicht getötet«, sagte die Wahrsagerin kaum hörbar. »Das hätte ich nie fertiggebracht.«

»Das habe ich schon gehört. Du hast ihn angeblich geliebt.«

»Ja, sogar sehr, aber wir waren kein Paar!«

Ich lachte kalt. »Hör mal, es bringt nichts, wenn du bestreitest, was offensichtlich ist. Die Friedhofsangestellten haben gesehen, wie du Steine in sein Fenster geworfen hast.«

«Wir sind nie intim miteinander geworden!«, verkündete Iphigenie feierlich.

Ich zuckte die Schultern. »Was soll das Gewäsch? Los, gehen wir.«

»Wohin?«

»Zur Miliz in die Petrowka! Dort kannst du noch einmal offiziell über dein platonisches Verhältnis zu dem unglücklichen Eduard aussagen.«

Iphigenie maß mich mit einem merkwürdig festen Blick. Dann nahm sie die Handtasche, zückte ihren Pass und hielt ihn mir hin. »Da, schauen Sie.«

Ich schlug ihn auf und las erstaunt: »Olga Malewitsch.« Von dem Foto schaute mich eine Blondine mit Kurzhaarfrisur und riesigen blauen Augen an. Als ich die schwarzhaarige Schöne betrachtete, die auf mich wie eine Zigeunerin wirkte, musste ich fragen: »Wem gehört dieser Pass?«

»Mir«, antwortete Iphigenie mit ruhiger Stimme.

Ehe ich mich's versah, hatte sie mit einer raschen Bewegung die Perücke abgenommen. Darunter kam ein fast kahler Kopf hervor, der mit kurzen weißblonden Stoppeln bedeckt war.

Als die »Zigeunerin« sah, wie schockiert ich war, nahm sie mit ihren zarten Fingern auch noch die Kontaktlinsen heraus. Nun blickte sie mich aus himmelblauen Vergissmeinnichtaugen an.

Ich schaute noch einmal in den Pass.

»Jetzt verstehe ich überhaupt nichts mehr, Sie sind…«

»Eduard Malewitschs Schwester Olga«, erklärte sie mir. »Genauer gesagt, seine Halbschwester. Wir haben verschiedene Mütter, aber einen gemeinsamen Vater. Ich bin allerdings wesentlich jünger als er.«

»Wozu dann die Eifersuchtsszenen, das eingeworfene Fenster …«

»Ich bin Schauspielerin«, erklärte Olga stolz. »Ich habe die Theaterhochschule absolviert. Das hat Eduard genutzt.«

»Geht es vielleicht ein wenig genauer?«

Olga nickte, stand auf und verschloss die Tür von innen.

»So kann uns keiner stören. Eduard hat sich immer irgendwelche Geschichten ausgedacht. Er hatte eine Fantasie, die Ideen produzierte wie am Fließband.«

Eduards Eltern trennten sich, als der Junge zehn Jahre alt war. Er konnte es seinem Vater nicht verdenken, dass der die Mutter wegen einer jüngeren Frau verließ. Mit ihr war es tatsächlich nicht auszuhalten. Die Schauspielerei war nicht nur ihr Beruf, sondern geradezu ihr Seelenzustand. Sie konnte nur in einem Klima starker Leidenschaften existieren, weshalb sie ihrem Mann mit schöner Regelmäßigkeit schreckliche Szenen machte, die stets mit zerschlagenem Porzellan und zerfetzten Gardinen endeten. Man konnte sich nur wundern, dass es Sergej Malewitsch zehn Jahre lang mit ihr aushielt. Dann änderte sich alles an einem Tag.

In dem Provinznest, wo die Familie lebte, gastierte ein Theaterensemble aus der Hauptstadt. Die junge Galja Rogowa fand Gefallen an Sergej. Es störte sie nicht, dass er fast doppelt so alt war wie sie, Frau und Sohn hatte. Und Malewitsch verliebte sich so heftig in sie, dass er etwas tat, was keiner mehr von ihm erwartet hätte. Er verließ seine streitsüchtige Frau und ging mit Galja nach Moskau.

Die Gattin zerschlug zuerst alles Geschirr, das sie hatte, und fasste dann den Entschluss, einer Scheidung auf keinen Fall zuzustimmen. Aber Sergej bat gar nicht darum. Nach zwei Jahren wollte Eduards Mutter wieder heiraten und verlangte selbst von ihrem Gatten, sie freizugeben.

Als Eduard ans Konservatorium nach Moskau kam, suchte er sofort seinen Vater auf und erfuhr, dass er eine Schwester hatte. Olga war damals ein niedliches kleines Mädchen. Sergej, Galja und sie lebten in einer winzigen Zweizimmerwohnung. Als Galja Eduard zum ersten Mal sah, erklärte sie auf der Stelle: »Ins Studentenheim gehst du nicht. Du wohnst bei uns.«

Eduard schaute sich die Behausung an und lehnte ab. Es hätte ihm nichts ausgemacht, auf einem Klappbett in der Küche zu schlafen. Aber er musste jeden Tag stundenlang Geige üben. Die Wände des Plattenbaus schienen aus Pappe zu sein, und jeder Laut war weithin zu hören. Eduard konnte sich vorstellen, wie die Nachbarn reagieren würden, einfache Menschen, die mit Musik nichts am Hut hatten. Außerdem war das Leben im Studentenheim zwar karg, aber frei und ungebunden. In die Wohnung seines Vaters konnte er nicht einfach Freunde oder gar ein Mädchen mitbringen.

So wurde Eduard zwar nicht Bewohner, aber häufiger Gast bei der neuen Familie seines Vaters, gewann Schwester und Stiefmutter lieb. Dann trennten sich ihre Wege. Eduard heiratete Nina. Sein Vater samt Familie wanderte unerwartet nach Israel aus. Die Halbschwester Olga ging in Jerusalem zunächst zur Schule und wurde dann Schauspielerin. Als die Eltern starben, kehrte sie nach Moskau zurück, denn alle ihre Freundinnen waren in der alten Heimat geblieben.

Als Ersten rief sie Eduard an. Sie wusste, was inzwischen in seinem Leben vorgefallen war, dass es Nina nicht mehr gab, er Gema geheiratet und sich die Hand gebrochen hatte. Verwundert war sie allerdings, als sie hörte, dass Eduard nun auf einem Friedhof arbeitete und dass Gema keinerlei Interesse zeigte, die neue Verwandte kennenzulernen.

»Wir haben uns immer wieder verabredet«, erzählte Olga seufzend. »Aber sie fuhr entweder im Lande herum oder hatte Auftritte in Moskau. Außerdem war da auch noch ihre Privatpraxis. Sie fand einfach keine Minute Zeit. Wahrscheinlich ist sie überhaupt kein Familienmensch …«

Olga ging es anfangs nicht besonders gut. Mit ihrem Schauspielerdiplom aus Israel konnte sie in Moskau rein gar nichts anfangen. Bei seinem Anblick verzog jeder Arbeitgeber das Gesicht. Es half nichts, dass Olga erklärte, sie habe bei berühmten Professoren aus Russland studiert, die früher in der Schule des Künstlertheaters gelehrt hatten. In Moskau gab es mehr als genug arbeitslose Schauspieler mit einem ordentlichen russischen Diplom.

Irgendwie gelang es Eduard bei seinen Beziehungen aber doch, die geliebte Schwester in einem winzigen Ensemble unterzubringen, das in einem Keller im Nordwesten der Hauptstadt auftrat. Die Gage war kümmerlich, die Schauspieler mussten als lebende Litfasssäulen vor Metrostationen herumstehen, um Zuschauer anzulocken. Mit einem Wort, Moskaus große Bühnen schienen für Olga unerreichbar. Einzig erfreulich war, dass sie nun einen Berufsausweis besaß, in dem schwarz auf weiß geschrieben stand: »Malewitsch, Olga, Schauspielerin«. Spielen durfte sie natürlich auch, allerdings keine Hauptrollen, sondern nur kleinere Nebenrollen.

Die Zeit ging dahin, und eine Glücksfee war nicht in Sicht. Erfolge flogen immer nur anderen zu. Sie hatte nie Geld, und der Neid fraß an ihr, wenn ihr von den Titelseiten bunter Magazine talentlose Gesichter entgegenlächelten, die nur zur richtigen Zeit am richtigen Ort gewesen waren.

Da hatte Eduard die Idee, das »Orakel von Delphi« zu gründen. Es wurde auf Olgas Namen eingetragen, aber sein Schöpfer und Spiritus rector war der große Bruder.

Eduard beschaffte die Lizenz und mietete die Räume an. Da er überall Beziehungen hatte, lief die Sache wie am Schnürchen. Glücklose Schauspieler wurden eingestellt, die hervorragende Zigeuner abgaben, dazu ein paar Absolventen der Psychologischen Fakultät der Moskauer Universität. Das Tollste aber war, dass das »Orakel von Delphi« mit seinen verrückten Weissagungen oftmals ins Schwarze traf. Manchem Kunden war auch damit geholfen, dass man ihn behutsam in die Hände professioneller Psychologen lenkte.

»Am häufigsten bitten uns Ehefrauen, ihrem Mann die Geliebte abspenstig zu machen«, berichtete Olga lächelnd. »Sie können sich gar nicht vorstellen, was für Dankesbriefe, wie viele Blumen und Geschenke wir erhalten und welche Mundpropaganda für uns gemacht wird, wenn es gelingt.«

»Und wie schaffen Sie das?«, fragte ich interessiert.

»Die Frauen sind doch meist selber schuld«, meinte Olga. »Wenn sie die Heiratsurkunde haben, denken sie, dass die bessere Hälfte ihnen jetzt nicht mehr entkommt. Und sie lassen sich gehen, laufen zu Hause nur noch in einer speckigen Kittelschürze herum ... Wir drücken ihnen ein Fläschchen mit Tropfen in die Hand, die sie dem Treulosen jeden Morgen in den Tee mischen, und versprechen ihnen vollen Erfolg, wenn ... sie einige Voraussetzungen erfüllen. Wir verpflichten sie, während der ganzen Zeit ihren Angetrauten stets gepflegt, duftend und mit einem liebenswürdigen Lächeln zu erwarten. Das Abendessen muss vom Feinsten sein, und zu Bett geht es dann in Spitzenwäsche, ohne Lockenwickler oder Gurkenmaske ... Das wichtigste aber ist: Keine Vorwürfe, keinen Streit, und das Thema Nebenbuhlerin ist im Gespräch tabu. Im Gegenteil, der Gatte ist mit den zärtlichsten Namen zu belegen, die man sich nur denken kann. Unser Elixier ist nicht billig. Aber wir warnen: Wenn die Kundin unsere Bedingungen nicht erfüllt, dann ist sie selber schuld. Und Geld gibt es auch nicht zurück. Sie werden es nicht glauben: Die Erfolgsquote beträgt fast hundert Prozent. Unser Honorar ist also ehrlich verdient.«

»Ich verstehe«, unterbrach ich sie. »Wie das Orakel funktioniert, weiß ich jetzt. Aber warum haben Sie sich überall als Eduards Geliebte ausgegeben?«

»Darum hat er mich gebeten.«

»Weshalb?«

»Er hatte eine Affäre mit einer Dame, deren Mann geradezu ein Monster sein muss. Hätte dieser Viktor von dem Seitensprung seiner Frau erfahren, dann wäre es mit ihr und Eduard aus gewesen. Deshalb hat er mich als seine eigentliche Geliebte erfunden. Mit den wilden Eifersuchtsszenen, die alle kannten, sollte ich von seinem wirklichen Verhältnis ablenken. In unserer Umgebung wusste keiner, dass wir Bruder und Schwester sind.«

Sie gingen immer in der gleichen Weise vor. Gemeinsam tauchten sie auf irgendeiner Party auf, wo auch der Gatte von Eduards Geliebter eingeladen war. Eduard und Iphigenie turtelten so lange herum, bis sein Handy klingelte und er ärgerlich mitteilte: »Zum Teufel aber auch, Gema ruft, entschuldige, meine Liebe.«

Das war das Stichwort für Iphigenies großen Auftritt. Sie spielte die rasende Eifersucht, warf Gläser und Teller entzwei. Die Kellner rannten erschrocken nach Baldriantropfen. Eduard drückte ihnen großzügig hundert Dollar in die Hand und machte sich aus dem Staub. Die verlassene »Geliebte« tobte noch ein Weilchen und ging dann ebenfalls ihrer Wege. Nach einer solchen Szene hieß es immer: Der arme Eduard, so ein netter intelligenter Kerl. Was er nur an dieser Hexe findet?

»Das Schönste aber war«, sagte Olga mit einem spitzbübischen Lächeln, »dass ihn sogar der Gatte seiner Geliebten bedauerte und ihm ernsthaft empfahl, sich endlich von dem verrückten Weib zu trennen.«

»Und warum musste das Fenster in Eduards Büro zu Bruch gehen?«

»Das war ganz am Anfang der Affäre. Sie wissen doch, was die auf dem Friedhof treiben? Na, das mit den Tieren!«

»Ja, ich bin im Bilde.«

»Viktors Dogge war gestorben, und er brachte sie zu Eduard, um sie einäschern zu lassen. Die Urne wollte er allerdings nicht dort beisetzen, sondern auf dem Grundstück seiner Datsche. Eduard rief mich an: »Heute Nachmittag um drei Uhr kommt Viktor, um die Urne zu holen. Die Gelegenheit nutzen wir!«

Es wurde eine tolle Szene. Iphigenie warf mit Ziegelbrocken die Fensterscheiben ein, Eduard umarmte sie, beruhigte sie und ließ sie in einem Wagen nach Hause bringen. Viktor schüttelte den Kopf. »Wie hältst du es nur mit diesem Weib aus?«

»Ich liebe sie«, antwortete Eduard und sagte sogar die

Wahrheit. »Ich kann nicht ohne sie leben, das verrückte Ding.«

Mit einem Wort, sie führten den armen Mann gehörig an der Nase herum. Nie wäre er darauf gekommen, dass Eduard mit seiner Frau liiert war.

»Hattet ihr keine Angst, dass Gema die ganze Sache auffliegen lassen könnte?«

»Wie denn? Die Skandalnudel war doch die Zigeunerin Iphigenie, nicht Olga Malewitsch. Aber auch die hatte Gema nie gesehen. Und in voller Kriegsbemalung hätte nicht einmal meine eigene Mutter mich erkannt!«

»Den Familiennamen von diesem Viktor brauche ich noch.«

Olga schwieg betreten.

»Muss das sein?«

»Raus damit«, herrschte ich sie an.

»Aber geh bitte vorsichtig zu Werke, er könnte seine Frau tatsächlich umbringen.«

»Also, wer ist es?«

»Viktor Podolski, die Reporter nennen ihn nur den Tollwütigen.«

Mich überlief ein leichter Schauer. So einem war wohl tatsächlich alles zuzutrauen.

12. Kapitel

Eine Stunde später verabschiedete ich mich von Olga, nachdem ich ihr die Telefonnummer der Dienststelle der Miliz gegeben hatte, die in dem Mordfall ermittelte. Am Ende bekannte ich auch, dass ich Privatdetektivin und in Gemas Auftrag tätig war. Dass diese Selbstmord begangen hatte, beeindruckte Olga nicht annähernd so sehr wie zuvor die Mitteilung vom Tod des Bruders. Sie sagte nur trocken: »Nanu? Das hätte ich von ihr nicht erwartet.«

»Warum nicht?«, fragte ich neugierig.

»Ich dachte, der geht es immer nur ums Geld.«

»Aber Sie kannten sie doch gar nicht.«

»Eduard hat das gesagt.«

Ich schaute zum Fenster hinaus. Draußen sank bereits trübe Dämmerung herab. Eduard hatte das gesagt! Er war wohl ein Meister im Lügen gewesen und in der Vorspiegelung falscher Tatsachen.

»Sie irren sich. Gema hat den Tod ihres Mannes nicht verwunden.«

Olga nickte zerstreut. Ich wollte gerade gehen, da fiel mir noch etwas ein.

»Sagen Sie mir bitte, warum spielen Sie seit einem Monat keine Eifersuchtsszenen mehr?«

»Seit drei Monaten«, korrigierte mich Olga.

»Und warum?«

»Ich bin selber einem jungen Mann begegnet, mit dem mich seitdem ein besonderes Verhältnis verbindet, verstehen Sie?«

»Natürlich.«

»Eduard hat aber schnell Ersatz für mich gefunden: Lena, eine Striptänzerin. Eduard hat Shanna vergöttert.«

»Wen?«

»Shanna, Viktors Frau«, erläuterte Olga. »Sie haben sich wahnsinnig geliebt, wie Romeo und Julia, nur im vorgerückten Alter. Eduard hat mir sehr leid getan …«

»Man kann sich doch scheiden lassen«, meinte ich verwundert. »Warum haben sie sich nie darum bemüht?«

Olga schaute mich mitleidig an. »Da kennen sie Viktor nicht. Der hat ja nicht umsonst diesen Spitznamen. Hätte Shanna ihrem Gatten gestanden, dass sie ihn verlassen will, dann wären ihre Tage gezählt gewesen. Einbetoniert in einem Fass hätte er sie auf den Grund der Moskwa geschickt. Einen Menschen umbringen ist für Viktor, wie wenn er einmal niest. Nein, das war ausgeschlossen. Diese Liebe konnte nur in einer Tragödie enden ...«

Als ich wieder auf der Straße stand, atmete ich tief die kalte Luft ein. Dann ging ich langsam zur Metro. Die Straßen und Gehwege waren von Glatteis überzogen. Die Autos bewegten sich ungelenk wie Bären auf Schlittschuhen. Nein, bei solchem Wetter verließ man sich besser auf die öffentlichen Verkehrsmittel. Am Steuer hatte man nur Stress und konnte vor lauter Anstrengung, die Kontrolle nicht zu verlieren, keinen klaren Gedanken fassen. In der Metro dagegen saß man warm, es war hell und gemütlich. Im Sommer auf der Datsche in Aljabjewo ging ohne Auto gar nichts, aber im Winter ...

Ich stieg in den Fußgängertunnel hinab, kaufte mir eine Telefonkarte und machte mich auf die Suche nach einer funktionierenden Telefonzelle. Wolodja hat einen Kollegen namens Gena Jurow. Die Dienstgrade bei der Miliz sind für mich ein Buch mit sieben Siegeln. Ich weiß nur, dass Wolodja Major ist, aber was ist wohl Gena? Kommissar? Oder nur ein Ermittler? Das ist mir alles zu kompliziert. Und im Grunde auch nicht wichtig. Genas Hilfe brauchte ich, weil er Zugang zum Archiv hat und für mich etwas über die Vergangenheit dieses netten Herrn Viktor Podolski herausfinden konnte, der den bezeichnenden Beinamen »der Tollwütige« trägt.

»Jurow«, knurrte es am anderen Ende.

»Gena, mein Lieber«, flötete ich einschmeichelnd, »hier ist Tanja.«

»Grüß dich«, rief Gena erfreut, »wie geht's dir?«

»Frag lieber nicht«, gab ich niedergeschlagen zur Antwort, »ich sitze zu Hause herum und habe nichts zu tun. Wer will schon eine Harfenistin?«

»Da hast du wohl recht«, meinte Gena mitfühlend, »die Harfe ist nicht gerade das, was man jetzt am meisten braucht. Aber du musst Gedanken lesen können! Ich war schon auf der Suche nach dir, denn ich habe eine dringende Frage an dich. Was kostet ein kleiner Mops?«

»Das kommt darauf an, wofür du ihn haben willst, für die Show oder für die Couch.«

»Wovon redest du?«, gab Gena verdutzt zurück.

»He, Sie, geht es nicht etwas schneller?«, rief hinter mir eine gereizte Stimme.

Ich schaute mich um. Ein Weib, so breit wie hoch, mit riesiger Mohairmütze, blickte mich böse an.

»Man redet nicht länger als drei Minuten! Kauf dir ein Handy, dann kannst du mit deinem Liebhaber turteln, so lange du willst!«

»Weißt du was, Gena, ich komme am besten gleich bei dir vorbei. Melde mich bitte bei der Pforte an!«

»In Ordnung«, antwortete Gena. »Ich bin noch ziemlich lange hier.«

Das ungeduldige Weib drängte in die Zelle wie ein wildgewordenes Nashorn, schob mich mit ihrem riesigen Bauch zur Seite und zischte dabei: »Hängen den ganzen Tag in der Telefonzelle rum, diese Schlampen, und lassen anständige Leute warten!«

Mit meinem schönsten Lächeln antwortete ich: »Aber bitteschön, das Telefon gehört Ihnen. Wissen Sie übrigens, warum Sie nie einen Geliebten haben werden?«

Der Frau blieb vor Überraschung der Mund offen stehen. Dann fragte sie ganz automatisch: »Warum?«

»Weil du«, fuhr ich immer noch lächelnd fort, »haufenweise Makkaroni mit Sahne in dich hineingestopft hast, während ich mich von Salat ernährt und Sport getrieben habe. Das Ergebnis liegt auf der Hand!«

»Welches Ergebnis?«, fragte das Weib begriffsstutzig.

»Für dich ein sehr trauriges«, verkündete ich triumphierend. »Bei mir stehen die Männer Schlange, ich weiß gar nicht, welchen ich zuerst nehmen soll.«

»Du gemeines Luder!«, kreischte die Dicke.

»Und dir einen schönen Abend«, gab ich lachend zurück und lief zur Metro.

Gena Jurow saß in einem winzigen Büro, in dem außer ihm, seinem Schreibtisch und einem vorsintflutlichen Schrank, den er stolz seinen Safe nannte, nur noch ein winziger Stuhl Platz hatte.

»Also, mein Lieber, so einfach ist das nicht mit einem Hund. Hattest du überhaupt schon mal ein Haustier?«

»Nein, noch nie.«

»Und warum willst du dir dann jetzt einen Mops zulegen?«

Gena seufzte tief auf. »Meine Vera hat im Fernsehen so eine blöde Sendung geschaut, in der ein Mops mitspielt, auch noch mit einer Schleife um den Hals. Jetzt liegt sie mir in den Ohren und will einfach keine Ruhe geben. ›Du bist doch nie zu Hause, kauf mir so einen Hund, dem kann ich wenigstens eine Schleife umbinden. Und reden kann ich auch mit ihm, wenn ich hier abends allein herumsitze.‹ Kinder haben wir nicht und werden bei meinem Dienst so schnell auch keine kriegen.«

»Wer weiß?«, wandte ich ein. »Das mit der Schleife kann ich mir nicht recht vorstellen. Möpse haben ein glattes Fell, da rutscht jedes Band ab.«

»Im Fernsehen trug er jedenfalls eine.«

»Die haben sie ihm vielleicht aufs Fell geklebt. Beim Fernsehen schrecken sie ja vor nichts zurück. Aber ansonsten ist Veras Entscheidung goldrichtig. Der Mops ist ein wunderbarer Freund des Menschen, er ist treu, mutig, intelligent, zärtlich ...«

Fünf Minuten lang zählte ich nun die hervorragenden Eigenschaften unserer beiden Möpsinnen Ada und Mulja auf. Dabei vergaß ich zu erwähnen, wie streitsüchtig die eine und wie gefräßig die andere sein kann. Aber schließlich hat auch die Sonne Flecken, sind auch die Menschen bei weitem nicht vollkommen. Und heimlich einen Leckerbissen vom Tisch zu stibitzen ist eine lässliche Sünde.

»Um auf meine Frage zurückzukommen«, fuhr ich fort, »für die Show oder für die Couch.«

»Was soll denn das heißen?«

»Na, wenn du den Mops zum Beispiel auf Ausstellungen vorführen und, wenn er Eindruck macht, Nachwuchs züchten und damit Geld verdienen willst, dann brauchst du ein reinrassiges Exemplar.«

»Ich glaube nicht, dass Vera sich damit befassen will«, meinte Gena. »Aber, wer weiß? Was würde denn so einer kosten?«

»Rüde oder Hündin?«

»Eine Hündin. Vera meint, ein Rüde im Leben ist ihr genug.«

»Hündinnen sind teurer, denn sie bringen dem Besitzer mehr.«

»Wieso?«

»Also, Gena«, ließ ich mitleidig fallen, »du bist doch ein Kopfarbeiter, sollst Verbrecher ermitteln. Nun lass doch mal deine grauen Zellen arbeiten! Ein Rüde muss von seinem Besitzer nur durchgefüttert werden. Eine Hündin dagegen wirft ihm jedes Jahr ein paar Junge, die er dann mit Gewinn verkauft. Damit kann man eine Menge Geld machen. Und wenn man sich mehrere Hündinnen hält ...«

»Was soll denn so eine reinrassige Hundemutter kosten?«

»Um die tausend.«

»Na, das geht ja noch!«, meinte Gena erfreut. Das ist billiger als französisches Parfüm! Das bezahle ich von der Prämie zum Tag der Miliz.«

»Die wird dafür wohl kaum reichen. Ich meine nicht tausend Rubel, sondern tausend Dollar.«

»Bist du noch bei Trost?«, schrie Gena auf. »Das ist ja ein halbes Auto! Für zwei solche Knirpse kriege ich einen ganzen Lada! Nein, so viel Geld habe ich nicht.«

»Es gibt sie auch billiger.«

»Wieso?«

»Wenn du nur ein Schoßhündchen brauchst, dann hol dir ein Junges, das nicht ganz reinrassig ist.«

»Vielleicht krank?«

»Ach wo! Der Schwanz ist vielleicht nicht so geringelt, wie er sollte, die Ohren haben nicht die klassische Form, aber das sieht nur der Fachmann. So ein Kerlchen kann dir auch Junge bringen, nur kriegst du dafür nicht viel.«

»Und was kostet so ein Exemplar?«

»Zweihundert bis dreihundert.«

»Dollar?«

»Klar.«

Gena stöhnte auf. »Die nehmen's vom Lebendigen!«

»Na, so viel Geld ist das auch wieder nicht.«

»Stimmt, aber so schnell kriege ich das nicht zusammen.«

»Dann kaufst du den Mops eben später.«

»Aber Vera hat am 12. Geburtstag, und ich Esel habe es ihr versprochen! Vielleicht gibt es irgendwo einen auf Pump?«

Ich konnte nur mit Mühe meine Freude verbergen, antwortete jedoch tiefernst: »Das kann schon sein, aber ich habe noch eine bessere Idee. Ich rufe Sina Rakitinskaja an. Vielleicht überlässt sie dir einen Welpen einfach so.«

»Tatsächlich?«, fragte Gena misstrauisch. »Einen, den sie nicht los wird? Einen Kümmerling?«

Ich runzelte die Stirn. »Meine Mulja und Ada stammen von ihrer Susi, und die sind absolut in Ordnung.«

»Warum will sie dann nichts dafür haben?«

»Weil ich sie darum bitte!«

»Ach, das macht die nie!«

»Reich mir mal das Telefon«, schnarrte ich und wählte schon die Nummer.

Bei Sina war vor einigen Jahren der Notstand ausgebrochen. Sie besaß und besitzt bis heute die niedliche Möpsin Susi, und bei ihrer Schwiegermutter lebte der Mops Samson. Da beide in beträchtlicher Entfernung voneinander wohnten, begegneten sich Susi und Samson höchstens einmal im Jahr, und alle waren glücklich und zufrieden. Als aber die Schwiegermutter starb, nahm Sina Samson zu sich. Wo ein Hund satt wird, da bringt man auch noch einen zweiten durch. Anfangs waren die Möpse meist schlafend auf der Couch anzutreffen, und alle waren gerührt, wie gut sie miteinander auskamen. Dann wurde Susi zum ersten Male läufig. Sina begriff nicht gleich, was ihr da blühte. Da Samson bisher nie mit Hündinnen zu tun gehabt hatte, meinte Sinas Mann Petja: »Was ist schon dabei? Der kapiert doch nicht, worum es hier geht, so dumm wie er ist!«

Aber da sollte sich Petja irren. Samson, der bisher allen Versuchen, ihm etwas beizubringen, widerstanden hatte, weshalb man ihn für ein ziemlich einfältiges Exemplar hielt, war augenblicklich im Bilde. Zwei Monte später brachte Susi acht Junge zur Welt. Seitdem war Sinas Leben ein permanenter Alptraum. Was tat sie nicht alles, um Samson von Susi fernzuhalten. Sie besprühte die Hündin mit einem Spray, dessen Hersteller steif und fest behauptete, vor dessen Geruch flüchte jeder Rüde, so weit er nur kann. Vielleicht jeder, aber nicht Samson. Dessen Potenz war nicht zu schlagen! Da halfen weder Hormontabletten noch Futter mit besonders wenig Kalorien und Eiweiß. Sina steckte Susi zunächst in eine Windelhose und dann in eng anliegende Pantalons. Sie schloss die Hunde zur gegebenen Zeit in verschiedenen Zimmern ein. Es half alles nichts. Kaum waren die Möpse allein in der Wohnung, da waren sie schon beisammen und beschäftigten sich intensiv mit der Fortpflanzung ihrer Art. Auf welche Weise der Kavalier, der kaum dreißig Zentimeter Höhe maß, die Türen öffnete, und wie es ihm gelang, unter die festsitzende Hose seiner Geliebten zu kommen, blieb ein Rätsel. »Hätte doch mein Petja solche Fähigkeiten«, sagte Sina, wenn ihr Susi stolz den nächsten Wurf präsentierte.

Die war auch noch über die Maßen fruchtbar. In der Regel werfen Möpsinnen drei bis vier Junge. Susi aber, als wollte sie ins Guinness-Buch der Rekorde kommen, hatte nie weniger als acht. Für Sina war es ein echtes Problem, was sie mit den Früchten dieser großen Hundeliebe anfangen sollte. Sie versuchte sie zu verkaufen, fand aber bei weitem nicht genügend Kunden. Sie ging mit den Preisen immer weiter herunter, bis sie auf die lächerliche Summe verzichtete und sie verschenkte. Binnen kurzem waren alle Arbeitskollegen, alle näheren und ferneren Freunde mit kleinen Möpsen versorgt. Wenn sich Susis Bauch erneut rundete, konnte Sina nicht mehr ruhig schlafen.

»Hör mal, Sina«, rief ich ins Telefon, »hast du zufällig Möpse abzugeben?«

»Vergackeiern kann ich mich alleine!«, gab die Freundin empört zurück. »Es sind schon wieder acht, wie bestellt!«

»Weißt du, ich habe hier einen Freund, der will seiner Frau einen Hund schenken. Aber er ist bei der Miliz angestellt, du weißt ja, was die verdienen. Sei lieb und lass ihm so ein Kerlchen umsonst ab!«

»Ich lege noch was drauf, wenn er ihn nur nimmt!«, rief Sina.

»Das musst du nicht. Er weiß, dass deine Hunde wertvoll sind und du nur mir einen Gefallen tust!«

»Alles klar«, entgegnete Sina rasch. »Sitzt er neben dir?«

Ich übergab Gena das Telefon und schaute zum Fenster hinaus, während er mit Sina sprach. Am Ende notierte er die Adresse, legte das Telefon ab und wandte sich mir zu. »Ich weiß gar nicht, wie ich dir danken soll, Tanja. Das vergesse ich dir nie.«

Hier hatte ich doch tatsächlich zwei Fliegen mit einer Klappe geschlagen. Sina war glücklich und Gena zufrieden.

»Morgen fahre ich hin und hole die Hunde!«

»Die Hunde?«

»Ja, deine Freundin hat gesagt, Möpse seien gesellige Wesen und werden krank, wenn einer allein leben muss. Sie gibt mir zwei Hündinnen.«

Mit demselben Argument hatte mir Sina einst Mulja und Ada aufgeschwatzt. Warum sollte es Gena besser gehen?

Der war schon wieder am Telefonieren.

»Vera, immer bist du böse auf mich, wenn ich am Sonntag arbeite. Jetzt hat dein schlechter, unaufmerksamer Mann eine Überraschung für dich!« Nachdem Gena seiner geliebten Gattin die frohe Kunde mitgeteilt hatte, überhäufte er mich mit Dankesworten. »Tanja, du weißt gar nicht, wie sehr du mir geholfen hast! Wenn ich einmal etwas für dich tun kann, brauchst du nur zu pfeifen.«

»Das tue ich gerade«, sagte ich.

»Was tust du gerade?«, fragte Gena verdutzt.

»Ich pfeife.«

Gena sah mich misstrauisch an. »Worum geht's?«

»Hole mir aus deinem Milizcomputer ein paar Informationen über Herrn Viktor Podolski, Spitzname ›der Tollwütige‹.«

Gena fuhr zusammen. »Wozu?«

»Ich brauche sie dringend!«

»Hör mal, Tanja«, jammerte Gena, »das ist…«

»Gena!«, sagte ich langsam und deutlich, »Sina kann es sich auch noch einmal überlegen. Bedenke, was Vera dann mit dir macht! Hundebesitzerinnen sind mitunter launisch, heute Abend kann die Sache schon wieder ganz anders aussehen!«

»Erpresserin!«, zischte Gena.

Dann erhob er sich, legte alle Papiere, die auf seinem Schreibtisch verstreut waren, in den Safe und verließ das Zimmer. Als ich hörte, wie er von draußen abschloss, musste ich lächeln. Gena ist ein Bürokrat, der alle Vorschriften peinlich genau einhält. Jetzt aber war er drauf und dran, eine wichtige Regel zu verletzen und mir die Informationen zu besorgen, die ich brauchte. Denn Vera fürchtete er mehr als alle seine Vorgesetzten. Die konnten ihn höchstens aus dem Dienst entlassen, seine teure Gattin dagegen würde ihm das Leben zur Hölle machen.

Einige Zeit später hielt ich mehrere bedruckte Blätter in der Hand.

»Steck sie weg«, sagte Gena finster.

Nachdem die Bogen in meiner Handtasche verschwunden waren, bat ich Gena: »Sage bitte Wolodja nichts von alledem.«

Gena nickte.

»Ich danke dir sehr«, gab ich erfreut zurück. »Wenn nämlich dein Vorgesetzter, Major Kostin, je von der Existenz dieser Papierchen erfahren sollte, dann muss ich ihm sagen, dass ich sie von dir habe.«

»Mach, dass du wegkommst, du freches Weib«, gab Gena zurück. »Denk daran, für Erpressung kann man hinter Gitter kommen.«

13. Kapitel

Als ich wieder in der Metro saß, konnte ich nicht länger warten. Ich zog die bedruckten Blätter aus meiner Handtasche und begann zu lesen. Jetzt begriff ich, weshalb Eduard den Mann seiner Geliebten so sehr fürchtete.

Viktor Podolski, geboren 1952, war ein alter Bekannter der Justiz. Schon als Vierzehnjähriger geriet er zum ersten Mal hinter Gitter. Er wurde beim Autodiebstahl erwischt. Seitdem war er in den Gefängnissen ständiger Gast. Den Spitznamen »der Tollwütige« erhielt er, da war er noch nicht einmal volljährig. Als er sah, dass man ihm bei der Essenausgabe nur dünne Brühe ohne Einlage in die Schüssel goss, packte er den Schuldigen, ohne lange zu überlegen, und stieß dessen Kopf in den Kessel mit dem siedend heißen Gebräu. Viktor war jähzornig und ging keiner Schlägerei aus dem Weg. Seine Akte war voller Einträge über Strafen für derartige Vergehen. Auf seinem Konto standen unzählige Ausbruchsversuche und Angriffe gegen Wachmannschaften. Meist war er der Anführer bei solchen Aktionen. Dabei verstand er es meisterhaft, aus den einfachsten Gebrauchsgegenständen wie Aluminiumlöffeln oder Emailletöpfen gefürchtete Waffen herzustellen. Nicht nur die Mitgefangenen, auch die Wachmannschaften gingen ihm aus dem Weg. Er brachte es fertig, bei Inspektionen frech mit dem Finger auf den Chef der Einrichtung zu zeigen und zu erklären:

»Der lässt uns Päckchen von zu Hause wegnehmen und für Geld Weiber kommen!«

Er selbst konnte eine Menge einstecken. Man schlug ihm alle Zähne aus, brach ihm mehrere Rippen, und auch seine Nieren bekamen eine Menge ab. Aber nach jeder Verletzung erstand Viktor wieder wie Phönix aus der Asche. Sein Ansehen wuchs ständig. Neulinge im Knast nannten ihn ehrerbietig mit seinem Vatersnamen Klimytsch, denn seinen Spitznamen konnte Viktor nicht ausstehen. Wer ihn zu benutzen wagte, der konnte sich auf was gefasst machen.

Als er 1990 wieder einmal freikam, ging mit ihm ein Wandel vor sich, den niemand mehr erwartet hatte. Er wurde »legaler« Geschäftsmann, eröffnete in Moskau mehrere Autohäuser, mit denen er gut verdiente. Mit Schutzgelderpressern hatte er keine Probleme. Einmal tauchten bei Herrn Podolski ein paar grüne Jungens aus Omsk auf, die sich in den Hierarchien der Verbrecherwelt nicht auskannten. Sie glaubten wohl, der inzwischen etwas beleibte Herr mit dem gutmütigen Gesicht sei für sie eine leichte Beute.

Es waren drei. Zwei verschwanden, als hätten sie sich in Luft aufgelöst, den Dritten fand man an der Chaussee Moskau – St. Petersburg noch lebend, aber sagen konnte er nichts mehr. Dem Unglücklichen hatte man die Zunge abgeschnitten, die Augen ausgestochen und die Hände abgehackt.

Danach wagte sich keiner mehr an Viktor heran.

Der legte viel Wert darauf, als seriöser, gebildeter Mann zu erscheinen. Stets wie aus dem Ei gepellt, besuchte er Theater, Vernissagen, ja selbst Konzerte im Großen Saal des Konservatoriums. Künstler, die ständig Geld für Filmprojekte oder Theateraufführungen brauchen, luden Viktor auf ihre Partys ein, weil sie in ihm einen großzügigen Spender vermuteten. Und er sponserte tatsächlich eine Fernsehserie – ausgerechnet über unsere ruhmreiche Miliz. Ich kann mir vorstellen, wie sehr es den Chefs des Innenministeriums gegen den Strich gegangen sein muss, als sie erfuhren, wem sie dieses Loblied auf ihre Mitarbeiter zu verdanken hatten.

1998 heiratete Viktor die junge Malerin Shanna Bodrowa. Beide lebten in der Villensiedlung Raskowo zwei Kilometer vom Moskauer Außenring entfernt. Gena hatte mir sogar Adresse und Telefonnummer des Mannes ausgedruckt.

Nachdenklich blieb ich noch ein Weilchen auf einer Bank in der Metrostation sitzen, bevor ich mich auf den Heimweg machte. Ich musste mir gut überlegen, wo ich mich mit dieser Shanna treffen wollte. Denn ich hatte nicht die Absicht, mich mit einem Mann wie Viktor Podolski anzulegen.

Je länger ich grübelte, desto mehr verfestigte sich in mir der Gedanke, dass hinter Eduards Tod der Tollwütige steckte. Nun blieb nicht mehr allzu viel zu tun. Ich musste Beweise oder zumindest Indizien finden, die diesen sauberen Geschäftsmann belasteten und ihn dann der Justiz übergeben.

Der U-Bahn-Zug raste durch finstere Tunnel. Die Fahrgäste, müde und erschöpft von ihrem Tagwerk, zeigten kein Lächeln und redeten nicht miteinander. Der eine oder andere las in einem billigen Taschenbuch, die meisten aber saßen mit geschlossenen Augen da und schaukelten im Takt der rollenden Räder.

Auch mir fielen langsam die Augen zu. In meinem Kopf nahm ein Bild Konturen an: Leuchtend grüner Rasen und darauf ein schwarzer Grabstein mit zwei Namen – Malewitsch und Dautowa. Ruhet sanft, ihr beiden. Wenn ich den Mörder habe, dann besuche ich euch auf dem Friedhof und erzähle euch die ganze Geschichte von Anfang bis Ende. Ich nehme euer Geld nicht einfach so, sondern nur für geleistete Arbeit. Außerdem hatte ich für Eduard immer etwas übrig, und Gema hätte mir eine gute Freundin werden können …

Ich seufzte tief auf und ging zum Ausgang. Shora Sawrassow hatte mir gesagt, dass die Beerdigung des Paares für Mittwoch anberaumt war. Sie sollten beide zusammen auf dem Friedhof von Belogorsk beigesetzt werden. Ob sie wohl den Grabstein aus Granit erhielten, der mir im Traum erschienen war?

Als ich in den Fahrstuhl stieg, war für mich alles klar. Die Uhr zeigte halb sieben. Von der Familie durfte noch niemand zu Hause sein. Ich wollte rasch mit Lussja abrechnen, damit niemand erfuhr, dass ich meine Aufgabe an sie delegiert hatte. Welche Farbe sie wohl für die Bespannung gewählt hatten? Zu dumm, dass ich vergessen hatte, das vorher festzulegen. Alle Türen in unserem Aufgang sind mit schwarzem oder dunkelbraunem Kunstleder beschlagen. Nein, Iwan Sergejewitsch in Wohnung 50 hat eine weinrote Tür. So eine hätte ich bestellen sollen …

Als ich auf unserer Etage den Fahrstuhl verließ, waren diese Gedanken wie weggeblasen. Mir brach der kalte Schweiß aus.

Vor unserer Wohnungstür bot sich mir ein erschütternder Anblick. Überall lag Zeitungspapier herum, der Fußboden war mit fettem, schwarzem Ruß bedeckt, und an der Wand standen zwei schmale blaue Gasflaschen. Von ihnen liefen dicke schwarze Schläuche ins Innere der Wohnung. In der Türöffnung hing noch unser alter Vorhang. Von einer Tür war weit und breit nichts zu sehen. Auf das Schlimmste gefasst, rief ich: »Was ist denn hier passiert?«

»…!«, hörte ich von drinnen eine unbekannte Männerstimme fluchen.

Ich rannte hinein und blieb auf der Wohnzimmerschwelle wie angewurzelt stehen. Alle Möbel – Tisch, Sessel,

Couch und Stühle – waren an die Wände gerückt. In der Mitte lag auf ausgebreiteten Zeitungen ein riesiges Stück Metall, an dem zwei junge Burschen mit mir unbekannten Geräten in der Hand herumarbeiteten. Auch hier waren überall Rußflecken zu sehen, und es stank so fürchterlich, dass es mir fast den Magen umdrehte.

»Was geht hier vor?«

Einer der Burschen legte sein Werkzeug, das an einen gebogenen Knüppel erinnerte, nieder und fragte: »Wer sind Sie denn?«

»Die Hausfrau.«

»Guten Tag«, sagten nun beide höflich. »Entschuldigen Sie, hier hat es ein Missverständnis gegeben.«

»Was für ein Missverständnis?«

»Tja, die Tür ist etwas zu groß geraten ...«

»Und was heißt das?«

»Wir müssen sie neu zuschneiden.«

»Und das machen Sie hier? In unserem Wohnzimmer? Auf dem Fußboden? Was ist denn das für eine Schweinerei! Sie hätten es doch wenigstens im Treppenhaus tun können!«

»Da kann man sich kaum drehen«, erklärte der eine gutmütig. »Der Platz reicht nicht für die Tür. Wir haben es ja probiert. Das hier ist die einzige Möglichkeit. Und eng genug ist es immer noch!«

»Dann hätten Sie das Ding eben in Ihre Werkstatt zurückschaffen müssen! Sie können mir doch nicht einfach die ganze Wohnung versauen! Was bilden Sie sich ein?«

»Nun mal langsam«, mischte sich jetzt der andere ein. »Wir haben die Frau gefragt, die uns eingelassen hat, was wir tun sollen – die Tür wieder mitnehmen oder die Sache hier erledigen. Sie hat uns gesagt, wir sollen es an Ort und Stelle machen. Das haben wir schriftlich, sehen Sie, hier.«

Er hielt mir den Auftrag unter die Nase. Dort stand: »Vor möglichen Schäden wird gewarnt.« Darunter hatte jemand, der wohl nur selten einen Stift in die Hand nahm, ungelenk ein paar Worte hingekrakelt: »Einverstanden, Ramanowa«.

»Und wo ist diese Ramanowa jetzt?«, fragte ich wütend.

Die Männer wechselten einen Blick. Der Erste kratzte sich am Hinterkopf und verkündete: »Die ruht sich aus.«

»Wo?«

»Wahrscheinlich im Schlafzimmer«, meinte der Zweite. »Sie hat uns reingelassen, den Wisch hier unterschrieben und hat sich hingelegt. Sie sah sehr müde aus!«

Dabei konnte er nur mit Mühe ein Grinsen unterdrücken, worauf ihm der Zweite einen wütenden Blick zuwarf und dann sagte: »Wir haben hier allein weitergemacht. Aber dass Sie gleich mehrere Hunde in der Wohnung haben, hätten Sie uns sagen müssen. Wir haben sie mit großer Mühe in die Küche gesperrt. Der eine kleine hat die ganze Zeit gebellt. Das kann einem schon auf die Nerven gehen!«

»Das reine Irrenhaus«, pflichtete ihm sein Kollege bei. »Die Hunde bellen, der Papagei flucht wie ein Kesselflicker! Wer hat ihm nur solche Wörter beigebracht? Die Hälfte davon kannte ich nicht einmal! Das Weib schnarcht, dass die Bude wackelt! Und wir quälen uns hier mit der blöden Tür rum! Was für ein Tag!«

»Wie lange werden Sie denn noch brauchen?«

»Vielleicht eine Stunde.«

»Na dann machen Sie gefälligst weiter!«, sagte ich und ging, um mich um die Hunde zu kümmern.

Ein erster Blick in die Küche sagte mir, dass unser Rudel die Zeit der Gefangenschaft gut genutzt hatte. Die Schale mit Konfekt und Gebäck auf dem Tisch war leer, ebenso das am Morgen fast noch volle Glas Erdbeerkonfitüre, das ich nach dem Frühstück hatte stehenlassen. Ich beugte mich hinab und schaute mir Mulja an. Die zeigte bei meinem Anblick keinerlei Regung. Ein Volltreffer! Ihr Schnäuzchen war noch ganz klebrig und voller Krümel. Nachdem sie 300 Gramm teure Konfitüre von Schwartau verschlungen hatte, war sie zu erschöpft, um sich das Maul sauber zu lecken.

»Was sollte ich von dir auch anderes erwarten?«, murmelte ich böse und schubste die Möpsin vom Küchenstuhl auf den Boden. Die blieb liegen, wo sie gerade hingefallen war, und hechelte satt vor sich hin.

Ada, die sofort erfasste, wie wütend ich war, verschwand unter dem Küchenschrank.

»Und weshalb versteckst du dich?«, fragte ich verwundert. Da fiel mein Blick auf die zerschlissene Tapete neben der Küchentür. Ada mit ihrem unbändigen Freiheitsdrang hatte offenbar versucht, ein Loch in die Wand zu kratzen. Sie hält es in geschlossenen Räumen nie lange aus. Ich glaube sogar, sie leidet an einer Art Klaustrophobie, wenn es bei Hunden so etwas überhaupt gibt.

Rachel und Ramik wedelten mit den Schwänzen, als wollten sie mir sagen: Wir sind große, gut erzogene Hunde. Das haben alles die Möpse angestellt. Wir können nichts dafür.

Immer noch wütend, machte ich mich auf die Suche nach Lussja. Ich fand sie in Lisas Zimmer. In voller Montur hatte sie sich quer über das Bett geworfen, neben sich eine halbvolle Flasche besten französischen Kognaks.

Dankbare Patienten stecken Katja öfter etwas zu. Meist sind es Süßigkeiten, aber zuweilen auch teure Getränke. Die Pralinen halten sich bei uns nie lange, aber die Flaschen stapeln sich in der Hausbar. Scharfe Sachen trinkt bei uns keiner. Serjosha muss ständig fahren. Das höchste, was er sich gönnt, ist ein Whisky am Abend, aber auch das sehr selten. Als ich Lussja diesen wichtigen Auftrag gab und sie in unserer Wohnung allein ließ, dachte ich nicht daran, die Schränke zu verschließen. Wir haben voreinander nichts zu verbergen. Flaschen und Zigaretten sind frei zugänglich. Kosmetik steht im Bad, und unser Geld liegt in einer Schachtel, die Katja zwischen der Bettwäsche im Schrank aufbewahrt.

Lussja hatte sich offenbar aus Neugier alle Schränke angesehen, war dabei auf den Kognak gestoßen und hatte ihm nicht widerstehen können.

»Los, hoch mit dir!«, herrschte ich sie an.

Die Nachbarin schlug die Augen auf, ließ ein lautes »Hick« hören und setzte sich auf …

Die nächste halbe Stunde verbrachte ich in großer Hektik. Vor allem fürchtete ich, dass Kira und Lisa jeden Moment aus der Schule auftauchen konnten. Mit brutaler Gewalt schleifte ich die halbwache Lussja in ihre Wohnung zurück. Dann säuberte ich blitzschnell und so gut es ging die Küche. In die leeren Schalen auf dem Tisch legte ich ein paar Bonbons und Cracker.

Die Arbeiter hatten inzwischen die Tür gepackt und zerrten sie nach draußen. Dabei stießen sie das Zeitungstischchen an, auf dem ein großer Dalmatiner aus Porzellan stand. Der kippte und fiel langsam auf den Fußboden, wobei er sich in einen Haufen Scherben verwandelte. Das war nicht weiter schlimm, denn das gute Stück hatte mir nie gefallen. Es war ein Geburtstagsgeschenk für Katja von Mascha Potworowa gewesen, die ich überhaupt nicht leiden kann. Viel wichtiger war: Die Tür hing jetzt in den Angeln und ließ sich sogar mühelos auf- und zuschließen.

Gerade hatte ich im Wohnzimmer alle Möbel wieder an Ort und Stelle gerückt und die Brandflecken auf dem Fußboden mit Läufern notdürftig abgedeckt, da fielen auch schon die Kinder geräuschvoll in die Wohnung ein. Der Rest des Abends verging wie immer zwischen Herd, Kühlschrank und Spüle.

Ins Bett kamen wir erst gegen Mitternacht. Aber kaum hatte ich mich, völlig erschöpft, ausgestreckt, da kam Lisa zu mir herein, setzte sich auf mein Bett und sagte: »Tanja, ich muss ernsthaft mit dir reden.«

Mit einem Seufzer ließ ich den neuen Roman der Poljakowa sinken, den ich gerade anfangen wollte, und fragte mitleidig: »Was ist dir denn passiert?«

»Mir, nichts, aber dir«, gab Lisa zurück. »Weißt du eigentlich, dass Trunksucht bei Frauen unheilbar ist?«

»Habe ich gehört, aber was geht das mich an? Du weißt doch, dass ich keinen Schnaps anrühre.«

»Liebste Tanja«, sagte Lisa jetzt unerwartet zärtlich und drückte mich an sich, »ich verstehe doch, wie es dir geht! Katja ist den ganzen Tag in der Klinik und denkt nur an ihre Kranken. Serjosha und Julia haben ihre Angelegenheiten im Kopf, Kira und ich sind schon erwachsen. Jeder hat sein eigenes, erfülltes Leben, und was bleibt für dich? Töpfe, schmutziges Geschirr und der Supermarkt … Da kann man ja wirklich vor Langeweile sterben. Vielleicht gehst du mal zu einem Computerkurs?«

Bei dem Wort fuhr ich zusammen. Die intelligente Blechkiste, die in Sekundenschnelle 5286 mit 6742 multiplizieren kann, mag ich überhaupt nicht, ja, ich fürchte mich sogar ein wenig vor ihr. Dem Computer scheint es mit mir ebenso zu gehen. Nur hat er keine Angst vor mir, sondern hasst mich insgeheim. Ich brauche mich dem Tisch, auf dem der Monitor steht, nur zu nähern, da springen schon Fenster auf, die mir mitteilen, dass ein »Dateiname zu lang« ist, dass »auf Laufwerk C nicht genügend Speicherplatz« zur Verfügung steht oder eine »Datei nicht auffindbar« ist. Will ich etwas drucken, fordert er von mir, die »Reihenfolge der Druckaufträge« zu beachten.

»Danke, Lisa, dass du dich so um mich sorgst, aber ich bin mit meinem Leben ganz zufrieden.«

Lisa runzelte die Brauen und sagte plötzlich in scharfem Ton: »Ich wollte es nicht so direkt sagen, aber das verstehst du wohl nicht. Tanja, ich weiß, dass du heimlich trinkst.«

Ich setzte mich überrascht auf, wobei mein Buch zu Boden fiel.

»Was?«

»Wodka.«

»Wer hat dir denn diesen Unsinn eingeredet?«

»Los, komm mit!«, befahl Lisa. »Komm schon, keine Angst, die anderen schlafen alle!«

Etwas benommen tappte ich ihr nach in den Korridor. Lisa wies streng auf das Schränkchen, wo wir die Utensilien zum Ausführen der Hunde und die Handtücher aufbewahren, mit denen wir ihnen die Pfoten säubern, wenn sie wieder die Wohnung betreten.

»Du weißt, was da drin ist?«

»Na, was wir für die Hunde so brauchen!«

Lisa schnaufte empört, wühlte kurz in dem kleinen Gelass und zog eine Flasche Wodka, Marke *Tschaikowski* hervor.

»Na?«, fragte sie triumphierend, »was ist das?«

»So ein Miststück!«, entfuhr es mir. Lussja hatte sich also nicht nur an dem teuren Kognak gütlich getan, sondern auch noch eine Flasche »Weißen« mitgehen lassen.

»Du kannst mich beleidigen, so viel du willst«, erklärte Lisa mit Würde, »aber ich werde dich nicht im Suff versinken lassen! Ich hol dich da wieder raus!«

»Damit warst doch nicht du gemeint!«

»Wer denn?«

»Na, Lu...«, wollte ich sagen, biss mir aber gerade noch

rechtzeitig auf die Zunge. Schließlich konnte ich nicht zugeben, dass ich weggegangen war und die Beaufsichtigung der Handwerker unserer versoffenen Nachbarin überlassen hatte. Das würde mir die Familie in hundert Jahren nicht verzeihen. Nein, dann sollte Lisa besser denken, dass ich heimlich zur Flasche griff.

»Ehrenwort, Lisa, das passiert mir nie wieder!«

»Na, gut«, murmelte die, »da es das erste Mal ist, will ich dir glauben.«

»Aber sag mal, wie bist du darauf gekommen, dass ausgerechnet ich die Flasche versteckt habe?«

»Wer soll es denn sonst gewesen sein?«, fuhr mich Lisa an. »Von den anderen ist keiner zu so etwas fähig!«

Jetzt war es an mir, das Mädchen empört anzusehen. So dachte man also in diesem Hause über mich! Kaum passierte etwas, musste es Tanja gewesen sein! Wer hatte das Geschirr zerschlagen? Natürlich Tanja! Wem war die Waschmaschine übergelaufen? Natürlich ihr! Dabei war ich selber schuld. Und diese Lussja konnte sich auf etwas gefasst machen!

Kochend vor Wut, kroch ich wieder ins Bett.

Am nächsten Morgen stellte sich heraus, dass der Mann erwartet wurde, der die Tür beschlagen sollte. Es musste ein sehr akkurater Handwerker sein, denn er rief an und teilte mit: »Vor 17.00 Uhr werde ich nicht bei Ihnen eintreffen.«

»Kein Problem«, rief ich erfreut. »Also dann – bis 17.00 Uhr.«

Als alle Familienmitglieder endlich gegangen waren, wählte ich rasch eine Telefonnummer. Auf das leise »Hallo«, das aus dem Hörer drang, sagte ich: »Ich möchte gern Shanna sprechen.«

»Am Apparat.«

»Hier ist Olga Malewitsch.« Ich erwartete eine heftige

Reaktion, aber Shanna unterbrach mich sofort und sagte: »Danke, Olga, dass Sie so rasch zurückgerufen haben. Ich komme heute zu Ihnen in die Poliklinik. Ich habe doch die richtige Adresse? Nowokossowskaja Uliza. 70?«

Ich brachte vor Verblüffung kein Wort heraus.

»Gut«, fuhr Shanna fort, »passt es Ihnen um 12.00 Uhr?«

»Ja«, presste ich hervor.

»Na, wunderbar!«, antwortete Madame Podolskaja und legte auf.

Zwei Minuten lang starrte ich verwirrt auf das Telefon. Dann machte ich mich ausgehfertig. Diese Shanna war nicht zu unterschätzen. Wie geschickt sie mir Ort und Zeit unseres Treffens diktiert hatte!

Ich stellte mich etwas früher am vereinbarten Ort ein. In der Nowokossowskaja Uliza 70 befand sich tatsächlich eine ganz gewöhnliche Bezirkspoliklinik. Die Gänge waren voller Menschen. Ich machte es mir an einem großen Fenster zwischen Garderobe und Apotheke bequem. Von hier aus konnte ich die Straße gut überblicken. Wie aber sollten wir einander in diesem Gewühl erkennen? Plötzlich wurde mir bang ums Herz. Möglicherweise wusste Shanna genau, wie Olga aussah. Ich hätte Olga vorher danach fragen müssen, wie sie meist auftrat. Von Iphigenies Eifersuchtsszenen wusste Shanna zweifellos, aber hatte sie Olga je zu Gesicht bekommen? Ich musste mir etwas einfallen lassen. Vor allem aber galt es, herauszufinden, welche der hier ständig ein- und ausgehenden Frauen die Gattin des Tollwütigen war.

Die Minuten flossen träge dahin. Nun war es drei nach Zwölf. Da rollte eine chromblitzende, weinrote ausländische Luxuslimousine heran. Die Fahrertür ging auf, der Chauffeur, ein junger, etwas fülliger Bursche in dunklem Anzug, weißem Hemd und gedeckter Krawatte sprang heraus. Er lief geschäftig um den Wagen und öffnete den Schlag. Dort erschien zunächst ein Bein im Stiefel mit endlos hohem Absatz, dann die dazu gehörige schlanke junge Dame, die sich zu ihrer ganzen Größe aufrichtete. Der Chauffeur warf den Wagenschlag zu und lief voraus, um ihr die abgeschabte Tür der Poliklinik zu öffnen.

14. Kapitel

Nun trat Shanna ins Vestibül. Sie musste es sein, so sehr stach sie mit ihrem Hermelinmantel von den Rentnern und anderen Patienten in billigen Sachen ab.

Einen Moment lang schaute sie sich suchend um. Offenbar kam sie nicht zum ersten Mal hierher, denn die Garderobenfrau ließ alle wartenden Patienten stehen und eilte ihr mit einem Kleiderbügel entgegen. »Danke, Lena«, sagte Shanna lächelnd und ließ den teuren Pelz in die Arme der Garderobiere gleiten. Ich sah nur noch, wie die geschickt einen grünen Schein einsteckte. Dann trat ich auf die Dame zu.

»Entschuldigen Sie bitte …«

Der Duft eines feinen, zweifellos sehr teuren Parfüms stieg mir in die Nase.

»Ja?« Shanna wandte sich nach mir um. »Was wünschen Sie?«

»Ich bin Olga Malewitsch …«

Die Künstlerin zuckte mit keiner Wimper. Die ein wenig schräg gestellten grauen Augen blickten wohlwollend. Ihre Lippen umspielte ein kleines Lächeln.

»Verzeihen Sie«, sagte Shanna, »den nächsten Massagetermin habe ich. Leider kann ich Ihnen nicht den Vortritt lassen. Wenn Sie unbedingt wollen, dann bitten Sie den manuellen Therapeuten in Nr. 12, dass er Sie behandelt. Das ist das letzte Zimmer links auf diesem Korridor. Soviel ich weiß, ist er gerade frei.«

Mit diesen Worten drehte sie sich um und schritt den Gang entlang durch die Menge, die vor ihr zurückwich – beherrscht, jung, schön und elegant …

Ich stand einen Moment wie betäubt mit offenem Munde da, bis ich begriff, was sie meinte. So schnell mich meine Füße trugen, lief ich nach Nr. 12. Dort fand ich die Tür verschlossen. Über dem Schild mit der Aufschrift »Manuelle Therapie« leuchtete der rote Schriftzug »Nicht eintreten«. An der Wand sah ich eine Wechselsprechanlage. Ich blickte mich um. Obwohl es in der Poliklinik von Patienten nur so wimmelte, war dieses Ende des Ganges gähnend leer. Plötzlich sagte eine Stimme aus dem Lautsprecher: »Der Nächste bitte!«

Ich drückte gegen die Tür. Sie ging auf, und ich trat in einen ziemlich großen, spartanisch eingerichteten Raum. Vor dem Fenster ein Schreibtisch, in der Mitte eine mit Laken bedeckte Liege, in der Ecke zwei Sessel. In einem hatte Shanna Platz genommen und die Beine übereinander geschlagen.

Als sie meiner ansichtig wurde, drückte sie seelenruhig eine halb gerauchte Zigarette aus und fragte lächelnd: »Wer sind Sie, und weshalb geben Sie sich für Olga Malewitsch aus?«

Die Frage traf mich so unerwartet, dass ich gleich die Wahrheit sagte. »Tatjana Romanowa, Harfenistin. Ich habe zusammen mit Eduard Malewitsch am Konservatorium studiert.«

Shanna blickte mich erstaunt an. »Angenehm. Und womit kann ich dienen?«

»Sie wissen, was mit Eduard passiert ist?«

Shanna nickte.

»Mein Mann Viktor wurde gestern über diesen tragischen Vorfall informiert.«

Ihre Selbstbeherrschung ging mir langsam auf die Nerven, weshalb ich sie anblaffte: »Wie gefällt es Ihnen, mit dem Mörder des Mannes verheiratet zu sein, den Sie geliebt haben?«

Shanna fischte eine Schachtel »Parlament« aus ihrer Handtasche, zog daraus mit ihren schlanken, etwas nervösen Fingern eine Zigarette hervor, zündete sie mit einem goldenen Feuerzeug an und erklärte dann: »Mein Gatte hat damit nicht das Geringste zu tun.«

»Wie kann man nur so naiv sein!«, fauchte ich. »Mich wundert nur, dass Sie noch am Leben sind! Wenn ich allerdings bedenke, mit welcher Umsicht Sie dieses Treffen mit mir arrangiert haben, dann wissen Sie wohl, wie Ihr Mann in solchen Fällen vorgeht. Einen Menschen umzubringen bedeutet dem doch nicht mehr, als eine Laus zu zerquetschen.«

»Reden Sie keinen Unsinn«, unterbrach mich Shanna stirnrunzelnd. »Sie scheinen zu viele Zeitungen gelesen zu haben, die Viktor mit Schmutz bewerfen. Das tun sie doch nur, weil er sich um den Posten des Gouverneurs beworben hat. Diese gewissenlosen Schreiberlinge! Aber seit Viktor die Wahl verloren hat, interessiert das eigentlich keinen mehr.«

»Wissen Sie denn nicht, dass Ihr Mann eine kriminelle Vergangenheit hat?«

Shanna zuckte die Achseln. »Wer hat die heute nicht?«

»Aber Sie müssen doch zugeben, mehrere Morde ...« Frau Podolskaja winkte nur gelangweilt ab. An ihrer Hand blitzte ein teurer Stein auf.

»Meine Liebe, wenn Sie mir jetzt alle diese Geschichten erzählen wollen, dann können Sie das vergessen. Ich weiß immer noch nicht, weshalb Sie sich mit mir treffen wollten. Sie benehmen sich doch sehr eigenartig. Zuerst nennen Sie sich Olga Malewitsch, dann reden Sie ungereimtes Zeug daher ... Wenn Sie eine Reporterin sind und auf diese Weise zu einem Interview kommen wollen, dann biete ich Ihnen jede beliebige Summe, damit Sie mich in Ruhe lassen.«

Ich holte aus meiner Handtasche, was mir Gena Jurow gegeben hatte, und hielt ihr die Blätter vor die Nase. »Lesen Sie das!«

Shanna überflog die Seiten mit einem kurzen Blick. »Ja, und?«

»Na hören Sie mal!«, entfuhr es mir. »Diese Informationen besagen, dass Viktor Podolski mit dem Spitznamen ›der Tollwütige‹ ein besonders gefährlicher Verbrecher ist!«

»Aus diesen Blättern«, unterbrach mich Shanna, »geht überhaupt nichts hervor. So etwas kann jeder auf einem billigen Computer fabrizieren ...«

»Aber sehen Sie doch, hier ist Podolskis Unterschrift, und hier ...«

»Machen Sie sich nicht lächerlich!«, parierte die Dame und fragte nun ihrerseits: »Ist das alles, was Sie haben? Hier, nehmen Sie 300 Dollar, und lassen Sie uns die Sache beenden. Sie müssten eigentlich wissen, dass ich mich nicht so leicht hereinlegen lasse. Aber Sie haben sich Mühe gegeben, und jede Arbeit ist ihres Lohnes wert.«

»Weswegen hat Ihr Mann gesessen?«

Shanna ließ ein ungutes Lachen hören. »Erstens ist das lange her. Zweitens hat man ihn wegen Wirtschaftsvergehen belangt. Er hat eine illegale Schneiderei betrieben. Viele unserer heutigen Stützen der Gesellschaft haben mit so einer Kooperative angefangen...«

»Warum haben Sie dann Ihr Verhältnis zu Eduard Malewitsch so geheimgehalten?«

Shanna blickte mich mit ihren wundervollen Augen fest an. »Auf taktlose Fragen antworte ich nicht.«

Ohne jede Hoffnung, sie doch noch aus der Reserve locken zu können, spielte ich meinen letzten Trumpf aus. »Wenn ich Ihnen die Strafakte Ihres Mannes im Original zeige, glauben Sie mir dann?«

Mein Gegenüber zog die Brauen hoch. »Weshalb sollte ich sie lesen?«

»Haben Sie Eduard geliebt?«

Darauf antwortete Madame Podolskaja seelenruhig: »Kein Kommentar.«

Aber ich sah, dass jetzt an ihrem Hals eine kleine Ader heftig zu schlagen begann. Das freute mich.

»Eduard ist auf Weisung Ihres Mannes umgebracht worden. Nur Sie können mir helfen.«

»Unsinn!«

Ich hielt ihr meinen Ausweis als Privatdetektivin hin.

»Und für wen arbeiten Sie?«, fragte Shanna und lächelte verächtlich.

»Für Gema.«

Jetzt lachte Shanna laut auf. »Sie lügen aber schlecht! Eduards Frau hat sich umgebracht.«

»Nun hören Sie mir bitte zu!«, sagte ich entschlossen und erzählte ihr die ganze Geschichte von unserem gemeinsamen Studium am Konservatorium, von meiner kurzen Affäre mit Eduard, von dem Besuch bei McDonalds …

Shanna ließ mich reden und unterbrach mich nicht ein einziges Mal. Gegen Ende verschwand allmählich die gespielte Selbstbeherrschung aus ihrem Blick, er wurde weicher … Als ich fertig war, stand sie plötzlich auf und sagte: »Gehen wir.«

»Wohin?«

»Sie wollten mir doch Podolskis Akte zeigen.«

»Darf ich Ihr Handy benutzen?«

Ich rief kurz an und reichte Shanna das Telefon zurück. An der Garderobe ließen wir uns die Mäntel geben. Als ich schon die Haustür öffnen wollte, sagte Shanna plötzlich: »Nicht hier entlang!« Mit raschem Schritt lief sie in den Gang hinein, der zu den Toiletten führte. Ohne zu zögern, öffnete sie die Tür für Herren, lief an einem stinkenden Pissoir vorbei, öffnete das Fenster, raffte geschickt ihren Pelzmantel und kletterte hinaus. Ich folgte ihr. Wir standen an der Rückseite der Poliklinik. Seelenruhig winkte Shanna den vorbeifahrenden Wagen, worauf gleich drei anhielten. Wir stiegen in den unauffälligsten, weil schmutzigsten Lada. Shanna wandte sich mir zu. »Die Adresse?«

»Petrowka 38«, sagte ich zu dem Fahrer.

»Wohin?«, gab der erstaunt zurück und starrte auf die elegante Dame in dem teuren Pelz. »Wohin wollen Sie?«

»Zur Petrowka 38«, wiederholte Shanna überdeutlich. »Das ist eine Straße im Zentrum von Moskau, ich kann Sie lotsen, wenn Sie nicht wissen, wo es langgeht.«

»Das weiß ich wohl«, knurrte der Fahrer beleidigt.

Am Sitz der Moskauer Kriminalpolizei lagen die Passierscheine für uns bereit. Gena Jurow saß in seinem Büro.

»Was ist denn passiert?«, fragte er misstrauisch und musterte Shanna entgeistert.

»Darf ich vorstellen?«, sagte ich in aller Form. »Das ist Shanna, die Gattin von Viktor Podolski, in euren Kreisen besser bekannt als der Tollwütige. Sie möchte sich gern das Material ansehen, das hier über ihren Gatten liegt.«

Gena starrte uns ein paar Sekunden stumm an, dann fragte er: »Seid ihr aus dem Irrenhaus entsprungen?«

»Durchaus nicht«, antwortete Shanna freundlich lächelnd und wies Gena ihren Pass vor. »Was mich betrifft, so bin ich psychisch vollkommen gesund ohne alle Phobien und Komplexe.«

Gena klappte mechanisch das weinrote Büchlein auf. »Podolskaja, Shanna Leonidowna …«

»Auf der nächsten Seite steht, mit wem ich verheiratet bin …«

»Her mit den Passierscheinen!«, brummte Gena.

»Wozu?«, fragte ich.

»Die unterschreibe ich jetzt, und dann raus mit euch! Mit dir, Tanja, habe ich noch zu reden!«

»Lieber Gena«, flehte ich, so liebenswürdig ich konnte, »Shanna ist meine Freundin… Und du träumst doch schon so lange von einem Lada …«

»Was hat denn der Wagen damit zu tun?«, fragte Gena.

Ich blickte meine Begleiterin erwartungsvoll an. Begriffsstutzig war die nicht, das musste man ihr lassen. Shanna öffnete ihre Handtasche, zückte ein dickes Päckchen grüner Scheine, die von einem rosafarbenen Gummi zusammengehalten wurden, und legte sie vor Gena auf den Tisch.

»Ist das ein Bestechungsversuch?«, fragte der und lief puterot an.

»Wo denken Sie hin?«, erwiderte die Dame mit einem freundlichen Lächeln. »Nur eine ganze Kleinigkeit.«

»Jetzt hört mal zu, ihr zwei«, fuhr Gena auf. »Steckt das wieder ein, und marsch zum Ausgang!«

»Aber …«, wollte ich einwenden.

»Raus!«

»Beruhige dich doch …«

»Raus!!!« Gena wurde immer wütender.

Da trat Shanna ganz dicht an den erbosten Milizionär heran, nahm ihn freundlich bei der Hand und sagte eindringlich: »Das ist aber gar nicht nett. Ich komme zu

Ihnen, um Sie zu bitten, mir in der schwersten Stunde meines Lebens zu helfen, und Sie …«

Gena beruhigte sich augenblicklich und fragte mitfühlend: »Was ist denn geschehen?«

Shanna setzte sich wieder, zündete eine Zigarette an und begann dann ihre Geschichte zu erzählen: »Als ich Viktor geheiratet habe, war ich kaum zwanzig Jahre alt …«

Shanna wusste, dass ihr Mann vorbestraft war. Er hatte ihr das selber mitgeteilt und hinzugefügt, er habe für Wirtschaftsvergehen im Gefängnis gesessen.

»Über mich wird alles Mögliche geredet«, hatte Podolski mit einem Lachen gesagt. »Ich sei ein Verbrecherboss, ein Mörder und was weiß ich noch alles, einer, der kleine Kinder frisst. Kümmere dich nicht darum, meine Liebe. Ich hätte nicht versuchen sollen, in die Politik zu gehen. Aber ich bin auch nur ein schwacher Mensch. Geld zu haben genügt mir nicht. Ich wollte Macht. Und nun muss ich eben aushalten, was die ›freie Presse‹ so über mich schreibt.«

Äußerlich wirkte Viktor Podolski wie ein Professor der Moskauer Universität aus dem 19. Jahrhundert mit seiner grauen Mähne, dem tadellosen Anzug und der teuren Brille. Er drückte sich gewählt aus und hantierte frei mit Zitaten von Tschechow, Balzac oder Márquez. Ein paar Sätze Englisch hatte er auch parat. Die gute Hälfte der Moskauer Intellektuellen gehörte zu seinen Freunden, und sein Haus schmückte eine beachtliche Sammlung teurer Gemälde.

Shanna glaubte dem Mann aufs Wort. Das fiel ihr nicht schwer, denn mit ihr sprach niemand über Viktor Podolskis Vergangenheit. Nur die Zeitungen … Aber denen glaubte inzwischen ohnehin keiner mehr.

»Ich lebe seit zwei Jahren mit ihm zusammen«, erklärte Shanna und blickte Gena fest in die Augen. »Jetzt will ich wissen, ob er wirklich ein Mörder ist. Helfen Sie mir bitte.«

Gena schwieg.

»Verstehen Sie doch«, rief sie erregt aus. »Ich finde in Ihrer Behörde auf jeden Fall jemanden, der für Geld zu allem bereit ist. Sie wissen selbst, dass es viele solcher Menschen gibt. Aber Tanja hat mir gesagt, Sie seien ein hochanständiger Mann, der mich nicht verraten wird. Denn ich muss damit rechnen, dass mir einer die Akte zeigt und anschließend Viktor einen Wink gibt. Und wenn es stimmt, was man über ihn erzählt, dann hätte ich nicht mehr lange zu leben!«

»Wozu müssen Sie das alles wissen?«, fragte Gena und trommelte mit den Fingern auf die Tischplatte.

»Um mir darüber klar zu werden, ob ich mit diesem Mann weiterleben kann oder mich besser von ihm fernhalten soll.«

»Das wird Ihnen wohl kaum gelingen«, meinte Gena seufzend. »Also gut, warten Sie.«

Er ging hinaus, und wir blieben allein in dem Büro zurück. Wir schwiegen beide.

Als wir eine Stunde später das große hellgelbe Gebäude verließen, sagte Shanna: »Hier um die Ecke kenne ich ein kleines Café, wo es ziemlich lebhaft zugeht. Lass uns dort hingehen.«

Sie führte mich in eine Imbissstube, wo man einen Hotdog und eine Hühnerbrühe bekommen konnte. Die Geräuschkulisse war beträchtlich. Shanna erstand zwei Plastikbecher mit einer bräunlichen Flüssigkeit und vier nicht sehr appetitliche Stückchen Kuchen, die mit einer klebrigen Masse überzogen waren. In einer Ecke wurde gerade ein Tischchen frei. Wir ließen uns auf wackligen, unbequemen Stühlen nieder. Shanna verzog leicht das Gesicht, wischte mit einem Papiertaschentuch die schmutzige Tischplatte ab, ließ es zu Boden fallen und sagte: »Ich höre.«

Über ihre Selbstbeherrschung konnte ich nur staunen. Soeben hatte sie erfahren, dass sie das Bett mit einem Mann teilte, der über und über mit dem Blut anderer Menschen besudelt war, aber sie zuckte mit keiner Wimper.

»Ich bin fest davon überzeugt, dass Ihr Mann Eduard Malewitsch hat umbringen lassen.«

»Warum hätte er das tun sollen?«

»Er hat von Ihrem Verhältnis erfahren.«

»Viktor hat damit nichts zu tun.«

Ich starrte Shanna an. Die nippte an dem Kaffee, verzog das Gesicht und sagte noch einmal: »Viktor hat damit nichts zu tun!«

»Sie lieben Podolski so sehr, dass Sie bereit sind, ihm alles zu verzeihen? Warum haben Sie sich dann mit dem armen Eduard eingelassen? Ihm mit Ihrer angeblich so leidenschaftlichen Liebe den Kopf verdreht? Übrigens hat der Unglückliche geglaubt, Sie liebten ihn wirklich ...«

Shanna seufzte tief auf. »Was wissen Sie denn? Ich liebe Eduard und kann immer noch nicht glauben, dass die schreckliche Nachricht wahr ist!«

»Dann rächen Sie seinen Tod!«

»Wie soll ich das machen?«

»An Viktor...«

»Er hat damit wirklich nichts zu tun. Viktor hat die Nachricht von Eduards Tod sehr getroffen.«

»Jetzt hör mir mal zu!«, zischte ich böse. »Der Tollwütige, ein Schwerverbrecher, ein Mann, der in seinem Jähzorn alles um sich herum vergessen kann. Die Nachricht, dass man ihnen Hörner aufsetzt, hat schon viel ruhigere Typen aus dem Gleichgewicht gebracht. Die Männer glauben nämlich, die Frauen seien ihr Eigentum, und werden sehr böse, wenn jemand seine Pfoten danach ausstreckt. Das Motiv wäre also klar ...«

»Ich bin nicht seine Frau«, erklärte Shanna in ruhigem Ton, »nicht wirklich.«

»Wie soll ich denn das nun wieder verstehen?«

»Wie ich es gesagt habe«, erwiderte sie achselzuckend.

Mir schoss das Blut in den Kopf. Was war das nur für ein Weib? Saß da im Hermelin wie eine Königin, kriegte kaum die Zähne auseinander, hatte die Handtasche voller Geld, und es störte sie offenbar überhaupt nicht, dass Blut daran klebte. Dabei lag der arme naive Eduard sicher schon auf dem Tisch des Pathologen ...

»Hör mal, du Dreckstück!«, fuhr ich sie an und packte sie an ihrem teuren Pelz, »mach endlich Schluss mit dem Theater! Oder steckst du etwa auch mit drin?!!«

Aber Shanna war nicht zu erschüttern. Sie sah mich nur traurig an und sagte dann: »Setz dich wieder hin. Ich erkläre dir alles. Hör genau zu! Dann wirst du selber begreifen, dass Viktor keine Schuld trifft.«

Shanna war Studentin im fünften Studienjahr, als die Leiterin der Studentenabteilung, die sehr umgängliche Xenia Andrejewna, sie einmal unerwartet ansprach. Sie rief die Studentin in ihr Büro, setzte ihr Tee und Gebäck vor und fragte dann vorsichtig: »Nun, mein Kind, bald erhältst du dein Diplom. Weißt du schon, wie es mit dir weitergehen soll?«

Shanna blickte besorgt drein. »Ich werde eine Wohnung mieten und muss dann versuchen, irgendwo unterzukommen, vielleicht in einem Verlag oder bei einer Redaktion ...«

»An deinen Heimatort zurückgehen willst du nicht?«

Shanna musste an Nowosibirsk denken und antwortete entschlossen: »Auf gar keinen Fall.«

»Hast du dort noch Verwandte?«

Mit dieser Frage brachte sie das Mädchen für einen Moment in Verlegenheit. Ihre Eltern, einfache Leute, die mit ihrer Hände Arbeit ihr Brot verdienten, hatten den Drang ihrer Tochter zum Malen nie verstanden. Künstler waren für sie unseriöse Leute. Shannas Wunsch, in der Hauptstadt zu studieren, lehnten sie rundweg ab. Nach dem ersten Studienjahr wollte Shanna sie besuchen. Der Vater jagte sie zur Tür hinaus und rief ihr nach: »Nutten aus der Hauptstadt brauchen wir hier nicht!«

»Ich habe keine Tochter mehr!«, fügte die Mutter wütend hinzu.

Shanna hatte zwei Geschwister, die nach Meinung der Eltern gut geraten waren. Ihr Bruder Konstantin fuhr einen Reisebus, sparte auf eine Datsche und trank nur an den Wochenenden. Ihre Schwester Anja war Krankenschwester in einer Klinik, brachte aus der dortigen Küche Taschen voller Lebensmittel und Süßigkeiten nach Hause, die Patienten ihr zusteckten. Vor diesem Hintergrund wirkte Shanna mit ihren Farben und Pinseln wie nicht ganz von dieser Welt … Als sie wieder in Moskau war, hatte sie mit ihrer Sippe abgeschlossen. Daher antwortete sie auf Xenias Frage, ohne mit der Wimper zu zucken: »Die Verwandten, die ich hatte, sind alle tot. Ich bin ganz allein auf dieser Welt.«

»Das ist ja ausgezeichnet!«, rief die Abteilungsleiterin unerwartet.

»Ich verstehe nicht ganz«, erwiderte Shanna, unangenehm berührt.

Da unterbreitete ihr Xenia ein verlockendes Angebot.

»Unter meinen Bekannten ist ein Geschäftsmann mit guter Stellung und Geld. Er ist zwar schon über vierzig, aber immer noch unverheiratet. Er ist so beschäftigt, dass er dafür nie Zeit hatte. Vielleicht war es ja auch der Mangel an Gelegenheit. Solche Leute machen keine Bekanntschaften auf der Straße, sie ziehen nicht durch Diskotheken und

Bars. Bei seinem Geld könnte er jede kriegen, sei es ein Model, eine Schauspielerin oder … Aber Viktor wünscht in seinem Haus kein verwöhntes Ding oder gar ein Flittchen. Und er hat auch nicht die Absicht, ein Dutzend Verwandte seiner künftigen Frau mitzuernähren. Er kann sich nicht vorstellen, mit Schwiegervater und Schwiegermutter Tee zu trinken, sich deren Erinnerungen anzuhören oder sich mit ihren Ansinnen zu befassen.«

»Ja, und was geht mich das alles an?«, fragte Shanna und lächelte ironisch.

»Grins nicht so!«, wies sie Xenia streng zurecht. »Wir beide kennen uns nicht das erste Jahr, und ich glaube, du wärst eine passende Kandidatin für die Rolle der Frau Podolski.«

»Ich habe überhaupt nicht die Absicht zu heiraten«, erklärte Shanna kategorisch. »Ich will arbeiten!«

»Das eine schließt das andere doch nicht aus!«

»Aber ich will mich nicht binden!«

»Sei nicht töricht«, redete Xenia auf sie ein. »So ein Angebot bekommst du im Leben nur einmal. Was erwartet dich denn? Keine Wohnung, kein Geld … Arbeit wird auch nicht so leicht zu finden sein. Weißt du nicht, wie viele von deinem Schlag in der Hauptstadt umherirren? Aber wenn du die Gattin eines reichen Mannes bist, sind alle deine Probleme gelöst! Verstehst du, dummes Gänschen? Also, was ist?«

»Na gut«, meinte Shanna schließlich ergeben, »aber ich muss ihn doch erst einmal kennenlernen.«

»Das lass mal meine Sorge sein!«, rief Xenia Andrejewna erfreut. »Das regle ich schon.«

Mit einem sehr unangenehmen Gefühl ließ sich Shanna von Viktor Podolski in ein vornehmes Restaurant einladen. Der Kavalier erwies sich als höchst umgänglich. Das bescheidene Äußere der Dame schien ihn kein bisschen zu stören. Er bewirtete sie aufs Feinste, fragte sie nach ihrer Familie und ihren Plänen für die Zukunft. Er rührte sie nicht an und brachte sie am Ende des Abends in einem eleganten Wagen zu ihrem Studentenheim zurück, wo er ihr einen Blumenkorb überreichte, der in seinem Kofferraum bereitstand. Shanna war beeindruckt. Der Mann gefiel ihr sehr. Er war intelligent, parlierte locker über neue Bücher, wusste sich auszudrücken und schien großzügig zu sein. Wenn Shanna an das Trinkgeld dachte, das Viktor dem Kellner zugesteckt hatte, der sich pausenlos verbeugte, wurde ihr ganz schwindlig. Von dieser Summe als Stipendium konnte sie nur träumen. Ein Kavalier wie aus dem Bilderbuch. Das Problem bestand nur darin, dass Shannas Herz völlig unbeteiligt geblieben war. Auch rein körperlich hatte sie nichts zu ihm hingezogen. Viktor hatte ihr gefallen, aber eher wie ein älterer Bruder oder Vater, der er in seinem Alter durchaus hätte sein können. Trotzdem entspann sich etwas zwischen ihnen. Viktor führte sie nun häufiger aus – ins Theater, in elitäre Clubs und Restaurants. Shanna fand Gefallen an einem Leben, in dem es keinerlei materielle Sorgen oder Probleme zu geben schien.

Einmal nahm er sie mit, als er Jakow Scherstow, einen seiner Freunde, besuchte. Das riesige, mit allem Komfort eingerichtete Haus, das sogar einen Swimmingpool hatte, beeindruckte Shanna. Auch Jakow, der etwa so alt war wie Viktor, erwies sich als angenehmer Mann, wenn auch Anzeichen für einen groberen Umgang nicht zu übersehen waren. Seine Frau aber war einfach eine Zumutung. Äußerlich verstand sie durchaus zu beeindrucken: eine langbeinige Blondine in betörendem Abendkleid, das beinahe alle ihre Vorzüge freigab. Und die Nachteile? An ihrem idealen Körper waren keine zu entdecken, das Problem von Madame Scherstowa saß im Kopf. Sie war dumm wie Bohnenstroh, betrank sich bis zum Abwinken und ließ sich am Ende des Abends auch noch in voller Montur in den Swimmingpool fallen. Jakow, hochrot vor Wut, brüllte sie an: »Komm raus, du Idiotin, es reicht!«

Aber das Weib plätscherte mit ihren manikürten Händchen im Wasser herum und lachte töricht. Der ärgerliche Gatte musste die Wachmänner rufen, die sie schließlich herausfischten.

Viktor und Shanna wurden in getrennten Zimmern untergebracht. Als sie auf der Bettkante saß, musste sie sich über die komplizierte Frage klar werden, was sie tun sollte, wenn Podolski bei ihr auftauchte. Das Blümchen Rührmichnichtan spielen oder sich mit ihm ins Bett legen, als sei es das Normalste von der Welt? Einerseits hatte Viktor keine leidenschaftlichen Gefühle in ihr geweckt, andererseits war er ihr auch nicht unangenehm … Da gab es aber noch eine dritte Seite, die materielle … Sie hätte gern so sorglos weitergelebt, ohne sich dabei wie eine Prostituierte fühlen zu müssen.

Da klopfte es sacht an der Tür.

»Herein«, rief Shanna.

Viktor trat ein. Er hatte sich einen eleganten Jogginganzug übergezogen.

»Du schläfst noch nicht? Warum?«

Shanna zuckte die Schultern.

Viktor nahm in einem Sessel Platz und fragte unvermittelt: »Gefalle ich dir?«

Shanna, gespannt wie eine Saite, antwortete, unerwartet für sich selbst: »Ja, schon, aber als Freund oder – das soll keine Anspielung auf dein Alter sein – als Vater. Eigentlich wollte ich dir das nicht sagen, doch ich fürchte, ich kann dir nicht ein Leben lang etwas vorspielen. Verzeih mir, Ledenschaft empfinde ich nicht für dich, aber eine Freundin könnte ich dir sein.«

Zu Shannas Überraschung zeigte Viktor ein breites Lächeln. »Du bist ein gutes Mädchen. Ich mache dir ein Angebot.«

15. Kapitel

Sie redeten fast die ganze Nacht miteinander.

»Aus meinem Leben gibt es nicht viel Erfreuliches zu berichten«, begann Viktor. »Meine Eltern habe ich schon früh verloren. Ich habe echte Not gelitten und wollte immer reich werden. Wahrscheinlich weil ich in meiner Kindheit und Jugend so viel entbehren musste.«

Dieser Drang hatte ihn offenbar auch hinter Gitter gebracht. Er erlernte das Schneiderhandwerk. Wenn er Anzüge zuschnitt, überlegte er, wie man aus dem Stoff mehr machen könnte, und so kam eins zum anderen … Dann tauchten die Inspekteure vom Wirtschaftsdezernat auf, es kam zum Prozess, und im Handumdrehen saß er im Lager.

»Das habe ich, Gott sei Dank, überlebt«, berichtete Viktor weiter. »Heute bin ich meinem Schicksal sogar dankbar dafür, denn dort lernt man Leute kennen. Im Lager habe ich mich mit Jakow angefreundet. Dann kam die Perestroika, und man konnte ganz legal ein Geschäft aufmachen.«

»Und womit verdienst du jetzt dein Geld?«, fragte Shanna naiv. »Nähst du immer noch Anzüge?«

»Ich habe tatsächlich mit der Schneiderei angefangen, aber dann bin ich in den Autohandel eingestiegen«, erklärte Viktor in sachlichem Ton. »Das bringt wesentlich mehr.«

Er schwieg eine Weile und fragte dann unerwartet: »Wie findest du Marina, Jakows Frau?«

»Ehrlich gesagt, die hat mir nicht sehr gefallen«, antwortete Shanna vorsichtig. »Ich glaube, besonders intelligent ist sie nicht, und sie trinkt zu viel.«

»Genau«, stimmte ihr Viktor zu. »Leider haben viele meiner Freunde jetzt solche Frauen. Als junge Männer saßen sie oft hinter Gittern. Dann sind sie in die Geschäftswelt eingestiegen, und für die Liebe war keine Zeit. Plötzlich aber kriegt so einer Torschlusspanik. Da springt er eben auf den letzten Wagen. Meist sucht er eine Frau unter Models oder Schönheitsköniginnen. Und was kommt dabei heraus? Er macht sich lächerlich. Manche sind schon zum zweiten Mal geschieden. Von wirklicher Familie oder auch nur einem guten Verhältnis keine Rede. Diese Weiber interessiert nur das Geld. Ich will eine andere Frau, eine normale so wie du, zum Beispiel.«

Unwillkürlich rückte Shanna ein wenig von ihm ab. »Aber ich …«

»Einen Moment noch«, sagte Viktor beruhigend, »lass mich bitte ausreden. Was ich dir vorschlage, ist keine gewöhnliche Ehe.«

»Was für eine denn dann?«, fragte Shanna verwundert zurück. »Eine fiktive?«

»So könnte man es vielleicht nennen«, sagte Viktor nachdenklich. Er erklärte ihr, im Lager sei er mehrmals zusammengeschlagen worden und habe lange krank daniedergelegen. Einen Mann im umfassenden Sinne des Wortes könne er sich kaum noch nennen. Von einer gewissen Seite interessierten ihn die Damen überhaupt nicht mehr.

»Du kannst dir das nicht vorstellen«, bekannte Viktor mit einem Lächeln. »Seit ich impotent bin, habe ich eine ganze neue Welt entdeckt – Theater, Bücher, Filme … Früher existierten nur Weiberröcke für mich. Ich habe deswegen keine Minderwertigkeitskomplexe. Erstens hatte ich meine Zeit, da mir die Frauen nachliefen, und zweitens habe ich alles erreicht, was ich wollte – ich bin reich, habe Erfolg. Ich muss keine Komplexe haben. Dieses ganzes Gerede vom Sex ist doch leicht übertrieben. Es gibt im Leben auch andere Arten von Genugtuung, zum Beispiel, wenn man Macht über andere Menschen hat. Die meisten Männer haben einfach nicht mehr vorzuweisen als die Zahl der Frauen, die sie in ihr Bett gekriegt haben. Kannst du mir folgen?«

Shanna nickte und fragte dann: »Aber wozu brauchst du dann eine Frau?«

Viktor musste lächeln. »Dafür gibt es mehrere Gründe. Erstens für die Repräsentation. Alle meine Freunde sind verheiratet, ich bin der einzige Junggeselle. Ich mag nicht, wenn man hinter meinem Rücken tuschelt, ich sei impotent oder gar schwul. Das ist schlecht fürs Geschäft. Eine junge Frau an meiner Seite würde dem Getuschel sofort ein Ende setzen. Zweitens möchte ich einen Menschen haben, dem ich vertrauen kann wie mir selbst, verstehst du? Ich biete dir ein ehrliches partnerschaftliches Verhältnis an. Ich gebe dir alles, was du brauchst. Als Gegenleistung erwarte ich nur Aufrichtigkeit. Könntest du damit einverstanden sein?«

Shanna nickte.

»Und noch eins«, sagte Viktor. »Du bist jung, und die Natur verlangt irgendwann ihr Recht. Um eins bitte ich dich: Wenn du dir einen Liebhaber zulegen willst, dann sag mir vorher Bescheid. Lass uns gemeinsam nachdenken, wie wir das arrangieren. Denn Tratsch darüber, dass ich mir Hörner aufsetzen lasse, kann ich auch nicht brauchen. Ich bitte dich: Entscheide über mein Angebot erst, wenn du alles gründlich bedacht hast.«

Schon eine Woche später gab es eine rauschende Hochzeit. Alles war vom Feinsten: das Kleid, der Schleier, den vier kleine Mädchen trugen, weiße Limousinen, das beste Restaurant und ein teurer Ring am Finger … Aber nach dem Fest schliefen beide in getrennten Zimmern.

So begann ihr Eheleben. Viktor verhielt sich wie ein väterlicher Freund, Shanna gab die mustergültige Gattin. Wenn ihr Name fiel, seufzten bald alle Männer neidisch auf, und viele Frauen verzogen das Gesicht. Kein Wunder, wenn man ihnen Shanna ständig als Beispiel vorhielt. Sie war schön, immer elegant gekleidet, intelligent, trank nicht, machte keine Szenen und hatte keine Affären. Obendrein malte sie passable Bilder. Viktor hatte bereits mehrfach Vernissagen für sie ausgerichtet. Kunstkritiker bezahlte er dafür, dass sie sich in der Presse lobend über sie äußerten. Shanna wurde bekannt, sie erhielt Aufträge und hatte bald ihr eigenes, ehrlich verdientes Geld. In Kollegenkreisen wurde sie allerdings belächelt und von manchem gar die »Katzenmalerin« genannt. In der Tat malte Shanna gern Vierbeiner und schuf sich bald ihr eigenes Genre – das Porträt des Lieblingstieres. Viktors Freunde standen Schlange nach Bildern ihrer Schoßhündchen, Hauskatzen oder gar Hamster. Shannas Arbeiten kamen in Mode. Und sie wurde großzügig bezahlt. Zum einen, weil es einfach nicht anging, bei der Gattin des Tollwütigen zu geizen, und zum anderen, weil Geld immer zu Geld findet. So vergingen eineinhalb Jahre. Da bestellte Gema ein Bild ihres Papageis Archie, und Shanna wurde mit Gemas Familie bekannt. Zwischen ihr und Eduard flammte eine Leidenschaft auf, wie wenn eine glühende Kippe in einen Heuhaufen fällt. Wie versprochen, vertraute Shanna Viktor an, was geschehen war. Der kratzte sich am Hinterkopf.

»Eduard ist ein windiger Bursche und zu einer langen, festen Beziehung gar nicht fähig. Wir machen es so: Du sagst ihm, dass ich eifersüchtig bin wie Othello und jeden umbringe, der dir zu nahe tritt.«

Shanna tat, wie ihr geheißen. Eduard hatte sofort die Idee, mit Eifersuchtsszenen eine andere Beziehung vorzutäuschen.

»Eduard hat nicht gewusst, wie das Verhältnis zu Ihrem Mann tatsächlich ist?«

»Nein«, sagte Shanna mit einem Lächeln. »Deshalb haben wir ja so ein Geheimnis daraus gemacht und uns immer nur in einer Wohnung getroffen, von der niemand wusste. Aber …«

»Was, aber?«

»Ich hatte manchmal den Eindruck, dass Eduard mehr Angst vor Gema als vor Viktor hatte«, meinte Shanna nachdenklich. »Wie dem auch sei, dieser Zustand sagte allen zu – mir, meinem Mann, Eduard und Olga Malewitsch.«

»Was hatte die denn davon?«

»Für die Rolle der Iphigenie ist sie gut bezahlt worden. Dann aber hat sie sich verliebt und wollte plötzlich nicht mehr die verrückte Eifersüchtige spielen. An ihrer Stelle hat Eduard Lena angeheuert. Aber, ehrlich gesagt, haben wir uns in den letzten drei Wochen nur zweimal getroffen.«

»Warum denn das?«

Shanna zuckte die Schultern. »Das Feuer war verglüht. Eduard wurde mir allmählich gleichgültig und ich ihm offenbar auch. Vor etwa zehn Tagen ist mir zu Ohren gekommen, Eduard hätte eine Neue. Alles lief auf Trennung hinaus.«

»Und wer ist die neue Dame seines Herzens?«

»Keine Ahnung«, sagte Shanna.

»Warum haben Sie ausgerechnet mir die Wahrheit über Ihr Verhältnis zu Viktor gesagt? Fürchten Sie nicht, dass ich sie ausplaudern werde?«

»Sie können es ja versuchen«, meinte Shanna, noch immer lächelnd. »Aber sie haben jetzt eine Vorstellung, wie Viktor darauf reagieren würde. Und wenn ich an die interessanten Papiere denke, die ich dank Ihrer Bemühungen zu Gesicht bekommen habe...«

»Werden Sie denn mit ihm weiterleben können, da Sie jetzt alles von ihm wissen?«, fragte ich, ohne lange nachzudenken.

»Entschuldigen Sie bitte, aber das geht Sie nichts an«, antwortete Shanna mit einem förmlichen Lächeln. »Ich habe Ihnen die ganze Wahrheit sagen müssen, damit Sie verstehen, dass Viktor kein Motiv hatte, Eduard umzubringen. Und wenn ich es richtig sehe, dann hat das kein Profi, sondern ein Amateur getan. Viktor arbeitet ausschließlich mit Leuten, die Meister ihres Faches sind. Ob es sich nun um einen Tischler, einen Friseur oder einen Schuhmacher handelt. Ich bin sicher, auch der Auftragsmörder wäre einer von den Besten gewesen.«

Wie konnte man nur so kaltblütig sein!

»Ich denke, jetzt ist alles klar«, fasste Shanna zusammen. »Darf ich Sie noch um einen Gefallen bitten?«

»Lassen Sie mal hören.«

Shanna zog ein paar Geldscheine aus ihrer Tasche.

»Eduard hat diese Lena für ihre Dienste nicht mehr bezahlen können. Dürfte ich Sie bitten, ihr das Geld zu übergeben? Ich bleibe nicht gern jemandem etwas schuldig ...«

»Diese Lena hat so getan, als sei sie Eduards Frau, und dadurch seine Brieftasche an sich gebracht. Darin waren ...«

»Das interessiert mich nicht«, fiel mir Shanna ins Wort. »Mir ist wichtig, dass ich sie nicht für ihre Dienste entlohnt habe. Können Sie meine Bitte erfüllen? Ich bin dieser Dame nie begegnet und lege auch jetzt keinen Wert darauf.«

»Na, meinetwegen«, sagte ich und nahm das Geld. »Sie

sollten aber doch noch einmal nachdenken, ob Ihnen nicht einfällt, wie Eduards neue Flamme hieß.«

Shanna sah mich mitleidig an. »Ich weiß es wirklich nicht. Doch ich nehme an, bei Eduards Begräbnis, morgen um zehn Uhr, wird sie bestimmt auftauchen. Heißt es nicht immer, dass es den Mörder noch einmal zu seinem Opfer zieht. Zumindest steht es so in den Kriminalromanen, die ich lese.«

»Wer hat Sie eigentlich von Eduards neuer Affäre informiert, und vor allem, weshalb?«

Shanna lächelte immer noch. »Du meine Güte! Auf einer Party habe ich mit Warwara Arbeni darüber geredet. Sie ist eine furchtbare Klatschbase, vor der keiner sicher ist. Sie hat mir gesagt, sie hätte Eduard auf einer anderen Party mit einer unbekannten Dame gesehen.«

Arbeni! Ein seltener und doch bekannter Name. So hieß Eduards verstorbene erste Frau Nina, die hoffnungsvolle Musikerin. Sie kannte ich auch vom Konservatorium. Wir waren zwar nie Freundinnen und haben uns auch nicht gegenseitig besucht, aber uns immer sehr nett gegrüßt.

»Arbeni! Eine Musikerin?«

»Wo denken Sie hin«, antwortete Shanna, schon im Aufstehen. »Das ist die Besitzerin des Salons *Moderne Frisur*. Ein sehr teurer Laden direkt gegenüber dem Hotel *Präsident*. Da wird man von Preisträgern internationaler Friseurwettbewerbe bedient. Auf Wiedersehen, Tanja, es war nett, Sie kennengelernt zu haben.«

Mit diesen Worten legte sie einen Hundertdollarschein auf den Tisch und stöckelte zum Ausgang.

»Moment mal!«, rief ich ihr nach. »Was soll denn das bedeuten?«

Shanna drehte nur leicht den Kopf und warf mir hin: »Für Ihre Dienste.«

Fort war sie. Ich sah auf die Uhr. Um fünf wollte der Mann kommen, der unsere Wohnungstür beschlagen sollte. Ich musste mich beeilen, um pünktlich zu Hause zu sein. Da war mir plötzlich, als würde mir ein glühendes Eisen in den Kopf gerammt. Meine Migräne! Die alte Freundin hatte sich in der letzten Zeit rar gemacht. Ich spürte, wie sich der Schmerz langsam in den Schläfen ausbreitete. Jetzt musste ich dringend eine Apotheke finden. Wenn es mir gelang, sofort die nötige Tablette zu schlucken, dann konnte noch ein Wunder geschehen. Später half auch ein ganzer Sack davon nichts mehr.

In dem winzigen verglasten Kiosk standen zwei Kunden am Ladentisch – ein alter Mann mit Stock und ein blutjunges Mädchen, das nur wenig älter als Lisa sein konnte.

Der Großvater kaufte eine Packung Vitamintabletten und trat zur Seite, wo er seine große Einkaufstasche abgestellt hatte. Das Mädchen sagte leise ein paar Worte zu der Verkäuferin. Ich suchte Halt an dem Ladentisch, denn ich fühlte mich zerschlagen und gedemütigt. Die gute Shanna hatte kein einziges böses Wort an mich gerichtet, aber erreicht, dass ich mir vorkam wie eine Sklavin, die vor ihrer Herrin auf den Knien liegt.

Die ältere Frau im weißen Kittel, die hier verkaufte, blaffte das Mädchen plötzlich an: »Sprich laut und deutlich!«

»Zwei individuelle Schutzmittel«, stammelte die Kleine und wurde rot.

»Hier ist nicht das Verteidigungsministerium«, giftete die Verkäuferin, »sondern eine Apotheke! Was denn für Schutzmittel? Willst du vielleicht Gasmasken kaufen?«

»Nein«, stotterte das unglückliche Ding, »die, Sie wissen schon, aus Gummi …«

»Wärmflaschen?«

»Nein …, also …«

»Vielleicht einen Schieber?«

»Nein ...« Das Mädchen wurde immer verlegener. »Die einzeln verpackten Dinger ...«

»Wundpflaster?«

»Sie möchte Kondome!«, entfuhr es mir. »Wieso kapieren Sie das nicht?«

»Du halt dich raus!«, blaffte die Alte. »Wenn diese Hure von kaum zehn Jahren hier Verhütungsmittel haben will, dann soll sie das auch laut vor allen sagen und sich was schämen!«

»Weshalb sollte sie sich schämen?«, fragte ich verwundert. »Wir haben eine AIDS-Epidemie im Land. Da kann es doch nur gut sein, wenn sie sich vor der Krankheit zu schützen versucht.«

»Ich bin nicht zehn, sondern siebzehn«, warf das Mädchen leise ein.

»In deinem Alter hatte ich nur das Lernen im Kopf!«, gab die Verkäuferin zurück.

»Da musst du wirklich jede Menge gelernt haben, wenn du jetzt hier mit Aspirin handelst«, mischte sich der alte Mann ein. »Mach dir nichts draus, Kleine, alle Menschen sind auf die gleiche Weise zur Welt gekommen. Und auch dieses Weib haben Papa und Mama nicht mit dem Finger gebastelt.«

»Was erlauben Sie sich?!«, kreischte die Verkäuferin auf.

»Du erlaubst dir, was dir nicht zusteht!«, parierte der Großvater. »Das ist rezeptfreie Ware, die hast du ohne Kommentar zu verkaufen. Wenn jemand etwas Unerlaubtes verlangt, dann kannst du dich aufregen, aber eine Kundin zu beleidigen, das steht dir nicht zu. Rück sofort raus, was sie verlangt!«

»In diesem Alter«, beharrte die Verkäuferin, »in diesem Alter ...«

»Ach, hör doch auf!«, rief der Großvater jetzt ernsthaft böse. »In welchem Alter soll sie denn mit einem Mann schlafen? Vielleicht in deinem? Sie macht es genau richtig!«

»Welche Größe?«, brummte das Weib, dem nun klar wurde, dass sie einer geschlossenen Front der Kunden gegenüberstand.

»Gibt es denn verschiedene?« Das Mädchen war jetzt völlig durcheinander.

Die Verkäuferin wollte gerade die nächste Gemeinheit vom Stapel lassen, da stockte sie mit offenem Mund, denn in ihren Laden flatterte ein junges Ding um die Zwanzig. Sie war in einen langen, bis zum Boden reichenden Nerzmantel gehüllt, der bei der künstlichen Beleuchtung in allen Farben schillerte. Als sie den ein wenig öffnete, konnte man sehen, dass sie darunter ein winziges Lederröckchen trug, das ein Paar junge, kräftige Schenkel freigab, dazu einen enganliegenden Pulli, der einen appetitlichen Busen voll zur Geltung brachte. Sie schüttelte ihre blonden Locken, klappte mit blaugefärbten Lidern, öffnete das kirschrot geschminkte Mündchen und schmollte: »Katerchen! Wo bleibst du denn so lange! Dein Kätzchen kann doch nicht ewig im Wagen auf dich warten.«

Ich sah mich um, aber außer den bisher handelnden Personen konnte ich niemanden entdecken.

»Kätzchen will aufs Sofa, Kätzchen will Kaffee mit Kognak«, schmollte sie weiter und stampfte mit ihren langen Beinen auf, die in viel zu dünnen Stiefelchen für den kalten November steckten.

»Sofort, sofort, Liebling«, antwortete der alte Mann zärtlich. »Dein Katerchen kommt schon, er hat seinem Kätzchen Vitamine gekauft, damit es gesund und fröhlich bleibt …«

Jetzt fiel auch der Siebzehnjährigen und mir die Kinnlade herunter. Dieser alte Knaster und so eine junge, flotte Biene?

»Kauf deinem Kätzchen Hämatogen, Kätzchen mag Hämatogen so sehr.«

»Geh zurück in den Wagen«, sagte der alte Mann jetzt etwas nachdrücklicher, wandte sich zu uns um und fragte: »Darf ich das Hämatogen außer der Reihe haben?«

»N-n-n-natürlich«, stotterte das Mädchen.

Die Verkäuferin zerrte, noch immer wütend, an einer Schublade. Die sprang heraus und polterte zu Boden. »O je!«, jammerte sie nun. »Ich kann mich doch so schlecht bücken!«

»Kein Problem«, rief der eilige Kunde, tauchte unter dem Ladentisch hindurch, sammelte rasch die Schächtelchen und Folien ein, schob die Lade wieder an ihren Platz, kam zurück und sagte: »Hör mal, meine Teure ...«

»Ja?«, gab die Verkäuferin zurück. »Was denn?«

»Was denn, was denn!«, äffte sie der Kunde nach und war bereits beim Bezahlen. »Du bist ein bisschen früh steif geworden. Ich habe einen guten Rat für dich. Da gibt es eine Heilerin, Gema Dautowa heißt die, bei der solltest du mal vorbeischauen.«

»Warum?«, fragte die Alte erstaunt.

»Darum. Vor zwei Jahren konnte auch ich kaum noch kriechen. Da haben mir Freunde diesen Rat gegeben ... Sie hat mich ein paarmal behandelt. Jetzt bin ich nur noch äußerlich so zerknittert, aber innerlich ein junger Hüpfer ... Schreib den Namen genau auf, er ist etwas schwierig: Gema Dautowa.«

»Und wo finde ich die?«, fragte die Verkäuferin aufgeregt, während sie etwas auf einen Zettel kritzelte.

»Vorgestern ist sie in Swetlogorsk aufgetreten, aber sie kommt bestimmt bald nach Moskau zurück. Du kannst auch in die Zeitschrift *Freizeit* hineinschauen oder in Zeitungen wie *Der dritte Blick* und *Geheime Kräfte*, da wird Werbung für sie gemacht«, rief ihr der Alte noch zu, griff sich seine schwere Einkaufstasche und verließ mit leichtem Schritt die Apotheke.

Ich vergaß meine Migränetabletten und rannte ihm nach. Dabei stolperte ich und wäre beinahe hingefallen. Als ich auf der Straße war, stieg der Alte gerade in einen zerbeulten Lada.

»Katerchen!«, brüllte ich, »warten Sie!«

»Was gibt's denn noch?«, fragte der Alte verwundert.

»Wie kommen Sie darauf, dass Gema Dautowa in Swetlogorsk auftritt? Und wo liegt das überhaupt?«

Der Alte schnaufte.

»Swetlogorsk liegt bei Ufa im Ural. Die Meldung habe ich im Autoradio gehört, das läuft immer, wenn ich fahre. Willst du auch was für deine Gesundheit tun? Nur zu, nur zu. Aber warte lieber, bis sie wieder in Moskau ist.«

»Warum denn das?«

»Ich weiß, wovon ich rede. Ich bin in Swetlogorsk gewesen, damit sie mich wieder ein bisschen rundmacht. Ich dachte, ich fliege morgens hin – es sind ja nur zwei Stunden –, gehe zu ihrer Veranstaltung und komme abends wieder zurück. Aber das hat nicht geklappt. Als ich hinkam, hatte sie ihre Sitzung auf einen Tag später verlegt. Ich musste unverrichteter Dinge wieder abziehen, denn ich hatte nur einen Tag Urlaub genommen. Ihre nächste Vorführung in Swetlogorsk ist übrigens morgen.«

Er schlug die Tür zu, ließ den Motor an und rauschte mit quietschenden Reifen davon. Ich ging zur Metro. Wahrscheinlich hatte der Alte eine im Voraus bezahlte Werbesendung gehört. Die liefen offenbar weiter über den Sender und führten die Leute in die Irre.

16. Kapitel

Punkt fünf kam ich verschwitzt und total erledigt zu Hause an. Aber der Handwerker hatte offenbar keine Eile. Als es draußen endlich klingelte, war es sieben Uhr.

Ich öffnete die Tür, und vor mir stand ein etwa dreißigjähriges Kerlchen, blond und schmächtig.

»Iwan«, stellte er sich vor, »Meister erster Klasse für das Beschlagen von Türen. Wo kann ich mich umziehen und die Hände waschen?«

»Im Bad«, antwortete ich und ging in die Küche zurück, denn ich schälte gerade Kartoffeln für das Abendessen. Kann man eine Tür erster Klasse beschlagen?, ging es mir durch den Kopf. Aber wie er sich ausdrückte, war mir egal, Hauptsache er lieferte ordentliche Arbeit ab. Vor zehn Uhr abends war heute niemand zu erwarten. Serjosha traf sich mit einem Kunden, Julia hatte einen Künstler zu interviewen, und Katja verließ ihr Krankenhaus immer erst spät in der Nacht. Kira war beim Training, und Lisa besuchte neuerdings einen Englischkurs.

Als ich mit den Kartoffeln fertig war, wollte ich nachschauen, wie es mit dem Beschlagen der Tür voranging. Von dem Meister war nichts zu sehen, aber im Bad hörte ich es plätschern.

Ich klopfte an die Tür.

»Ja?«, sagte Iwan.

»Duschen Sie?«

Der Schlüssel drehte sich im Schloss, und Iwan kam heraus.

»Natürlich nicht. Ich habe mir nur die Hände gewaschen. Soll ich das Material etwa mit schmutzigen Händen anfassen? Das sieht man sofort. Die Hände müssen blitzsauber sein.«

»Na, meinetwegen«, seufzte ich. »Fangen Sie endlich an, es ist schon halb acht. Bald kommt meine Familie nach Hause, und ich möchte nicht, dass es sehr nach Klebstoff riecht, wenn die Kinder in der Wohnung sind.«

»Heute riecht es hier noch nach gar nichts«, teilte mir Iwan mit und öffnete in gemessenem Tempo seine Tasche. »Später vielleicht ein bisschen …«

»Wieso später?«, fragte ich verwundert. »Was soll denn das für ein merkwürdiger Klebstoff sein?«

»Ich nehme ganz gewöhnlichen, Marke *Im Nu*, wie Sie auch. Aber heute wird noch nicht geklebt, heute ist erst mal das Messen und Zuschneiden dran! Das ist viel wichtiger als das Kleben.«

»Was gibt's denn da zu messen? Die Tür hat doch Standardmaße!«

»Sagen Sie das nicht«, widersprach Iwan und holte ein Bandmaß aus der Tasche. »Genaues Messen ist das Allerwichtigste. Ohne das geht es überhaupt nicht. Schon ein Fehler von einem Millimeter rächt sich bitter. Das Kunstleder lässt sich nicht dehnen, und dann haben wir den Salat. Nein, lieber siebenmal messen und einmal abschneiden …«

Dann zog er ein paarmal die Nase hoch und fragte plötzlich: »Die Kartoffeln kochen?«

Ich nickte.

»Dann geh und kümmere dich um sie. Sonst kommt dein Alter von der Arbeit und gibt dir eins hinter die Ohren, wenn das Essen nicht fertig ist. Zum Messen brauche ich dich hier nicht.«

Gegen zehn Uhr wurde es laut in der Wohnung, und um viertel elf saßen wir alle in der Küche um den Tisch.

»Sagt dem Handwerker Bescheid«, meinte Katja. »Wir können doch hier nicht essen und ihn Kohldampf schieben lassen.«

»Der misst schon drei Stunden lang an der Tür herum«, sagte ich pikiert.

»Ist ein bisschen umständlich, was?«, brummte Serjosha.

»Braucht man dafür wirklich so lange?«, fragte Lisa verwundert. »Eins, zwei und fertig.«

»Schnell gemacht, ist schnell kaputt«, warf Julia ein.

Gegen halb zwölf ging ich zur Tür und stieß dort auf Iwan, der in tiefes Nachdenken versunken an der Wand lehnte. In der Hand hielt er zwei Nägel mit großen Köpfen. Als er mich sah, murmelte er: »Ich überlege die ganze Zeit, wie ich die Nägel setzen soll, im Abstand von einem Zentimeter oder alle acht Millimeter ...«

»Das ist doch egal!«

Iwan wurde ärgerlich. »Na, Sie sind mir vielleicht eine! Ich muss wohl jemand anderen fragen!«

Eine Stunde lang stritten meine Hausleute nun ernsthaft miteinander, in welchem Abstand man die Nägel setzen sollte. Niemandem kam in den Sinn, dass dies schon aus zwei Schritt Entfernung völlig gleichgültig war. Schließlich ging es um ganze zwei Millimeter!

Plötzlich schaute Julia auf die Uhr. »Um Gottes willen, schon halb eins! Machen Sie, dass Sie nach Hause kommen! Bald fährt die letzte Metro!«

»Ich hab's nicht eilig«, erklärte Iwan. »Von meiner Alten habe ich mich getrennt und das Zimmer ihr überlassen. Ich wohne jetzt im Moskauer Gebiet. Die letzte Vorortbahn ist sowieso weg.«

»Und wo wollen Sie jetzt hin?«, fragte Lisa.

»Ich werde wohl auf dem Bahnhof übernachten. Das wäre nicht das erste Mal«, antwortete Iwan in aller Ruhe und rollte sorgfältig sein Bandmaß zusammen. »Hauptsache, ich bin mit dem Messen fertig. Morgen kann ich dann mit dem Zuschneiden anfangen. Darf ich meine Tasche hierlassen, damit ich sie nicht mit mir herumschleppen muss?«

»Ist auch keine Bombe drin?«, fragte Kira finster.

»Na, weißt du!«, wehrte Iwan ab. »Ich bin doch kein Tschetschene! Hier, schau selber nach – Kunstleder, Dämmstoff, Kleber und Nägel, eine Schere, ein Messer …«

»Das war doch nur ein Scherz«, warf Julia ein. »Stellen Sie sie dort in die Ecke.«

»Na, dann geh ich mal«, verkündete Iwan und schlüpfte in eine für diese frostige Novembernacht reichlich dünne Jacke.

Mir krampfte sich plötzlich vor Mitleid das Herz zusammen. Iwan hatte bereits eine alte, ausgeleierte Strickmütze auf dem Kopf. Ich blickte zu Mulja, die es sich neben seiner Tasche bequem gemacht hatte, und seufzte. Ich hatte das Gefühl, wir jagten ein kleines, obdachloses Hündchen in die Kälte hinaus, welches von den Menschen so wenig Güte erwartete, dass es gar nicht erst darum bat.

»Hören Sie, Iwan«, sagten da Katja und Serjosha im Chor, »bleiben Sie hier.«

»Sie können im Wohnzimmer schlafen«, fiel Julia ein. »Und morgen früh fangen Sie gleich mit dem Zuschneiden an.«

»Genau«, sagte ich erfreut. »Wozu bei dem Wetter draußen herumlaufen.«

»Vielen, vielen Dank«, antwortete Iwan erleichtert. »Ich weiß gar nicht, was ich sagen soll! Dafür repariere ich Ihnen glatt die Wasserhähne, schauen Sie nur, wie die tropfen! Und den Hängeschrank in der Küche bringe ich auch an! Der steht Ihnen doch nur im Weg.«

Gegen drei Uhr morgens wurde ich munter und wollte zur Toilette gehen. Da sah ich unter der Wohnzimmertür einen schwachen Lichtschein. Vorsichtig steckte ich den

Kopf hinein. Iwan hockte auf dem Fußboden und hatte das Kunstleder vor sich ausgebreitet.

»Warum schläfst du nicht?«, flüsterte ich.

»Ich überlege, wie ich es am besten zuschneide«, antwortete er ebenso leise. »Wenn ich es richtig anstelle, dann kommt noch ein Hocker heraus, vielleicht sogar zwei!«

»Was denn für ein Hocker?«

»Wir erhalten das Material vom Lager nach Standardmaß«, erklärte mir Iwan. »Die denken, sie machen das besonders schlau. Die Reste brauche ich nicht zurückzugeben. Wenn ich gut zuschneide, dann bleibt Kunstleder übrig, um einen oder zwei Hocker zu beziehen. Ihre sind schon reichlich abgewetzt. Genau, die Kante muss nach dieser Seite. Also, morgen repariere ich zuerst die Wasserhähne und dann mach ich mich ans Zuschneiden. Eure Hocker sind ja nicht mehr zum Anschauen! Wer hat denn die so zerkratzt?«

»Das sind unsere Katzen mit ihren Krallen!«

»O je«, sagte Iwan verständnisvoll. »Aber das kann man ihnen abgewöhnen!«

»Wie soll das gehen?«

»Das erkläre ich dir morgen!«, versprach Iwan.

Am nächsten Tag Punkt zehn Uhr morgens war ich auf dem Friedhof in Belogorsk und staunte über die Menschenmenge, die sich in der Feierhalle eingefunden hatte. Die beiden Särge auf dem kleinen Podest waren über und über mit Blumen bedeckt. Eduard und Gema hatten einen großen Bekanntenkreis. Das mussten ja mindestens hundert Personen sein. Tränen vergoss allerdings niemand. Nur Trauermienen sah man allenthalben, und kaum einer sprach ein Wort. Den Trauerakt leitete Shora Sawrassow. Er gab den Rednern ein Zeichen, nickte mir zu, als ich mit dem Klavier an der Reihe war, rückte die Kränze zurecht und flüsterte seinen Mitarbeitern Anweisungen zu.

In einer Ecke sah ich einen jungen Mann, der mit mehreren Kameras behängt war. Ich trat an ihn heran und sagte: »Hallo!«

»Hallo«, gab er munter zurück und kritzelte etwas in einen Notizblock.

»Entschuldige, von welcher Zeitung bist du?«

»Ich mache den Gesellschaftsteil im *Modebasar*. Was gibt's?«

»Da kennst du wohl die meisten Leute hier?«

Der Reporter nickte. »Eduard Malewitschs Begräbnis ist ein gesellschaftliches Ereignis, darüber müssen wir berichten!«

»Kannst du mir ein paar Namen nennen?«

»Wer bist du denn?«

Ich schlug die Augen nieder. »Der *Cosmopolitan* hat mich hergeschickt. Bei so einer Sache bin ich zum ersten Mal. Vorher habe ich die Verbrechenschronik betreut. Jetzt haben sie mich zum Gesellschaftsteil umgesetzt.«

»Na, so ein Pech«, meinte der Bursche mitleidig, »das ist schwer, wenn man sich nicht auskennt. Also gut, hör zu!«

Und er fing an, Namen und Titel herunterzurattern. »Direkt neben Eduards Sarg steht Viktor Podolski mit seiner Frau Shanna. Daneben Leonid Sergejew, der Manager des Sängers Nikolai Arsha, dann die Schauspielerin Katja Wolkowa, die aus der Serie *Nie gegen die eigenen Leute* ...«

Der Reporter kannte alle. Die einzige Dame, zu der er nichts zu sagen wusste, war Olga Malewitsch. Die erschien zur Beerdigung ihres Bruders natürlich nicht als Iphigenie, sondern im einfachen schwarzen Kleid.

Etwa eineinhalb Stunden später wurden die Särge zu zwei offenen Gräbern gebracht und dort mit einer Spezialeinrichtung hinabgelassen. Erdklumpen fielen polternd darauf, was einen Schwarm Krähen aufscheuchte, der mit lautem Krächzen über der Szene kreiste. Es war eisig kalt.

»Ich bitte alle Trauergäste in den Saal«, rief nun Shora. »Wir wollen unserer teuren Verstorbenen nach russischem Brauch gedenken.«

Gemessenen Schrittes und unter leisen Gesprächen bewegte sich die Menge in die gewiesene Richtung.

»Los, genehmigen wir uns schnell einen Wodka«, flüsterte der allwissende Reporter mir zu, »ich bin schon ganz steif gefroren. Das ist ja ein Wetter wie im tiefsten Winter!«

Ich wollte mich gerade mit dringender Arbeit entschuldigen, da sah ich, wie sich eine hohe Frauengestalt aus der Menge löste und rasch zum Ausgang schritt.

»Wer ist denn das?«, fragte ich meinen Informanten.

»Ich weiß nicht«, gab der verwundert zur Antwort. »Die sehe ich zum ersten Mal. Sie ist ja mindestens 1,75 Meter groß. Eine Basketballerin ist mir in dieser Gesellschaft noch nicht aufgefallen. Aber das kriegen wir gleich raus.«

»Hallo, meine Dame«, rief er ihr nach, »warten Sie einen Augenblick, ich mache hier Bilder für die Gesellschaftschronik!«

Die Frau wandte ihr tief verschleiertes Gesicht kurz nach uns um.

»Bleiben Sie doch stehen«, beharrte der Reporter und wedelte mit seiner Kamera. »Morgen sind Sie in der Zeitung! Wo wollen Sie denn hin?«

Die Frau strebte im Laufschritt der Straße zu, ich hinterher. Aber das war wohl nicht mein Tag. Ich stieß mit dem linken Fuß gegen einen Stein, stolperte und fiel zu Boden. Zwar war ich sofort wieder auf den Beinen und rannte weiter, konnte jedoch nur noch sehen, wie ein hellblauer Lada in hohem Tempo davonfuhr. Nur die letzten drei Ziffern des Nummernschildes vermochte ich zu erkennen – 267. Deprimiert schaute ich ihr nach.

»Die war niemals auf einem Empfang«, sagte der Reporter mit Nachdruck. »Das muss eine Fremde sein …«

»Woher willst du das wissen?«, murmelte ich und klopfte mir den Schmutz von den Sachen. »Wie kommst du darauf?«

»Was glaubst du denn?«, gab der »Kollege« wütend zurück. »Wenn die Typen meine Kamera nur sehen, werfen sie sich auch schon in Positur. Zwar jammern alle, wie sehr ihnen die Presse auf die Nerven geht, aber dann drängen sie sich geradezu ins Bild. Doch die läuft einfach weg!«

Ich bestieg ein Linientaxi und fuhr nach Moskau zurück. Meine Stimmung war auf dem Nullpunkt. Hatte ich tatsächlich die Mörderin verpasst?

Um mich ein wenig aufzuwärmen, ließ ich mich im Café »Rostix« nieder, verschlang ein Riesensandwich sowie einen Salat und spülte alles mit wunderbar heißem Kaffee hinunter. Über seine Qualität will ich nicht rechten. Aber er kochte beinahe noch im Glas und ließ wohlige Wärme in meine fast erstarrten Eingeweide strömen.

In meinem Blickfeld hing eine große Uhr. Sie zeigte Punkt ein Uhr mittags. Ich verließ den gastlichen Ort und ging zur Metro. Die ehemalige Stripperin Lena war jetzt bestimmt zu Hause. Solche Damen gehen um sechs Uhr morgens ins Bett und stehen auf, wenn normale Menschen längst das Mittagessen hinter sich haben.

Wieder war ich unangenehm berührt, wie schmutzig und heruntergekommen das Haus war, in dem Lena wohnte. Der Fußboden im Hausflur klebte, die Knöpfe im Fahrstuhl waren von ausgedrückten Zigarettenkippen verschmort, die Kabine roch nach Urin, und an der Decke hingen Rußflocken. Irgendein Idiot musste sie mit einem brennenden Feuerzeug verziert haben.

Ich hielt den Atem an, bis ich Lenas Etage erreicht hatte, und klingelte an ihrer Tür. Drinnen rührte sich nichts. Wahrscheinlich war das widerwärtige Frauenzimmer nicht zu Hause. Ich blickte kurz zu den Nachbartüren, zog dann aus meiner Handtasche eine Nagelfeile und schob sie unter den Riegel des einfachen Schlosses. Wenn man so etwas zum ersten Mal tut, zittern einem noch ein bisschen die Hände. Später erledigt man solche Operationen in aller Seelenruhe. Ich mag überhaupt nicht gern fremdes Geld in meiner Tasche und sah gar nicht ein, dass ich Lena noch einmal aufsuchen sollte. Ich wollte die Dollars mit einem Zettel dazu einfach auf ihrem Tisch deponieren.

Die Luft in der Wohnung war stickig und von einem bekannten, widerlichen Geruch erfüllt. Ich schnupperte, begriff aber nicht sofort, was es war. In der Küche herrschte das reine Chaos. Alle Schränke waren geöffnet, die dürftigen Lebensmittelvorräte lagen durcheinander auf dem Tisch, dem Fensterbrett und in der Spüle. Dazwischen schmutzige Tassen, Teller, leere Flaschen und Untertassen mit Haufen von Kippen. Wie konnte man es in einer solchen Umgebung nur aushalten!

Ich machte auf dem Tisch etwas Platz für die Dollarnoten, die ich mit der Zuckerdose fixierte. Dann suchte ich nach einem Stück Papier. Nirgendwo sah ich etwas, was einer Zeitung oder einem Notizblock ähnelte.

Vielleicht finde ich im Wohnzimmer etwas Geeignetes, dachte ich und trat aus der Küche. Wieder schlug mir dieser merkwürdige Geruch entgegen. Das Zimmer sah noch schlimmer aus als die Küche. Überall lagen Sachen herum – Pullover, Röcke, Hosen … Mitten auf dem runden Couchtisch türmte sich ein Haufen Strumpfhosen, und von einer Stuhllehne hing ein hübscher, mit Spitzen besetzter, ziemlich speckiger BH. Ein Ferkelchen war sie also auch! In unserer Wohnung herrscht nie vollkommene Ordnung, doch so etwas hatte ich noch nie gesehen. Wo konnte hier wohl Papier sein? Vielleicht war das in diesem Haushalt überhaupt nur auf der Toilette zu finden … Na klar, wo sonst?

Ich ging zum Bad und stieß die Tür auf, wobei ich mechanisch registrierte, dass der widerliche Geruch hier besonders stark war. Als mein Blick nach unten fiel …, musste ich mir mit beiden Händen den Mund zuhalten, um vor Entsetzen nicht laut aufzuschreien.

Auf dem Fußboden lag, zusammengekrümmt wie ein Kind im Mutterleib, Lena, genauer gesagt, was von ihr noch übrig war. Das Gesicht der Unglücklichen war nicht zu sehen, denn ihr Arm, der mir unnatürlich gekrümmt schien, verdeckte es. Unter ihrem Hinterkopf hatte sich eine dunkle Pfütze gebildet. Jetzt begriff ich endlich, wonach es hier so entsetzlich roch – nach Blut!

Entweder musste ich diesen Ort so schnell wie möglich verlassen oder die Miliz rufen. Aber meine Füße klebten förmlich am Boden fest, in meinem Kopf rauschte es, und die Arme hingen schwer am Körper herab. Mit einer riesigen Willensanstrengung löste ich meinen linken Fuß vom Boden. Da hörte ich plötzlich ein leises, langgezogenes Stöhnen. Lena lebte noch. Das brachte mich wieder zur Besinnung. Ich stürzte zum Telefon und rief einen Rettungswagen.

Eine halbe Stunde lang saß ich nun neben der Unglücklichen und wiederholte ziemlich sinnlos: »Nur noch ein kleines Weilchen, gleich ist der Arzt da, er wird dir helfen, halte durch, nur noch ein wenig … Wer hat dich denn, um Gottes willen, so zugerichtet?«

Da sagte Lena sehr leise, aber deutlich: »Sie hat das Foto gesucht …«

»Wer?«, fragte ich aufgeregt nach, »welches Foto?«

»Ihres …«

»Und wer ist sie?«

»Es tut so weh«, flüsterte Lena, »so weh …«

»Halt noch ein kleines bisschen aus, der Arzt ist gleich da …«

Lena verstummte.

»Und diese Frau hat auf dich geschossen?«

»Ja.«

»Wer ist sie?«

Wieder Schweigen.

»Lena, sag es mir, hast du sie gesehen?«

»Ja.«

»Warum hast du ihr die Tür geöffnet?«

»Sie sagte, Eduard hätte sie geschickt«, murmelte Lena, »sie … ist seine …«

Lenas Kehle entrang sich ein schrecklicher Laut, der wie ein dumpfes Husten klang.

»Sie ist seine was?«

»Foto … es waren zwei … nebenan …«

»Sie hat das Foto genommen? Was war darauf zu sehen?«

»Zwei, zwei, zwei …«

An der Tür wurde Sturm geklingelt. Fünf Minuten später ordnete ein blutjunger Arzt mit finsterer Miene an: »Ab in die Klinik! Und Sie warten in der Küche auf die Miliz. Im Bad rühren Sie nichts an, verstanden? Das Papier geben Sie den Ermittlern!«

Er drückte mir ein Blatt in die Hand und ging rasch zur Tür. Ich warf einen Blick auf den Zettel, den er aus einem Notizbuch gerissen hatte. Dort war in kaum leserlicher Schrift hingekritzelt: Krankenhaus Nr. 1179, voraussichtlich Intensivstation. Diagnose: Schussverletzung am Kopf.

»Wird sie durchkommen?«, fragte ich.

Der Arzt drehte sich um und sagte bedrückt: »Es ist ein

Wunder, dass Ihre Nachbarin überhaupt noch lebt. Die Chancen sind sehr gering. Verständigen Sie die Angehörigen!«

Völlig durcheinander sah ich ihm nach. Er hatte recht, ihre Eltern mussten es erfahren ... Da erst wurde mir klar, dass ich weder Lenas Vaters-, noch Familiennamen kannte.

Fünf Minuten lang rang ich mit mir. Dann ließ ich die Tür ins Schloss fallen und lief die Treppe hinunter. Lena war auf dem Weg ins Krankenhaus. Ihr konnte ich nicht mehr helfen. Allein in der Wohnung zu bleiben und auf die Miliz zu warten, hatte ich gar keine Lust. Außerdem: Wie sollte ich meine Anwesenheit an diesem Ort erklären? Ich hätte nicht nur die ganze Geschichte von Eduards Tod wiederkäuen, sondern auch bekennen müssen, wie ich die Tür geöffnet hatte ... Nein, das musste ich mir nicht antun!

Im Hauseingang stieß ich auf ein paar Frauen, die den Vorfall eifrig beredeten.

»Das hat sie nun davon, das Weibsstück«, verkündete mit der lauten Stimme der Schwerhörigen eine Frau um die Sechzig, die in einen uralten Wollmantel mit schäbigem Nerzkragen gehüllt war. »Wie die hier herumgeschwänzelt ist ...«

»Und was für einen Lärm die immer gemacht hat«, fiel eine Spitznasige in schmutzig gelber Jacke mit der Aufschrift »Love« auf dem Rücken ein. »Bis drei Uhr nachts haben bei der die Lautsprecher geheult!«

»Das war Lena, die diesen Lärm veranstaltet hat?«, warf ich ein. Die Frauen beäugten mich misstrauisch, dann fragte die Erste vorsichtig: »Was haben Sie denn mit der zu tun?«

Ich zuckte die Achseln. »Ich wollte ihre Wohnung mieten. Sie hat auf meine Annonce geantwortet. Wir waren für heute verabredet. Als ich kam, hat man sie gerade hinausgetragen. Was ist denn passiert?«

»Bei wem wollten Sie die Wohnung mieten?«, fragte die Schwerhörige verwundert zurück.

»Bei Lena.«

»Bei der? Die hat sie doch selber nur von Klawa zur Untermiete!«

»Davon weiß ich nichts«, sagte ich einfältig. »Wir haben vereinbart, dass ich für ein halbes Jahr im Voraus zahle und sofort einziehen kann.«

»Na, das ist ja eine ganz Schlaue«, meinte die Alte in der gelben Jacke und wiegte bedächtig ihren Kopf. »Das Miststück wollte dich bescheißen! Die hätte glatt das Geld genommen und wäre verduftet! Du wärst eingezogen, und Klawa hätte dich wieder rausgeschmissen. So eine ist das! Und was die hier für einen Aufriss gemacht hat!«

»Hatte sie viel Besuch?«

»Jeden Tag, besser gesagt, jede Nacht!«, brummte die Frau im Mantel. »Kaum war sie da, heulte auch schon der Recorder. Bei unseren dünnen Wänden bekommt man doch jeden Ton mit! Wir haben uns sogar bei der Miliz beschwert, aber die wollten nichts hören. Sie hätten auch so genug zu tun. Was haben sie denn zu tun, wenn sie den Leuten nicht helfen?«

»Und ihre Gäste waren von derselben Sorte!«, kam es jetzt wieder von der Zweiten. »Sie sind die Treppen rauf und runter getrampelt, ob Tag oder Nacht, haben herumgebrüllt und gelacht ...«

»Vor allem diese Bohnenstange!«, erinnerte sich die Alte im Mantel jetzt wieder. »Die war die Schlimmste von allen!«

»Wer soll denn das gewesen sein?«, fragte ich interessiert. »Was für eine Bohnenstange?«

»Ein richtiges Schwein!«, empörte sich die Frau in der

Jacke und wies auf große Schmutzflecke an ihrer Kleidung. »Das war die!«

»Aber was hat Lena damit zu tun?«

Vor Empörung nach Luft schnappend, erzählte sie mir die ganze Geschichte.

Die Arme wohnte in der obersten Etage. Daran war nur ihre dumme Gans von Schwiegertochter schuld, die eine möglichst billige Wohnung haben wollte. Jetzt schwitzten sie im Sommer, und im Herbst tropfte das Wasser durchs Dach. Zu Fuß komme sie nicht herunter und erst recht nicht hinauf. Der verdammte Fahrstuhl aber sei dauernd kaputt. Er quäle sich höchstens bis zum siebenten Stock. Dann müsse sie zu Fuß weiter. Das jedoch sei eine elende Plackerei, wenn Beine und Rücken schmerzen.

Auch heute musste die alte Frau hinunter, weil ihre hirnlose Schwiegertochter kein Brot gekauft und sich zur Arbeit davongemacht hatte. Irgendwie schleppte sie sich von oben bis zum neunten Stock. Da sah sie, wie aus Klawas Wohnung, in der jetzt die unverschämte Lena hauste, besagte Bohnenstange herausgelaufen kam und in den Fahrstuhl sprang.

»Warte einen Moment!«, hatte sie ihr zugerufen. »Ich will auch noch mit!« Das Weib, so hoch wie der Fernsehturm, tat so, als hätte sie nichts gehört, und rauschte ab. Die Alte schickte ihr ein paar derbe Flüche hinterher, aber da kam unerwartet der Lastenaufzug. So erreichte sie fast zur selben Zeit wie das unverschämte Weib das Erdgeschoss.

Als die Alte aus der Haustür trat, stieg die Lange gerade in ein Auto. Sie trat aufs Gas, schoss wie wild davon und bespritzte dabei die Großmutter von oben bis unten mit Schmutz.

»Ist das nicht eine Sauerei?« Die Frau konnte sich gar

nicht wieder beruhigen. »Wer rast denn so durch die Pfützen? Was hat so eine eigentlich im Kopf?«

»Wie war sie gekleidet?«, fragte ich langsam. »Ganz in Schwarz?«

»Genau! Wie eine Krähe«, bestätigte die Frau. »Als wollte sie zu einer Beerdigung! Sogar auf dem Kopf hatte sie so ein Ding, dass von ihrer Visage gar nichts zu sehen war ...«

»Und das Auto war hellblau?«

»Kann sein, vielleicht auch hellgrau«, meinte die Frau zweifelnd. »Auf jeden Fall eine helle Farbe.«

17. Kapitel

Völlig erschöpft trottete ich nach Hause zurück. Unsere Wohnung war ja zum Glück ganz in der Nähe. Ich wollte einen Tee trinken und dabei gründlich darüber nachdenken, was ich an diesem Tag erlebt hatte. Außerdem musste ich mit Iwan abrechnen, der sicher längst mit dem Beschlagen der Tür fertig war und sich wunderte, wo die Hausleute blieben.

Als ich aus dem Fahrstuhl trat, sah ich als Erstes unsere stählerne Wohnungstür, die nackt und bloß war wie am Morgen. Ich öffnete und rief: »Na, wie geht's voran?«

»Gut«, antwortete Iwan aus dem Wohnzimmer. Ich warf die Stiefel ab, ging hinein und fand ihn zwischen Kunstleder und zahllosen Papieren sitzen.

»Was machst du hier?«

»Den Zuschnitt«, antwortete er mit Würde.

»Und warum so kompliziert?«

»So ist die Vorschrift.«

»Unsere Tür ist doch ein einfaches Rechteck mit Standardmaßen ohne jeden Schnickschnack ... Leg das Leder drauf, zeichne mit dem Bleistift die Kanten an und dann schneide …«

»Neee, so geht das nicht«, sagte Iwan empört. »Erst muss genau berechnet werden, und dann wird zugeschnitten. Eine akkurate, exakte Ausführung muss sein. Vorschriften sind schließlich dazu da, dass man sie einhält!«

Mit langsamen Bewegungen, fast wie in Zeitlupe, zog er das metallene Bandmaß aus der Rolle heraus.

In der Küche stellte ich fest, dass das Frühstücksgeschirr abgewaschen und die Spüle blitzsauber gewischt war. Auch der Hahn tropfte nicht mehr.

»Danke, Iwan«, rief ich.

»Keine Ursache«, antwortete der. »Ich wirtschafte gern ein bisschen herum.«

Da klingelte es, und herein kam mit einem schiefen Lächeln unsere Nachbarin Lussja.

»Geh mir aus den Augen!«, fuhr ich sie an.

»Sei mir nicht böse«, flötete sie süß, »ich weiß auch nicht, wie das passiert ist. Ein dummer Zufall.«

»Und den Wodka hast du auch zufällig im Schränkchen versteckt!«

»Weißt du, Tanja, ich kann mich an überhaupt nichts erinnern. Verzeih mir bitte, sei so lieb.«

»Tanja, kannst du mal kommen?«, rief Iwan.

»Wer ist denn da?«, fragte Lussja neugierig.

»Der Handwerker, der die Tür beschlägt«, warf ich ihr hin und lief ins Wohnzimmer. Lussja tappte hinterdrein.

»Sieh dir das mal an«, sagte Iwan, »soll die umgeschlagene Kante drei oder nur zwei Zentimeter breit sein? Oder vielleicht noch breiter?«

»Das ist mir völlig egal.«

»Wieso?«, fragte Iwan verwundert.

»Mach, wie du denkst.«

»Nein, so geht das nicht!«, empörte sich Iwan. »Darüber musst du schon mal ein bisschen nachdenken.«

»Mir ist es wirklich einerlei.«

Vor Ärger wusste Iwan gar nicht, was er sagen sollte.

»Am besten, du gehst in die Küche und machst das Abendessen«, empfahl Lussja. Dann wandte sie sich Iwan zu und meinte: »Tanja ist das wirklich egal, los, ich helfe dir. Je breiter, desto besser. »

»Vielleicht so?«, fragte Iwan und zeigte es ihr.

»Na, so breit nun auch wieder nicht«, meinte Lussja stirnrunzelnd, »etwas schmaler kann es schon sein.«

»Du hast doch gerade gesagt: Je breiter, desto besser.«

»Aber doch nicht über die halbe Tür!«

Da hatten sich die Richtigen gefunden. Ich winkte ab und ging in die Küche, um über wichtigere Dinge nachzudenken. Was hatte ich bis dato eigentlich in der Hand?

Ich setzte mich an den Tisch und starrte zum Fenster hinaus, wo hässliche Graupelschauer niedergingen. Eduard wurde ermordet. Gema hatte sich selbst das Leben genommen. Die Version, der Mörder könnte etwas mit dem Friedhof zu tun haben, war geplatzt. Die nächste vom eifersüchtigen Podolski in sich zusammengefallen. Jetzt tauchte eine dritte auf …

Shanna hatte erklärt, in den vergangenen drei Wochen habe sie sich höchstens zwei Mal mit Eduard getroffen. Angeblich hätte der sich bereits eine neue Geliebte zugelegt. Beim Begräbnis war eine hochgewachsene Frau aufgetaucht, die nicht bis zum Schluss bleiben wollte. Mehr noch, sie hatte peinlich vermieden, dass man sie für die Presse fotografierte, ja, sie war vor dem Fotografen regelrecht davongelaufen. Ein merkwürdiges Verhalten. Was hatte sie zu verbergen? An einer Beerdigung teilzunehmen ist doch nichts Ehrenrühriges …

Ich nahm ein Brötchen, das auf einem Teller lag, und biss hinein. Dabei starrte ich nach wie vor zum Fenster hinaus. Es schmeckte ekelhaft. Was für Zeug wurde neuerdings nur gebacken? Als ob man einen Scheuerlappen kaute … Ich blickte auf den Tisch und musste dabei feststellen, dass ich tatsächlich einen Zipfel des Geschirrtuchs in den Mund gesteckt hatte. Das Brötchen lag unberührt auf dem Teller. Verärgert warf ich das feuchte Gewebe fort und griff nach dem aromatisch duftenden Gebäck.

Es konnte nur zwei Gründe geben, weshalb die geheimnisvolle Bohnenstange ihre Identität nicht preisgeben wollte. Entweder war sie verheiratet und befürchtete, Unannehmlichkeiten mit ihrem Mann zu bekommen, oder … sie war die Mörderin.

Bei dem Gedanken wurde mir ganz heiß. Auf dem Friedhof war die hochgewachsene Unbekannte in ihren Lada gesprungen und verschwunden. Kurz bevor ich bei Lena eingetroffen war, hatte die betagte Hausbewohnerin gesehen, wie aus deren Wohnung eine Frau, »groß wie der Fernsehturm«, herausgekommen, in ein Auto gestiegen und davongefahren war. Es konnte gar nicht anders sein: Die Dame auf dem Friedhof und die im Hause der unglücklichen Lena waren ein und dieselbe Person … Was für ein Foto sie wohl bei dem Stripgirl gesucht hatte? Und weshalb? Diese Frau musste ich finden! Aber das war leichter gesagt, als getan.

Ich starrte immer noch zum Fenster hinaus. Das Schneetreiben wurde dichter. Natürlich! Das war doch ganz einfach! Jedes Auto hat eine Nummer, die bei der Miliz registriert ist. Ich musste lediglich einen Mitarbeiter finden, der für mich den Halter des Fahrzeuges ermittelte. Wer konnte das sein? Gena Jurow war stinksauer auf mich und würde gewiss keinen Finger rühren. Wolodja Kostin? Der schied aus, denn er durfte auf keinen Fall mitbekommen, was ich da trieb. Vielleicht hatte Fedora jemanden an der Hand?

Ich wählte die Nummer der Detektei Sherlock, worauf zuerst ein leichtes Rascheln ertönte und dann eine muntere Stimme sagte: »Hallo, Sie haben …«

Fedora war ausgeflogen. Saß sie im Büro, blieb dieses unmögliche Gerät immer ausgeschaltet. Was sollte ich tun?

Da fiel mir Bojarski ein, der in unserem Haus auf der sechsten Etage wohnt. Regelmäßig schickt er seine Tochter mit den Hausaufgaben in Musik zu mir. Er tut im Milizrevier unseres Viertels Dienst. Ich sprang auf und lief zu seiner Wohnung hinunter.

Auf mein Klingeln steckte seine Tochter Natascha den Kopf aus der Tür und fragte erstaunt: »Tatjana Andrejewna, wollen Sie zu mir?«

»Nein, meine Kleine, ist dein Papa zu Hause?«

»Vor zehn Uhr abends kommt der nie«, meinte Natascha seufzend. »Er ist mit seiner Arbeit verheiratet.«

Sie blickte mich besorgt an und fragte: »Ist etwas passiert?«

Ich druckste: »Ja, also …«

»Warten Sie einen Moment«, sagte sie und drückte auch schon in Windeseile die Knöpfe des Telefons. »Für Teilnehmer 24185. Papa, ruf bitte sofort zu Hause an!«, sprach sie in den Hörer. Und dann zu mir: »Er hat jetzt einen Piepser, ein praktisches Ding. Ein Handy wäre natürlich schicker, aber …«

Da klingelte auch schon das Telefon. Der Milizionär erklärte sich bereit, in einer halben Stunde auf dem Revier mit mir zu sprechen. Ich lief in unsere Wohnung zurück, schlüpfte in den Pelzmantel, setzte mir die Fellmütze auf und steckte den Kopf zur Wohnzimmertür hinein. Dort diskutierten Iwan und Lussja heftig miteinander. Mir fiel auf, dass der Bursche immer noch nicht mit dem Zuschneiden angefangen hatte.

»Du gehst weg?«, fragte unsere Nachbarin.

»Ich habe in der Stadt zu tun.«

Lussja kam mir in den Korridor nach und erklärte in offiziellem Ton: »Keine Sorge, Tanja. Ich schau dem Kerl auf die Finger.«

»Das ist doch nicht nötig«, wandte ich ein. »Der macht einen ordentlichen Eindruck. Lass ihn in Ruhe arbeiten.«

»Na, so was!«, rief Lussja empört. »Du kennst ihn doch gar nicht! Am Ende lässt er was mitgehen oder säuft sich einen an!«

»Dafür hatte er schon genug Gelegenheit«, gab ich zurück. »Nein, er ist ein anständiger Mensch, nur etwas langsam.«

»Dem mach ich Beine!«, versprach Lussja. »Keine Sorge, das krieg ich hin!«

Ich schaute in ihre listigen Augen und murmelte: »Ach je, ich habe den Pass vergessen!«

Ich ließ Lussja im Korridor stehen, ging in Katjas Zimmer, schloss den Schrank mit den Flaschen ab und steckte den Schlüssel in meine Handtasche. Iwan war bestimmt kein Trinker, aber mit Lussja hatte ich meine Erfahrungen.

Der Milizionär Bojarski hörte sich meine Bitte an und meinte dann besorgt: »Ich rate Ihnen gut, Tanja, lassen Sie die Finger von diesen Schwarztaxen. Das sind windige Typen. Sie kommen hier mit einem hübschen Pelzmantel und einer ledernen Handtasche daher. Schon für weniger sind Menschen umgebracht worden. Außerdem – Sie sind eine gutaussehende Frau! Wer weiß, wo so einer mit Ihnen hinfährt ...«

»Also, Andrej, ich mit meinen fast vierzig Jahren!«

»Jede Altersgruppe findet ihre Liebhaber«, erwiderte der Milizionär philosophisch. »Erst gestern habe ich in einem

Bericht gelesen, dass ein Mann eine Fünfundsiebzigjährige vergewaltigt hat.«

»Na, der war sicher betrunken.«

»Was spielt das für eine Rolle? Auf jeden Fall sind Sie in der Metro sicherer als bei diesen Kerlen …«

»Das weiß ich doch selber. Aber es war schon spät, und ich musste dringend nach Hause. In der Eile hab ich die Tüte mit den Sachen aus der Reinigung in dem Auto liegen lassen. Serjosha reißt mir den Kopf ab, wenn er es erfährt!«

»Na gut, versuchen wir unser Glück«, meinte Andrej lächelnd und sagte ins Telefon: »Hör mal, Nadja, ich suche den Halter eines Kfz. Die letzten drei Zahlen der Nummer sind 267.« Und zu mir: »Können Sie sich an die Buchstaben erinnern?«

»Leider nicht.«

»Versuch's mal, Nadja, das packst du schon. Ein Lada, Farbe – hellgrau oder hellblau. Es ist dringend.«

Nun redeten wir fünf Minuten lang darüber, welch schwieriges Programm die Musikschule sich für die Kinder ausgedacht hatte. Dann klingelte es. Ich hörte Andrej sagen: »Alles klar. Tausend Dank, Nadja, das vergesse ich dir nicht.«

»Also, da haben wir den Missetäter. Gostjew, Valeri Iwanowitsch. Adresse: Uliza Wilis Lazis 9, Aufgang 7, Wohnung 241.«

»Wo ist denn das?«

»In Tuschino«, antwortete Bojarski. »Da müssen Sie die Wolokolamsker Chaussee hinausfahren. An der ersten Ampel nach der Schleuse geht es nach rechts und immer die Uliza Swobody lang. Dann fragen Sie am besten noch einmal.«

»Die Straßen sind aber glatt«, sagte ich ängstlich. »Ich nehme lieber die Metro.«

»Um Gottes willen!«, wehrte der Milizionär ab, »das ist furchtbar umständlich. Schon bis zur Station Planernaja dauert es eine halbe Ewigkeit. Dann müssen Sie noch lange mit der Straßenbahn fahren und zu Fuß weiter. Die Uliza Wilis Lazis liegt sehr ungünstig.«

»Aber das Glatteis …«

»Mit ein bisschen Vorsicht wird es schon gehen. Wenn Sie solche Angst haben, lernen Sie nie, im Winter in Moskau Auto zu fahren.«

Vielleicht sollte ich wirklich auf ihn hören? Ich kehrte also von meinem Wägelchen den Schnee ab, ließ den Motor warmlaufen und rollte schließlich vorsichtig in Richtung Tuschino. Den ersten Teil der Strecke legte ich ohne Zwischenfälle zurück. Sie begannen erst, als ich die Uliza Swobody erreichte. Das Wetter war einfach widerwärtig. Klebriger Schnee klatschte den Leuten ins Gesicht, die Schutz suchten, wo sie nur konnten. Die Straßen waren menschenleer – keine jungen Mütter mit Kinderwagen und keine Hundefreunde, die ihre Lieblinge ausführten. Nur an einer Straßenbahnhaltestelle stand ein einsamer Mann in Daunenjacke und trampelte mit den Füßen auf der Stelle, um die Kälte zu vertreiben. Ich hielt, kurbelte das Fenster herunter und fragte: »Wo ist hier die Uliza Fučik?«

»Fučik, Fučik«, murmelte der Kerl, »nie gehört … Die suchst du hier in Tuschino bestimmt vergeblich. Ich kenne eine Uliza Fučik im Zentrum, gleich neben dem Hotel Peking!«

»Das kann nicht sein«, behauptete ich. »Ich sollte bis zur Uliza Swobody fahren, und dann …«

»Nee, hier bist du völlig falsch! Die Uliza Fučik ist an der Metrostation Majakowskaja … hier hat es die noch nie gegeben!«, erklärte der Mann im Brustton der Überzeugung.

Die Straßenbahn rollte donnernd heran, und er stieg ein. Ich blickte auf meinen Zettel und rieb mir verdutzt die Augen. Uliza Wilis Lazis, stand da klar und eindeutig. Wie dumm war ich denn, dass ich die beiden Schriftsteller verwechselt hatte! Von Julius Fučik stammte die *Reportage unter dem Strang geschrieben* ... Oder war die von Hašek? Nein, Hašek war doch der mit dem *Braven Soldaten Schwejk*... Und Wilis Lazis? Oder war das gar kein Schriftsteller? Wieder hielt eine Straßenbahn, aus der eine einzige Frau ausstieg, die schnell davonlaufen wollte.

»Seien Sie so nett«, rief ich ihr nach, »wo ist hier die Uliza Hašek?« Die Dame blieb stehen und fragte zurück: »Welche Straße?«

»Uliza Hašek!«

»Also, ich wohne schon dreißig Jahre in Tuschino, aber von der habe ich noch nie gehört!«

»Entschuldigung«, stotterte ich, »ich meine die Uliza Fučik!«

»Die soll in Tuschino sein?, fragte die Frau, immer noch zweifelnd.

Da wurde mir klar, dass ich schon wieder alles durcheinanderbrachte. Ich holte also meinen Zettel hervor und las laut: »Uliza Wilis Lazis.« Was die Frau wohl von mir denken mochte? Jedenfalls antwortete sie erfreut: »Ach, Lazis! Das ist – eins, zwei, drei ... die achte Straßenbahnhaltestelle von hier.«

Mir blieb nichts weiter übrig, als auf der Uliza Swobody weiterzufahren und die Haltestellen zu zählen. Die achte hieß in der Tat »Uliza Wilis Lazis«. Nun suchte ich nach dem Nummernschild des nächsten Hauses, wo in Moskau auch die Straßennamen verzeichnet sind. Da stand: Uliza Turistskaja. Ich musste also noch ein Stückchen weiterfahren. Schließlich stieß ich auf ein Haus, das die Nummer

Uliza Wilis Lazis 42 trug. Endlich war ich am Ziel. Ich bog nach rechts ein und rollte die Häuserzeile entlang: 40, 38, 36, 34 … Dann war die Straße zu Ende. Vor mir breitete sich ödes Land aus. Völlig verzweifelt sprang ich aus dem Wagen, stellte mich an den Straßenrand und wedelte mit den Armen. Ein Lada, so abgeschabt wie meiner, hielt, und eine Frau steckte den Kopf aus dem Fenster. »Was ist passiert?«

»Wo finde ich Uliza Lazis Nr. 9?«

»Na, hier!«

»Wo denn?«

Aber die Dame war schon weitergefahren. Es schneite immer dichter, und bald bildete sich um mein Wägelchen eine prächtige Schneewehe.

»Hallo!«, ertönte da hinter mir eine heisere Stimme. »Du suchst Nr. 9, und welchen Aufgang?«

»Sieben!«

»Ich wohne im fünften. Wenn du mich hinbringst, zeige ich dir den Weg. Allein findest du das nie«, sagte ein merkwürdiges Wesen, das wie ein Kleiderbündel aussah.

»Steig ein!«, sagte ich.

Das Bündel machte es sich auf dem Beifahrersitz bequem, hauchte mir Schnapsdunst ins Gesicht und befahl: »Fahr zurück.«

»Wozu denn das?«

»Na, mach schon!«

Kleinlaut gab ich nach und rollte langsam in die gewiesene Richtung. Ich fuhr wie auf Eiern. Mehrfach kam ich ins Schleudern, kreischte vor Entsetzen auf und zerrte verzweifelt am Lenkrad. Das Kleiderbündel saß stumm da und rührte sich nicht. Ich verfluchte das Wetter, den Milizionär Bojarski, der mir zu dieser Fahrübung geraten hatte, Tuschino und meine eigene Dummheit. Plötzlich standen wir an der Uliza Turistskaja.

»Nach links«, kommandierte das Kleiderbündel, »dort vorn steige ich aus.«

»Du hast mich reingelegt!«, rief ich böse.

»Kein Stück«, gab der Kerl zurück und öffnete den Schlag.

»Hier war ich doch gerade, das ist die Turistskaja.«

»Fahr ein paar Meter weiter.«

»Aber ...«

»Da stößt du genau mit der Nase drauf!«, behauptete das merkwürdige Wesen, sprang aus dem Wagen und verschwand, lästerlich fluchend, in dem Schneegestöber.

Ich spürte plötzlich eine bleierne Müdigkeit in mir aufkommen. Mechanisch, doch ohne jede Hoffnung tat ich, wie mir geheißen. Da kamen Turistskaja Nr. 5, 7 ... Und auf einmal: Lazis Nr. 9!

Völlig verdattert starrte ich auf das Schild. Wie konnte es sein, dass ein Ende der Straße einen ganzen Kilometer vom anderen entfernt lag? Doch das war mir jetzt völlig egal. Hauptsache, ich hatte das Haus gefunden. Und um mein Glück vollkommen zu machen, stand da am Straßenrand ein blaugrauer Lada mit den Ziffern 267 auf dem Nummernschild.

Ich umkreiste das gesuchte Objekt mehrmals, bevor ich einen Entschluss fasste. Ich atmete tief durch, stieg wieder ein und rollte im ersten Gang vorsichtig, um keinen größeren Schaden anzurichten, gegen den Kofferraum des Lada. Dabei ging eines seiner Rücklichter zu Bruch.

Ich lief ins Haus und stieg in den Fahrstuhl. Gostjew hatte wahrscheinlich geschlafen, denn als er auf mein Klingeln öffnete, gähnte er erst einmal gründlich. Beim Anblick der unbekannten Frau verschluckte er sich beinahe und fragte verwundert: Sie wollen zu mir?«

Ich stellte mich so dumm ich konnte und jammerte: »Seien Sie mir, um Gottes willen, nicht böse. Es ist halt passiert. Die Straße ist glatt, und ich habe erst im Sommer den Führerschein gemacht.«

»Wovon reden Sie?«

»Beim Parken bin ich aus Versehen gegen Ihren Wagen gestoßen…«

Gostjew blickte mich einen Moment schweigend an und meinte dann schmunzelnd: »Na, dann schauen wir uns das doch mal an.«

Wir gingen hinunter, schlurften durch den Schneematsch, und der Besitzer besah sich den Schaden.

»Das ist doch bloß ein Rücklicht!«

»Sagen Sie schon, wie viel?«

Der Mann brummte: »Kommen Sie mit rein, was sollen wir hier in der Kälte rumstehen!«

In der Diele seiner Wohnung half er mir galant aus dem Mantel, bat mich in die Küche und fragte: »Tee oder Kaffee? Kognak biete ich Ihnen nicht an, oder riskieren Sie einen?«

»Auf dieser Rutschbahn komme ich schon nüchtern kaum klar«, sagte ich und musste lachen. »Schließlich habe ich Ihren Wagen angebumst. Können Sie sich vorstellen, was ich nach einem Kognak anrichte? Wo ich doch schon von einem Teelöffel Schnaps betrunken werde. Also, was schulde ich Ihnen?«

»Gar nichts!« Gostjew winkte ab. »Das ist doch nicht der Rede wert. Allerdings: eine so ehrliche Fahrzeugführerin erlebe ich zum ersten Mal. Draußen ist es dunkel, keiner hat was gesehen, Sie hätten doch weiterfahren können. Wie hätte ich Sie je finden sollen? Ich hätte es wahrscheinlich gar nicht erst probiert.«

»Die Sache ist mir ausgesprochen peinlich«, stammelte ich.

»Ach, vergessen Sie es.«

»Und was wird Ihre Frau sagen?«

»Nichts.«

»Wieso?«

»Weil ich keine habe«, antwortete der Mann und lächelte.

»Sie leben hier allein?«

»Nein.«

»Mit Ihrer Schwester?«

Gostjew musste lachen. »Man könnte eher sagen, mit meinem Sohn. Timofej, zeig dich!«

Sogleich war ein tiefes Miauen zu hören, und herein schritt ein riesiger Kater. Ich meinte, er müsste fast so viel wiegen wie ich selbst. Ein dicker, runder Kopf saß auf einem mächtigen Körper, der in einem Schwanz auslief wie ein gewaltiger Staubwedel. Das dichte Fell war gesträubt, die grünen Augen glühten, und die Schnurrbarthaare standen ihm ab wie kleine Antennen.

»Miau!«, kam es noch einmal von dem Tier, das mir plötzlich leicht wie eine Feder auf den Schoß sprang und seine feuchte rosige Schnauze in meine Brust bohrte.

»Das gibt's doch nicht!«, rief der Hausherr verwundert. »Timofej geht zu keinem Fremden.«

Ich streichelte den Kater, der wohlig schnurrte.

»Ich rieche nach Katzen.«

»Sie haben Katzen?«

»Ja, und Hunde dazu, seit kurzem sogar einen Papagei ...«

Gostjew schob mir eine Schale mit Plätzchen zu.

»Entschuldigen Sie, das ist leider alles, was ich an Süßem im Hause habe. Ich konnte ja nicht wissen, dass mir zum Abend so eine nette Person hereinschneit.«

Ich schaute mich in der Küche um. Der Mann lebte offenbar wirklich allein. Zwar war alles sauber, wirkte aber irgendwie kalt, wie in einem Operationssaal. Vor dem

Fenster hingen einfache, nüchterne Gardinen ohne ein einziges Rüschchen, Schleifchen oder Fältchen. In der Spüle lag ein gewöhnlicher, stark abgenutzter Lappen, beim Gasherd waren weder Handschuhe noch ein Topflappen zu sehen. Auf dem Tisch eine gelbe Zuckerdose, grüne Tassen und ein roter Salzstreuer ... Keine Frau mag solche zusammengewürfelten Sachen. Selbst bei unserer Nachbarin Lussja sind zumindest die Tassen gleich ...

Wir redeten über dies und das, über Musik, über das jüngste Buch von Pelewin und die Fernsehserie *Agenten der nationalen Sicherheit*. Gostjew stellte sich als Psychiater vor, worauf ich antwortete, dass ich mit einer Chirurgin zusammenwohnte.

Nach der dritten Tasse Tee ließ ich ganz nebenbei fallen: »Was es doch für Zufälle gibt! Ich war heute beim Begräbnis von Eduard Malewitsch in Belogorsk. Da habe ich deinen Wagen gesehen.«

»Wo soll das gewesen sein?«

»Direkt vor dem Eingang zum Friedhof.«

»Das kann nicht sein, du musst dich irren.«

»Nein, nein, es war dieses Auto – ein blaugrauer Lada mit der Nummer 267.«

»Das ist völlig unmöglich!«

»Am Steuer saß eine große Frau, mindestens 1,80 Meter, bestimmt nicht weniger.«

Gostjew schaute völlig verblüfft drein. »So eine kenne ich nicht. Mir gefallen kleine, zierliche Frauen so wie du. Ich bin doch selber kaum 1,70 Meter mit Hut, was sollte ich mit so einer Bohnenstange anfangen? Du bringst da etwas durcheinander.«

»Nein«, beharrte ich. »Ich war ganz platt, als ich dasselbe Auto eben wiedergesehen habe.«

»Heute Morgen bin ich ins Krankenhaus gefahren«, erklärte mir der Arzt geduldig. »Bis sechs Uhr abends habe ich dort an meinem Platz gesessen. Ich lag eine Woche lang mit einer Erkältung im Bett, und da hat sich ein gewaltiger Berg von Arbeit angesammelt. Außerdem wurde ich immer wieder von meinem Schreibtisch weggeholt. Mal zu einer alten Frau mit einer starken Psychose, dann zu einem manisch-depressiven jungen Mann ... Bis 18.00 Uhr hatte ich nicht einmal Zeit, eine Tasse Tee zu trinken.«

»Und wo war das Auto in der Zwischenzeit?«

»Auf dem Parkplatz.«

»Vielleicht hat es jemand genommen?«

»Wer denn?!«

»Na, zum Beispiel eine Kollegin?«

»Ich habe die Schlüssel niemandem gegeben!«

»Vielleicht hängt ja noch ein Ersatzschlüssel über dem hinteren Stoßdämpfer, wie bei vielen anderen auch?«

Gostjew lächelte. »Richtig geraten. Seit ich mich schon mehrmals selber ausgeschlossen habe, wende ich diesen Trick an. Aber meinen Lada kann niemand genommen haben. Er steht auf einem bewachten Parkplatz, der nur für uns Ärzte eingerichtet worden ist, damit wir nicht jeden Morgen lange nach einer Lücke suchen müssen. Außerdem haben wir eine Menge Rowdys in der Gegend, die einem den Wagen zerkratzen oder den Tankdeckel klauen. Auf dem Parkplatz herrscht Ordnung – Schlagbaum, Wächterhäuschen und so. Die Wachleute kennen uns alle persönlich, da kommt kein Fremder rein oder raus. Noch eine Tasse Tee?«

Da mir langsam klar wurde, dass ich hier meine Zeit vergeudete, lehnte ich ab und ging.

18. Kapitel

Als ich die Tür zu unserer Wohnung öffnete, stieg mir ein scharfer Arzneigeruch in die Nase. Es war, als hätte gerade jemand Herztropfen genommen.

»Geht es allen gut?«, rief ich aufgeregt.

»Beinahe«, antwortete Serjosha und trat in den Korridor.

»Was ist passiert?«, fragte ich erschrocken. »Ist etwas mit den Hunden?«

»Andere Frauen interessieren sich zuerst dafür, wie es ihren armen, verlassenen und hungrigen Kindern geht«, sagte Kira, der den Kopf aus der Wohnzimmertür steckte. »Hast du Mittagessen gekocht?«

»Nein«, brummte ich mürrisch und zog die Stiefel aus.

»Und Abendbrot?«

Schweigend hängte ich meinen Pelzmantel in den Schrank.

»Lass Tanja in Ruhe«, fuhr ihn Serjosha an. »Soll sie erst mal was essen. Du hast doch gekriegt, was du brauchst. Wieso beschwerst du dich eigentlich?«

Kira zog sich zurück. Als ich in die Küche trat, blieb mir vor Staunen der Mund offen stehen. Auf dem Tisch dampfte ein riesiger Topf mit gekochten Kartoffeln, daneben ein Teller mit fetten Matjesheringen.

»Wer hat denn hier gezaubert?«, sagte ich nur und spürte erst jetzt, was für einen Bärenhunger ich hatte. »Den möchte ich sehen!«, sagte ich schon mit vollem Mund.

»Das war Iwan«, sagte Lisa triumphierend.

Da drangen plötzlich von irgendwoher unheimliche Laute an mein Ohr. Ein Stück Hering fiel mir aus dem Mund und klatschte auf den Fußboden. Mulja, die immer auf der Lauer lag, wenn jemand aß, schnappte zu und hatte es im Nu verschlungen. Aber die freche Möpsin interessierte mich im Moment nicht.

»Was ist das?«, fragte ich angstvoll.

»Die sind verrückt geworden«, antwortete Lisa rätselhaft.

»Wer? Welches Wesen kann derartige Schreie ausstoßen? Treibt da wieder Archie sein Unwesen?«

»Der auch«, sagte Serjosha wütend. »Das ist keine Wohnung mehr, sondern ein Wanderzirkus. Nirgendwo hat man seine Ruhe!«

»Wieso Zirkus?«, murmelte ich verwirrt.

»Na, dann geh mal ins Wohnzimmer! Die Vorstellung ist in vollem Gange!«, blaffte Serjosha, »Parterreakrobatik und Tierdressur, alles in einem!«

Ich riss die Wohnzimmertür auf. Auf dem ganzen Fußboden war Kunstleder ausgelegt, auf dem Tisch lagen große Stücke von Papier durcheinander. Am Fenster stand Iwan und spitzte konzentriert mit dem Rasiermesser einen Bleistift an.

»Guten Abend, Tanja«, sagte er höflich, »geh in die Küche, ich habe Hering gemacht, da leckst du dir alle Finger. Schade, dass ich nicht trinke. Dazu würde ein Wodka passen.«

Aber mir ging gar nicht recht ein, was er da sagte, denn die rechte Zimmerecke zog meine ganze Aufmerksamkeit auf sich.

Dort erhob sich eine merkwürdige, nie gesehene Konstruktion: Ein Brett, das mit alten, nun schon ganz zerfetzten Bettbezügen umwickelt war. Im Kreis herum saßen unsere Katzen auf ihren Hinterpfoten, und obendrauf thronte, aufgeplustert, Archie.

»O-a-u-i!«, heulten Klaus, Semiramis und Pingu in verschiedenen Stimmlagen und schlugen dabei wild ihre Krallen in die Stofffetzen, »o-a-u-i ...!«

»O-a-u-i!«, echote Archie, wenn die Katzen einmal Luft holen mussten, »o-a-u-i ...!«

»Was haben die denn?!«

»Wer?«, fragte Iwan seelenruhig zurück.

Ich wies mit dem Finger auf den gemischten Chor. Iwan lächelte. »Ein tolles Ding, was? Kratzbaum nennt sich das. Jetzt werden eure Katzen nie mehr die Möbel verderben, sondern sich vor allem hier aufhalten. Das wäre ja auch schlimm, wenn ich euch die Hocker neu beziehe und die drei das Kunstleder im Augenblick wieder zerfetzen.«

»O- a-u-i!«, heulten unsere drei weiter. Klaus und Semiramis sangen in den unteren Lagen, während Pingu als dramatischer Sopran auftrat.

»Warum hören die gar nicht wieder auf?«, fragte ich flüsternd.

Die Katzen wirkten wie von Sinnen. Sie rollten die Augen, und aus den halb geöffneten Mäulern tropfte Speichel. Mit zügelloser Leidenschaft zerfetzten die unglücklichen Tiere unsere alten Bettbezüge und heulten ohne Unterlass.

»Ich hab ein bisschen getrickst«, meinte Iwan und zwinkerte mir zu. »Und wie das wirkt! Jetzt könnt ihr beruhigt sein. Eure Möbel bleiben ganz.«

In diesem Augenblick heulte Pingu besonders durchdringend auf: »O-o-o ...!«

Ich fuhr zusammen. Wenn es nach mir ging, sollten die Katzen meinetwegen neue Hockerbezüge zerfetzen, aber Ruhe halten. Offenbar waren die anderen Familienmitglieder ähnlicher Meinung, denn Serjosha fragte niedergeschlagen: »Kann man ihnen denn nicht das Maul stopfen?«

»Oder die Lautstärke etwas leiser drehen«, fügte Lisa hinzu.

»Hört mal, das sind lebende Wesen!«, gab Iwan empört zurück. »Der Kratzbaum gefällt ihnen so gut, da heulen sie eben vor Begeisterung. Oder wollt ihr weiter in zerschlissenen Sesseln sitzen?«

»Das ist mir ziemlich egal«, sagte Serjosha schulterzuckend.

»Mir auch«, stellte Kira fest.

Ich wollte ihnen gerade beipflichten, da erklang aus dem Korridor Katjas fröhliche Stimme. »Hallo, alle miteinander! Wer hat denn hier Baldrian verschüttet?«

Das war es, wonach es so durchdringend roch!

»Du hast den Kratzbaum mit Baldrian begossen!«, rief ich empört.

»Genau«, sagte Iwan. »Jetzt wollen die da gar nicht mehr weg …«

»Das Ding kommt sofort aus der Wohnung!«, rief ich wütend. »Die armen Katzen sind völlig durcheinander! Gleich werden sie in Ohnmacht fallen!«

»Der da verliert schon das Bewusstsein!«, rief Lisa und zeigte auf Klaus, der sich zu Boden geworfen hatte und wild nach allen Seiten hin und her rollte. »Gleich ist er tot!«

»Der wälzt sich vor Vergnügen«, gab Iwan böse zurück. »Wenn es euch nicht passt, dann lasst es doch sein! Ich wollte es besonders gut machen …«

»Und es ist gekommen, wie immer«, vollendete Serjosha, packte den Kratzbaum und trug ihn auf den Müll.

Kaum war er draußen, da fielen unsere Katzen völlig ermattet zu Boden und blieben bewegungslos liegen.

Nachts wurde ich von einem leichten Knarren und leisen, vorsichtig tappenden Schritten wach. Eine Sekunde lang lauschte ich angespannt, dann schaute ich in den Korridor hinaus.

Iwan, nur in Unterhosen und Pantoffeln, öffnete leise die Wohnungstür. Angstvoll krampfte sich mein Herz zusammen. So war das also! Einen Einbrecher hatten wir uns ins Nest gesetzt. Er war gerade dabei, seine Helfershelfer hereinzulassen, die uns alle umbringen und die Wohnung ausrauben würden. Aber Iwan ließ niemanden ein, im Gegenteil, er schlüpfte hinaus. Sofort wurde mir klar, was für einen Unsinn ich mir da zurechtgesponnen hatte. Warum sollten Einbrecher sich nachts bei uns einschleichen, wenn die ganze Familie zu Hause war, und sie ermorden? Da wir Iwan den ganzen Tag allein ließen, hätten sie jede Menge Zeit gehabt, die Wohnung leerzuräumen. Nein, Iwan war ein ehrlicher Kerl! Ich hatte mich wohl zu sehr in meine Verbrecherjagd verrannt, dass mir solche Gedanken kamen. Das soll den besten Profis passieren. Auch einem Psychiater kommen nach und nach alle Menschen etwas verrückt vor. Aber wo wollte Iwan hin – halbnackt und in Pantoffeln? Vielleicht nur ins Treppenhaus, um eine zu rauchen?

Ich lugte durch den Spion. Weit und breit niemand zu sehen. Ratlos stand ich im Korridor, bis es mir wie Schuppen von den Augen fiel: Ein Mondsüchtiger! Iwan gehörte wohl zu denen, die der Vollmond in Unruhe versetzte. In Trance vollbringen solche Menschen die unwahrscheinlichsten Dinge: balancieren auf Dächern oder laufen im Schlafanzug auf der Straße herum. Mir kam der Krimi-Klassiker von William Collins *Der Mondstein* in den Sinn, dessen unheimliche Handlung daraus entsteht, dass der Held im Schlaf durch das Haus wandelt. Aber jetzt hatten wir November und draußen schon strengen Frost. Iwan war nur in der Unterhose losgezogen. Er konnte in eine Schneewehe fallen und erfrieren.

Ich stürzte ins Schlafzimmer von Serjosha und Julia. »Serjosha, wach auf!«

Normalerweise schläft der wie ein Stein. Jetzt aber fuhr er hoch und fragte flüsternd: »Was ist passiert?«

»Komm raus, sonst wecken wir Julia noch auf.«

»Ich schlafe gar nicht«, murmelte die, »besser gesagt, ich schlafe nicht mehr.«

Ich ließ mich auf ihre Bettkante sinken und berichtete von dem merkwürdigen Verhalten unseres Handwerkers.

Serjosha gähnte herzhaft und griff nach seinen Jeans. Julia schlüpfte in ihren Morgenmantel.

»Wir müssen das Treppenhaus absuchen«, erklärte sie.

»O-a-u-i!«, kam es da aus dem Wohnzimmer, »o-a-u-i!«

»Hat Iwan etwa den Kratzbaum zurückgeholt?«, fragte Serjosha erschrocken.

»Das wird Archie sein«, sagte ich seufzend.

»In Bierteig gebacken, macht der sich bestimmt gut auf jedem Neujahrstisch!«, zischte Julia und trat in den Korridor hinaus. »A-a-a!«, kreischte sie plötzlich auf.

Nun klappten alle Türen, Katja, Kira und Lisa kamen verschlafen herausgetappt.

»Was ist denn hier los?«, fragte Katja.

»Er hat mich in den Fuß gehackt!«, rief Julia böse. »Es blutet sogar! Der Kerl muss verrückt geworden sein!«

»Vielleicht hat ihm nicht gefallen, dass du ihn panieren und braten willst!« Serjosha kicherte. »Archie möchte uns lieber in Aspik serviert werden.«

»Hört auf damit!«, wies ich sie zurecht. Dann teilte ich allen mit, dass Iwan verschwunden sei.

»Na, so was!«, rief Kira verwundert.

Nun musste ich alles noch einmal von vorn berichten.

»Also«, fasste Katja zusammen, »das Gerede davon, wie herrlich Mondsüchtige im Schlaf über Dächer laufen und nicht herunterfallen, ist der reine Unsinn!«

»Laufen sie nicht?«, fragte Lisa.

»Das tun sie schon«, antwortete Katja, »aber sie fallen genauso herunter, wenn sie daneben treten. Wir müssen Iwan finden, los, beeilt euch!«

Kira und Lisa liefen auf den Boden, Serjosha und Julia fuhren mit dem Fahrstuhl nach unten, Katja und ich schritten die Treppe von oben ab und schauten uns auf jedem Absatz gründlich um.

Aber alles vergebens. Iwan war verschwunden, als ob er sich in Luft aufgelöst hätte. Im Hauseingang standen Julia und Serjosha.

»Nach draußen ist er nicht gegangen«, stellte Serjosha fest. »Wir haben trotzdem bei den Mülltonnen nachgesehen.«

»Und wie kommt ihr darauf, dass Iwan im Haus sein muss?«

Julia wies mit dem Finger auf den frischen Schnee vor der Haustür.

»Hier war kein einziger Fußabdruck, als wir herauskamen. Das da sind unsere Spuren. Er muss drinnen sein.«

Eine geschlagene Stunde lang durchsuchten wir das ganze Haus bis unter das Dach. Nur in den Keller gingen wir nicht. Seit in Moskau die Angst vor Terroranschlägen um sich gegriffen hat, hängt vor unserer Kellertür ein riesiges Schloss.

Müde und niedergeschlagen versammelten wir uns nach Stunden wieder in der Wohnung. Die Uhr zeigte halb sieben. Sich noch einmal hinzulegen hatte keinen Sinn.

»Wo kann er nur stecken?«, fragte Katja besorgt und schaltete den Wasserkocher ein.

»So was Verrücktes aber auch«, murmelte Serjosha.

»Er kann nicht einfach verschwunden sein«, bemerkte Kira philosophisch. »Nichts verschwindet spurlos! Nach dem Gesetz der Erhaltung der Energie …«

»Ihr seid schon auf?«, fragte da jemand von der Türschwelle.

Katja fuhr so heftig herum, dass sie den Kaffee verschüttete.

»Iwan! Wo bist du gewesen?!«

»Wo?«, riefen alle im Chor.

Der zerzauste Iwan sah uns aus verschlafenen Augen verständnislos an.

»Ich habe geschlafen!«

»Wo?«, hieß es erneut.

»Na, auf der Couch.«

Es wurde ganz still im Raum. Wie an einem schwülen Sommerabend, bevor ein Gewitter losbricht.

»Und du bist nicht hinausgelaufen?«, fragte Serjosha finster.

»Nein«, gab Iwan zurück. »Wozu denn? Es ist doch Nacht!«

»Tanja!«, brüllte Serjosha jetzt los. »Gib zu, du hast dich im Kalender geirrt und geglaubt, heute sei der 1. April!«

»Aber ich habe Iwan in Unterhosen an der Tür gesehen!«

»Das kann nicht sein«, parierte Iwan, »ich schlafe nachts wie ein Stein, ich drehe mich nicht mal um!«

»Na, das ist ja ein toller Witz!«, empörte sich jetzt auch Lisa. »Und wir sind die halbe Nacht durchs Haus gekrochen, damit Tanja ihren Spaß hat!«

»Ich bin doch selber dabei gewesen«, warf ich verärgert ein.

»Na klar!«, schimpfte Lisa, »um dich über uns Dummköpfe zu amüsieren!«

»Ich bin todmüde«, jammerte Julia.

»Und ich schreibe heute eine Kontrollarbeit in Russisch«, trompetete jetzt Kira. »Wenn ich eine Drei kriege, bist nur du schuld, Tanja!«

»Da kannst du ihr noch danke sagen«, meinte sein großer Bruder freundlich, »sonst schreibst du doch meist Vieren!«

»Blödmann!«, schrie Kira und stürzte sich auf ihn.

»Es reicht!«, erklärte jetzt Katja. »Tanja hat sich das nur

eingebildet. Das passiert Menschen, wenn sie sehr erschöpft sind.«

»Wovon soll die denn erschöpft sein?«, fragte Lisa scharf. »Aus der Musikschule haben sie sie rausgeworfen.«

»Essen kocht sie auch nicht mehr!«, nörgelte Kira.

»Auf ein warmes Essen wagt man gar nicht mehr zu hoffen!«, fuhr Lisa hemmungslos fort, »aber es ist ja nicht mal was im Kühlschrank!«

»Ihr hättet ja auch selber mal einkaufen können«, versuchte ich mich zu verteidigen.

»Das fehlte noch!«, antworteten beide Kinder gleichzeitig, »wir gehen schließlich zur Schule!«

»O-a-u-i!«, ertönte da wieder der markerschütternde Schrei.

Erschrocken fuhren alle herum. Archie schritt in die Küche und heulte noch einmal: »O-a-u-i!«

»Bisher hat er wenigstens menschliche Leute ausgestoßen!«, sagte Julia niedergeschlagen.

»In diesem Haus verwildert sogar der Papagei«, fasste Serjosha zusammen. »Bestimmt vor Hunger!«

»Was gebt ihr ihm denn zu fressen?«, fragte ich.

»Wir?«, antworteten alle Familienmitglieder im Chor. »Wir dachten, du fütterst ihn wie die anderen Tiere.«

»Nein«, murmelte ich verwirrt. »Den Katzen stelle ich morgens und abends ihr *Whiskas* hin, und den Hunden *Royal Canin*. An Archie habe ich gar nicht gedacht.«

»Wieso ist er dann bis jetzt noch nicht verhungert?«, fragte Iwan verwundert.

Als hätte der Papagei verstanden, worüber wir sprachen, schritt er würdevoll zu den Schüsseln der Katzen und machte sich mit sichtbarem Vergnügen über deren Futter her.

»Das reine Irrenhaus!« Serjosha stöhnte. »Archie, schmeckt's dir?«

»Ein wunderbarer Geschmack von tropischen Früchten«, antwortete der Papagei mit einem bekannten Werbespruch und pickte eifrig weiter.

»Also, Leute, wir müssen zur Arbeit«, kam es von Julia.

Die Kinder liefen auf den Korridor und zankten miteinander, wer als Erster ins Bad durfte.

»Heute mache ich den Zuschnitt«, erklärte Iwan. »Es ist alles vorbereitet.«

Mit diesen Worten verließ er die Küche. Katja teilte wortlos ein nicht mehr ganz frisches Weißbrot in Scheiben, steckte die in den Toaster und fragte dann unvermittelt: »Wirklich, Tanja, was treibst du den ganzen Tag? Aber erzähl mir nicht wieder, du hättest ein Rendezvous. Noch einmal nehme ich dir das nicht ab.«

Traurig goss ich heißes Wasser über einen Teebeutel und schwenkte ihn abwesend in der Tasse herum. Das hatte ich nun davon. In diesem Hause waren jetzt alle gegen mich. Sogar meine Freundin Katja.

19. Kapitel

Gegen elf Uhr vormittags stand ich gegenüber dem Hotel *Präsident* vor der Tür des Salons *Modische Frisur*. Ich zögerte eine Sekunde, drückte dann aber entschlossen einen Knopf. Es klickte leicht, die Tür öffnete sich automatisch, und vor mir lag eine prächtige Treppe. Die Stufen waren aus rosafarbenem Marmor, das Geländer blitzte golden. Vor Aufregung wurde mir ein wenig schwindlig. Auf der Straße war Schneematsch. Unter meinen Sohlen taute ein Gemisch von Schnee, Eis und Sand, den man freigiebig über die Gehwege gestreut hatte. Ich stellte mir vor, welch hässliche Spuren ich auf diesem luxuriösen Fußboden hinterließ.

Um den Schaden möglichst gering zu halten, kratzte ich meine Stiefel eifrig auf einem Vorleger ab. Da erklang eine kleine Melodie, die Tür hinter mir öffnete sich wieder, und herein schwebte eine Dame in üppigem Zobelpelz. Sie hielt sich jedoch keinen Augenblick mit ihren Schuhen auf, sondern stieg entschlossen die Treppe hinauf. Die schmutzigen Tapsen, die sie hinterließ, interessierten sie überhaupt nicht. Aber kaum hatte sie einen Treppenabsatz hinter sich gebracht, da erschien wie der Geist aus der Flasche eine Putzfrau in dunkelrotem Kittel und stellte die Ordnung wieder her.

Ich atmete auf und schritt nun auch nach oben, krampfhaft bemüht, den Eindruck zu erwecken, die Sauberkeit der Treppe sei mir völlig gleichgültig. Doch ich konnte die Mentalität einer Frau aus der Unterklasse einfach nicht abwerfen, die es gewohnt ist, selber zu putzen, zu bügeln, zu waschen und zu kochen. Sonst wäre es mir nicht so unangenehm gewesen, jemanden meinen Dreck wegräumen zu sehen.

Eine meiner Bekannten, Shenja Leonowa, hatte ein Verehrer einmal in ein teures Restaurant eingeladen. Sie arbeitet in einer Bibliothek, verdient entsprechend wenig und war noch nie in einem solchen Etablissement. Aber der Mann hatte Geld, und Shenja willigte ein. Als sie die Speisekarte sah, wurde ihr beinahe schlecht. Der einfachste Salat kostete mehr, als sie in drei Monaten verdiente. Zu Tode erschrocken, behauptete Shenja, sie wollte nur einen Tee ohne Zucker und Zitrone. Aber der Mann bestellte ein großes Menü. Shenja aß mit Vergnügen und wurde dabei merklich ruhiger. Schließlich fragte ihr Begleiter: »Und jetzt einen Kaffee? Oder doch lieber Tee ohne Zucker und Zitrone?«

Shenja entschied sich für einen Kaffee. Dann stellte sie

das schmutzige Geschirr akkurat zu einem hohen Stapel zusammen.

»Was tust du da?«, fragte ihr Kavalier verwundert.

»Das muss in die Küche«, erklärte sie seelenruhig. »Sonst ist auf dem Tisch doch gar kein Platz für die Tassen. Hilfst du mir? Du nimmst die Platten, ich die Teller.«

Der Mann wollte sich fast totlachen. Dann bot er Shenja Herz und Hand. Jetzt wohnt sie in einer zweistöckigen Villa, hat die Bibliothek auf ihre Kosten sanieren lassen und fährt einen Mercedes mit Chauffeur. Aber ihr Personal herumkommandieren kann sie immer noch nicht. Die Fähigkeit, nachlässig fallen zu lassen: »Spülen Sie doch bitte das Geschirr, meine Liebe«, ist offenbar nur jenen gegeben, die seit ihrer Kindheit von Dienstboten umgeben waren. Obwohl ... auch ich habe als Kind nie einen Finger rühren müssen. Mama hatte eine fleißige Haushaltshilfe. Natascha machte mein Bett, räumte das Kinderzimmer auf und trug mir sogar die Tasche zur Schule. Nie wäre mir in den Sinn gekommen, mein Geschirr selber zu spülen. Dafür gab es bezahlte Angestellte. Wie kam es dann, dass es mir peinlich war, die Putzfrau meine Spuren beseitigen zu sehen?

Die Treppe mündete in ein weitläufiges Vestibül. Dort saß an einem Empfangstisch ein schmales Mädchen, das bei meinem Anblick sofort aufsprang.

»Guten Tag, haben Sie einen Termin? Oder sind Sie zum ersten Mal bei uns?«

»Ist Frau Arbeni im Hause?«

»Frau Arbeni befindet sich zur Zeit in ihrem Büro in der dritten Etage«, antwortete die Empfangsdame mit einem Lächeln. Ich stieg noch weiter hinauf und stand schließlich vor einer prächtigen Tür. Die Klinke war aus Messing. Als ich gerade danach greifen wollte, wurde die Tür von innen geöffnet, und vor mir stand eine etwas füllige, aber sehr elegant gekleidete und frisierte Dame. Ihr Haar war von merkwürdiger Farbe. Es sah aus, als spiele ein Sonnenstrahl darin. Aber da der Himmel trübe und wolkenverhangen war, sah ich genauer hin. Das Schillern wurde durch eine raffinierte Mischung verschieden gefärbter Strähnchen erzeugt.

»Wollen Sie zu mir?«, fragte Warwara Arbeni lächelnd.

Ich nickte.

»Dann treten Sie bitte ein.«

Der rasche Blick, mit dem sie mein Outfit musterte, sagte mir, dass sie über meine materielle Lage sofort im Bilde war. Sie konnte in mir keine potenzielle Kundin sehen. Aber das Lächeln verschwand nicht aus ihrem Gesicht. Entweder war sie sehr gut erzogen oder von Natur aus freundlich.

»Worum geht es?«, fragte sie nun.

Ich nahm in einem tiefen Ledersessel Platz und sagte wichtig: »Gestatten Sie, dass ich mich vorstelle: Tatjana Romanowa, Sekretärin der Gattin des Duma-Abgeordneten Oleg Rosow.«

»Sehr angenehm, Warwara«, antwortete mein Gegenüber liebenswürdig. »Was führt Sie zu mir?«

»Frau Rosowa hat bisher im Salon von Albina Jakowlewa arbeiten lassen.«

»Eine gute Adresse«, antwortete Warwara taktvoll.

»Sie war auch immer zufrieden«, fuhr ich fort, »aber jetzt ist ein Problem aufgetaucht.«

Frau Arbeni zog erstaunt die Brauen hoch. »Was für ein Problem?«

»Frau Rosowa hat sich dort nicht nur frisieren, sondern auch maniküren und pediküren lassen. Nun hat sie erfahren, dass die Kosmetikerin, die sie bisher bedient hat, an TBC leidet.«

»Um Gottes willen«, rief Frau Arbeni und hob ihre

schmalen Hände zu den Schläfen. »Das ist ja entsetzlich! Lässt denn Albina ihre Mitarbeiter nicht medizinisch untersuchen? In dieser Hinsicht sind wir sehr streng. Bei uns finden monatlich Kontrolluntersuchungen statt. So etwas können wir uns nicht leisten.«

»Offenbar nimmt es Albina Jakowlewa nicht so genau«, log ich tapfer weiter. »Natürlich setzt Frau Rosowa nie wieder einen Fuß in diesen Salon und ist auf der Suche nach einem neuen Friseur. Aber um nicht noch einmal in eine solche Lage zu geraten, hat sie mich zur Erkundung ausgeschickt.«

Nun lächelte Warwara noch freundlicher. »Kaffee oder Tee? Wir haben auch sehr gutes Gebäck.

Ich sagte nicht nein. Die Eclairs zergingen förmlich auf der Zunge. Zu herrlich duftendem Kaffee verschlang ich gleich drei dieser süßen Dinger, während Warwara weiter auf mich einredete.

»Bei uns sind fast ausschließlich Preisträger europäischer und russischer Friseurwettbewerbe tätig. Wir haben auch einige junge Kräfte, die sind ebenfalls sehr talentiert und haben sich nur auf Grund ihrer Jugend noch nicht auf Wettbewerben präsentieren können. Unsere Geräte für Maniküre, Pediküre und das Solarstudio sind einzigartig. So etwas finden Sie in Moskau nicht noch einmal. Und sie sind absolut keimfrei. Wie ich bereits sagte, werden alle unsere Mitarbeiter einmal im Monat medizinisch untersucht. Unsere gesamte Einrichtung haben wir für teures Geld in England erworben. Die Kosmetika sind von bester Qualität. Da wird nicht gespart. Dem entspricht unsere Kundschaft – Schauspieler, Schriftsteller, Geschäftsleute und Angehörige ausländischer Botschaften.«

»Was kostet bei Ihnen eine gute Frisur?«

»Das hängt ganz davon ab, wem Sie sich anvertrauen.

Wenn Sie einen preisgekrönten Topstylisten haben wollen, dann bis zu 1800, wenn sie sich für einen anderen Stylisten entscheiden, dann bis zu 700. Das sind für unser Leistungsniveau sehr moderate Preise. Für Stammkunden gibt es verschiedene Rabatte. Frau Rosowa wird damit sicher zufrieden sein. Erlauben Sie?«

Ich nickte. Warwara fuhr mit der Hand durch mein Haar.

»Am besten, wir bringen Ihr Haar in Ordnung. Dann kann sich Frau Rosowa selber überzeugen, was man aus einem Kopf machen kann, selbst aus so einem wie Ihrem.«

»Ich denke, das überschreitet etwas meine finanziellen Möglichkeiten.«

»I wo, das tun wir natürlich kostenlos, als Werbung.«

»Aber …«

»Kommen Sie«, sagte Warwara gebieterisch und erhob sich. »Genieren Sie sich nicht …«

Als ich im Frisiersessel saß, sagte ich schüchtern zu der netten Blondine, die gerade nach der Schere griff: »Mein Haar ist doch ganz kurz geschnitten.«

»Ich korrigiere nur ein wenig«, versprach die. »Ich gebe Ihrer Frisur etwas mehr Pfiff. Färben werde ich nicht, denn Sie haben ein wunderbares natürliches Blond. So etwas wollen viele unserer Kundinnen haben, aber es ist schwer zu erreichen. Ihnen hat es die Natur geschenkt.«

Ich warf ihr einen misstrauischen Blick zu. Ob die sich über mich lustig machte? Aber meine Haarfarbe schien ihr wirklich zu gefallen.

»Ich habe schreckliche Borsten«, jammerte ich weiter, »wie ich sie auch zu kämmen versuche, sie stehen nach allen Seiten ab.«

»Man muss das Haar nehmen, wie es gewachsen ist«, erklärte mir die Friseuse freundlich, »es lässt sich immer etwas daraus machen.«

Ich gab auf. Sollte kommen, was da wollte. Schlimmstenfalls konnte ich mir ja eine Glatze rasieren. Haare waren schließlich keine Zähne, die wuchsen wieder nach.

Als ich nach fast einer Stunde wieder in den Spiegel schaute, wollte ich meinen Augen nicht trauen. Die Länge meiner Haare war noch dieselbe, aber wie hatte die Friseuse es erreicht, dass es plötzlich doppelt so viele waren? Auf meinem Kopf prangte eine kurzgeschnittene Mähne. Und ein freches Strähnchen, das wie aus dem Nichts aufgetaucht war, machte mich jünger …

Als ich wieder in Warwaras Büro erschien, rief die erstaunt aus: »Na, bitte! Einfach toll sehen Sie aus! Das wird Ihre Chefin sicher überzeugen, bei uns Kundin zu werden. Hier ist meine Visitenkarte.«

Ich nahm das Kärtchen und las laut: »Warwara Arbeni.« Dann fragte ich: »Sind Sie vielleicht mit Nina Arbeni verwandt? Der Familienname ist doch ziemlich selten. Ich habe ihn sonst noch nie gehört.«

»Das war meine Cousine«, gab Warwara verwundert zurück. »Woher kannten Sie Nina?«

»Wir haben zusammen am Konservatorium studiert. Ich bin eine ausgebildete Harfenistin.«

»Na, das ist aber ein Zufall!«, rief Warwara und schlug erstaunt die Hände zusammen.

»Ich war mit Nina befreundet«, heuchelte ich. »Aber als sie Eduard Malewitsch heiratete, haben wir uns kaum noch gesehen.«

»Warum denn das?«, fragte Warwara aufgeregt und fügte hinzu: »Möchten Sie nicht noch eine Tasse Kaffee? Ihre Chefin wird Ihnen schon nicht gleich den Kopf abreißen.«

Ich setzte mich im Sessel zurecht, nahm aus den Händen der Gastgeberin das köstliche Getränk entgegen, griff nach dem vierten Eclair und begann zu erzählen:

»Eduard hat zuerst mir den Hof gemacht. Damit Sie nichts Schlimmes denken: Wir sind nur zusammen ins Kino gegangen. Aber als meine Mama erfuhr, dass Eduard kein Moskauer sei, war sie der Meinung, die Tochter eines Akademiemitglieds und einer Opernsängerin hätte etwas Besseres verdient. Ich wurde kurzerhand für mehrere Wochen ans Meer geschickt. Als ich zurückkam, hatte Eduard bereits Nina einen Antrag gemacht. Die dachte, ich sei ihr deswegen böse, und unsere Freundschaft ging auseinander. Vielleicht fürchtete sie ja auch, ihr Mann könnte sich wieder mir zuwenden. Wir begegneten uns natürlich ständig im Konservatorium und grüßten uns freundlich, aber dabei blieb es. Als ich von Ninas frühem Tod erfuhr, habe ich eine ganze Woche lang geweint. Sie war doch noch so jung, so schön und begabt … Es ist einfach schrecklich, dass der Krebs niemanden verschont.«

»Wie heißt Ihre Mutter?«, fragte Warwara unerwartet.

»Im Privatleben hieß sie Romanowa nach meinem Vater, aber als Sängerin trat sie unter ihrem Mädchennamen Orlowa auf.«

»Du meine Güte!«, rief Warwara aus. »Wie oft habe ich sie auf der Bühne gesehen und sehr geliebt – in der *Traviata* oder in der *Aida* …«

»Nein, nein«, korrigierte ich, »nicht in der *Aida*, in *Madame Butterfly*.«

»Genau!«, rief Warwara aus. »So ein Zufall aber auch! Leider habe ich keinen Musiker in meiner Familie, wir waren immer nur Zuschauer. Obwohl mein Papa, Modest Arbeni, und Ninas Vater Brüder waren. Aber so werden die Gaben eben verteilt. Einer schlug seiner Großmutter nach und wurde Maler. Bei uns zu Hause haben alle gemalt, nur ich bin in die Wirtschaft gegangen. Und der zweite Arbeni hat das Talent des Großvaters, eines großen Musikers, geerbt. Dieser Zweig der Familie war immer mit dem Konservatorium verbunden. Doch wie kommen Sie darauf, dass Nina an Krebs gestorben ist?«

»So heißt es doch allgemein. Es soll Lungenkrebs gewesen sein.«

»So ein Unsinn!«, sagte Warwara gereizt.

»Was war es dann?«

»Eine unbekannte Krankheit«, teilte Warwara niedergeschlagen mit.

»Als Nina starb«, sagte ich mit einem Seufzer, »war ich leider nicht in Moskau und konnte nicht zu ihrem Begräbnis kommen. Später wollte ich Eduard besuchen, habe mich aber nicht getraut. Ich war damals nicht liiert und wollte nicht den Eindruck erwecken, dass ich mir Hoffnungen mache. Aber Eduard ist bekanntlich nicht lange Witwer geblieben, er hat diese Gema geheiratet. Schrecklich, dass jetzt alles so enden musste. Eduard wurde ermordet, und Gema hat sich selber umgebracht. Sind Sie bei der Beerdigung in Belogorsk gewesen?«

»Nein«, antwortete Warwara in merkwürdig hartem Ton. »Ich habe deswegen auch überhaupt kein schlechtes Gewissen. Die beiden haben bekommen, was sie verdient haben. Der Himmel hat Nina an ihnen gerächt!«

»Wie können Sie so etwas sagen?«

»Wie konnten die beiden so mit Nina umspringen?!«, entfuhr es Warwara. »Sie haben sie doch gekannt, so rein, naiv und lebensuntüchtig wie sie war, ein großes Kind! Sie hat Eduard vergöttert! Und wie hat er es ihr gedankt? Mit dem Tod!«

»Was reden Sie da?«, stieß ich mit gespieltem Entsetzen hervor.

»Das ist die reine Wahrheit!«, gab Warwara zurück. »Leider kann ich das nicht an die große Glocke hängen, denn etwas von dem Schmutz bliebe auch an Ninas Namen kleben! Diese Gema! Diese widerwärtige Schlange!«

»Sie war doch ihr Leben lang mit Nina befreundet!«

»Eine schöne Freundin!«, fauchte Warwara. »Nina hat Gema sehr gemocht, aber die dachte immer nur an sich. Der Neid auf Nina hat sie fast aufgefressen.«

»Warum sollte sie neidisch sein?«, fragte ich verwundert. »Sie kam doch selber nicht gerade aus der Gosse. Ihr Vater war ein berühmter Wissenschaftler, und auch ihre Mutter hatte eine erfolgreiche wissenschaftliche Laufbahn. An Geld hat es ihnen bestimmt nicht gefehlt. Gema ist versorgt und behütet aufgewachsen.«

»Das war so, und auch wieder nicht«, brummte Warwara. »Ich sage Ihnen, wie es wirklich gewesen ist.«

Professor Dautow verdiente in der Tat recht gut. Gema fehlte es als Kind an nichts. Spielzeug, Bücher, Süßigkeiten – alles hatte sie im Überfluss. Aber bei Nina waren diese Dinge immer eine ganze Klasse besser. Professor Dautow reiste selten ins Ausland. In den siebziger Jahren durften Wissenschaftler nur Konferenzen oder Symposien besuchen. Dafür gab es ein ungeschriebenes Gesetz: In einem Jahr wurden höchstens zwei Reisen in ein sozialistisches Land oder eine in die Höhle des Kapitalismus genehmigt. Die Spesen waren äußerst dürftig. Professor Dautow konnte seiner Tochter höchstens Kaugummi oder einmal eine Haarspange mitbringen. Gema trug also sowjetische Kleidung, besaß nur sowjetisches Spielzeug und benutzte als erstes Parfüm eines der Firma *Nowaja Sarja*. Wie unter Wissenschaftlern üblich, maßen Vater und Mutter den Äußerlichkeiten keinerlei Bedeutung bei.

»Na hör mal«, meinte Gemas Vater achselzuckend, »ist es nicht egal, wer diese Hose aus blauem Segeltuch genäht hat – Inder oder Amerikaner? Nimm erstere, sie sind weicher, billiger und überall zu haben. Du bist auch nichts Besseres als die anderen!«

Was sollte Gema darauf sagen? Wie sollte sie ihrem Vater begreiflich machen, dass sie gerade nicht sein wollte wie die anderen? Wer amerikanische Jeans trug, rückte im allgemeinen Ansehen sogleich weit nach vorn. Auch ihre Mutter hatte dafür keinen Sinn.

»Wie viel?«, rief sie empört aus, als Gema auf ihrer Bitte beharrte. »200 Rubel für eine Hose? Ist dir klar, was ein langjähriger wissenschaftlicher Mitarbeiter in unserem Labor verdient? Und wo kauft man solche Jeans? In einer öffentlichen Toilette? Na, weißt du! Wir gehen ins GUM und kaufen eine Hose an einem anständigen Ort für einen normalen Preis!«

Zähneknirschend musste Gema in schweren, pelzgefütterten Stiefeln, einem Bouclémantel und einer Mütze aus minderwertigen Nerzschwänzen herumlaufen. In diesem Aufzug fiel sie Ende der siebziger Jahre auf den Straßen Moskaus niemandem auf.

Bei Nina war das alles anders. Ihrem Vater, einem weltberühmten Musiker, standen die Länder und Städte offen. Für Männer wie ihn machte das Regime Ausnahmen. Zwar hatte er seine Konzerthonorare zu fast neunzig Prozent beim Staat abzuliefern, aber die Veranstalter seiner Gastspiele fanden immer einen Weg, dass auch für ihn persönlich ein erkleckliches Sümmchen in ausländischer Währung abfiel. Nina zeigte sich in einer weißen, mit schwarzem Pelz abgesetzten Jacke, die ihr Vater aus Kanada mitgebracht hatte, in Stiefelchen auf unwahrscheinlich dicken Sohlen, die aus Deutschland stammten. Sie hatte als Erste Kugelschreiber, Radiergummis mit Bildchen darauf, hochmodische Strumpfhosen, Mohairpullover, ein Tonbandgerät von *Grundig* … Nina war keine Egoistin und teilte alles, was sie teilen konnte, mit Gema. Aber deren Neid wurde dadurch nur noch mehr angestachelt.

Dann heiratete Nina.

»Gema hat sich an Eduard gehängt wie eine Klette«, tratschte Warwara. »Wahrscheinlich war auch das nur der Neid auf Nina …«

»Wie kommen Sie darauf?«

»Da brauchte man doch nur Augen im Kopf zu haben«, brummte Warwara. »Wenn sie ihn sah, wurde sie abwechselnd rot und blass und kicherte albern. Sogar im Minirock kreuzte sie auf. Mit einem Wort, sie benahm sich wie ein wildgewordener Teenager. Ich habe immer befürchtet, dass Eduard, der, unter uns gesagt, ein großer Schürzenjäger war, sich eines Tages hinreißen lässt und mit der besten Freundin seiner Frau ins Bett steigt. Wie viele Männer gibt es schon, die zurückweisen, was ihnen von selbst in die Hände fällt?«

»Hat Eduard auch Gema betrogen?«, fragte ich.

Warwara knurrte: »Natürlich. Er hat jede Menge Weiber gehabt!«

»Und wer war die Letzte, wenn es kein Geheimnis ist?«

»Eine schreckliche Person, überhaupt nicht aus unseren Kreisen. Eine Stripperin. Ich glaube, Lena hat sie geheißen. Als ich sie zum ersten Mal auf einer Party traf, habe ich mich richtig gefreut.«

»Warum denn das?«

»Die habe ich ihm gegönnt. Ihr konnte man von der Stirn ablesen, was für ein Flittchen sie war. Aber dieser Typ hat Eduard immer angezogen. Ich denke, er hat auch Nina betrogen, nur hat die nie etwas davon erzählt. Dafür war sie zu taktvoll. Wahrscheinlich sogar mit Gema, davon bin ich fast überzeugt.«

Mir dämmerte, dass dieser Besuch bei Warwara mich nicht weiterbrachte. Über Lena wusste ich Bescheid.

Als Eduard, Nina und Gema verkündeten, sie würden zusammen in Urlaub fahren, hatte Warwara zu ihrer Cousine gesagt: »Sei etwas vorsichtiger mit deiner Freundin. Am Ende spannt sie dir noch den Mann aus. Warum schleppst du sie sogar ans Meer mit? Willst du nicht einmal mit Eduard allein sein?«

Aber Nina, die gute Seele, winkte nur ab. »Was dir so einfällt! Gema ist für mich wie eine Schwester. Und so etwas über sie will ich von dir nie wieder hören!«

Warwara war damals tief beleidigt. Sie versöhnten sich erst wieder, als Nina bereits im Krankenhaus lag und vor Schwäche kaum noch sprechen konnte.

»Und dieses Miststück hat erreicht, was sie wollte«, zischte Warwara. »Die Erde über Ninas Grab war noch frisch, da hatte sie sich Eduard schon geschnappt.«

»Er selbst schien auch nicht abgeneigt zu sein...«

»Wenn die Hündin nicht will, bespringt der Hund sie nicht«, sagte Warwara grob. »Das ist eine russische Volksweisheit. Eduard war wie alle Männer ein schwacher Charakter. Die Initiative ging von ihr aus. Wenn sie doch wenigstens der Leute wegen ein wenig Zeit hätten verstreichen lassen! Aber Gema konnte es gar nicht erwarten, dass sie Eduard endlich für sich allein hatte.«

»Ich habe gehört, Nina habe vor ihrem Tod Gema gebeten, sich um Eduard zu kümmern.«

»Von wem haben Sie denn diesen Unsinn?«, kreischte Warwara.

»Das hat mir Gema erzählt.«

»Dass ich nicht lache!«

»Und auch die Krankenschwester, die Nina in ihren letzten Stunden betreute.«

»Alles Lüge!«, erklärte Warwara finster, »eine freche, unverschämte Lüge.«

»Die Pflegerin, die gerade in Ninas Krankenzimmer zu tun hatte, hörte zufällig, wie die mit Gema sprach. Sie bat ihre Freundin inständig, Eduard zu heiraten. Das musste sie Nina sogar schwören. Eine Stunde später ist Nina gestorben, als hätte sie gespürt, dass ihre letzte Pflicht erfüllt war. Sie muss Eduard sehr geliebt haben ...«

»Das ist doch alles gelogen!«, rief Warwara, die jetzt völlig außer sich geriet. »Wissen Sie denn nicht, wie die arme Nina gestorben ist?«

»Sie soll nach Luft gerungen haben, schließlich war es die Lunge ...«

»Von wegen, die Lunge! Sie ist mehrfach operiert worden, man hat sie bestrahlt und ihr eine Chemotherapie verordnet, weil man glaubte, es handle sich um eine noch unbekannte Art von Krebs. Aber es wurde nicht besser. Im Gegenteil, je intensiver man sie behandelte, desto schlechter ging es ihr. Am Ende musste ein Luftröhrenschnitt gelegt werden. Sie hat schrecklich gelitten. Das war nicht mit anzusehen. Eine Woche vor ihrem Tod war Nina bereits so schwach, dass sie kaum noch einen Arm heben konnte. Am Dienstag verlor sie das Bewusstsein und kam nicht wieder zu sich. Am Samstagmorgen ist sie dann verstorben. Sie hat also kurz vor ihrem Tod gar nicht mit Gema über Eduard sprechen können, das ist einfach unmöglich. Alexander Radsinski hat vollkommen recht!«

»Alexander Radsinski?«, fragte ich erstaunt. »Moment mal ... Er hat auch mit uns zusammen studiert, Violincello! Er ist ein recht bekannter Musiker geworden. Was hat er mit dem Ganzen zu tun?«

»Eine Menge!«, rief Warwara heftig. »Alexander war sein Leben lang in Nina verliebt! Er hat sich nach ihr verzehrt! Und als sie gestorben ist, hat er alle Hebel in Bewegung gesetzt, um zu beweisen, dass ihr Tod nicht zufällig war.«

»Was heißt das?«, fragte ich verwundert.

»Sie ist vergiftet worden«, murmelte Warwara, »meine arme, unglückliche Cousine wurde umgebracht!«

»Wer soll denn das getan haben? Und wieso haben die Ärzte nichts davon gemerkt?«

»Auch Alexander war das nicht sofort klar«, berichtete Warwara. »Aber erst kürzlich hat er mich angerufen und furchtbar aufgeregt gesagt: ›Jetzt weiß ich, wie alles zusammenhängt! Wer das getan hat, wird von mir bestraft werden!‹«

Bei den letzten Worten wurde sie kreidebleich und biss sich auf die Zunge. Doch sie konnte sie nicht mehr zurücknehmen.

Nach Hause schwebte ich wie auf Flügeln. Alexander Radsinski! Den musste ich unbedingt finden! Merkwürdig, dass niemand von seiner Leidenschaft für Nina etwas geahnt hatte. Alexander stand mir als stiller, schüchterner Junge vor Augen. Selbst sein Gang war langsam und irgendwie vorsichtig gewesen. Vielleicht lag das daran, dass er bereits in jungen Jahren eine dicke Brille tragen musste.

Unsere Wohnungstür war immer noch nicht beschlagen.

»Iwan!«, brüllte ich wütend, »wo bist du?«

»Hier!«, antwortete der. »Ich koche gerade Borschtsch!«

»Du bist hier, um unsere Tür zu bekleben, nicht um in der Küche herumzuwirtschaften!«

»Nanu, warum so böse?«, fragte Iwan mit einem freundlichen Lächeln. »Nach dem Zuschnitt muss das Material ruhen! Deshalb dachte ich, ich helfe inzwischen ein bisschen in der Wirtschaft! Bei euch sieht es ja wirklich schlimm aus, entschuldige schon. So viele Frauen im Haus, aber die ungebügelte Wäsche stapelt sich bis zur Decke, und überall liegt Staub herum.«

In diesem Augenblick kam Archie aus Katjas Zimmer und brummte wie ein Staubsauger: »U-u-u …«

»Du hast die Wohnung geputzt?«, fragte ich verwundert.

Iwan lief so rot an, dass seine weißblonden Brauen völlig verschwanden.

»Ja …, also …, Lussja hat mir dabei geholfen!«

»Iwan!«, rief ich streng. »Damit du es weißt, sie ist eine schlimme Säuferin und völlig unzuverlässig, wenn sie auch äußerlich ganz nett wirkt.«

»Ihr ist einfach noch kein normaler Mann über den Weg gelaufen, nur lauter Schnapsnasen«, meinte Iwan mit einem Seufzer. »Sie ist nicht schlecht, sie braucht nur eine feste Hand …«

Aus der Küche war ein Zischen zu hören.

»O je , mein Borschtsch kocht über«, rief Iwan und war verschwunden.

Ich ließ mich in meinem Zimmer auf der Couch nieder, holte ein altes Telefonbüchlein hervor und wählte Alexander Radsinskis Nummer. Dabei hatte ich wenig Hoffnung, ihn am anderen Ende der Leitung vorzufinden. Zu viele Jahre waren seit meinem letzten Anruf bei ihm vergangen.

Ich hatte diese Nummer während des Studiums im Konservatorium oft benutzt und war nicht selten bei Alexander zu Besuch gewesen. Seine Mutter Anastasia lehrte bei uns Musikgeschichte. Ich mochte das Fach und auch die Lehrerin. Unter den Damen des Konservatoriums, die allesamt recht füllig waren und stets in strengen Kostümen mit passenden Broschen herumliefen, fiel Anastasia auf. Manchmal kam sie sogar in Jeans zur Vorlesung, was damals als skandalös galt. Eine Zeitlang glaubte ich gar, Alexander sei ihr jüngerer Bruder. Die beiden hatten ein geradezu freundschaftliches Verhältnis. Er sagte manchmal über sie: »Ein völlig unangepasstes Wesen. Wie eine Blume im Schnee.«

Alexander selbst war zwar kurzsichtig und deshalb etwas ungeschickt, aber durchaus ein agiler Bursche, wenn auch ein wenig still. Das mag wie ein Widerspruch klingen, doch so war er eben. Alexander sprach fast im Flüsterton, bewegte sich langsam, brachte es aber trotzdem fertig, überall mitzumischen. Ob es um ein Konzert in unserem Paten-Kinderheim, um einen Arbeitseinsatz auf dem Hof, um einen Wettbewerb der Instrumentalisten oder um das Programm am Silvesterabend ging, überall stieß man auf Alexander, der flüsternd seine Anweisungen gab. Und er machte nicht nur mit, sondern war bald der wichtigste Mann ... Dabei soll niemand denken, Alexander sei ein typischer Komsomolfunktionär gewesen. Im Konservatorium gab es tatsächlich einige Typen, die nicht wussten, wie man die Geige richtig hält. Sie wechselten bald ins Büro des Jugendverbandes und machten nach Abschluss des Konservatoriums als Parteikader Karriere. Nein, Alexander spielte das Cello ganz hervorragend und erhielt nach dem Diplom einen Platz in einem guten Orchester, das in Russland stets volle Säle hatte und viel ins Ausland reiste.

»Hallo«, erklang am anderen Ende eine zitternde Greisinnenstimme, »hallo, ich höre.«

Hatte ich es mir doch gedacht, Alexander war umgezogen. Ich wollte schon auflegen, fragte aber trotzdem: »Entschuldigen Sie, bin ich da bei Familie Radsinski?«

»Ja«, murmelte die alte Frau.

»Ist Alexander zu sprechen?«

»Darauf folgte ein krampfhaftes Husten. Ich wartete geduldig, bis die Frau wieder sprechen konnte. Schließlich presste sie hervor: »Nein.«

»Ist er verreist?«

»Ja.«

»Weit weg?«

»Ja.«

»Kommt er bald zurück?«

»Nein, er kommt nicht zurück.«

»Ist er ausgewandert?«

»Nein.«

»Auf einer Gastspielreise?«

»Nein.«

Der merkwürdige Dialog ging mir langsam auf die Nerven, und ich fragte etwas zu heftig: »Ist seine Mutter mit ihm gefahren?«

»Nein.«

»Befindet sie sich in Moskau?«

»Ja.«

»Ist sie zu Hause?«

»Ja.«

»Dann rufen Sie sie doch bitte ans Telefon.«

»Am Apparat«, murmelte das Mütterchen.

Ich glaubte, ich hätte mich verhört, und sagte noch einmal: »Seien Sie so nett und rufen Sie Anastasia Radsinskaja.«

»Am Apparat«, antwortete die Stimme wieder.

Beinahe hätte ich das Telefon aus der Hand fallen lassen. Zahlen ratterten durch meinen Kopf. Wenn ich mich richtig erinnerte, hatte Anastasia Alexander sehr jung bekommen. Sie musste damals kaum siebzehn Jahre alt gewesen sein. Alexander und ich waren beide 1962 geboren. Das heißt, seine Mutter musste jetzt 55 oder 56 Jahre alt sein. Da konnten Frauen dieses Alters noch wesentlich jünger wirken. Bei Anastasia war das immer der Fall gewesen. Was war mit ihr passiert?

»Und wer sind Sie?«, kam es zitternd aus dem Hörer. »Was wollen Sie?«

»Ich grüße Sie«, stammelte ich, nachdem ich mich ein wenig gesammelt hatte. »Hier spricht Tatjana Romanowa.

Früher haben mich alle nur Frossja genannt. Ich habe bei Ihnen am Konservatorium studiert. Meine Mutter war die Sängerin Orlowa, Alexander und ich …«

»Frossja!«, kam es unerwartet mit einem tiefen Schluchzer aus dem Telefon. »Frossja, dass du dich meldest …«

Ich spürte, wie es mir kalt den Rücken hinunterlief. Vorsichtig fragte ich: »Alexander …«

»Gott im Himmel«, stöhnte Anastasia, »mein Alexander, der Arme …«

Nun war klar, dass etwas Schlimmes passiert sein musste. Daher fragte ich rasch: »Kann ich bei Ihnen vorbeikommen?«

»Natürlich, meine Liebe.«

»Jetzt gleich?«

»Selbstverständlich, warum nicht?«

Ich legte auf und ging in den Korridor. O je, ich hatte vergessen, sie nach ihrer Adresse zu fragen. Wenn allerdings die Telefonnummer unverändert war, dann wohnten sie sicher noch am selben Ort, in dem kleinen grauen Haus vom Ende des 19. Jahrhunderts direkt gegenüber dem Konservatorium. Die Hausnummer wusste ich nicht, aber den Weg zu Alexanders Wohnung hätte ich mit geschlossenen Augen gefunden.

Iwan steckte den Kopf durch die Küchentür. »Du gehst wieder weg?«

»Ja.«

»Probier doch mal, ist genug Salz dran?«

Mit diesen Worten hielt er mir ein Fleischklößchen hin.

»Was ist denn das?«

»Warum fragst du? Eine Boulette.«

»Und wo hast du das Fleisch her?«

»Aus dem Gefrierschrank.«

»Das ist doch für die Katzen!«

»Tatsächlich?« Iwan starrte auf das Tellerchen. »Ist es schlecht, verdorben?«

»Nein, das Fleisch ist in Ordnung, auf dem Markt gekauft.«

»Aber warum ist es für die Katzen?«

»Sie kriegen einmal täglich etwas rohes Rindfleisch, das soll gesund sein«, erklärte ich und schlüpfte bereits in die Stiefel.

»So ist das also bei euch«, meinte Iwan. »Kalbfleisch für die Katzen und Pelmeni aus dem Supermarkt für die Menschen! Die Tierchen werden heute mit *Whiskas* vorliebnehmen müssen, die Menschen wollen auch mal gebratenes Fleisch essen!«

Dagegen war nichts zu sagen. Rasch schlang ich das appetitliche Klößchen hinunter, billigte das Verhältnis von Fleisch, Brot und Salz und verließ die Wohnung unter Archies unzufriedenem Brummen: »U-u-u-u ...«

Der Staubsauger musste den Vogel sehr beeindruckt haben.

Ein Glück, dass ich durch das Telefongespräch auf die Begegnung mit Anastasia vorbereitet war, sonst hätte ich einen Schrei des Entsetzens nicht unterdrücken können. Auf mein Klingeln öffnete eine alte Frau, die in Tücher und Schals gewickelt war. Über das winzige, eingefallene Gesicht mit entzündeten Augen liefen von der Nase bis zum Mund zwei tiefe Falten. Die Füße steckten in Stiefeln. Offenbar fror Anastasia sehr. Sie war immer schlank, geradezu mager gewesen, aber jetzt wirkte sie irgendwie körperlos, wie ein Stöckchen, das man dick mit Stoff umhüllt hatte. Einen besonders merkwürdigen Eindruck machte ihr Haar, das kurzgeschnitten war und drei verschiedene Farbtöne aufwies. Es sah aus, als hätte man einer uralten Frau die Perücke einer jungen Modenärrin aufgesetzt. Allmählich wurde mir klar, dass Anastasia noch vor einer Woche diese jugendliche Erscheinung gewesen sein musste …

»Frossja«, stöhnte das Wesen und streckte mir dünne Ärmchen entgegen, »Frossja, meine Liebe, ach ist das alles schlimm …«

Sie tat zwei winzige Schrittchen auf mich zu, fiel mir an die Brust und schluchzte tief auf. Ich strich ihr zärtlich über den Rücken und drückte sie dann fest an mich. Ich hatte das Gefühl, ich hielte ein erschrockenes Vögelchen in den Armen, dessen Herz heftig schlug. Nach und nach beruhigte sie sich ein wenig, trocknete die Augen mit dem Schal und murmelte: »Entschuldige bitte, das sind die Nerven. Lass uns hineingehen.«

Das Zimmer mit dem riesigen Flügel in der Mitte hatte sich überhaupt nicht verändert, seit ich das letzte Mal hier gewesen war. Weinrote Vorhänge vor den Fenstern, ein Kronleuchter mit bronzenen Armen, in der Ecke ein riesiger Gummibaum, dazu die vielen Bücherregale mit verstaubten Bänden und Klavierauszügen. Hier war offenbar schon lange nicht mehr renoviert worden. Nur eines war anders als zu meiner Studienzeit. Auf dem geschlossenen Bechstein-Flügel stand ein großes Foto von Alexander mit einem schwarzen Trauerflor.

Ich ließ mich in einen der altmodischen, rot ausgeschlagenen Sessel fallen und fragte bestürzt: »Wann ist denn das passiert?«

»Vorgestern«, schluchzte Anastasia auf. »Vorgestern Abend …«

»Hat ihn ein Auto überfahren?«, fragte ich schüchtern, weil mir Alexanders starke Brille in den Sinn kam.

»Nein«, erwiderte Anastasia jetzt plötzlich ganz ruhig. »Er ist erschossen worden.«

»Wie denn das?!«

»Eine Kugel hat ihn in die Brust, die andere in den Kopf getroffen. Kontrollschuss hat es die Miliz genannt«, fügte meine Lehrerin hinzu und heulte laut auf.

»Und wo ist es passiert?«

»In unserem Hauseingang«, erklärte Anastasia. »Der Mörder hat ihm unter der Treppe aufgelauert. Du weißt doch, wie finster es da unten ist. Die Wohnungen außer unserer gehören alle der Stadt. Da sind merkwürdige Typen eingezogen. Die besseren Hausbewohner sind alle längst weg. Es wird immer schmutziger, sie stehlen die Glühbirnen aus dem Treppenhaus, und die Tür steht immer offen. Auch Alexander und ich wollten schon lange wegziehen, aber es ist hier so nah zum Konservatorium …«

»Wem konnte Alexander denn im Wege sein?«

Anastasia fuhr zusammen und fragte plötzlich: »Sag mal, Frossja, was machst du eigentlich jetzt?«

Ich erzählte ihr, wie mein Leben verlaufen war.

»Du meine Güte, und sogar den Namen hast du gewechselt! Tatjana klingt zwar sehr schön, aber Jefrossinja hat mir auch gefallen. Und wo arbeitest du im Moment?«

Aus unerfindlichem Grunde entfuhr mir: »Das werden Sie nicht glauben!«

»Warum nicht, meine Liebe«, antwortete Anastasia müde und hoffnungslos, »seit ich weiß, dass Eduard Malewitsch Friedhofsdirektor ist und Sonja Ragosina auf dem Markt mit Schokolade handelt, wundere ich mich über gar nichts mehr.«

»Ich bin Privatdetektivin.«

»Was?«, fragte Anastasia zurück. »Sag das noch mal, ich habe es nicht verstanden.«

Ich zückte meinen Ausweis und hielt ihn meiner Lehrerin hin. Die warf einen Blick darauf, schwieg einen Augenblick, schlug dann plötzlich mit der flachen Hand auf den

Tisch und sagte mit harter Stimme: »Es gibt also doch noch einen Gott! Er hat dich mir geschickt! Ich weiß, warum mein Alexander umgebracht wurde. Ich weiß auch oder nehme zumindest an, wer den Mörder bestellt hat, denn solche Leute machen sich selbst nicht die Finger schmutzig. Und ich habe Beweise!«

Jetzt erkannte ich die frühere Anastasia wieder.

»Dann sollten wir sofort zur Miliz gehen!«, rief ich aus.

Anastasia runzelte die Brauen. »Die waren schon hier und haben mir den ganzen Teppich schmutzig gemacht. Stell dir vor, einer ist sogar zum Flügel gegangen und hat behauptet, er könnte spielen. Dann hat er den Flohwalzer geklimpert! Spielen hat er das genannt! Ja, Swjatoslaw Richter, der konnte sagen: ›Ich bin nur ein Schüler an den Tasten …‹«

Sie presste angewidert die Lippen zusammen. Ich schluckte ein wenig. Der Snobismus der Lehrer des Konservatoriums war bekannt. In wenigen Hochschulen teilte man die Menschen so hart in Könner und Nichtskönner ein. In diesem Tempel, der weltberühmte Musiker ausbildete, war kein Platz für Laien. Ich konnte mir vorstellen, wie Anastasia mit den Milizionären gesprochen hatte: Sehr höflich, herablassend, sogar liebenswürdig. Vielleicht hatte sie ihnen einen Tee oder Kaffee angeboten, möglicherweise sogar ein Gläschen … Allerdings in diesem Fall … Aber offen konnte sie mit denen nicht reden. Mit mir war das etwas anderes, ich gehörte dazu.

»Im Nachbaraufgang«, fuhr Anastasia fort, »ist ein ›Neurusse‹ eingezogen. Da er vor Geld stinkt, glauben die Milizionäre, der Anschlag habe ihm gegolten und der Mörder hätte nur die Aufgänge verwechselt. Der Krösus sieht Alexander ein bisschen ähnlich – er ist schlank und groß wie er und trägt ebenfalls eine Brille. Die meinen also, es sei eine tragische Verwechslung gewesen. Damit konnten sie die

Ermittlungen abschließen, bevor sie sie richtig eröffnet hatten. Aber ich kenne die Wahrheit! Nur, was hat es für einen Sinn, mit solchen Leuten darüber zu reden? Für sie war die Sache von Anfang an klar. Der Fall wird zu den Akten gelegt. Stell dir vor, sie haben noch nicht einmal den Leichnam freigegeben!«

»Warum nicht?«

»Sie sagen, sie brauchen ihn noch für irgendetwas«, antwortete Anastasia leise. »Ich versuche nicht daran zu denken, aber ich sehe ständig meinen Alexander, aufgeschnitten wie ein Rind auf dem Markt.«

»Schlagen Sie sich das aus dem Kopf«, sagte ich ein wenig heftig. »Darf ich Ihr Telefon benutzen?«

»Wozu?«

»Das werden Sie gleich sehen.«

Anastasia reichte mir den Apparat. Ich wählte Wolodja Kostins Nummer. Lange klingelte es, dann sagte eine Stimme keuchend: »Pankratow.«

Ich war verwundert, denn die meisten Kollegen Wolodjas kannte ich gut. Manche waren schon bei uns zu Besuch gewesen, andere hatte ich im Büro des Majors kennengelernt. Aber diesen Namen hörte ich zum ersten Mal.

»Ich möchte Major Kostin sprechen.«

»Ist nicht da.«

»Dann vielleicht Selesnjow oder Jurow?«

»Sind alle außer Haus.«

»Und wann kommen sie zurück?«

»Darüber geben wir keine Auskunft. Rufen Sie morgen wieder an«, brummte der Unbekannte und legte auf.

Das war merkwürdig, besonders, wenn ich bedachte, dass ich Wolodja schon seit Tagen nicht mehr zu Gesicht bekommen hatte. Sobald nämlich seine Wohnungstür geht, kratzt Rachel, die den Major verehrt, winselnd an unserer

Schwelle. Und auch er steckt sofort bei uns den Kopf herein, wenn er sich umgezogen hat. Er mag überhaupt nicht allein in seiner Wohnung herumsitzen. Was er wohl trieb? Hatte er sich eine neue Flamme zugelegt? Oder nahm ihn die Arbeit so gefangen? Letzteres kommt bei ihm regelmäßig vor. Er hat sich sogar ein Klappbett ins Büro stellen lassen, um eine Mütze Schlaf zu nehmen, wenn er nicht nach Hause kommen kann.

»Wo rufst du denn an?«, fragte Anastasia flüsternd.

»Ich habe einen guten Freund bei der Miliz, einen Major, dem ich vertraue.«

»Nein!«, sagte Anastasia entschlossen. »Mit den Männern in der blauen Uniform will ich nichts zu tun haben!«

»Warum nicht? Wahrscheinlich waren bei Ihnen die vom nächsten Revier, meist nicht besonders erfahrene und gebildete Leute. Aber Wolodja …«

»Nein!!!«

»Weshalb?«

»Meinen Alexander machen die auch nicht wieder lebendig!«, rief Anastasia schluchzend.

»Aber Sie sagen doch, Sie wüssten, wer hinter der Sache steckt!«

Anastasia nickte.

»Wollen Sie denn nicht, dass er seine gerechte Strafe erhält?«

Anastasia seufzte tief auf. »Weißt du, was damals meinem Mann passiert ist? Warum ich Alexander allein großziehen musste?«

»Nein, woher denn?«

»Dann hör zu. Mein Mann, Sergej Radsinski, war fast doppelt so alt wie ich. Als wir heiraten wollten, brauchten wir die Zustimmung meiner Eltern. Die gaben sie mit Freuden, denn einen besseren Schwiegersohn als Sergej konnten sie sich nicht vorstellen. Aber wir haben nur ein halbes Jahr zusammengelebt. Alexander kam zur Welt, da hatten wir Sergej bereits begraben. Er war schwer zuckerkrank. Einmal ist er auf der Gorkistraße, gar nicht weit von unserem Haus, vor einem Diätgeschäft ins Koma gefallen. Die Milizionäre, die ihn bewusstlos fanden, meinten, er sei betrunken, und steckten ihn in eine Ausnüchterungszelle.

Dort bespritzten sie ihn aus einem Schlauch mit eiskaltem Wasser. Er kam kurz zu sich und wollte ihnen seinen Zustand erklären. Da ließen sie den ›Säufer‹ den Knüppel spüren. Einen Arzt riefen sie erst, als sie bemerkten, dass er nicht mehr atmete. Sie haben ihn erschlagen«, schloss Anastasia, »aber wir konnten es nicht beweisen. Sie brachten ihn ins Leichenschauhaus. Ich habe meinen Mann eine Woche lang gesucht.«

Sie verstummte. Mir blieben die Argumente im Halse stecken.

»Seitdem will ich mit keinem mehr etwas zu tun haben, der Schulterstücke trägt«, murmelte Anastasia. »Aber dir gebe ich die Papiere jetzt zu lesen. Du bist Privatdetektivin und kannst mir vielleicht einen Rat geben, was ich tun soll. Einen Moment noch, ich weiß, wo Alexander die Mappe versteckt hat ...«

Sie stand auf und lief rasch hinaus. Ich blieb in dem düsteren Zimmer zurück, das mir kalt und schwül zugleich vorkam. Ich hörte, wie es quietschte, als ob ein Möbelstück gerückt würde. Dann erschien Anastasia, völlig verwirrt, in der Tür. »Die Dokumente sind weg!«

»Wo können sie denn hingekommen sein?«

»Keine Ahnung.« Anastasia zuckte die Schultern. »Aber behalte ruhig Platz. Ich habe sie gelesen und erinnere mich genau, worum es ging.«

20. Kapitel

Alexander Radsinski verliebte sich in Nina Arbeni am ersten Tag ihres gemeinsamen Studiums am Konservatorium. Als er das duftige, engelsgleiche Haar, die vergissmeinnichtblauen Augen und die zarte Figur erblickte, war es um ihn geschehen. Sich dem Objekt seiner Begierde zu nähern, Nina ins Kino oder ins Theater einzuladen, traute Alexander sich nicht. Er war kurzsichtig, trug eine hässliche Brille, war lang aufgeschossen und ging etwas gebückt – mit einem Wort, er war nicht gerade ein schöner Mann. Wegen seines Äußeren hatte Alexander Komplexe. Nina war für ihn eine unerreichbare Schönheit, dazu wahnsinnig begabt und klug. Er himmelte sie von ferne an, stets in Angst, einer seiner scharfzüngigen Kommilitonen könnte bemerken, was er für Nina empfand, und ihn zum allgemeinen Gespött machen.

Seine Tarnung funktionierte offenbar so gut, dass niemand, nicht einmal Nina selbst, ahnte, was in ihm vorging. Alexander wartete und wartete auf den rechten Moment, um sich seiner Angebeteten zu offenbaren, bis es schließlich zu spät war und sie einen anderen heiratete.

Anfangs konnte Radsinski Eduards Gegenwart einfach nicht ertragen. Mit der Zeit legte sich jedoch seine Eifersucht. An seiner tiefen Verehrung für Nina aber änderte sich nichts. Seine Mutter, die als Einzige erriet, wie es um ihn stand, lud immer wieder nette Studentinnen aller Jahrgänge in ihr Haus ein, eine hübscher als die andere, aber Alexander hatte für keine auch nur einen Blick. Er begrüßte sie höflich, trank Tee mit ihnen, scherzte sogar zuweilen, machte jedoch keinerlei Annäherungsversuche.

So ging das ein Jahr lang. Da beschloss Anastasia, mit ihrem Sohn Klartext zu reden. Der antwortete nur: »Entschuldige, Mama, wenn ich Nina nicht haben kann, dann will ich auch keine andere. Ich kann mich wohl nur einmal im Leben verlieben.«

Anastasia hörte diese Worte mit großer Sorge. Sie selbst zeigte seit dem Tod ihres geliebten Mannes keinerlei Interesse für all die Kavaliere, die die junge Witwe umschwärmten.

Alexanders Verehrung wuchs sich nach und nach zu einer regelrechten Manie aus. Er sammelte alles, was über Nina in Zeitungen und Zeitschriften geschrieben wurde, besuchte jedes ihrer Konzerte. Die Geigerin gewöhnte sich daran, ihn stets ganz vorn im Saal zu erblicken und am Ende in der Garderobe Blumen von ihm entgegenzunehmen. Zwischen Alexander und Nina entwickelte sich eine feste Freundschaft. Die wurde so eng, dass er bei keiner Familienfeier fehlte. Eine Zeitlang dachte Nina darüber nach, ihn mit Gema zu verheiraten, aber Alexander lehnte alle Heiratspläne ab. Merkwürdigerweise begründete er das mit der Andeutung, er neige mehr zum eigenen Geschlecht. Diese Eröffnung zeigte bei Nina nur geringe Wirkung, herrschten doch am Konservatorium sehr freizügige Sitten. Ihre Freundschaft wurde davon nur noch fester. Im letzten halben Jahr vor Ninas Tod waren beide fast unzertrennlich. Zunächst suchte Alexander in ganz Moskau die verschiedensten medizinischen Kapazitäten auf, um ausländische Medikamente für Nina zu beschaffen. Als sie schließlich im Krankenhaus lag, wich Alexander nicht von ihrem Bett. Er vernachlässigte seine Arbeit im Orchester, pfiff auf Gastspiele im Ausland und ignorierte die Vorwürfe seiner Mutter. Er saß auf seinem Stuhl neben Ninas Bett und unterhielt sie, so gut er konnte. Er las ihr Bücher und Zeitschriften vor oder spielte auf dem Cello, was sie gern hörte. Von Liebe sprach er nicht, aber Nina wurde nun wohl endlich klar, was in ihm vorging. Sie konnte kaum noch sprechen und spürte, dass das Ende nahte. Da flüsterte sie ihm zu: »Lieber Alexander, es sollte nicht sein, dass wir beide zusammenkommen. Aber vielleicht sehen wir uns in jener Welt wieder, Gott ist gütig.«

Der Atheist Alexander, der durch die Krankheit der geliebten Frau tiefgläubig geworden war, brach unerwartet in Tränen aus.

»Weine nicht«, flüsterte Nina und versuchte seine Hand zu streicheln, »weine nicht, Alexander.«

Alexander hörte mit Entsetzen die heiseren Laute. Das war nicht mehr Ninas helle Stimme, die wie ein Glöckchen geklungen hatte, doch es waren ihre Worte.

»Mein Lieber, unser ist das Paradies, das weiß ich genau. Dort werden wir uns wiedersehen. Du kommst dorthin für deine reine Seele, und ich, weil man mich umbringt.«

»Wie, umbringt?«, flüsterte Alexander zurück, »wer sollte so etwas tun?«

»Ich weiß nicht«, sagte Nina und rang nach Luft. »Man muss mich vergiftet haben. Sieh doch selbst: Ich war völlig gesund, und auf einmal das! Alexander, schwöre mir, dass du herausfindest, wer es getan hat, und mich rächst!«

»Ich verspreche es!«, rief Alexander. »Ich werde nicht Ruhe geben, bis ich die Wahrheit herausgefunden habe.«

Nina bemühte sich zu lächeln, brachte aber nur noch eine Grimasse zustande. Ihre rechte Hand sank kraftlos auf die Bettdecke zurück. Sie verlor das Bewusstsein. Alexander erschrak sehr und schlug Alarm. Ärzte und Pfleger rannten herbei, schlossen irgendwelche Apparate an, klapperten mit Instrumenten, gaben Nina Injektionen. Doch in ihren Gesichtern konnte Alexander keinen Hoffnungsschimmer mehr erkennen. Da wusste er, das war das Ende.

Man bat ihn in den Korridor hinaus, wo er mehrere Tage und Nächte lang auf einem Stuhl ausharrte. Irgendwie klammerte er sich an den Gedanken, solange er anwesend sei, werde Nina nicht sterben. Es half nichts. Am Samstagmorgen war Nina tot.

An die Trauerfeier und das Begräbnis konnte Alexander sich nicht erinnern. Das Einzige, was fest in seinem Gedächtnis saß, war das Bild ihrer gelben wächsernen Hände, die man auf der Brust gefaltete hatte. Alexander konnte nicht weinen, dafür reichte seine Kraft nicht mehr. Gema und Eduard warfen sich schluchzend über den Sarg, die Feierhalle war voller Menschen, viele ebenfalls in Tränen aufgelöst. Nina war wegen ihres Geistes und ihrer Güte sehr beliebt gewesen. Alexander Radsinski war wie erstarrt. Er staunte über sich selbst, denn als er die trauernde Menge sah, hatte er nur einen Gedanken: Wer von euch, die ihr weint und klagt, hat meine Nina umgebracht?

Am Tag nach dem Begräbnis ging Alexander zur Petrowka, kämpfte sich bis zur Leitung des Moskauer Kriminalamtes durch und forderte, Ermittlungen zum Mord an der Bürgerin Arbeni aufzunehmen.

Ein schon ziemlich betagter Oberst hörte Radsinski aufmerksam an, ohne ihn zu unterbrechen. Er wackelte nur manchmal mit dem Kopf und ließ ein »Soso« hören. Als Alexander dann geendet hatte, hob der Oberst bedauernd die Hände. »Verehrter Alexander Sergejewitsch, Ermittlungen können wir unmöglich einleiten.«

»Warum nicht?«, schrie Alexander auf.

»Nina Arbeni war lange krank. An ihrem Tod kann ich nichts Außergewöhnliches erkennen.«

»Aber sie hat mir gesagt, dass sie vergiftet wurde …«

»Vieles kann einem Menschen durch den Kopf gehen, wenn er im Sterben liegt«, sagte der Beamte seufzend. »Ich kann Ihnen nur raten: Gehen Sie in die Natur, suchen Sie Erholung und Beruhigung. So schrecklich der Tod der jungen Frau auch ist, es war wohl ihr Schicksal.«

»Ordnen Sie eine Exhumierung an!«, forderte Alexander. »Ich habe gehört, dass Arsen und Strychnin im Knochengewebe noch jahrelang nachweisbar sind.«

Der Oberst schaute Alexander mitleidig an und schlug nun einen Ton an wie ein Lehrer, der auf ein Kind mit Down-Syndrom einredet: »Lieber Alexander Sergejewitsch, erstens gibt es keinerlei Gründe für ein derartiges Vorgehen. Selbst wenn, zweitens, bestimmte Verdachtsmomente auftauchen, können wir nicht so ohne weiteres eine Exhumierung anordnen.«

»Warum nicht?!«, brüllte Alexander wieder. »Warum nicht?!«

Der Oberst goss Alexander ein Glas Wasser ein und sagte in bedauerndem Ton: »Sie haben doch eben selbst gesagt, dass Nina Arbeni eingeäschert wurde! Außerdem sind Arsen, Strychnin oder Zyanid weit verbreitete Substanzen. Das Krankheitsbild der Verstorbenen muss zudem klar gewesen sein, denn Sie haben gesagt, dass zur Behandlung von Nina Arbeni die besten Ärzte herangezogen wurden.«

Alexander nickte.

»Sehen Sie«, sagte der Oberst erfreut, »die hätten eine Vergiftung doch längst festgestellt. Bitte verstehen Sie, die Unglückliche litt an einer unbekannten Krankheit. Was hat überhaupt die Obduktion ergeben?«

»Es ist keine Obduktion vorgenommen worden.«

»Keine Obduktion?«, fragte der Oberst verwundert zurück. »Das ist doch in solchen Fällen üblich.«

»Ihr Vater wollte es nicht«, erklärte Alexander. »Er hat sogar Ninas Leichnam nach Hause überführen lassen. Er wollte nicht, dass jemand an seiner Tochter herumschneidet.«

»Das ist schade«, meinte der Oberst. »Unter Umständen hätte das viele Fragen beantwortet.«

Wieder auf der Straße, sah Alexander die sorglos an ihm vorübereilenden Passanten und fasste den Entschluss, auf eigene Faust zu handeln. Als Erstes erwarb er für viel Geld vom Archiv der Klinik Nina Arbenis Krankengeschichte. Dann deckte er sich mit medizinischen Büchern ein – Lexika zur klinischen Toxikologie, Anatomie und Physiologie. Ein halbes Jahr lang vertiefte sich Alexander in die Materie, studierte jede freie Minute die Aufzeichnungen in kaum lesbarer »Doktorschrift«, prüfte Analysen und Röntgenaufnahmen. Außerdem belas er sich über alle möglichen Gifte.

Anfangs hatte er es sich einfacher machen wollen und Kopien der Dokumente mehreren Ärzten vorgelegt. Aber die hoben die Hände. Nach Tuberkulose, Lungen- oder Kehlkopfkrebs sah das alles nicht aus. Auch Asthma kam nicht in Frage. Eine unverständliche, rätselhafte Krankheit. Er musste selber weiterforschen.

Nach und nach wurde Alexander so zu einem kundigen Toxikologen. Er wusste jetzt, dass man den Menschen auf vielerlei Weise vergiften konnte – durch psychotrope Substanzen, durch Alkohol und dessen Surrogate, durch Chlor-Kohlenwasserstoffe, durch Benzol, Toluol und Xylol, durch Rauschgift, durch Stimulatoren des Zentralnervensystems, durch Herzmittel, Schwermetalle und Arsen, durch Gifte pflanzlichen und tierischen Ursprungs … Die Liste war schier endlos. Denn dazu kamen Zyanide, Schwefel- und Stickstoffverbindungen, Essigsäure, verschiedene Laugen, Formaldehyd …

Einen Menschen zeugen kann man nur auf eine Weise. Aber ihn vernichten …

Monatelang studierte Alexander Kapitel für Kapitel ein Lehrbuch, wobei er medizinische Lexika zu Hilfe nahm. Die für Fachleute geschriebene Literatur wimmelte von unverständlichen Begriffen wie Tremor, Parese, Cholostase, Hypoxie ... Schließlich brauchte er die Lexika nicht mehr. Und eines Abends hatte er ein ganz unerwartetes Erlebnis. Er versuchte wieder einmal, hinter das Geheimnis von Ninas Krankenbild zu kommen, da drang seine Nachbarin, in Tränen aufgelöst, bei ihm ein und schrie: »Helfen Sie mir, sie stirbt, sie stirbt ...«

Alexander packte das schmuddlige Weib bei den Schultern und erfuhr schließlich, dass ihrer zehnjährigen Tochter etwas zugestoßen war. Rasch lief er in die Wohnung der Trinkerin hinüber.

Er brauchte nur einen kurzen Blick auf das Mädchen zu werfen, das auf der Couch lag, rief sofort den Rettungswagen an und fragte die Frau: »Was hat sie gegessen?«

»Pilze im Glas, die habe ich an der Metro gekauft«, antwortete die Nachbarin schluchzend. »Ich wollte ihr etwas Gutes tun!«

Alexander, der als Musiker ein ausgezeichnetes optisches Gedächtnis besaß, sah sofort das Kapitel aus dem Lehrbuch für klinische Toxikologie vor sich. Und da der Rettungswagen auf sich warten ließ, handelte er auf eigene Faust.

»Hör auf zu heulen«, herrschte er die Mutter an. »Lauf hinunter in die Apotheke und hol mir rasch die folgenden Medikamente ...«

Als der Arzt schließlich eintraf, hatte Alexander dem Mädchen bereits den Magen gespült, ihm Aktivkohle und ein Abführmittel verabreicht.

»Hier sind 200 Milliliter einer vierprozentigen Natriumhydrokarbonatlösung, die geben Sie ihr bitte nach und nach ...«

Der Arzt schaute zuerst das Mädchen, dann Alexander an und bemerkte: »Eigentlich empfehlen wir 250 Milliliter einer zehnprozentigen Glukoselösung, Herr Kollege ...«

»Sie hat Azidose«, unterbrach ihn Alexander, »deshalb sollte man ihr außerdem noch Kontrikal und Gordox geben, aber leider habe ich diese Präparate nicht hier. Dazu Liponsäure und Vitamin E, um die Leber zu schützen ...«

»Sind Sie Toxikologe?«, fragte der Arzt respektvoll.

»So etwas Ähnliches«, sagte Alexander nach kurzem Zögern.

Aber je tiefer er in die Fachliteratur eindrang, desto deutlicher wurde ihm, dass Nina in der Tat keiner Vergiftung erlegen war. Sie hatte wohl doch an einer der Wissenschaft bislang völlig unbekannten Krankheit gelitten.

Dann kam ihm zu Ohren, Eduard und Gema begründeten ihre rasche Eheschließung mit »Ninas letztem Willen«. Das versetzte ihn in helle Empörung, denn er wusste genau, wie Nina gestorben war. Keiner ihrer Freunde war in der letzten Stunde bei ihr gewesen. Gema hatte sie überhaupt nur ein einziges Mal besucht, und auch Eduard hatte sich nicht besonders eifrig um seine kranke Frau gekümmert. Er tauchte zwar jeden Tag bei ihr auf, blieb aber nie mehr als zehn Minuten und war außerdem längere Zeit zu einem Gastspiel in Bulgarien. Zur Beerdigung seiner Frau musste er von dort eingeflogen werden. Jetzt aber erzählten Gema und Eduard jedem, der es wissen wollte, wie sehr sie sich gemüht hätten, Nina zu retten, und wie verzweifelt sie über ihren Tod seien.

Alexander wollte die frisch Vermählten sofort aufsuchen und ihnen die frechen Visagen einschlagen oder zumindest ihre Wohnungseinrichtung zertrümmern. Aber just in dieser Nacht träumte er das erste Mal von Nina. Die geliebte Frau erschien ihm nicht als die Kranke der letzten Monate.

sondern jung, schön und mit einem strahlenden Lächeln, wie sie früher gewesen war. »Alexander, mein Lieber«, sagte sie, »mir geht es gut, ich bin glücklich … Nur eines lässt mir keine Ruhe … Sie haben mich umgebracht … Geh nicht zu ihnen, suche nach Beweisen! Geh nicht, geh nicht …«

Alexander fuhr hoch, in kalten Schweiß gebadet. Am nächsten Morgen begann er wieder nach Beweisen für einen gewaltsamen Tod Ninas zu forschen. Aber jetzt änderte er sein Vorgehen. Vor allem beobachtete er genau, was Gema und Eduard taten.

Sein Wunsch, diese widerliche Bande zu bestrafen, war so groß, das Alexander sich als Freund der Familie bei den Malewitschs einschlich.

»Als er erfuhr, dass Eduard nicht mehr Geige spielen kann«, berichtete seine Mutter mit einem traurigen Lächeln, »war das für ihn das größte Glück. ›Das ist die Strafe für Nina!‹, meinte er.«

Gema hasste Alexander so sehr, dass er Herzrasen bekam, wenn er sie nur sah. Als sie plötzlich die Fähigkeiten einer Heilerin bei sich entdeckte und ihre Auftritte in Russland und dem nahen Ausland begann, sagte Alexander empört zu seiner Mutter: »Das Miststück betrügt die Leute. Ich könnte die Wahrheit über ihr ›Geschäft‹ herausfinden, aber dazu habe ich keine Lust. Vielleicht sollte man der Presse einen Tipp geben. Die freut sich über so etwas …«

»Wer sich mit Schmutz abgibt, beschmutzt sich selbst«, warnte ihn seine Mutter.

Die Zeit verging, doch der Wunsch, die wahre Ursache für den Tod der geliebten Frau herauszufinden, brannte in Alexander wie am ersten Tag. Er wurde geradezu sein Lebenszweck. Nach und nach dämmerte ihm allerdings, dass dies ein aussichtsloses Unterfangen war. Erst kürzlich hatte er Anastasia traurig mitgeteilt: »Ich glaube, die Spuren sind längst verwischt.«

Die freute sich über diese Erkenntnis. Vielleicht kam ihr Sohn endlich zur Ruhe, wenn er von den alten Geschichten ließ, vielleicht fand er sogar eine Frau ... Anastasia traute sich zu, mit jeder eine gemeinsame Sprache zu finden, und sei es eine Afrikanerin im rotgewürfelten Kleid, eine Tschetschenin mit einer Horde hungriger Verwandter oder eine Prostituierte ... Jede war ihr recht, wenn sie nur Nina aus seinem Kopf verdrängte. Gegen eine Tote konnte sie nichts ausrichten ...

Solche Gedanken gingen ihr durch den Kopf, als sie vor drei Tagen die Wohnungstür öffnete, nachdem Alexanders Stimme gesagt hatte: »Mama, wir sind's.«

Was sie dann erblickte, brachte sie ziemlich durcheinander. Auf der Schwelle stand Alexander in tiefer Erregung. Er hatte rote Flecken auf den Wangen und glänzende Augen, als habe er vierzig Grad Fieber. Aber das Erstaunlichste war etwas anderes. Er hatte eine Dame bei sich und was für eine! Neben ihm stand mit einem freundlichen Lächeln eine schlanke ... Afrikanerin.

»Mama«, rief Alexander aufgeregt, »darf ich dir vorstellen, das ist ...« Es folgten einige unverständliche Laute.

»Guten Tag«, flüsterte Anastasia, die nicht wusste, wie sie die Besucherin ansprechen sollte. »Kaffee oder Tee?«

»Später, später!«, rief Alexander hastig und zerrte die Frau in sein Zimmer, »das kommt alles später!«

Nun hörte Anastasia eineinhalb Stunden lang zwei Stimmen in heftiger Unterhaltung – eine hohe und eine tiefe, heisere. Der geheimnisvolle Gast sprach akzentfreies Russisch.

Schließlich trat das Pärchen wieder auf den Korridor heraus. Alexander half der Dame in den Mantel und brachte sie zu einem Taxi. Als er wiederkam, stürzte er, immer noch völlig aufgelöst, zum Telefon. »Ist dort das Institut für Tropenmedizin? Ich muss unbedingt Jewgenia Tscherw sprechen!«

Nach einem kurzen Wortwechsel am Telefon warf er sich in seine Sachen und wollte davonlaufen.

»Wohin rennst du denn so eilig?«, fragte Anastasia.

Alexander wandte sich ihr zu, umarmte seine Mutter und erklärte überglücklich: »Mama, jetzt weiß ich fast alles! Es fehlen nur noch ein paar kleine Details!«

»Wovon redest du?«, fragte Anastasia erstaunt.

»Na, wovon schon?«, gab er zurück. »Ich weiß jetzt, wie Nina ums Leben gekommen ist, wer es getan hat und welchen Nutzen die Person davon hatte! Ich brauche nur noch ein paar Beweise, aber die hat eine Dame, die selber davon überhaupt nichts ahnt. Ich werde sie noch heute in der Hand haben. Dann kannst du was erleben, Malewitsch!«

»Eduard Malewitsch ist gestern ermordet worden«, sagte Anastasia leise, »hast du das vergessen?«

»Kein Stück!«, antwortete Alexander lachend, »das geschieht ihm recht! Und das Verrückteste ist, dass ich jetzt auch weiß, wer Eduard aus dem Weg räumen musste!«

»Wer denn?«

»Später, alles später«, rief Alexander. »Entschuldige, es geht jetzt um jede Minute!«

Verwirrt sah Anastasia ihrem Sohn nach. Dann lief sie in sein Zimmer und erblickte auf seinem Schreibtisch eine Visitenkarte. »Dr. med. Ngwanya Mbow«, stand darauf.

Anastasia fuhr zur Arbeit. Als sie gegen acht Uhr abends wieder nach Hause kam, lagen überall Alexanders Sachen herum, dazu ein Zettel: »Mama, mach dir keine Sorgen, ich fliege nach Swetlogorsk. Morgen bin ich zurück. Alexander.«

Ohne zu begreifen, was da vorging, legte Anastasia sich schlafen. Am nächsten Tag erreichte sie dann spätabends die schreckliche Nachricht. Sie wurde von der Miliz angerufen. Ein Glück, dass sie sich zu diesem Zeitpunkt noch im Konservatorium aufhielt. So konnten Studenten sie nach Hause bringen.

»Sie haben gesagt, Sie wüssten, wer Alexander umgebracht hat«, erinnerte ich sie leise.

»Wer?«, fragte Anastasia verwundert zurück. »Ich?«

»Ja, das haben Sie gesagt.«

»Nein, meine Liebe«, erwiderte Anastasia und begann erneut zu weinen. »Kümmere dich nicht darum. Ich rede den größten Unsinn daher. In meinem Kopf geht alles durcheinander.«

Dann packte sie mit heißer Hand plötzlich meinen Arm. »Hilf mir, hörst du? Hilf mir! Finde Alexanders Mörder!«

»Haben Sie Dr. Mbows Visitenkarte noch?«

Anastasia nickte, schloss ihren Sekretär auf und gab mir die Karte. Danach holte sie aus dem untersten Schubfach ein kleines mit rotem Samt beschlagenes Kästchen und sagte: »Sieh, hier!«

Ich warf einen Blick hinein. Da lag ein wunderschöner Ring mit einem riesigen Brillanten.

»Das ist ein altes Stück«, erklärte Anastasia. »Es ist mir von meiner Großmutter, einer geborenen Baroness von Korff geblieben, eine einmalige Arbeit …«

Verständnislos starrte ich Anastasia an.

»Der Ring gehört dir«, flüsterte Anastasia, »wenn du Alexanders Mörder findest.«

21. Kapitel

Beflügelt von all den Neuigkeiten, eilte ich nach Hause. Ngwanya Mbow und Jewgenia Tscherw vom Institut für Tropenmedizin! Mit diesen beiden Damen musste ich sofort sprechen. Es galt herauszubekommen, was sie dem armen Alexander mitgeteilt hatten, und das Bild würde sich klären. Ich stand unmittelbar vor der Lösung meines Falles.

Unsere Wohnungstür war immer noch nicht beschlagen. Iwan fand ich wieder einmal in der Küche. Auf einem Hocker am Fenster saß Lussja.

»Hallo, Tanja«, sagte die Nachbarin verlegen, »ich wollte mir gerade etwas Salz borgen …«

»Möchtest du Bouletten?«, erkundigte sich Iwan.

»Mit Vergnügen«, gab ich erfreut zurück.

Draußen herrschte für den November völlig ungewöhnlicher strenger Frost. Der Körper schrie förmlich nach warmem, schwerem und fettem Essen. In meinem Künstlerleben hatte ich viel Kontakt zu Ballettmädchen, die mir ein Geheimnis verrieten, wie man mit hundertprozentiger Sicherheit abnehmen kann. Das geht ganz einfach. Stellen Sie zwei Glas Wasser in den Tiefkühlschrank. Das dürfen Sie natürlich nicht wörtlich nehmen. Eine meiner Freundinnen hat das gemacht und sofort wieder vergessen. Später konnte sie nur noch die Scherben aus dem Fach klauben.

Also: Wenn man zur Nacht eine Mehlspeise, etwas Fettes, Süßes, sehr Leckeres, aber Ungesundes essen will, dann sollte man sich einen Moment Zeit nehmen und nicht sofort nach Plinsen, Brötchen oder Schweinekotelett mit Makkaroni greifen. Nein, gehen Sie zuerst in die Küche, lassen einen halben Liter Wasser in ein Töpfchen laufen und stellen es in den Tiefkühlschrank. Fünfzehn Minuten später , wenn das Wasser noch nicht gefroren ist, aber sich gerade eine dünne Eisschicht gebildet hat, gießen Sie davon ein Glas voll und trinken das zügig aus. Ich betone, das Wasser muss eiskalt sein. Dann können Sie in aller Ruhe essen, was Sie wollen. Das zweite Glas ebenso eisigen Wassers stürzen Sie nach dem Essen hinunter.

Fast alle meine Freundinnen haben mit diesem einfachen Trick mehrere Kilogramm Gewicht verloren. Das ist leicht zu erklären. Erstens nimmt Ihr Magen wesentlich weniger Nahrung auf, wenn Sie zuvor 250 Milliliter Flüssigkeit eingefüllt haben. Zweitens verbraucht der Organismus eine Menge Kalorien, um den Mageninhalt auf die für die Verdauung notwendige Temperatur zu bringen, die, wenn ich es mir richtig gemerkt habe, 36,6 Grad Celsius beträgt. Diese Methode, durch »Vereisung« des Magens eine schlanke Figur zu behalten, ist uralt. Die Balletteusen haben sie von ihren Müttern, die bereits auf der Bühne des Bolschoi Theaters tanzten, und die von ihren Großmüttern, denen sie, so geht die Legende, Matilda Kschesinskaja beigebracht hat, die die Geliebte von gleich drei Großfürsten aus dem Hause Romanow war. Ob das stimmt oder nicht, kann ich nicht sagen. Ich selbst habe dieses Rezept in der Praxis nie ausprobiert, weil ich ohnehin nur 48 Kilo wiege. Was sich andere Frauen mit Mühe erkämpfen müssen, hat mir die Natur geschenkt. Ich nehme einfach nicht zu, selbst wenn ich ununterbrochen Eis, Walnüsse oder Schokoladentorte mit Sahne esse. Daher kam es mir gar nicht in den Sinn, Iwans verlockendes Angebot abzulehnen.

»Und wo sind nun deine Bouletten?«, fragte ich ihn.

»Stehen in der Speisekammer«, erklärte Iwan.

Ich lief den Korridor entlang. Unsere Wohnung, davon war schon die Rede, wurde aus zwei kleineren zusammengelegt. Die beiden Toiletten haben wir belassen, aber aus zwei Badezimmern ein großes gemacht. Dabei fiel etwas ab, von dem viele Moskauer Hausfrauen nur träumen können – eine Speisekammer. Dort steht unser zweiter Kühlschrank, dort bewahren wir Gemüse, Lebensmittel und Getränke auf. In der Kammer haben wir ein Tischchen, wo wir Töpfe mit Essen abstellen, das noch zu warm für den Kühlschrank ist, aber in der Küche stört.

Als ich in die Speisekammer kam, stand dort auf dem Tischchen eine leere, blitzsauber ausgeleckte Pfanne. Bevor ich einen Schrei der Empörung ausstoßen konnte, senkte ich den Blick und entdeckte unter dem Tisch Mulja, in tiefem Schlaf versunken. Die Möpsin hatte sich an den Bouletten so vollgefressen, dass sie nicht einmal die Kraft fand, sich auf ihren Schlafplatz zurückzuziehen, und am Tatort eingedöst war.

»Mulja!«, zischte ich und beugte mich zu der Missetäterin hinunter, deren Maul noch nach Bouletten duftete. »Mulja, was hast du da wieder angerichtet!«

Aber die Gescholtene schlief wie ein Stein. Das musste eine ordentliche Strafe setzen. Kaum war mir dieser Gedanke gekommen, da öffnete Mulja ihre blauen Äuglein und sah mich mit dem unschuldigen Blick eines dreijährigen Kindes an. Der Lappen, mit dem ich ihr eins überziehen wollte, fiel mir aus der Hand. So einem rührenden Wesen konnte ich nichts tun.

»Was ist?«, fragte Iwan und steckte den Kopf zur Tür herein. »Kannst du sie nicht finden?«

Als er die leere Pfanne sah, fielen ihm fast die Augen aus dem Kopf. »So schnell hast du die alle verschlungen? Das waren doch zehn Stück! Davon kannst du dir einen Darmverschluss holen!«

Ich schaute ihn an und beschloss, ihm nicht die Laune zu verderben.

»Ich weiß auch nicht, wie das passiert ist. Die haben so toll geschmeckt. Aber jetzt haben wir kein Abendbrot mehr.«

»Macht nichts«, meinte Iwan obenhin. »Es ist noch Gehacktes da. Bis zum Abend brate ich neue.«

Ngwanya Mbow sprach besser Russisch als ich. Zumindest konnte ich keinerlei Akzent entdecken, als ich mich am Telefon mit ihr verabredete. Sogar das typische Moskauer »A« hatte sie drauf. Auch an ihrer Wohnung konnte ich nichts spezifisch Afrikanisches ausmachen. Keine Masken an den Wänden, keine Batikvorhänge. Eine ganz gewöhnliche, ziemlich spartanisch eingerichtete Bleibe. Die Hausherrin empfing mich in Jeans und grauem Pullover, nicht im Turban oder großgemustertem Kleid, wie man hätte denken können. Ganz schwarz war sie ebenfalls nicht, eher eine Mulattin mit einer Haut wie Milchkaffee und mit glattem Haar.

»Treten Sie näher«, sagte Ngwanya lächelnd und zeigte dabei ihr schneeweißes Gebiss. »Möchten Sie Kaffee oder Tee? Obwohl – bei dem Frost müsste man wohl besser einen Wodka trinken.«

»Das ist nett, aber ich vertrage keinen Alkohol. Zu einem Kaffee sage ich nicht nein.«

Wie in Moskau üblich, ließen wir uns in der Küche nieder. Während ich den hervorragend gebrühten Kaffee Arabica schlürfte, fragte ich sie: »Wissen Sie, dass Alexander Radsinski ermordet wurde?«

»Um Gottes willen!«, schrie Ngwanya auf und ließ die Zuckerdose fallen. »Wer hat das getan? Und warum?«

»Das möchte ich von Ihnen wissen!«

»Wer sind Sie überhaupt?«

Ich zog meinen Ausweis aus der Tasche.

»Ich bin Privatdetektivin und ermittle im Auftrag von Alexanders Mutter Anastasia. Sie traut der Miliz nicht, will aber, dass der Mörder ihres Sohnes gefunden und bestraft wird.«

»Ja«, meinte Ngwanya nachdenklich, »leider arbeiten die Behörden nicht immer so, wie sie sollen.«

»Sie erinnern sich doch sicher, worüber Sie mit Alexander bei Ihrer letzten Begegnung gesprochen haben. Warum hat er sie überhaupt mit nach Hause genommen?«

Ngwanya griff sich eine Packung *Sobranie*, zog eine grüne Zigarette heraus und murmelte: »Ja, wenn Ihnen das hilft? Aber das wird eine längere Geschichte.«

Ngwanyas Vater war Diplomat und hatte viele Jahre in einer Botschaft in Moskau gearbeitet. Sie selbst besuchte eine sowjetische Schule und sprach bald fließend Russisch.

»Unsere Familie«, so berichtete Ngwanya weiter, »ist nicht das, was man sich unter einer traditionellen afrikanischen Sippe allgemein vorstellt. Meine Mutter, sie heißt Esther, ist Engländerin, eine hervorragende Ärztin, die sich ihr Leben lang mit der Erforschung seltener tropischer Krankheiten beschäftigt hat.«

Eine gewisse Zeit wollte Esther nur noch Gattin sein und kam mit ihrem Mann nach Moskau. Das Diplomatenleben mit all seinen Empfängen und Wohltätigkeitsveranstaltungen hatte sie jedoch bald satt. Es zog sie zurück nach Afrika und zu den seltenen Infektionskrankheiten. Ngwanya blieb beim Vater. Esther, die sich völlig der Wissenschaft verschrieben hatte, passte nicht in die Mutterrolle. Wenn sie besonders interessante Patienten hatte, tauchte sie manchmal tagelang nicht zu Hause auf. Daher war auch Ngwanyas Vater damit einverstanden, dass sie die Tochter ihm überließ. So kümmerte wenigstens er sich um sie.

In der Regel verbrachte das Mädchen Frühjahr, Herbst und Winter in Russland und nur den Sommer in Afrika. Aber selbst dann hatte ihre Mutter wenig Zeit für sie. Ngwanya war ihr deswegen nicht böse, denn sie sah, wie wichtig deren Arbeit für ihre Landsleute war. Etwa mit zwölf Jahren stand für Ngwanya fest, dass sie ebenfalls Ärztin werden wollte.

Als sie die Schule beendet hatte, ging Ngwanya an die Medizinische Fakultät der Moskauer Lumumba-Universität. Im letzten Studienjahr heiratete sie Pjotr Kolomijzew, der an der Journalistik-Fakultät der Moskauer Universität studierte. Nun saß sie endgültig in der russischen Hauptstadt fest. Aber das war ihr durchaus recht. Russland war im Grunde ihre Heimat geworden. Doch sie vergaß Afrika nicht. Nach wie vor verbrachte sie den Sommer bei ihrer Mutter, die Wissen und Erfahrung bereitwillig mit ihr teilte.

Alexander Radsinski lernte Ngwanya auf der Geburtstagsfeier ihres Mannes kennen. Pjotr und Alexander waren Freunde. Bald trafen sie sich häufiger. Dann kam die Perestroika und später der Beschuss des Weißen Hauses. Ngwanya und Pjotr gingen nach Afrika. Sie arbeitete jetzt mit ihrer Mutter zusammen, doch Pjotr saß tatenlos herum. Die Landessprache beherrschte er nicht, und auch sein Englisch war nicht besonders gut, so dass er in seinem Beruf nicht arbeiten konnte. Er begann zu trinken und war ein Jahr später ein Alkoholiker, der das Leben nur noch durch die Flasche betrachtete.

Ngwanya dagegen war sehr erfolgreich. Eineinhalb Jahre nach ihrer Übersiedlung starb Pjotr. Ngwanya stürzte sich nun noch mehr in ihre Arbeit. In Russland normalisierte sich derweil die Lage. Ngwanya wurde zu einem medizinischen Kongress nach Moskau eingeladen. Dort hielt sie nicht nur einen Aufsehen erregenden Vortrag, sondern fand auch ihr persönliches Glück. Sie lernte Igor Rosanow kennen, einen jungen Doktor vom Institut für Tropenmedizin.

Ein ganzes Jahr lang schrieben Igor und Ngwanya einander Briefe. Zu ihrem Erstaunen stellten sie fest, wie sehr ihre Ansichten übereinstimmten – von der Behandlung des Ebola-Fiebers bis zur großen Politik.

Im April wurde Hochzeit gefeiert. Eine Zeitlang waren beide ständig im Flugzeug zwischen den Kontinenten unterwegs, dann aber siedelte Ngwanya erneut nach Moskau über.

Sie fand viele neue Freunde. Aus Pjotrs Kreis traf sie sich mit niemandem mehr. Das tat sie nicht bewusst, aber ihre Interessen hatten sich stark verändert. Alexander Radsinski gehörte ihrer Vergangenheit an. Daher erschrak Ngwanya zunächst heftig, als vor einigen Tagen plötzlich ein Mann laut rufend auf sie zugestürzt kam.

»Hallo, Ngwanya!« Sie erkannte Alexander nur mit Mühe. Er lud sie ins *Rostix* ein. Bei einem Brathähnchen erzählten sie einander, wie ihr Leben in den letzten Jahren verlaufen war. Natürlich kamen sie auch auf gemeinsame Bekannte zu sprechen, und Ngwanya erkundigte sich nach ihnen.

»Und wie geht es denen? Ach, den Familiennamen habe ich vergessen … Eduard und Nina. Weißt du noch, wie wir mit ihnen zusammen Neujahr gefeiert haben und er mit mir zu flirten anfing? Pjotr hat sich furchtbar betrunken und wollte sich mit ihm prügeln!«

»Nina ist tot«, antwortete Alexander trocken.

»O je!«, rief Ngwanya und schlug die Hände zusammen. »Wie ist denn das passiert? Sie war doch noch so jung!«

Radsinski, der stundenlang von der geliebten Frau sprechen konnte, erzählte ihr die ganze Geschichte.

Ngwanya hörte aufmerksam zu. Als Alexander geendet hatte, sagte sie nur: »Seltsam …«

»Was ist seltsam?«

»Diese Krankheit …«

»Das weiß ich selber«, sagte Alexander mit einem Seufzer. »Lange habe ich geglaubt, Nina sei vergiftet worden. Aber das hat sich als Irrtum herausgestellt. Sie muss in der Tat an einer teuflischen Krankheit gelitten haben, die bisher niemand diagnostizieren kann.«

»Weißt du«, sagte Ngwanya, »es ist sehr schwierig, ohne Analysen und ohne die Krankengeschichte festzustellen, was es war. Aber wenn ich mir überlege, was du da eben beschrieben hast …«

Sie verstummte.

»Was?!«, schrie Alexander erregt auf. »Was meinst du? Sag schon!«

»Es gibt eine Erkrankung«, meinte Ngwanya nachdenklich, »die hier kaum jemand kennt. Das ist auch verständlich, denn in Russland kommt sie so gut wie nicht vor. Aber ohne Analysen …«

»Ngwanya, meine Liebe!«, rief Alexander, völlig außer sich. »Komm mit mir, auf der Stelle! Wir fahren zu mir! Ich flehe dich an! Soll ich vor dir auf die Knie fallen?«

Ngwanya erschrak, wie sich sein Gesicht verändert hatte. Er war weiß wie die Wand. Sie befürchtete sogar, Alexander sei einem Herzanfall nahe.

»Ich bitte dich sehr«, flüsterte Alexander mit fahlen Lippen, »ich beschwöre dich! Die Krankengeschichte liegt bei mir zu Hause.«

Sie konnte es ihm einfach nicht abschlagen. In seiner Wohnung überreichte Alexander Ngwanya einen dicken Ordner, setzte sich selbst still auf die Couch und wartete auf ihr Urteil.

Ungefähr nach einer Stunde sagte Ngwanya überzeugt: »Alles klar.«

»Was?«, flüsterte Alexander.

»Es ist der *delphus regal*.«

»Wer?«, fragte Alexander verständnislos.

»Der *delphus regal*«, wiederholte Ngwanya, »so lautet der lateinische Name. Bei uns in Afrika heißt er nur der Flusswürger.«

»Jetzt erklär es doch mal so, dass man es verstehen kann!«, rief Alexander erregt.

Ngwanya atmete tief durch und holte weit aus.

22. Kapitel

In afrikanischen Flüssen kommt eine bestimmte Wurmart vor, die ist so klein wie Staubkörnchen und dringt in den Organismus eines Menschen ein, wenn er in verseuchtem Wasser badet. Die Parasiten sind so winzig, dass sie beim geringsten Kratzer in der Haut oder auch über Nase und Rachen von Säugetieren wie Affen, Hunde oder Rinder den Weg in deren Körper finden. Natürlich erst recht, wenn von dem Wasser getrunken wird. Die Eingeborenen wissen das und baden nie in einem Fluss oder See, den sie nicht kennen. In Afrika kann man sich noch ganz andere Krankheiten holen. Wenn der *delphus regal* in den menschlichen Körper eingedrungen ist, bemerkt man das zunächst nicht. Ein Mann oder eine Frau, die befallen sind, stellen höchstens einen plötzlich steigenden Appetit fest. In diesem Stadium ist der Parasit leicht zu besiegen. Es genügen zwei bis drei Injektionen eines Gegenmittels. Das Problem besteht nur darin, dass in diesem Stadium niemand den Arzt aufsucht. Dafür sieht der Betroffene keinen Grund. Ihm tut nichts weh, er hat normale Temperatur und fühlt sich pudelwohl. Der gesteigerte Appetit macht höchstens Frauen zu schaffen, die auf ihre Figur achten.

Der Wurm aber vermehrt sich in dieser Zeit stürmisch. Über die Blutbahn gelangt er in den gesamten Organismus und befällt alle inneren Organe. Nieren, Leber, Galle und Hirn gehören allerdings nicht zu seinen bevorzugten Aufenthaltsorten. Am wohlsten fühlt er sich im Nasen- und Rachenraum sowie in der Lunge. Der Patient wird von permanentem Schnupfen und Halsentzündungen befallen. Europäische Ärzte diagnostizieren in diesem Fall gewöhnlich eine Angina und geben Antibiotika. Gegen diese ist der Parasit allerdings völlig immun, und die Krankheit tritt ins nächste Stadium. Der Patient leidet an Husten, der immer stärker wird. Schließlich kommen blutiger Auswurf, Schwäche und eine ständig hohe Temperatur hinzu.

Alexander war erschüttert. Ngwanya beschrieb exakt, wie Ninas Krankheit verlaufen war.

»Eure Ärzte«, fuhr sie fort, »sind in dieser Situation völlig hilflos. Das kann man ihnen nicht zum Vorwurf machen. Woher sollen sie diese Krankheit kennen? Sie gibt es in keinem Lehrbuch. Ein Parasitologe hätte die Chance, herauszufinden, was es ist, doch auch der müsste sehr spezialisiert sein.

Die Ärzte beginnen nun alle möglichen Mittel auszuprobieren – Chemotherapie, Bestrahlung, Hormongabe ... Das alles hilft nichts. Das Schlimmste ist, dass bei richtiger Behandlung eine völlige Heilung möglich ist, und das selbst noch im letzten Stadium.«

Als Ngwanya den letzten Satz gesprochen hatte, wurde Alexander noch einmal kreidebleich. Doch er nahm sich zusammen und fragte: »Wie kann es sein, dass sich außer Nina niemand in ihrer Umgebung mit dieser schrecklichen Krankheit infiziert hat?«

»Der *delphus regal* wird nur durch Wasser übertragen, nicht etwa durch Tröpfcheninfektion.«

»Das verstehe ich nicht«, murmelte Alexander.

»Wenn ein Kranker in deiner Anwesenheit niest oder hustet, ist das für dich als Gesunden völlig ungefährlich. An der Luft stirbt der Parasit augenblicklich ab. Er braucht ein flüssiges Medium. Auch durch Geschlechtsverkehr kann er nicht übertragen werden. Wenn Nina gebadet und nach ihr eine weitere Person das Badewasser benutzt hätte, dann wäre eine Infektion vielleicht möglich gewesen. Aber das Moskauer Leitungswasser ist stark mit Chlor versetzt, das der Parasit ebenfalls nicht verträgt. Auch in Afrika kommt der *delphus regal* nicht überall vor. Meistens werden Menschen auf dem Lande von ihm befallen. Es sind jedoch auch Fälle bekannt, dass ein Familienmitglied erkrankt und alle anderen gesund bleiben.«

»Wo hat sich Nina dieses Zeug nur holen können?«, fragte Alexander verbittert.

Ngwanya steckte sich eine Zigarette an.

»Leider befolgen Touristen nicht immer die Ratschläge lokaler Reiseführer. Sie trinken Wasser aus der Leitung, nehmen an Marktständen zubereitetes Essen zu sich oder baden in offenen Gewässern. Davor wird überall gewarnt …«

»Aber Nina war nie in Afrika!!!«, rief Alexander. »Nicht ein einziges Mal! Und ich zweifle sehr daran, dass sie in eine Wanne gestiegen wäre, in der vor ihr jemand gebadet hat. Kommt dieses Zeug vielleicht auch in russischen Flüssen vor?«

»Auf keinen Fall«, erklärte Ngwanya. »Der *delphus* braucht eine bestimmte Temperatur. Unter 25 Grad stirbt er ab. Die meisten Gewässer in Russland frieren aber im Winter zu. Selbst wenn ein Exemplar auf wundersame Weise in die Moskwa gelangte, wäre es mit ihm sogar im

Sommer bei der ersten Abendkühle vorbei. Versteh doch, der *delphus regal* kommt weder in Europa noch in Asien, Amerika oder Australien vor. Das ist ein rein afrikanisches Phänomen!«

»Und wo ist er in Moskau zu finden?«

»Ausschließlich im Labor des Instituts für Tropenmedizin«, antwortete Ngwanya. »Dort gibt es eine Forscherin namens Jewgenia Tscherw. Mit ihrem Namen Tscherw – Wurm – wird sie oft aufgezogen, weil er so gut zu dem passt, womit sie sich von morgens bis abends beschäftigt. Sie bewahrt Exemplare des *delphus* unter besonderen Sicherheitsvorkehrungen für Forschungszwecke auf.«

An diesem Abend konnte ich nicht einschlafen. Die arme Nina Arbeni und der hoffnungslos in sie verliebte Alexander taten mir so leid. Wie schwer musste es ihn getroffen haben, als er erfuhr, dass man Nina hätte retten können.

Morpheus wollte mich nicht in seine Arme nehmen. Ich drehte mich von einer Seite auf die andere, knüllte das Kissen zusammen und strampelte die Decke von mir. Schließlich setzte ich mich auf und beschloss, in die Küche zu gehen, um ein Glas Wasser zu trinken. Als ich an meine Türklinke griff, hörte ich ein leichtes Knarren. Ich steckte den Kopf in den Korridor hinaus und sah wieder Iwan in der Unterhose, wie er aus unserer Wohnungstür schlüpfte. Ich griff mir meinen Morgenmantel und eilte ihm nach. Auch dieses Mal war der Treppenabsatz leer.

Um Strom zu sparen, wird in unsrem Hause nachts der Lastenfahrstuhl ausgeschaltet. Ich musste also warten, bis der Personenlift von ganz unten zu mir heraufkam.

Aber der Hauseingang war menschenleer. Mehr noch, die Haustür war verschlossen und von innen verriegelt. Einige Monate zuvor hatten wir zwei ältere Frauen aus unserem Haus als Fahrstuhlführerinnen eingestellt. Sie sitzen von sechs Uhr morgens bis Mitternacht an der Haustür. Dann verschließen sie sie und legen sich zur Ruhe. Beide wohnen im Parterre und sind per Klingel zu erreichen. Hausbewohner, die sich verspäten, läuten bei ihnen, damit ihnen geöffnet wird. Die meisten sind jedoch arbeitsame Leute, die nicht nachts um die Häuser ziehen, so dass die beiden alten Damen in der Regel ruhig schlafen können.

Ich trat an ein Fenster und schaute hinaus. Vor der Tür lag frisch gefallener Schnee. Kein einziger Fußabdruck war darauf zu sehen. Nein, Iwan war im Haus. Den Rückweg nahm ich über die Treppe, aber unser Handwerker blieb spurlos verschwunden.

Da ich nicht noch einmal einen solchen Aufruhr verursachen wollte, suchte ich allein eine geschlagene Stunde lang das gesamte Treppenhaus nach dem Mondsüchtigen ab. Ich schaute sogar auf den Dachboden, aber außer ein paar Katzen fand ich dort nichts.

Völlig durcheinander, ging ich in unsere Wohnung zurück und trank in der Küche ein Glas Wasser. Im Korridor stieß ich auf Iwan, der gerade aus der Toilette kam.

»Wo bist du gewesen?!«, fragte ich ihn scharf.

»Auf der Toilette«, antwortete Iwan seelenruhig. »Warum fragst du?«

»Nein, vorher?« Ich ließ nicht locker.

»Da habe ich geschlafen!«, sagte Iwan achselzuckend.

»Wo?«

»Na, im Wohnzimmer.«

»Wirklich?«

»Ja.«

»Und sonst bist du nirgendwo gewesen?«

»Wo sollte ich denn zu so einer Zeit hin?«, war Iwans verständliche Antwort.

»Was schreist du hier herum?«, fragte Kira, der verschlafen aus seiner Tür schaute. »Mitten in der Nacht ...«

»Na, Iwan ...«

»Was ist mit Iwan?«

»Ach, nichts«, sagte ich und winkte ab. Mir glaubte ja sowieso keiner.

Kira trat aus seinem Zimmer, gähnte herzhaft und meinte: »Du hast wieder Halluzinationen, Tanja. Geh schlafen.«

Niedergeschlagen zog ich mich unter meine Bettdecke zurück. Es gab nur zwei Möglichkeiten: Entweder stimmte in meinem Oberstübchen wirklich etwas nicht oder Iwan log. Aber warum? Wohin tappte er jede Nacht in der Unterhose?

Jewgenia Tscherw hatte mich für den nächsten Mittag in ihre Wohnung bestellt.

»Kommen Sie aber bitte nicht zu spät«, hatte sie mich ermahnt. »Um drei Uhr nachmittags muss ich zur Sitzung des Wissenschaftlichen Rates. Dort wird eine Dissertation verteidigt, und ohne mich kommt kein Quorum zustande.«

»Ich bin pünktlich da.«

»Das hoffe ich sehr, meine Liebe«, flötete die Dame, »denn alle Reporter, mit denen ich es bisher zu tun hatte, sind regelmäßig eine, manchmal sogar zwei Stunden zu spät gekommen.«

Um Jewgenia nicht zu erzürnen, war ich zehn Minuten früher bei ihr.

»Guten Tag, kommen Sie doch herein«, sagte sie freundlich und stellte mir ein paar Plastikpantoffeln hin. »Wir gehen in mein Arbeitszimmer.«

Sie führte mich in einen großen Raum, der mit Büchern vollgestopft war. Die Hausherrin nahm in einem Ledersessel Platz, komplimentierte mich mit großer Geste auf die Couch und fragte dann: »Worüber wollen Sie mit mir sprechen?«

»Über Ihre Arbeit.«

Jewgenia lächelte freundlich. »Wenn ich mich recht erinnere, kommen Sie vom *Cosmopolitan*?«

»Das ist richtig.«

»Aber meine Forschungsarbeiten sind streng wissenschaftlicher Art. Ich kann mir nicht vorstellen, was für die Leserinnen Ihres Journals daran interessant sein könnte.«

»Verehrte Jewgenia Iwanowna«, hub ich an, »heutzutage reisen viele Menschen zum Arbeiten oder um Urlaub zu machen ins Ausland, zum Beispiel nach Afrika. Sagen Sie uns doch bitte, wie man sich verhalten muss, um sich dort nicht irgendeine exotische Krankheit einzufangen.«

Jewgenia räusperte sich und begann dann mit der Stimme einer Frau, die an öffentliche Auftritte gewöhnt ist, mit ihrem Vortrag. Dabei verkündete sie zunächst Binsenweisheiten. Man sollte kein Wasser aus dem Hahn trinken, sondern nur solches aus versiegelten Flaschen, man sollte nicht an Marktständen oder in billigen Garküchen essen, nur in hygienisch kontrolliertem Wasser baden, sich häufig die Hände waschen und auf den nötigen Impfschutz achten.

»Welche Medikamente sollte man dabeihaben?«

»Gängiges wie Aspirin, Analgin, Taleudron, Jod, Kaliumpermanganat, bei Bedarf auch Nasentropfen oder Valocordin. Wenn Sie bestimmte Präparate ständig nehmen, brauchen Sie die dort natürlich auch.«

»Sonst noch irgendwelche Hinweise?«

»Welcher Art?«

»Zum Beispiel Vorsichtsmaßnahmen gegen typisch afrikanische Krankheiten.«

»Meine Liebe«, antwortete Jewgenia herablassend, »gegen

– wie Sie sich ausdrücken – typisch afrikanische Krankheiten sind Mittel nötig, die man bei uns nicht einfach in der Apotheke kaufen kann. Wenn wir schon darüber sprechen, dann rate ich jedem, der von einer Afrikareise zurückkehrt, Blut-, Urin- und Stuhlproben zur Untersuchung in unserem Institut abzugeben. Oder auch im Institut für Parasitologie, wo man sich mit exotischen Erkrankungen ebenfalls auskennt. Denn die meisten Infektionen können nur im Anfangsstadium erfolgreich bekämpft werden. Wenn man sie verschleppt, ist häufig eine monatelange unangenehme und zuweilen schmerzhafte Behandlung erforderlich. Deshalb lassen Sie bei uns Analysen anfertigen, und Sie können ruhig schlafen, wenn wir nichts finden. Sollte aber eine Infektion vorliegen, dann werden wir rasch damit fertig.«

»Sind diese Krankheiten denn wirklich so schlimm?«, fragte ich wie eine neugierige Reporterin.

»Erst gestern ist ein Mann mit einem Hautproblem zu uns gekommen«, erzählte Jewgenia. »Zwei Jahre lang hat man ihn mit Salben, Einreibungen, Spritzen und Tabletten behandelt. Ohne jeden Erfolg. Sein ganzer Körper ist mit schrecklichen Geschwüren bedeckt, die einen entsprechenden Geruch verbreiten. Jetzt endlich ist ihm eingefallen, sich an uns zu wenden. In einer Woche werden wir die Sache im Griff haben.«

»Was ist das für eine Krankheit?«

»Wie soll ich das in einfachen Worten erklären … Ein Parasit hat sich in seine Haut gebohrt und erzeugt diese Geschwüre. Er ist uns bekannt, und wir wissen, wie er bekämpft werden kann. Ein Hautarzt ist in diesem Falle völlig ratlos.«

»Da gibt es doch auch noch den *delphus regal* …«

»Nanu«, sagte die Wissenschaftlerin verwundert, »woher kennen Sie denn diesen Gesellen?«

»Ich habe vor einiger Zeit Ngwanya Mbow interviewt. Sie hat mir erzählt, dass Sie die Fachfrau in Russland sind, die darüber am besten Bescheid weiß.«

»Na ja«, sagte Jewgenia und lächelte verlegen. »Ngwanya übertreibt vielleicht ein bisschen, aber einiges weiß ich schon über diesen Parasiten.«

»Kann man sich den auch in Moskau holen?«

Jewgenia wurde nachdenklich. »Theoretisch schon, aber praktisch nicht.«

»Erklären Sie das doch bitte etwas genauer.«

»Stellen Sie sich folgende Situation vor: Eine Wanne oder ein Pool mit warmem, chlorfreiem Wasser, das möglichst nicht ganz frisch sein soll. Darin badet jemand, der mit dem ›Flusswürger‹ infiziert ist, längere Zeit. Dann steigt eine zweite Person hinein und taucht auch noch mit dem Kopf darin unter … Das wäre eine theoretische Möglichkeit, die aber in der Praxis so gut wie nicht vorkommt.«

Ich schwieg.

»Den *delphus regal* gibt es weder in Russland noch sonst irgendwo in Europa«, erläuterte Jewgenia. »Auch auf dem schwarzen Kontinent ist der Parasit nicht überall anzutreffen, sondern nur in bestimmten Ländern Zentralafrikas. Er ist überhaupt ziemlich selten und wurde in den Städten, wo das Wasser desinfiziert wird, nahezu ausgerottet. In Moskau kann man sich den ›Flusswürger‹ nicht holen. Zumindest habe ich in über zwanzig Jahren Praxis nie von einem solchen Fall gehört. Auch in Afrika ist das Risiko nicht allzu groß. Ich wiederhole, der Parasit kommt vor allem in Gewässern auf dem Lande vor, wohin Touristen kaum gelangen. Und wenn es auf Safari in die Wildnis geht, dann weisen die Reiseleiter regelmäßig auf solche Risiken hin. Die Ortsbevölkerung kennt den Würger und weiß, wo er vorkommt. Hier sind wir wieder bei dem Thema, dass

Afrika relativ sicher ist, wenn man sich an elementare Verhaltensmaßregeln hält.«

»Sie haben gesagt, dass der *delphus regal* in flüssigen Medien vorkommt. Und was ist mit Tee, Suppe oder Kaffee?«

»Wo denken Sie hin?«, wehrte Jewgenia ab.

»Wenn man zum Beispiel etwas infizierte Flüssigkeit dort hineinmischt, und ein Mensch nimmt sie zu sich?«

Jewgenia zog erstaunt die Brauen hoch. »Der *delphus* liebt es zwar warm, aber kochendes Wasser hält er nicht aus.«

»Und ein warmes Getränk, das schon etwas abgekühlt ist?«

»Theoretisch ist es möglich«, meinte die Dame. »Bei Suppe habe ich meine Zweifel, und Kaffee ist ein zu aggressives Milieu. Aber Tee wäre vorstellbar. In den Hotels wird jedoch stets gefiltertes Wasser verwendet, da dürfte das Risiko minimal sein.«

»Kann man den *delphus* riechen?«

»Also, meine Liebe«, sagte Jewgenia entrüstet und lachte, »wir reden hier die ganze Zeit von Würmern, Parasiten und ähnlichen Dingen. Glauben Sie wirklich, dass es sich dabei um Getier handelt, das man mit bloßem Auge sehen kann? Darin liegt ja gerade das Problem. Der *delphus* ist für das menschliche Auge viel zu klein. Wasser, in dem er sich befindet, wirkt nach Aussehen und Geschmack völlig normal, ist geruchlos, was auch dazu geführt hat …«

Sie stockte.

»Wozu geführt hat?«, fragte ich nach.

Jewgenia atmete schwer und sagte dann mit Nachdruck: »Wenn man in einem wissenschaftlichen Bereich wie unserem arbeitet, dann muss man das mit voller Hingabe tun. Leute, die in unsere Labors kommen, um sich eine goldene

Nase zu verdienen, bleiben in der Regel nicht lange. In dieser Hinsicht hatten wir vor längerer Zeit einmal ein sehr unangenehmes Vorkommnis.«

»Worum ging es da?«

»Sie haben gerade gefragt, ob es den *delphus* in Moskau gibt. Darauf antworte ich, dass man ihn in unserem Labor finden kann, weil wir ihn zu Forschungszwecken benötigen. Es gibt aber in unserer Hauptstadt genauso gut Erreger von Pest, Pocken oder Cholera und noch vielen anderen gefährlichen Krankheiten, die an besonders gesicherten Orten aufbewahrt werden.«

Ich lauschte ihr mit offenem Mund.

»Aber das ist Forschungsmaterial«, erläuterte Jewgenia, »das für die wissenschaftliche Arbeit gebraucht wird. Dabei werden natürlich die verschiedensten Schutzmaßnahmen – technische und organisatorische – getroffen. Reagenzgläser mit dem *delphus* sind nur auf Sondergenehmigung erhältlich. Wenn man vier davon in Empfang nimmt, müssen auch vier wieder zurückkommen. Sollte das Material bei der Arbeit aufgebraucht werden, ist das in einem besonderen Registrierbuch festzuhalten. Das sind aber ziemlich uninteressante Details. Sicher ist eines: In diesem Labor kann nichts spurlos verschwinden.«

Nach einer kleinen Pause fügte sie mürrisch hinzu: »Außer Alkohol, natürlich.«

Ich musste lächeln. Vor langer Zeit hatte mein Vater uns einmal erzählt, dass sich in seinem Laboratorium pfiffige Mitarbeiter gefunden hatten, die medizinischen Alkohol bestellten, um damit … optische Achsen zu reinigen. Der Wirtschaftsleiter war zwar in der Lage, alles Mögliche zu beschaffen, kannte sich aber in der Wissenschaft nicht besonders gut aus. Optische Achsen klang gut, aber etwas rätselhaft. So fragte er einen Mitarbeiter, als der einen

Fünfliterkanister des Feuerwassers in Empfang nahm: »Wo kommen denn diese Dinger vor?«

Der Empfänger legte den Finger an die Lippen und flüsterte ihm zu: »Was du für Fragen stellst! Das ist Staatsgeheimnis! Schließlich bauen wir hier Raketen!«

Der Wirtschaftsleiter wäre den Kerlen wohl nie auf die Schliche gekommen, hätte er nicht einen Enkel in der sechsten Klasse gehabt. In Physik hatte der als Hausaufgabe einen Absatz aus dem Lehrbuch auswendig zu lernen. Er sprach also laut vor sich hin: »Eine optische Achse ist eine gedachte Linie …«

»He, gib mal her!«, rief der Großvater und riss ihm das Lehrbuch aus der Hand. »Wie – eine gedachte Linie …?«

Man kann sich vorstellen, wie der Wirtschaftsleiter wütete, als klar wurde, dass eine optische Achse weder aus Eisen noch aus Glas oder Stein gemacht ist, sondern in der Realität gar nicht existiert.

Wenn ich Jewgenia richtig verstand, gab es auch in ihrem Institut Leute, die gern optische Achsen reinigten. Jewgenia bemerkte mein Lächeln jedoch nicht und fuhr fort: »Das war für uns alle eine peinliche Geschichte …«

23. Kapitel

Die Sache lag lange zurück, aber Jewgenia erinnerte sich daran, als sei es erst gestern gewesen. An jenem Tag arbeitete sie gerade mit dem *delphus*. Sie nahm die Reagenzgläser in Empfang und vertiefte sich in ihr Experiment. Da kam ein Anruf vom Verkaufskiosk, es seien Eier eingetroffen. Man schrieb das Jahr 1991, die Versorgung war damals besonders schwierig. Natürlich lief Jewgenia sofort los, um das Angebot zu nutzen, denn für alle reichte es nie. Dabei verletzte sie eine eiserne Regel. Nach der Vorschrift hatte sie die Reagenzgläser im Safe zu verwahren, wenn sie sich aus dem Raum entfernte. Das tat sie nicht, schloss aber die Tür zum Labor sorgfältig ab.

Beim Kiosk musste sie eineinhalb Stunden lang Schlange stehen. Außer Eiern hatte ihr Partnerkolchos, dem die Mitarbeiter des Instituts jeden Herbst bei der Ernte halfen, auch noch Quark geliefert. Es dauerte also seine Zeit, bis die langsam und gemessen arbeitende Verkäuferin alles abgewogen und verpackt hatte.

Gegen 14.00 Uhr kehrte Jewgenia in ihr Labor zurück und setzte ihre Arbeit fort. Als sie etwa um 15.00 Uhr das nächste Reagenzglas mit *delphus regal* aus dem Stativ nahm, stockte ihr der Atem. Sie sah sofort, dass mit der Flüssigkeit etwas nicht stimmte. Die eilig angefertigte Analyse bestätigte: Darin war nur destilliertes Wasser.

Als Wissenschaftlerin war Jewgenia gewöhnt, logisch zu denken. Dass sich der Parasit spurlos aufgelöst haben könnte, kam nicht in Frage. Zu dem Labor hatte kein Fremder Zutritt, und der Schlüssel hatte in ihrer Tasche gelegen. Kein Fremder … außer der Putzfrau.

Jewgenia verschloss den Reagenzglasständer im Panzerschrank und machte sich auf die Suche nach der Reinigungskraft, die sie schließlich nach einer halben Stunde fand. Als sie das junge Mädchen ins Gebet nahm, brach es in Tränen aus und bat sie inständig, von dem Vorkommnis niemandem etwas zu sagen.

»Jewgenia Iwanowna, seien Sie kein Unmensch, ich flehe Sie an …«

Wie sich herausstellte, hatte das junge Ding den Arbeitstisch feucht abwischen wollen, was man ihr ausdrücklich verboten hatte. Dabei war sie mit dem Lappen an dem Reagenzglasständer hängengeblieben. Eines der Reagenzgläser war umgekippt und der Inhalt über den Tisch gelaufen. Nach dem ersten Schreck hatte sie destilliertes Wasser hineingegossen und damit die »Ordnung« wiederhergestellt. Jetzt jammerte sie: »Liebe Jewgenia Iwanowna, sagen Sie niemandem etwas davon! Ich werde doch sofort hinausgeworfen!«

Jewgenia wollte eigentlich auf der Stelle zum Direktor gehen. Zwar war der *delphus regal* zum Glück nach wenigen Minuten auf dem Arbeitstisch verendet, aber in den Reagenzgläsern hätte ja alles Mögliche sein können! Jewgenia ging jedoch nirgendwohin. Ins Protokoll schrieb sie, das Material sei aufgebraucht worden.

»Warum haben Sie das getan?«, fragte ich verwundert.

»Mir hat Sinaida Wassiljewna leid getan«, bekannte sie, »unsere älteste Mitarbeiterin, Dr. habil. und eine hervorragende Fachfrau.«

»Was hatte denn die mit der Sache zu tun?«

»Die Putzfrau, Angelika Weressowa, war ihre Enkelin«, erklärte mir Jewgenia. »Zum Studium hatte man sie nicht genommen, und so sollte sie erst einmal bei uns arbeiten. Ein absolut gedankenloses, schlampiges Ding. Übrigens hat sie bei uns nicht lange mit Eimer und Lappen hantiert. Sie hat bald darauf selbst gekündigt und eine Betätigung gefunden, die nach meiner Meinung viel besser zu ihr passte als die Arbeit in einem wissenschaftlichen Laboratorium.«

»Was ist denn aus ihr geworden?«

Jewgenia grinste hämisch. »Das werden Sie nicht glauben!«

»Sagen Sie es mir trotzdem!«

»Sie hat einen reichen Mann geheiratet und ist heute Schauspielerin.«

»An einem Theater?«

Jewgenia zuckte die Achseln. »Natürlich nicht am Künstlertheater oder einer anderen angesehenen Bühne, sondern bei einer kleinen Schmiere … Die arme Sinaida Wassiljewna war so stolz auf den Erfolg ihrer Enkelin, dass sie uns alle sogar einmal zu einer Premiere eingeladen hat. Allerdings ging das ziemlich peinlich für sie aus. In dem Zuschauerraum war es eng und schwül, die Schauspieler nuschelten, eine seltsame Inszenierung, aber *Hamlet* musste es sein. Angelika, die Enkelin unserer Kollegin, spielte die Königin. Unmöglich war das ! Königin Gertrude ist eine ältere Frau, Mutter eines erwachsenen Sohnes! Wie sollte eine Achtzehnjährige diese Rolle ausfüllen? Der reine Zirkus. Aber Sinaida Wassiljewna strahlte vor Glück. Da wir sie nicht kränken wollten, lobten wir natürlich die großartige Aufführung.«

»Wo ist Sinaida Wassiljewna heute?«

»Warum interessieren Sie sich für sie?«

»Immerhin hat sie viele Jahre lang in diesem Institut gearbeitet. Sie zu interviewen könnte doch interessant sein, wenn sie noch am Leben ist!«

»Die ist frisch und munter«, sagte Jewgenia mit einem Lächeln. »Sie genießt schon lange ihren Lebensabend, ist rüstig und völlig klar im Kopf, nur die Beine und die Augen machen ihr zu schaffen. Sie kann schlecht gehen und nur noch mit der Lupe lesen. Die wissenschaftliche Arbeit musste sie aufgeben, hält aber manchmal noch Vorträge.«

»Haben Sie ihre Telefonnummer?«

»Natürlich. Notieren Sie.«

Auf dem Heimweg schlug ich ein solches Tempo an, dass ich unterwegs eine Frau im dicken Poncho anrempelte. Die ließ eine Tüte fallen, aus der Mandarinen und Äpfel in alle Richtungen rollten. An jedem anderen Tag wäre ich ihr beim Aufheben der Sachen behilflich gewesen, aber diesmal tat ich so, als hätte ich nichts bemerkt, und rannte weiter in Richtung Metro, ohne mich um die Flüche zu kümmern, die sie mir nachschickte. Ich musste so rasch wie möglich nach Hause und Sinaida Wassiljewna anrufen.

Ich stieg aus dem Fahrstuhl und stellte als Erstes fest, dass sich unsere Wohnungstür gelb gefärbt hatte. Das war merkwürdig, denn für die Bespannung hatten wir weinrotes Kunstleder ausgesucht. Material dieses Farbtons hatte Iwan auch in unserem Wohnzimmer ausgelegt. Beim Nähertreten sah ich aber, dass die Tür nicht beschlagen, sondern gestrichen war, noch dazu sehr ungleichmäßig. Überall waren Streifen zu sehen.

»He, Iwan!«, rief ich, als ich in den Korridor kam, »welcher Teufel hat denn dich geritten? Weshalb hast du die Tür gestrichen?«

»Da muss erst Firnis drauf«, erklärte mir der große Meister im Flüsterton. »Man kann doch den Belag nicht einfach so draufklatschen! Morgen streiche ich noch einmal, und dann kommen wir der Sache schon näher.«

»Hör mal, Iwan«, erkundigte ich mich beim Mantel-Ausziehen, »wie lange brauchst du eigentlich, bis so eine Tür fertig ist?«

»Das hängt vom Auftraggeber ab«, meinte Iwan und kratzte sich am Hinterkopf.

»Wie soll ich das verstehen?«

»Bei einem ganz widerlichen mache ich es in drei Tagen. Wenn die Leute aber in Ordnung sind, dann kann es schon zwei Wochen dauern.«

»Und warum flüsterst du?«

»Serjosha schläft!«

»Na und?«, brummte ich. »Den weckt kein Donnerschlag auf, du kannst ruhig normal sprechen.«

»Hab ich einen Hunger!«, brüllte Kira und stürmte herein. »Was gibt es bei uns heute? Pelmeni? Würstchen?«

»Bouletten!«, antwortete Iwan.

»Hurra!!!«, rief der Junge und stürzte in die Küche.

Ich folgte ihm seufzend. Auf einem Stuhl in der Küche, den Kopf auf die Brust gesenkt, schlief Serjosha. Vor ihm stand ein leerer Teller, auf dem noch ein Stück abgeknabberte Brotrinde lag. Neben ihm hatte es sich Lisa bequem gemacht. Sie pauste etwas auf einen Bogen Papier. Am anderen Ende des Tisches legte Julia eine Patience.

»Bouletten!«, rief Kira noch einmal. »Das hast du toll gemacht, Tanja.«

»Bedanke dich bei Iwan«, sagte ich niedergeschlagen. »Aber ich habe heute Mittag schon welche gegessen.«

»Zehn Stück«, fügte Iwan ziemlich taktlos hinzu.

»Wie viele?«, fragte Julia, die vor Staunen vergaß, ihre Karten zu legen. »Zehn Stück? Vielleicht solltest du mal zum Arzt gehen!«

»Weshalb?«, fragte ich zurück und biss genussvoll von einer Boulette ab. »Ich bin vollkommen gesund.«

»Wer einen solchen Appetit hat, leidet entweder an einer Überfunktion der Schilddrüse oder, entschuldige schon, an Würmern!«

»Ich habe keine Würmer!«, gab ich empört zurück.

»Na, hör mal!«, sagte Julia und zeigte mit dem Finger auf mich. »Du hast heute Mittag zehn Bouletten verdrückt, und jetzt schon wieder zwei! Bestimmt hast du einen Bandwurm!«

Ich wollte gerade den Mund aufmachen und Mulja verraten, da fragte Lisa: »Wo liegt Kirgisien?«

»Da!«, rief Kira und tippte mit seinem Finger auf die Landkarte, die Lisa gerade abpauste.

»Was machst du denn?«, schrie die auf. »Jetzt ist da ein Fleck!«

»Ist doch egal«, murmelte der Junge.

»Das ist überhaupt nicht egal! Dafür kriege ich glatt eine Vier!«

»Nein«, mischte sich Iwan ein, »Kirgisien liegt da nicht. Du hast auf das Uralgebirge gezeigt.«

»Na und?« Kira zog die Brauen hoch. »Da liegt es doch.«

»Na, du wieder!« Julia musste lachen. »Kirgisien war eine Unionsrepublik. Etwas weiter unten rechts.«

»Ulan Bator«, las Lisa vor.

»Genau!«, rief Kira triumphierend. »Richtig. Das ist die Hauptstadt von Kirgisien.«

»Ach du meine Güte!«, stöhnte Iwan. »Ulan Bator liegt doch in der Mongolei!«

»Woher weißt du denn so was?«, fragten beide Kinder im Chor.

»Ein Kumpel von mir hat dort als Flieger gedient. Das weiß ich genau: Ulan Bator liegt in der Mongolei!«

»Hier gibt's aber auch noch ein Ulan-Ude«, murmelte Kira. »Ist das ein und dasselbe?«

»Nein«, antwortete ich. »Ulan Bator und Ulan-Ude sind zwei verschiedene Städte!«

»Warum haben sie dann denselben Namen?«, regte sich Kira auf. »Konnten sie keinen anderen finden? Das haben sie extra gemacht, um uns arme Kinder durcheinanderzubringen.«

»Und was ist nun die Hauptstadt von Kirgisien?«, fragte Lisa.

Allgemeines Schweigen. Dann regte sich plötzlich Serjosha und erklärte: »Ach seid ihr alle dumm! Frunse!«

»Wie?«, fragte Lisa.

»Frunse.«

Das Mädchen suchte die Karte ab und erklärte dann: »So eine Stadt gibt es nicht.«

»Dann such nach Prunse«, meinte Serjosha.

»Du hast aber gesagt: Frunse!«, empörte sich jetzt Lisa. »Willst du mich veräppeln?«

»Nein«, antwortete Serjosha friedlich. »Man hat es von Frunse in Prunse umbenannt.«

»Warum denn das nun wieder?« Lisa begriff überhaupt nichts mehr.

Serjosha schnaufte. »Woher soll ich das wissen? Vielleicht haben sie im Kirgisischen kein F und wollten, dass man es leichter aussprechen kann.«

»Die Stadt gibt es auch nicht!«, verkündete Lisa.

»Gibt es denn überhaupt eine kirgisische Sprache?«, fragte Iwan verwundert.

»Nun ist es aber gut!«, mischte sich Julia ein. »Was meinst du, was die dort sprechen, vielleicht Suaheli?«

»Was für ein Heli?«, fragte Iwan begriffsstutzig.

»Jetzt hört endlich auf!«, heulte Lisa. »Ich kriege morgen eine Vier! Auf dieser Karte gibt es weder ein Frunse noch ein Prunse!«

»Jetzt fällt's mir wieder ein!«, rief Serjosha so laut, dass der Kater Klaus auf seinem Stuhl vor Schreck hochfuhr. »Pischkek!«

»Wie?!«, fragte Lisa misstrauisch.

»Ich weiß es genau: Pischkek.«

»Das ist ja furchtbar«, meinte jetzt Julia.« Das heißt, dort leben die Pischkeker und die Pischkekerinnen!«

»Und wenn die immer noch Losungen schreiben wie früher«, warf Serjosha ein, »dann heißt das jetzt: Pischkeker und Pischkekerinnen heraus zum sozialistischen Subbotnik!«

»Wahnsinn!«, fasste Julia zusammen.

»Was ist ein sozialistischer Subbotnik?«, fragte jetzt Lisa.

Julia brummte mürrisch: »Das ist, wenn du an deinem freien Tag zur Arbeit gehst.«

»Warum denn das?«, fragte das Mädchen verwundert.

»Um deine Begeisterung zu demonstrieren.«

»Wem denn?«

»Partei und Regierung.«

»Welcher?«

»Was heißt, welcher?«, fragte nun Julia verdutzt.

»Welcher Partei?«, erkundigte sich Lisa. »Davon gibt's doch so viele.«

Julia schaute Serjosha an. Der musste lachen.

»Heute haben wir Demokratie, verstehst du? Damals hatten wir nur eine Partei. Und alles hat damit angefangen, dass Lenin am Subbotnik einen Baumstamm schleppte.«

»Bestimmt einen aufgeblasenen«, prustete Julia.

Ich musste ebenfalls lächeln und erzählte einen Vorfall aus meiner Kindheit: »Mein Vater war ein sehr exakter Mann, was sicher daran lag, dass er Naturwissenschaftler war. Ich erinnere mich, wie er einmal meiner Mutter ein Buch mit dem Titel *Erinnerungen alter Bolschewiken* zeigte und lachend sagte: ›Ich habe hier mal etwas nachgerechnet. Weißt du, wie lang das Rundholz gewesen sein muss, das Lenin auf seiner Schulter getragen hat?‹

›Nein, woher denn?‹, antwortete Mama.

›Ungefähr einen Kilometer lang‹, teilte ihr mein Vater in vollem Ernst mit.

Mama schaute ihn verständnislos an, da wedelte Papa mit dem Buch. ›Dieses Opus ist in fünf Bänden erschienen. 450 Berichte alter Bolschewiken. In jedem, ich wiederhole, in jedem steht der Satz: Als sich Wladimir Iljitsch Lenin das Holz auf die Schulter lud, stand ich neben ihm. Wenn über 400 Mann einen Stamm geschleppt haben, wie lang muss der dann deiner Meinung nach gewesen sein?‹

›Jetzt hör aber auf!‹, blaffte ihn Mama an. ›Das Kind hört zu!‹«

Serjosha lachte so laut auf, dass er mit dem Arm eine Flasche Ketchup umstieß und ein Strahl der roten Soße sich auf Lisas Karte ergoss.

»Du blöder Tolpatsch!«, kreischte die auf. »Meine ganze Arbeit ist hin!«

»Was sitzt du mit deinen Aufgaben auch am Küchentisch?« Julia nahm ihren Mann in Schutz. »Hier steht alles Mögliche herum.«

»Was soll ich denn jetzt machen?«, jammerte Lisa.

»Los, das lecken wir ab!«, schlug Kira vor.

»Mulja!«, rief Lisa, »hierher!«

Die Möpsin war sofort zur Stelle. Lisa hielt ihr das Blatt hin. Die gefräßige Mulja begann sofort heftig mit der Zunge zu arbeiten.

»Das machst du gut!«, lobte sie Lisa. »Da bleibt keine Spur übrig! Ich hole schnell einen dunkleren Stift.«

Mit diesen Worten lief sie aus der Küche. Serjosha sanken schon wieder die Augenlider herab. Iwan machte sich an der Spüle zu schaffen. Julia vertiefte sich erneut in ihre Patience. Ich schloss die Augen. Gott sei Dank ging nun alles gut aus. Mulja schleckte den Ketchup auf, Lisas Arbeit war dann gerettet und der Frieden im Hause wiederhergestellt. Ich wollte mich noch ein wenig bedenken, dann aufstehen und …

»Wo ist meine Karte?«, ertönte da ein Schrei.

Ich öffnete die Augen.

»Wo ist die Karte?«, tobte Lisa. »Heraus mit der Sprache!«

Serjosha fuhr zusammen und erklärte: »Ich habe sie nicht, Ehrenwort.«

»Ich auch nicht«, meinte Julia zerstreut, »ich habe anderes zu tun.«

»Kira, her mit der Karte!«, befahl Lisa.

»Die interessiert mich einen …!«

»Gib sie her!«

»Ich hab sie nicht angerührt!«

»Du lügst!«

»Ach, du bist mir zu blöd!«

»Selber blöd!«

Die Sache eskalierte. Lisa wollte Kira gerade bei den Haaren packen, da sagte Iwan: »Was hat denn Mulja da herausgewürgt?«

Wir schauten auf den Fußboden. Da lag etwas aus Draht, das an eine Büroklammer erinnerte. Ehe ich mich versah, riss die Möpsin das Maul auf und ein zweites Ding von derselben Art fiel neben das Tischbein.

»Alles klar«, erklärte Iwan. »Sie war es.«

»Was war sie?«, fragte Julia.

»Sie hat die Karte aufgefressen«, behauptete Iwan überzeugt. »Jetzt spuckt sie die Dinger aus, mit denen die Bogen zusammengehalten waren. Das ist doch klar, den Draht schafft ihr Magen nicht.«

»Wie aufgefressen?«, flüsterte Lisa ungläubig.

»Wahrscheinlich hat sie gedacht, es ist ein Würstchen, da es mit Ketchup serviert wurde.« Serjosha wieherte laut.

»Daran bist nur du schuld!«, kreischte Lisa und stürzte sich auf Kira.

Der Junge griff sich ein Küchenhandtuch.

»Na, na«, murmelte Iwan.

»Ich bring dich um!«, brüllte Lisa.

Ich zog mich in mein Zimmer zurück und legte mich aufs Bett. Aus der Küche erscholl Kampfeslärm. So mochte ich meine Familie. Dann knarrte die Tür, und ich hörte ein leises Schnaufen. Mulja und Ada kamen, um sich für die Nacht bei mir einzurichten. Sie sprangen zu mir herauf und kabbelten sich um den besten Platz – direkt neben meinem Gesicht.

»Hört auf damit!«, sagte ich, aber die beiden dachten gar nicht daran. Schließlich setzte sich die dickere Mulja durch. Ada gab auf und machte es sich zu meinen Füßen bequem. Mulja legte ihren Kopf auf das Kissen neben mein Gesicht und schnaufte zufrieden. Ich blickte sie an.

»Schämst du dich nicht? Erst hast du die Bouletten gefressen, dann die Karte …«

»Nein!«, rief nun jemand. »Pischkek!«

Vor Schreck fuhr ich hoch, und die Möpsinnen fielen auf den Boden.

»Wer ist im Zimmer?«

»Archie!«, kam die Antwort. »Schlaf, hab keine Angst.«

Als ich mich im Zimmer umsah, erblickte ich den Papagei, der sich auf dem Fensterbrett niedergelassen hatte.

»Was machst du denn hier?«, entfuhr es mir.

»Ich gehe schlafen«, teilte mir Archie mit einer unbekannten Frauenstimme mit. Nach einer Weile fügte er hinzu: »Auch für dich, mein Katerchen, wird es nun Zeit für den letzten Gang. Ruhe in Frieden, ich hab dich gründlich satt.«

Ich ließ mich auf das Kissen zurückfallen. Die Möpsinnen nahmen wieder ihre Plätze ein. Der Papagei plusterte sich auf und zog sich hinter die Gardine zurück.

»Archie«, fragte ich, »schläfst du?«

»Schlaf ist der Tod der Seele.«

Ich fuhr zusammen und spürte, wie ich eine Gänsehaut bekam. Jetzt sprach Archie mit der Stimme des toten Eduard Malewitsch.

24. Kapitel

Als am nächsten Morgen alle meine Hausgenossen auf den Weg gebracht waren, nahm ich das Telefon und wählte die Nummer, die mir Jewgenia Tscherw gegeben hatte. Die

Uhr zeigte zwar erst acht, aber ältere Leute standen in der Regel früh auf.

»Hallo«, ertönte da eine ärgerliche Stimme.

»Ich hätte gern Sinaida Wassiljewna gesprochen.«

»Was wollen Sie denn von mir zu nachtschlafender Zeit?«

»Entschuldigen Sie bitte, Jewgenia Tscherw hat mir geraten, mich an Sie zu wenden.«

Der eisige Ton war wie weggeblasen. »Jewgenia? Das ist natürlich etwas anderes. Und worum geht es?«

»Können Sie mir sagen, wo ich Angelika Weressowa finde?«

Am anderen Ende wurde es still. Nur das übliche Knacken und Rauschen der Leitung war zu hören. Ich glaubte schon, die Verbindung sei unterbrochen. »Sinaida Wassiljewna, sind Sie noch da?«, rief ich aufgeregt.

»Was wollen Sie von meiner Enkelin?«, kam jetzt die Gegenfrage.

»Ach, wissen Sie«, log ich, dass sich die Balken bogen, »Angelika Weressowa hat vor längerer Zeit dem Studio *Mosfilm* Fotos für die Schauspielerkartei geschickt. Wir bereiten gerade eine neue Serie vor. Der Regisseur ist der Meinung, Angelika könnte für die Hauptrolle in Frage kommen. Ich bin beauftragt, sie zu finden, habe aber keine Telefonnummer von ihr. Ich bin so froh, dass ich über Jewgenia auf Sie gestoßen bin.«

»Angelika spielt schon lange nicht mehr«, antwortete Sinaida Wassiljewna.

»Das ist nicht von Belang«, sagte ich schnell, »wir möchten trotzdem mit ihr in Kontakt treten.«

»Wenden Sie sich an den Klub *Romano*«, sagte die Frau in abweisendem Ton.

»Haben Sie auch eine Adresse?«

»Nein, in Etablissements dieser Art verkehre ich nicht.«

»Oder ihre private Telefonnummer?«

»Die ist mir nicht bekannt!«

»Aber wieso …?«

»Wir haben schon lange keine Verbindung mehr«, gab die Wissenschaftlerin zurück. »Angelika hat sich abgenabelt. Sie geht ihren eigenen Weg. Vor einigen Jahren hat sie im *Romano* gearbeitet. Wo sie jetzt ist, weiß ich nicht.«

Aus dem Hörer tönte das Besetztzeichen. Ich wartete eine Weile und rief dann die Auskunft an.

»Ich hätte gern die Telefonnummer des Klubs *Romano*.«

»Da müssen Sie die gebührenpflichtige Auskunft anrufen – 0509.«

»Warum denn das?«, fragte ich empört zurück.

Aber man hatte mich schon wieder abgehängt.

Bei der gebührenpflichtigen Auskunft war man wesentlich freundlicher. Für 17 Rubel teilte mir die Dame am anderen Ende nicht nur die Telefonnummer, sondern auch die Adresse des Klubs mit. Und fügte noch hinzu: »Geöffnet von 19.00 Uhr bis 6.00 Uhr morgens. Es ist ein Eintrittsgeld zu entrichten.«

»Wie viel?«

»Da müssen Sie im Klub anrufen.«

Der Hinweis war richtig, aber bis 17.00 Uhr ging dort niemand ans Telefon. Von den vielen Versuchen war ich schon völlig entnervt. Schließlich hob doch jemand ab und sagte: »Romano.«

»Können Sie mir erklären, wie ich am besten zu Ihnen komme?«

»Sie finden uns in der Karelskaja Uliza 19 direkt neben dem Kino *Swesda*«, antwortete eine süßliche Männerstimme höflich.

»Verlangen Sie Eintritt?«

»Montags und dienstags kostet es bei uns zehn Dollar, mittwochs und donnerstags fünfzehn, freitags vierzig Dollar«, antwortete der Mann freundlich.

»Gibt es bei Ihnen eine Angelika Weressowa?«

»Natürlich«, antwortete der Mann verwundert, »Angelika Andrejewna Weressowa ist jeden Tag hier.«

»Und wann bitte?«

»Von 15.00 Uhr bis gegen 4.00 Uhr morgens.«

»Jeden Tag?«

»Selbstverständlich«, sagte die Stimme im Brustton der Überzeugung. »Die Chefin kann den Klub doch nicht ohne Aufsicht lassen. Aber was wollen Sie von Angelika Andrejewna? Vielleicht sollten Sie sie mit Ihrem Problem nicht behelligen. Ich kann Ihnen auch auf alle Fragen antworten.«

»Und wer sind Sie?«

»Der Klubmanager, Michail Lwow.«

»Sehr angenehm«, ratterte ich los. »Ich arbeite bei der Zeitschrift *Unterhaltung* und möchte eine Reportage über Ihren Klub schreiben.«

»Na, das ist doch eher etwas für die Chefin«, rief Michail begeistert. »Wann wollen Sie kommen?«

»Geht es schon heute?«

»Natürlich. Kommen Sie allein?«

»Wie meinen Sie das?«

»Ich möchte nur wissen, ob Sie einen Tisch für eine Person haben möchten? Aber vielleicht kommen Sie ja in Begleitung? Das würde ich Ihnen dringend empfehlen. Wir zeigen eine hervorragende Show, die wird Ihnen bestimmt gefallen.«

Als ich mit der Antwort zögerte, fügte er rasch hinzu: »Natürlich auf Kosten des Hauses, wir lieben die Presse.«

Was für ein einträgliches Geschäft, dieser Journalismus! Jeder will berühmt werden und empfängt daher Reporter mit offenen Armen. Wie wohl eine Korrespondentin aussehen mochte, die in einen Nachtklub ging, um die Besitzerin zu interviewen?

Nachdem ich eine halbe Stunde lang ratlos vor dem offenen Kleiderschrank gestanden hatte, rief ich Nika Safonowa an.

»Hör mal Nika, hilf mir Ahnungslosen auf die Sprünge ...«

»Worum geht's?«, fragte Nika.

»Wie ziehst du dich an, wenn du jemanden interviewst?«

»Was?« Nika lachte laut los. »Was?«

»Na, wie kreuzt du da auf?«

Meine Freundin wollte sich gar nicht wieder beruhigen. »Wir haben gar keine Zeit für Klamotten«, gab sie, immer noch lachend, zurück. »Wir springen in die erste beste Jeans, und los! An ihre Aufmachung denken nur die, die wir vor die Kamera holen.«

»Aber trotzdem, manchmal muss man doch ...«

»In solchen Fällen hole ich mir einen Blazer aus dem Kostümfundus! Weißt du, wie Mischa Ossokin die Nachrichten spricht?«

»Nein.«

»Schaltest du ab und zu den Fernseher ein? Weißt du überhaupt, von wem ich rede?«

»Natürlich. So ein seriöser älterer Herr, immer korrekt gekleidet, Hemd, Krawatte, Jackett ...«

»Genau.« Nika kicherte. »Oben hui, aber unten ... Da trägt er in der Regel Jeans, und wenn es heiß ist, Shorts und Sandalen. Was nicht ins Bild kommt, interessiert keinen.«

Hocherfreut zog ich tatsächlich meine geliebten Jeans an, dazu einen Pullover, und fuhr ins *Romano*.

Angelika war so freundlich, dass es mich schon etwas anwiderte. Man hätte ihr höchstens fünfundzwanzig gegeben, obwohl sie mindestens dreißig Jahre alt sein musste.

»Von der Zeitschrift *Unterhaltung* kommen Sie?«, fragte sie aufgeräumt. »Von Ihnen ist noch nie jemand bei uns gewesen. Ich habe auch Ihr Heft noch nie an einem Kiosk gesehen.«

»Unser Journal erscheint in einer kleinen Auflage für superreiche Abonnenten«, log ich rasch. »Es wird ihnen per Post zugesandt. Sie wissen doch, was das für Leute sind. Sie nehmen kein Magazin in die Hand, das jeder hat. Normale Leser, die den *Cosmopolitan, Elle, Vogue* oder *Playboy* lesen, brauchen keine Werbung für Schmuck von Cartier oder Wagen von Rolls Royce, die auf Einzelbestellung gebaut werden. Der Kreis unserer Abonnenten ist nicht groß, aber nach jedem von ihnen müsste ihr Etablissement sich doch die Finger lecken.«

Angelika musste lachen.

»Da haben Sie wohl recht. Aber die werden wohl kaum den Weg zu uns finden. *Romano* ist ein ganz normaler Nachtklub, wo gängige Unterhaltung geboten wird.«

»Striptease zum Beispiel?«

Angelika lächelte. »In der Regel nicht. Nur manchmal haben wir die eine oder andere Nummer im Programm. Aber unser Ballett tanzt oben ohne, mit einem Federbusch auf dem Kopf wie im *Moulin Rouge*. Das sieht sehr hübsch aus.«

Nun beschrieb sie ausführlich, was *Romano* seinen Kunden bot. »Ein Restaurant mit hervorragender Küche, eine Bar, ein Café. Unser Programm beginnt um ein Uhr nachts. Der Eintritt kostet 150 Dollar. Vom Haus gibt es dafür einen Cocktail und einen kleinen Imbiss.«

»Am Telefon hat man mir ganz andere Preise genannt«, sagte ich empört.

Angelika nickte.

»Im *Romano* gibt es auch noch eine Diskothek mit Buffet. Dort ist es wesentlich billiger. Aber Ihre Leser werden sich wohl kaum unter schwitzende Halbwüchsige drängen wollen. Unser Publikum teilt sich in zwei Gruppen. Die seriöseren Gäste sehen sich die Show an, und die jungen Leute gehen in die Disko. Beide begegnen sich in der Regel nicht, denn wir haben dafür getrennte Räume und Eingänge.«

Angelika verbreitete sich noch lange darüber, was man im *Romano* erleben konnte. Ich kritzelte alles gewissenhaft in ein Notizbuch, das ich gerade an der Metrostation erstanden hatte.

Als die Besitzerin mit ihrem Vortrag fertig war, sagte sie: »Wollen wir nicht zusammen etwas essen, bevor der große Ansturm beginnt? Dann können Sie sich auch gleich davon überzeugen, wie gut unsere Küche ist. Ich empfehle Ihnen Lachsmedaillons oder Blätterteigpastetchen mit Krabben. Wir haben auch köstliche Fleischgerichte, aber Fisch und Meeresfrüchte gelingen unserem Koch besonders gut.«

»Danke, essen möchte ich jetzt nichts.«

»Auch gut«, meinte Angelika. »Dann nehmen Sie doch wenigstens einen Kaffee und etwas Süßes. Die Medaillons und Pasteten lasse ich Ihnen einpacken.«

Mir wurde es langsam peinlich. Hielt sie die Korrespondentin einer Elitezeitschrift für eine Bettlerin?

»Danke«, sagte ich etwas spitz. »Gegen Kaffee habe ich nichts einzuwenden, aber bitte nichts zu essen.«

Angelika lächelte immer noch, nahm den Telefonhörer und ordnete an: »Kaffee und was dazu gehört.«

Dann schaute sie mich mit großen Augen an und trommelte mit den Fingern auf die Tischplatte. Dabei war mir gar nicht wohl. Aber schon erschien eine junge Dame mit einem Tablett. Es entspann sich folgender Dialog: »Den Kaffee mit Zucker?«

»Nein, bitte ohne.«

»Sahne?«

»Auch nicht.«

»Vielleicht probieren Sie von diesen Törtchen?«

Ich nahm gehorsam einen Bissen, der mir sofort auf der Zunge zerging.

»Wirklich köstlich. Aber sehr gefährlich für die Figur.«

Angelika lachte. »Na, da haben Sie doch keine Probleme. Ich gebe Ihnen ein paar von diesen Törtchen mit. Die bekommen Sie sonst nirgendwo.«

»Nein, bitte nicht.«

Jetzt setzte Angelika die Tasse ab. Das Lächeln war aus ihrem Gesicht gewichen, und sie sagte scharf: »Schluss mit der Komödie!«

Vor Schreck hätte ich mich beinahe verschluckt.

»Was meinen Sie?«

»Sie sind nie im Leben eine Reporterin!«, fuhr Angelika fort. »Heraus mit der Sprache! Was wollen Sie von mir?«

»Aber unser Journal ...«

»Hören Sie auf damit!«

»Wie kommen Sie darauf, dass ich keine Reporterin bin?«

Angelika zischte: »Diese Bande kenne ich in- und auswendig! Die essen und trinken, lassen sich die Show vorführen, und meist nicht allein, sondern mit einer ganzen Horde von Freunden ... Und Pakete nehmen sie auch gern mit. Die hat noch nie einer abgelehnt! Also, weshalb sind Sie hier? Und wenn Sie mir weiter etwas vormachen, rufe ich meine Sicherheitsleute!«

Ich seufzte bedauernd, sah ihr offen in das wütende Gesicht, zückte den Ausweis meiner Detektei und hielt ihn Angelika hin. Die nickte, zündete sich eine Zigarette an und stellte fest: »Sie kommen wegen der Schlägerei am Sonnabend? Daran ist niemand schuld. Das Opfer ist vom Balkon gefallen. Der Mann war blau wie eine Haubitze.«

»Nein«, antwortete ich. »Ich komme wegen einer ganz anderen Sache.«

»Weswegen dann? Aber ich sage Ihnen gleich, meine Steuern bezahle ich pünktlich.«

»1991 haben Sie am Institut für Tropenmedizin gearbeitet.«

»Stimmt.« Angelika lächelte schon wieder.

»Können Sie sich noch erinnern, wie Sie dorthin gekommen sind?«

»Sehr einfach«, meinte Angelika. »Meine Großmutter, Sinaida Wassiljewna, hat dort ihr ganzes Berufsleben verbracht. Sie ist Professorin und befasst sich mit so schrecklichen Dingen wie Würmern und anderen Schmarotzern. Mir wird schon schlecht, wenn ich nur daran denke.«

Als Angelika die Schule beendet hatte, sagte ihre Großmutter streng: »In unserer Familie sind alle Mediziner, entweder Ärzte oder Forscher. Auch du wirst da keine Ausnahme machen.«

Das Mädchen hatte aber überhaupt keine Lust, sich mit Kranken zu befassen. Und auch die Aussicht, ihr Leben lang, über ein Mikroskop gebeugt, im Labor zu hocken, reizte sie nicht. Sie war ein lebensfrohes Ding, hatte mit Begeisterung in der Schule Theater gespielt und fühlte sich zur Bühne hingezogen.

Aber Sinaida Wassiljewna wollte davon nichts hören. »Aus unserer Familie hat sich bisher noch nie jemand öffentlich produziert. Du lernst einen ordentlichen Beruf und schwenkst nicht die Röcke vor irgendwelchen Gaffern.«

Da Angelika aber Sinaidas Lieblingsenkelin war, fügte sie in milderem Ton hinzu: »Im Medizinischen Institut gibt es auch eine Theatergruppe. Als Studentin kannst du dort gern mitspielen.«

Der Großmutter wagte in der Familie niemand zu widersprechen. Daher ging Angelika, wie befohlen, zu den Aufnahmeprüfungen und ... fiel mit Bravour durch. In ihrer Naivität freute sie sich sogar, denn sie glaubte, jetzt könnte sie sich an der Schauspielschule bewerben. Aber weit gefehlt. Sinaida Wassiljewna entschied: »Du kommst zu mir ins Institut.«

»Was soll ich denn dort machen?«, fragte Angelika verwundert.

»Die Labors putzen«, antwortete die Großmutter seelenruhig. »Dann bist du erst einmal Arbeiterin. Im nächsten Jahr bewirbst du dich noch einmal am Institut als Angehörige der Arbeiterjugend. Die nimmt man auch mit Dreien.«

So tauchte Angelika mit Eimer und Schrubber im Institut für Tropenmedizin auf. Schon nach einer Woche war ihr klar, dass sie hier nie heimisch werden würde. Ihr war buchstäblich alles zuwider: Der abscheuliche Geruch in den Laboratorien, die stumpfsinnigen Mitarbeiter, die monatelang an ihrem Schreibtisch hockten, um irgendwelche grässlichen Dinge zu erforschen ... Außerdem litt sie mit den niedlichen Versuchstieren, den Fröschen, Mäusen, Kaninchen, die die Wissenschaftler kalt und gefühllos sezierten.

Zwei Monate lang musste Angelika leiden, dann aber hatte sie unerwartet Glück. Im Institut tauchte ein hübscher Junge auf, der Schauspieler und Regisseur Gena Mamajew. Er war für einen Monat nach Indien eingeladen und wollte sich die nötigen Impfungen holen.

Mamajew irrte suchend durch das Institut und stolperte

dabei über einen Eimer. Der kippte um, und das schmutzige Wasser ergoss sich über den Korridor. Gena machte sich auf eine Schimpfkanonade der Putzfrau gefasst, aber das junge Mädchen sagte kein Wort, sondern wischte schweigend die riesige Pfütze mit einem Lappen auf. Das rührte an sein Gewissen.

»Entschuldigen Sie.«

Das junge Ding blickte ihn aus wunderschönen grauen Augen an und sagte traurig: »Macht nichts, ich bin schuld. Ich hätte den Eimer nicht mitten im Gang stehen lassen sollen.«

Als Mamajew sie ansah, war es um ihn geschehen.

Drei Monate später heirateten sie. Aber Angelika verließ das Institut bereits früher. Gena engagierte sie für sein Theater.

»Und Ihre Großmutter hat Sie so einfach gehen lassen?«, fragte ich verwundert.

Angelika lachte. »Wenn man kein Glück hat, dann kann einem auch das Pech helfen. Meinen Abschied vom Institut habe ich der eigenen Dummheit zu verdanken.«

»Das müssen Sie mir genauer erklären.«

Angelika zündete sich eine Zigarette an. »Wie töricht ich damals gewesen bin, das glaubt keiner. Aber weshalb interessiert Sie das?«

Ich schwieg eine Weile, dann aber sagte ich vorsichtig: »Wissen Sie, das ist eine merkwürdige Sache. Was Sie mir über Ihre Arbeit am Institut für Tropenmedizin erzählen, könnte Licht in einen Mordfall bringen. Erst in diesem Monat ist der bekannte Musiker Eduard Malewitsch unter rätselhaften Umständen ums Leben gekommen.«

»Um Gottes willen«, sagte Angelika bestürzt. »Ich bin vor neun Jahren von dort weggegangen und habe auch nur kurze Zeit am Institut gearbeitet.«

»Glauben Sie mir, Ihre Aussage ist äußerst wichtig«, hielt ich ihr entgegen. »Manchmal entfalten Dinge, die vor langer Zeit geschehen sind, erst viel später ihre Wirkung. Mich interessiert vor allem, wie sich die Sache mit dem *delphus* abgespielt hat.«

»Womit?«, fragte Angelika erstaunt.

»Sie haben damals im Labor von Jewgenia Tscherw den Tisch abgewischt und dabei ein Reagenzglas umgeworfen …«

»Das is ja'n Ding!«, rief Angelika und schlug sich vor Überraschung wenig damenhaft auf die Schenkel. »Haben Sie sich abgesprochen?«

»Wovon reden Sie?«

»Vor ein paar Tagen war ein Mann bei mir, so ein aufgeregter, völlig überdrehter …«

»Alexander Radsinski?«

»Genau, so hat er sich vorgestellt. Er hat kaum ein Wort herausgebracht und am ganzen Leibe gezittert … Der hat mich auch schon nach der Geschichte mit dem Reagenzglas gefragt.«

»Und was haben Sie ihm gesagt?«

»Ich habe ihm erzählt, wie es war. Warum sollte ich ein Geheimnis daraus machen? Was für Dummheiten ein junges Ding so anstellt …«

»Radsinski ist auch ermordet worden.«

»Waaas?« Angelika sprang vor Schreck auf.

»Man hat ihn in seinem Hausflur erschossen.«

»Weshalb denn?«

»Dafür, dass er nahe daran war, einen Mord aufzuklären, der 1991 geschah. Exakt aus diesem Grunde bitte ich Sie sehr, mir die Geschichte noch einmal ganz genau zu erzählen.«

»Herr im Himmel!«, rief Angelika aus. »Das war überhaupt nichts Schlimmes, die reine Dummheit!«

»Erzählen Sie schon.«

Angelika zuckte die Schultern.

»Also gut, hören Sie zu ...«

25. Kapitel

Eines Tages wurde Angelika von der netten Anja Jachnina angesprochen. Die war nur wenig älter als sie, hatte aber bereits einen Hochschulabschluss und sogar ihre Dissertation fertig. Letztere war auch der Grund für das, was dann folgte.

»Hör mal, Angelika«, fragte Anja, »möchtest du dir zwanzig Dollar verdienen?«

»Na klar«, antwortete Angelika verwundert.

»Dann tu mir einen Gefallen.«

»Was soll ich denn machen?«

Anja schaute sich vorsichtig nach allen Seiten um und sagte leise: »Du kennst doch das Labor von Jewgenia Tscherw?«

»Ja, ich putze dort jeden Tag.«

»Hast du einen Schlüssel?«

Angelika hielt ihr den großen Schlüsselbund vor die Nase. »Wie soll ich denn sonst in die Räume reinkommen?«

»Ich möchte, dass du mir ein Reagenzglas von dort bringst«, bat Anja. »Aus dem orangefarbenen Reagenzglasständer. Aber du darfst es nicht verwechseln. Es muss unbedingt von dort sein.«

»Wozu?«, fragte Angelika verwundert.

Anja zog eine böse Grimasse. »Die alte Hexe hat vor dem Wissenschaftlichen Rat meine Dissertation runtergemacht. Keinen guten Faden hat sie daran gelassen! Die Weiber im Rat hat das natürlich gefreut. Ich bin ihnen ein

Dorn im Auge. Die haben alle erst promoviert, als sie schon über vierzig waren. Aber ich bin noch nicht mal dreißig. Wie die über mich hergefallen sind! Zum Glück hat wenigstens Professor Dautow durchgesehen, und es ist gerade noch einmal gutgegangen.«

»Und was hat das mit dem Reagenzglas zu tun?«

»Eine ganze Menge!«, rief Anja erbost. »Die alte Schachtel hat dort behauptet: ›Die Untersuchungen sind nachlässig gemacht, außerdem lässt Jachnina nach der Arbeit immer alles herumliegen! Bis mal was Wichtiges wegkommt!‹ Ich habe eine Rüge erhalten – für unsachgemäßen Umgang mit Material. Jetzt will ich der Alten eins auswischen! Wenn von ihrem Tisch ein Reagenzglas mit dem *delphus* verschwindet, dann möchte ich sehen, wie die sich rausredet!«

Für Angelika war die Bitte keine große Sache. Sie mochte Anja, weil sie immer so nett war, weil sie ihr ab und zu eine teure Zigarette oder etwas Süßes abließ. Sie konnte verstehen, dass Anja sich an der widerlichen Alten rächen wollte. Denn Jewgenia Tscherw ging auch ihr mächtig auf die Nerven. Sie war mit ihrer Großmutter Sinaida Wassiljewna befreundet und wollte dauernd an Angelika herumerziehen. Bei jeder Gelegenheit hagelte es Ermahnungen und lästige Bemerkungen. Mal hatte sie Reagenzgläser umgestellt, mal die Objektträger im Mikroskop mit einem nassen Lappen abgewischt, mal den Staub unter dem Tisch oder auf dem Panzerschrank liegen lassen …

Außerdem petzte sie alles Angelikas Großmutter, die ihr dann die Verfehlungen noch einmal vorhielt. Das Schlimmste aber war etwas anderes. Wenn Jewgenia Angelika auf dem Korridor begegnete, predigte sie ihr ständig: »Du solltest mir dankbar sein, dass ich dir etwas beibringe. Fortschritte sehe ich zwar bisher kaum, aber ich gebe die

Hoffnung nicht auf, aus dir ein anständiges Mitglied der Gesellschaft zu machen!«

Und schon begann die nächste Litanei. Angelika hatte das Telefon mit einem schmutzigen Lappen abgewischt, vergessen, das Waschbecken zu säubern, oder beim Putzen das Fensterbrett übersehen. Einmal vergaß sie gar, das Labor hinter sich abzuschließen. Anjas Bitte kam ihr daher sehr gelegen.

»Aber sei vorsichtig«, mahnte die. »Nimm ein leeres Reagenzglas, füll es mit Wasser und stell es in die Lücke. Das mit dem *delphus* verschließe sorgfältig mit einem Gummipfropfen und bringe es mir.«

»Wozu brauchst du denn das Zeug?«, fragte Angelika. »Ich kann es doch ins Waschbecken gießen. Das ist viel einfacher!«

»Um Gottes willen!«, rief Anja erschrocken. »Das Zeug ist gefährlich und könnte ins Abwasser gelangen. Nein, das Reagenzglas bringst du mir. Ich vernichte das Material, wie es Vorschrift ist. Ich will doch keinen großen Ärger haben, sondern nur dieser alten Vettel eins auswischen!«

Angelika willigte ein und wartete einen günstigen Moment ab. Aber Jewgenia Tscherw war für ihre Pedanterie bekannt. Wenn sie nach Hause ging, herrschte in ihrem Labor mustergültige Ordnung. Selbst wenn sie sich nur kurz zur Toilette entfernte, stellte sie den Reagenzglasständer mit den Gläsern stets in den Panzerschrank, schloss ab und trug den Schlüssel bei sich. Das war keine Frau, sondern der reine Roboter! Erst an einem Tag, als Eier verkauft wurden, hatte Angelika endlich Glück.

Aber das Dummchen hatte sich zu früh gefreut. Kaum eine halbe Stunde nach dem Austausch der Gläser stürzte Jewgenia mit wutverzerrtem Gesicht in das Kämmerchen, wo Angelika, zufrieden mit sich, gerade auf einem umgekippten Eimer eine Zigarette rauchte, und fragte scharf: »Heraus mit der Sprache! Wo ist der *delphus regal*?«

Angelika mochte zwar keine geistige Leuchte sein, aber so viel begriff sie: Die Wahrheit durfte sie nicht sagen. Die wütende Alte hätte die Sicherheitsleute rufen können, und dann wäre es allen schlecht ergangen. Die Erforschung von Würmern ist zwar keine supergeheime Angelegenheit, aber die widerliche Alte hätte die Sache aufblasen und vielleicht sogar vor Gericht bringen können. Angelika konnte richtig hören, wie ein Richter mit schneidender Stimme das Urteil verlas: ... als Mitglied einer kriminellen Organisation zur Diskreditierung einer bekannten Wissenschaftlerin durch eine Verschwörung ... Die Angst aktivierte ihre grauen Zellen. Außerdem wollte sie Schauspielerin werden und konnte ganz gut heucheln. Laut aufheulend, zeigte sie als Erstes Reue. »Verzeihen Sie bitte, es ist mir halt passiert ...«

Jewgenia hörte sich Angelikas »Beichte« mit zusammengepressten Lippen an. Als die geendet hatte, blickte sie ihr in das tränenüberströmte, mit Wimperntusche verschmierte Gesicht und fragte streng: »Nehmen wir an, du hast das Glas wirklich aus Versehen umgeworfen. Bei deiner Schlampigkeit ist das durchaus vorstellbar. Aber warum hast du dann destilliertes Wasser in das Glas gefüllt?«

Angelika schluchzte wieder laut auf. »Ich habe solche Angst gehabt, dass Sie es merken und gleich meiner Großmutter erzählen. Die hätte mir glatt den Kopf abgerissen. Da habe ich gedacht, dass ich es so wieder geradebiegen kann. Ich habe doch nur Wasser verschüttet und eben wieder Wasser nachgegossen ...«

»Du bist ja noch dümmer, als ich dachte«, schimpfte die widerwärtige Alte. »Du hast recht, ich gehe jetzt sofort zu Sinaida Wassiljewna und anschließend zum Direktor. Dieser Vorfall muss auf der Vollversammlung besprochen werden als Lehre für solche wie dich!«

Angelika heulte noch lauter. Aber Jewgenia blieb unerbittlich. Sie ließ das Mädchen einfach stehen und lief zu Sinaida Wassiljewna. Die arme Angelika blieb in der Besenkammer und dankte heimlich ihrem Schutzengel, der ihr eingegeben hatte, Anja nicht zu verraten. Wenn wegen einer bloßen Ungeschicklichkeit ein solches Tamtam gemacht wurde, was wäre dann erst passiert, hätte Jewgenia erfahren, wie die Dinge wirklich lagen.

Dann aber hatte Angelika plötzlich Glück im Unglück. Zwei Stunden später erschien ihre Großmutter schwer atmend in der Besenkammer und hielt ihr ein Blatt Papier hin.

»Unterschreib!«

»Was ist das?«, fragte Angelika vorsichtig.

»Deine Entlassung auf eigenen Wunsch!«, teilte die Großmutter ihr mit. Als sie sah, wie Angelika ihre Unterschrift auf das Papier kritzelte, fügte sie hinzu: »Vielleicht solltest du wirklich Schauspielerin werden. Wissenschaftliche Arbeit erfordert Hingabe, Konzentration, Zielstrebigkeit und höchste Exaktheit. Von dir kann man etwas Derartiges offenbar nicht erwarten.«

Angelika war überglücklich, traute sich aber nicht zu mucksen, denn die strenge Großmutter fuhr fort: »Im Übrigen hätte Jewgenia Tscherw die Sache nicht so aufblasen sollen. Reagenzgläser gehen nun mal kaputt, und nicht nur solche mit dem *delphus regal*, der sofort verendet ist, als du ihn mit deinem Lappen auf dem Tisch breitgewischt hast, sondern mit viel gefährlicheren Sachen. Schlimm ist etwas anderes. Du hättest nicht destilliertes Wasser in das Glas füllen dürfen, um die Sache zu vertuschen, sondern hättest nach der Vorschrift handeln müssen. Die habe ich dir doch eingebläut! Also, wie lautet sie?«

»Den Raum sorgfältig verschließen«, antwortete Angelika stockend, »die rote Lampe über der Tür einschalten und Sergej Kogtjew aus Zimmer 7 rufen.«

»Na also!«, sagte die Großmutter zufrieden. »Warum hast du das nicht gemacht?«

Angelika schluchzte wieder auf. »Ich habe Angst gehabt, dass man mich ausschimpft.«

Völlig unerwartet strich die Großmutter ihr mit der Hand übers Haar. »Du bist noch ein richtiges kleines Dummchen. Mach, dass du nach Hause kommst.«

»Und Jewgenia Iwanowna geht nicht zum Direktor?«, fragte Angelika angstvoll.

Sinaida Wassiljewna schmunzelte. »Ach, die hängt alles gleich an die große Glocke! Aber dass die Personalakte meiner Enkelin deswegen einen Fleck bekommt, kann ich nicht zulassen.«

»Macht sie denn, was du sagst, Oma?«

Jetzt musste Sinaida Wassiljewna richtig lachen. »Die soll nur versuchen, sich gegen mich zu stellen! Nächste Woche verteidigt ihre Cousine vor unserem Wissenschaftlichen Rat ihre Habilarbeit. Da bin ich die Vorsitzende. Wenn ich will, wird sie niedergestimmt. Vielleicht kommt auch das Quorum nicht zustande, oder wir finden einen Formfehler in den Papieren. Dann wird die ganze Sache um mindestens ein halbes Jahr verschoben. Nein, Jewgenia ist nicht dumm und hat mir versprochen, die Sache auf sich beruhen zu lassen. Aber dafür hat sie verlangt, dass du sofort aus dem Institut verschwindest.«

So wendete sich unerwartet alles zum Guten. Das Institut für Tropenmedizin war schnell vergessen, und eine Medizinerin wollte die Großmuter aus Angelika auch nicht mehr machen. Angelikas Glückssträhne hielt an. Zuerst holte sie ihr Mann an sein Theater, und als das pleiteging, gründeten sie den Nachtklub *Romano*, der ihnen ein Leben in Wohlstand ermöglichte.

»Meine arme Großmutter!«, meinte Angelika schließlich bedauernd. »Die hat sich anfangs so gefreut, dass aus mir eine richtige Schauspielerin wird. Wenn schon keine Wissenschaftlerin, wollte sie wenigstens einen Bühnenstar zur Enkelin haben. Aber als wir dann den Klub gegründet haben …, da war richtig was los! Sie hat mit den Füßen aufgestampft und herumgeschrien, dass ich mich zur Nutte mache … Es war der reine Zirkus. Und was für ein Starrkopf sie ist. Lebt von ihrer ärmlichen Rente, leidet Not, aber nimmt von mir keine Kopeke. Wie oft habe ich versucht, ihr Geld oder wenigstens ein paar Lebensmittel zu bringen. Keine Chance! Sie lässt mich nicht über ihre Schwelle! Das ist ein Charakter!«

»Und was ist aus Anja Jachnina geworden?«

Angelika lachte. »Was weiß ich? Sie hat mich damals vorgeschickt, weil sie sich selber nicht die Finger schmutzig machen wollte. Aber ich nehme es ihr nicht übel, denn am Ende war es ja mein Glück. Wo Anja heute ist? Bestimmt hockt sie immer noch in diesem Institut. Die war nicht ganz normal. Konnte sich für diese blöden Reagenzgläser begeistern und wollte unbedingt Nobelpreisträgerin werden. Ich habe sie danach nicht wiedergesehen. Wenigstens anrufen und danke sagen hätte sie können. Denn hätte ich geplaudert, dann wäre sie bestimmt nicht so glimpflich davongekommen wie ich. Mit ihrer Karriere wäre es aus gewesen.«

Ich trat aus dem *Romano* auf die dunkle, feuchte Straße hinaus und ging langsam zur Metro. Die Straße wirkte öd und leer. Kein einziger Passant kam mir entgegen. Das eisige, windige Wetter hatte die Moskauer in die Häuser getrieben. Vielleicht sollte ich ja wirklich lernen, wie man im Winter Auto fährt, nicht nur im Sommer. Dann würde ich jetzt im warmen Wagen sitzen und nicht vor Angst und Kälte schlotternd zur Metro laufen müssen. Aber wenn ich bedachte, wie sehr ich am Steuer sogar an einem schönen Junitag vor Anspannung in Schweiß geraten konnte …

Als ich nach Hause kam, wunderte mich gar nicht mehr, dass unsere Tür noch immer nicht beschlagen war. Dafür hielt Iwan schon das Abendbrot bereit, diesmal Makkaroni auf Matrosenart und Borschtsch. Er gehörte fast schon zur Familie. Julia und Katja schlurften in seinem Beisein bereits im Morgenrock durch die Wohnung, und Lisa hüpfte, nur mit Höschen und BH bekleidet, ins Bad. Das hatten sie sich bisher nur in Anwesenheit dreier Vertreter des starken Geschlechts erlaubt – Serjoshas, Kiras und Wolodjas. Wo war eigentlich der Major abgeblieben? Er rief nicht an und ließ sich überhaupt nicht mehr sehen. Sehr merkwürdig. Andererseits war es auch nichts Außergewöhnliches. Wahrscheinlich saß er wieder einmal in einem Hinterhalt oder musste einfach nur seinen Schreibtisch abarbeiten. Das kam bei ihm vor.

Am nächsten Morgen fuhr ich ins Institut für Tropenmedizin, ließ mir vom Pförtner das Telefonverzeichnis geben und rief in der Personalabteilung an.

»Hallo«, ertönte eine Mädchenstimme.

»Guten Tag«, sagte ich so freundlich ich konnte. »Ich komme von der Fernsehsendung *Welt der Wunder*.«

»Na, so was!«, rief das Mädchen. »Was verschafft uns denn diese Ehre?«

»Unser Chef Leonid Jakubowitsch lässt Sie herzlich grüßen!«

»Danke vielmals«, gab das Mädchen erfreut zurück. »Womit kann ich Ihnen helfen?«

»Ach, das möchte ich nicht gern am Telefon besprechen.«

»Natürlich, natürlich«, antwortete die Angestellte und sagte eifrig: »Bleiben Sie, wo Sie sind, ich hole Sie ab!«

Fünf Minuten später erschien am Drehkreuz ein hübsches Frauenzimmer, das bei diesem Wetter völlig unpassend in ein winziges ledernes Miniröckchen und einen knappen Pulli gekleidet war. Über der Taille war gar ein Streifen nackter Haut zu sehen.

»Kommen Sie«, sagte das himmlische Wesen zu mir.

Über gewundene Korridore schritten wir wie durch einen verschlungenen Darm ins Innere des Gebäudes.

»Wissen Sie«, zwitscherte meine Begleiterin aufgeregt, »ich empfange zum ersten Mal jemanden vom Fernsehen. Wollen Sie eine Sendung über uns machen?«

»Auf jeden Fall über den einen oder anderen Ihrer Mitarbeiter ...«

»Das ist ja toll!«, rief das Mädchen begeistert.

»Wie heißen Sie?«, fragte ich lächelnd.

»Larissa.«

»Also, Larissa«, sagte ich freundlich, »wir möchten unmittelbar vor dem Neujahrstag drehen. Es soll eine Überraschung werden. Ich bitte Sie also dringend, nichts davon verlauten zu lassen. Heute möchte ich mich nur über Ihre Mitarbeiter orientieren. Sie sind doch die Leiterin der Personalabteilung?«

»Nein«, sagte Larissa, »ich bin dort nur Referentin.«

»Und wer ist Ihr Chef?«

»Nikolai Simakow«, erklärte Larissa. »Aber heute ist weder er noch eine seiner Stellvertreterinnen da. Ich hüte sozusagen das Haus.«

»Wo ist denn Ihre ganze Leitung?«, fragte ich erstaunt, während Larissa eine schwere Stahltür öffnete, auf der ein Schild mit der Aufschrift »Für Unbefugte Zutritt verboten« prangte.

»Bei uns geht die Grippe um«, erklärte mir das Mädchen. »Sie hat schon das halbe Institut niedergestreckt, und die andere Hälfte kommt bestimmt auch noch dran!« Ich grinste in mich hinein. Schuhmacher haben meistens schlechte Stiefel, Ärzte erforschen exotische Krankheiten und vergessen darüber, sich gegen den Virus A impfen zu lassen. Dabei warnten die Zeitungen seit Wochen vor einer Epidemie und empfahlen diese Schutzmaßnahme dringend. Mir war das gerade recht. Schließlich wusste ich nicht, ob Personalchef Simakow über eine angebliche Mitarbeiterin von *Welt der Wunder* auch in solche Begeisterung geraten wäre. Bestimmt hätte er sich als Erstes meinen Ausweis zeigen lassen. Der naiven Larissa fiel das natürlich nicht ein. Nur eine Hürde hatte ich noch zu nehmen …

»Sagen Sie, Larissa«, flötete ich so einschmeichelnd ich konnte, als ich mich in dem engen Büro auf einem Stuhl niedergelassen und eine Tasse widerwärtigen Kaffees entgegengenommen hatte, »dürfen Sie in Abwesenheit Ihrer Leitung in die Personalkartei Einsicht nehmen?«

»Natürlich!«, erklärte Larissa selbstbewusst. »Die haben wir doch jetzt im Computer. Ein Mausklick, und da ist sie schon!« Um mir zu beweisen, was sie konnte, schaltete sie den Computer sofort ein, der brummend hochfuhr.

Eine ganze Stunde lang fahndeten wir nun nach geeigneten Mitarbeitern für meine »Sendung«. In einem passenden Moment sagte ich: »Mein Chef Jakubowitsch hat einen Vorschlag …«

»Welchen denn?«, fragte Larissa aufgeregt.

»Sie haben hier eine sehr interessante Frau – Anja Jachnina. Mein Chef möchte, dass sie unbedingt in der Sendung auftritt.«

»Jachnina, Jachnina«, murmelte Larissa. »Die kenne ich gar nicht, aber unser Institut ist nun mal sehr groß.«

Zeilen liefen in endloser Folge über den Bildschirm.

»Ist der Name exakt?«, fragte Larissa nach einigen Minuten.

»Absolut.«

»Dann muss ich unter den Ausgeschiedenen nachsehen«, sagte sie. Gleich darauf rief sie freudig aus: »Hier habe ich eine Anja Jachnina, geboren 1963! Ist sie das?«

Ich starrte auf den Monitor. Von dem nicht sehr scharfen Bild schaute mich ein Mädchengesicht an. Selbst dieses verschwommene Foto sagte etwas über Anjas Charakter: Sie schaute ernst drein und war bestimmt nicht bereit, jedem Fremden ihre Seele zu öffnen. Ein vorspringendes, eckiges Kinn, schmale, zusammengepresste Lippen ... Eigenschaften, die sicher für eine Wissenschaftlerin gut waren, aber gewiss nicht für eine Frau und Mutter.

»Ist sie das?«, fragte Larissa noch einmal.

»Scheint so.«

»Sie hat unser Institut schon 1991 verlassen«, erklärte Larissa.

»Ist ein Grund angegeben?«

»Natürlich. Wegen plötzlicher Verschlechterung ihrer Gesundheit und Invalidisierung.«

»Ihre Adresse?«

»Hier steht nur die, wo sie wohnte, als sie hier im Institut gearbeitet hat.«

»Kann ich die haben?«

»Zwetnoi Bulvar 12, Wohnung 7.«

Zur Metro rannte ich fast. Leider war in der Personalakte keine Telefonnummer angegeben. Aber der Zwetnoi Bulvar lag mitten im Zentrum und die gleichnamige Metrostation war nicht weit entfernt. Ich lief die fahrende Rolltreppe hinunter, stürzte in den bereitstehenden Zug und ließ mich auf eine freie Sitzbank plumpsen. Ehe ich lange über das weitere Vorgehen nachdenken konnte, wurde die Station bereits ausgerufen. Ich schritt zum Ausgang und summte fröhlich vor mich hin. Mir ging es gut, das Leben war schön, ich war jung, hatte eine Familie und meine geliebten Haustiere. Jetzt konnte ich auch noch meinem Traumberuf nachgehen. Ich war gern Privatdetektivin. Wenn ich den Mörder von Eduard Malewitsch gefunden hatte, sollte mich Fedora gleich mit dem nächsten Fall beauftragen. Aber vielleicht bekam sie gar keinen nächsten Fall? Der angstvolle Gedanke verschwand schnell wieder, als mein Blick auf einen Zeitungskiosk fiel. Keine Aufträge? Die konnte ich mir selber suchen, wenn nötig, per Annonce.

26. Kapitel

Anja wohnte im Zentrum, während unser Haus vom Roten Platz ziemlich weit entfernt liegt. Aber für nichts in der Welt hätte ich mit ihr tauschen wollen.

Die viergeschossige Villa aus grauem Stein stand direkt an dem belebten Boulevard, wo ständig Autos in kilometerlangen Staus hupten oder der rollende Verkehr lärmend vorüberbrauste. Selbst an einem so kalten, frostklaren Tag fiel das Atmen in dieser Gegend schwer. Ich konnte mir vorstellen, wie dick die Luft hier an einem schwülen Sommertag sein musste.

Man trat von der Straße direkt ins Haus; einen Hof oder Vorgarten gab es nicht. Wo die Leute hier wohl ihre Hunde ausführten? Auch das Treppenhaus machte einen denkbar schlechten Eindruck. Es roch so sehr, dass mir fast schlecht wurde, während ich die schmutzigen, bespuckten Stufen hinaufstieg. Dazu passte auch die Tür zu Wohnung Nr. 7 –

ein hölzernes, abgeschabtes Monstrum mit einer Klinke, die bestimmt hundert Jahre alt war. Eine Klingel gab es hier nicht. Ich hämmerte also mit dem Fuß gegen die Bretter. Das musste wohl jeder tun, der hierherkam, denn die Tür war in der unteren Hälfte völlig abgetreten.

»Wer ist da?«, hörte ich eine Kinderstimme fragen.

»Ruf doch bitte deine Mama.«

»Einen Moment«, kam es von drinnen.

Ich wartete eine Weile und wollte schon durch neue Tritte gegen die Tür auf mich aufmerksam machen, da öffnete die sich einen Spalt.

»Zu wem möchten Sie denn?«

»Zu Anja Jachnina.«

Durch den Türspalt schaute ein blasses Frauengesicht mit einem riesigen »Veilchen« unter dem linken Auge.

»Zu Anja?«

»Ja.«

»Und Sie kommen nicht von der Wohnungsverwaltung?«

»Sehe ich so aus?«

»Auch nicht vom Sozialamt?«, fuhr die Frau misstrauisch fort.

»Nein.«

»Woher kommen Sie dann? Und was wollen Sie von Anja?«

»In diesem Jahr wird das Institut für Tropenmedizin 50 Jahre alt. Frau Jachnina hat dort einmal gearbeitet. Ich habe eine Einladung zu der Festveranstaltung für sie.«

Jetzt klapperte die Frau mit der Kette. »Kommen Sie herein. In diesem Haus wohnen die unmöglichsten Leute. Ich habe diese Wohnung von Anja als Untermieterin erhalten. Wir fürchten immer, dass jemand von diesen Hungerleidern uns bei der Wohnungsverwaltung oder beim Sozialamt verpfeift. Wenn die erfahren, dass Anja die Wohnung weitervermietet, dann ist damit sofort Schluss. Von ihrer kleinen Rente kann sie aber nicht leben.«

»Das heißt, Anja wohnt gar nicht hier?«, unterbrach ich die jammernde Frau.

»Nein, sie ist im Heim.«

»Wo?«

»Na, in einem Pflegeheim. Wissen Sie das denn nicht?«

»Was?«

»Na, was mit ihr passiert ist.«

»Nein, wir sind uns nie begegnet.«

»Anja ist invalidisiert. Sie kann zu keiner Festveranstaltung gehen.«

»Haben Sie die Adresse?«

»Von dem Heim? Natürlich.«

»Und die Telefonnummer?«

»Wozu? Anja geht nie aus. Einmal monatlich bringt mein Mann ihr die Miete vorbei, und das war's.«

»Geben Sie mir bitte die Adresse.«

»Die Mühe können Sie sich sparen«, riet mir die Frau. »Sie geht sowieso nicht hin. Lassen Sie die Einladung hier. Wenn mein Pjotr ihr das nächste Mal die Miete bringt, nimmt er sie mit.«

»Ich habe den Auftrag, sie ihr persönlich auszuhändigen. Es hängt auch ein kleiner Geldbetrag dran.«

»Ach so! Das ist natürlich etwas anderes. Schreiben Sie: Vierte Sackgasse Nr. 6.«

Einen Moment lang glaubte ich, die Frau wolle sich über mich lustig machen.

»Vierte Sackgasse? Wo gibt's denn so was?«

»Pjotr!«, rief da die Frau laut. »Komm mal her.«

Aus dem Wohnzimmer tappte ein dicker Mann in einem lappigen, fleckigen T-Shirt herbei.

»Was brüllst du denn so? Lass das gefälligst, Walja!«

»Hör mal, Pjotr«, fuhr Walja, von den groben Worten ihres Mannes unbeeindruckt, fort, »sag der Frau, wo Anjas Heim liegt. Von ihrer früheren Arbeitsstelle schickt man ihr materielle Unterstützung.«

Pjotr richtete seinen trüben Blick auf mich und murmelte: »Am Arsch der Welt.«

»Wo?«, frage ich verdutzt.

»Wo sich Fuchs und Hase gute Nacht sagen«, meinte Pjotr und kratzte sich eifrig unter den Achseln. »Da müssen Sie eine halbe Weltreise machen, um hinzukommen. Zuerst mit der Metro zur Jugosapadnaja, dann mit dem Linientaxi nach Solnzewo, dann in den Bus 812 umsteigen und bis zur Station Seljony Bor fahren. Wenn Sie aussteigen, stehen Sie direkt vor dem Zaun.«

»Wie lange dauert denn das?«

»Mindestens zwei Stunden für eine Strecke.«

Ich blickte auf einen großen Wecker, der laut auf einem Schrank tickte. Er zeigte 13.00 Uhr. Um drei Uhr nachmittags konnte ich an Ort und Stelle sein.

Pjotrs Auskunft erwies sich als nicht ganz exakt. Für die Fahrt brauchte ich wesentlich mehr als zwei Stunden. Zuerst ließ mich das Linientaxi warten, dann wollte der 812-er ewig nicht kommen. Als ich beim Schaffner bezahlte, stellte sich heraus, dass Seljony Bor die Endstation war, wohin der Bus bei gutem Wetter eine halbe Stunde und im Winter mindestens 40 Minuten brauchte. In einem hatte Pjotr recht: Der Bus hielt tatsächlich am blauen Zaun des Anwesens. Aber er vergaß mir zu sagen, dass man bis zum Haupteingang noch etwa 20 Minuten zu Fuß gehen musste. Der Zaun nahm und nahm kein Ende. Er war hoch und wies keine einzige Lücke auf. Als ich endlich das Tor erreichte, ging ich hindurch und hatte etwa zehn Gebäude vor mir, die sich malerisch über ein riesiges

Gelände verteilten. Auf dem ersten prangte ein Schild mit der Aufschrift: Leichenschauhaus. Ausgabe von 10.00 – 14.00 Uhr. Das umging ich, ohne nachzudenken. Auf dem nächsten stand: Chirurgie. Da gab es vielleicht einen Pförtner.

Neben der Eingangstür stieß ich in der Tat auf ein kleines Fensterchen. Dahinter saß eine alte Frau, unzugänglich und schweigsam wie ein Indianerhäuptling. Als sie meine Bitte angehört hatte, sagte sie kurz: »Auskünfte nur zur Chirurgie!«

»Können Sie mir denn nicht sagen, wo ...«

Die Alte klappte das Fenster zu. Mir blieb nichts weiter übrig, als einen Zehnrubelschein zu zücken und durch den Fensterspalt zu schieben. Der brachte das eisige Herz der Frau sofort zum Schmelzen. Wortreich erklärte sie mir den Weg. Das machte meine Lage allerdings nicht besser. Ich musste bis zur Bushaltestelle zurücklaufen und in die andere Richtung gehen. Als ich dann endlich das lange, ebenerdige Haus mit den riesigen Türen betrat, hatte sich in mir beträchtliche Wut angestaut. Daher fuhr ich die kleine Krankenschwester, die den Eingang kontrollierte und dabei einen Krimi der Poljakowa las, ziemlich heftig an: »Wo finde ich Anja Jachnina?«

»Zimmer 29«, antwortete die Diensthabende sachlich, »links den Korridor entlang.«

Ich ging in die gewiesene Richtung. Drinnen sah das Heim recht ordentlich aus. Offenbar hatte man es erst vor kurzer Zeit renoviert. Die Decken waren schneeweiß, die Wände cremefarben gestrichen, hier und da hingen sogar Bilder, eindeutig von Laien gemalt, aber recht stimmungsvoll. Auf dem Fußboden lagen Läufer, die Zimmertüren waren frisch lackiert, und es roch fast wie zu Hause nach gekochten Kartoffeln und Hühnersuppe.

Auf mein Klopfen antwortete eine heisere Stimme: »Die Tür ist nicht verschlossen.«

Als ich sie öffnete, hätte ich vor Schreck fast aufgeschrien. Nicht über die Zimmereinrichtung. Die war völlig in Ordnung, wirkte gemütlich und sogar etwas verspielt. Am Fenster hing eine hübsche grüne Gardine, die mit goldenen Blättchen bestickt war, in der Ecke stand ein großes, bequemes Bett, auf dem eine flauschige, dunkelblaue Decke lag. Am Fenster ein Schreibtisch, in der Zimmermitte ein kleiner runder Esstisch mit mehreren Stühlen. Man glaubte sich hier nicht in einem Krankenhaus, sondern eher in einem gemütlichen Sanatorium. Nicht das Zimmer hatte mich so erschreckt. Es war der Anblick seiner Bewohnerin.

So ein Gesicht hatte ich noch nie gesehen. Eigentlich war gar kein Gesicht vorhanden, weder Brauen noch Wimpern, weder Lippen noch Kinn ... Der Kopf war über und über mit schrecklichen Narben bedeckt, die Lider runzlig wie bei einer uralten Schildkröte. Unter den rot entzündeten Falten glühten mich zwei Augen von unbestimmbarer Farbe an. Das Wesen saß in einem Rollstuhl, die Beine waren in eine karierte Decke gehüllt. Darauf lagen Hände, die ebenso abstoßend wirkten wie das Gesicht.

»Wollen Sie zu mir?«, fragte die heisere Stimme.

Da mein Schweigen missdeutet werden konnte, sagte ich vor Aufregung mit trockenem Mund: »Ich suche Anja Jachnina.«

»Was kann ich für Sie tun?«

»Mein Name ist Tatjana Romanowa.«

»Angenehm.«

»Ich bin Privatdetektivin.«

»Mit Leuten Ihrer Profession hatte ich noch nie zu tun«, sagte Anja Jachnina taktvoll. »Und was wollen Sie von mir?« Unter diesem Blick fiel mir das Lügen schwer.

»Gema Dautowa hat mich beauftragt, den Mörder ihres Mannes Eduard Malewitsch zu suchen. Soviel ich weiß, haben Sie Gema gekannt. Sie haben zusammen am Institut für Tropenmedizin gearbeitet, ist das richtig?«

»Ja«, antwortete Anja gelassen. »Vor langer Zeit habe ich tatsächlich einmal dort gearbeitet, und Gema Dautowa ist mir natürlich bekannt. Näheren Umgang haben wir allerdings nicht miteinander gepflegt. Gema war die Tochter des Direktors und hat sich nicht auf mein Niveau herabbegeben. Ihren Mann habe ich einige Male gesehen, wenn er zu festlichen Anlässen bei uns auftauchte, zum Beispiel zu Neujahr oder am 8. März. Aber das ist alles so lange her. Ich bin bereits 1991 aus dem Institut entlassen worden.«

»Weshalb?«

Anjas Miene blieb völlig unbewegt.

»Ich hatte einen Autounfall, war eingeklemmt, und der Lada fing Feuer. Sie sind doch erschrocken, als Sie mich gesehen haben …«

»Wo denken Sie hin …«

Anja hob abwehrend die rechte Hand. »Sie brauchen sich nicht zu genieren, das bin ich gewohnt. Das Schlimmste ist, dass mein Kopf ganz normal funktioniert. Aber wer gibt schon einer entstellten Behinderten Arbeit? Deshalb lebe ich hier und schreibe, um mir die Langeweile zu vertreiben, Artikel für populärwissenschaftliche Zeitschriften, meist für Kinder. Nichts Seriöses, aber ganz aufgeben will ich mich denn doch nicht. Sie hat also Gema engagiert. Wie geht es ihr denn? Sicher hat sie sich längst habilitiert, reist auf Symposien und Konferenzen umher. Bei dem Vater ist das kein Problem.«

»Gema ist tot«, sagte ich leise.

In den starren Augen blitzte plötzlich etwas auf, das mir wie Triumph vorkam.

»Wie ist sie denn gestorben?«

»Sie hat Gift genommen.«

Unerwartet lebhaft rollte Anja mit ihrem Stuhl zum Schrank, nahm eine Flasche Kognak und zwei Gläser heraus und erklärte: »Darauf muss getrunken werden.«

Aber die Freude, die in ihrer Stimme mitschwang, sagte eindeutig, dass es Anja nicht um Gemas Seelenheil ging.

»War sie Ihnen denn so zuwider?«, fragte ich.

Anja reichte mir mit ihrer verkrüppelten Hand ein Glas und sagte: »Trinken wir!«

Sie leerte das Ihre mit einem Zug. Ich kippte den Inhalt heimlich aus, denn ich vertrage überhaupt keinen Alkohol. Selbst eine kleine Menge kann mich schon aus der Bahn werfen. Anja dagegen war das Trinken wohl gewohnt. Sie stürzte ein zweites und noch ein drittes Glas hinunter, ohne dass man ihr etwas anmerkte.

»Soso, Gema ist tot, und auch ihr Mann muss verstorben sein, wenn sie Ihnen den Auftrag gegeben hat, seinen Mörder zu finden. Wie hat man ihn denn umgebracht, wenn es kein Geheimnis ist?«

»Erstochen, bei McDonalds.«

»Sehr nett«, meinte Anja. »Das heißt, es ist keiner mehr da. Und der alte Dautow, lebt der noch?«

»Nein, er ist schon vor längerer Zeit verstorben, Gemas Mutter übrigens auch.«

»Keiner mehr da«, murmelte Anja. »Tatsächlich? Der Vater, Gema, Eduard … alle tot? Ist das wirklich wahr?«

»Ja«, bestätigte ich.

Da entrang sich Anja ein Lachen. Es war zuerst ganz leise, wuchs allmählich an und wurde so laut und polternd, dass ihr die Tränen über die Wangen liefen.

Ich starrte die Frau entgeistert an, die sich nach und nach in eine regelrechte Hysterie steigerte. Ich musste ihr noch einen Kognak eingießen und ihr das Glas in die Hand drücken, die eher an eine Klaue erinnerte. »Los, trink das!«

Anja kippte den Kognak hinunter, lachte ein letztes Mal laut auf und rief: »Alle tot! Wie oft habe ich mir vorgestellt, dass ich an ihrem Grab stehe, Herr im Himmel, wie oft! Nur deshalb habe ich durchgehalten und mich nicht selber umgebracht! Nein! Ich wollte nicht den Löffel abgeben, bevor ich nicht auf ihren Sarg gespuckt habe! Um nichts in der Welt! Vergiftet hat sie sich! Hoffentlich hatte sie einen qualvollen Tod! Gift soll eine schreckliche Agonie bereiten!«

Bei diesen Worten packte Anja die Flasche und nahm daraus einen tiefen Schluck.

»Wofür hassen Sie Gema so sehr?«, fragte ich leise und starrte in Anjas furchterregende Grimasse, die wohl ein seliges Lächeln sein sollte.

Als die meine Frage vernahm, antwortete sie, plötzlich wieder ernst: »Was heißt, wofür? Sie hat mich zu dem gemacht, was ich heute bin!«

»Wie das?«

»Womit sie den Fahrer bestochen hat, der meinen Wagen von der Hochstraße stieß, weiß ich nicht. Vielleicht hat sie ihm sehr viel Geld gegeben oder etwas versprochen. Manchmal glaube ich gar, sie hat selber am Steuer gesessen.«

»Warum hat sie Sie damals zum Krüppel machen wollen?«

Anja verzog wieder das Gesicht. »Sie wollte mich umbringen! Aber herausgekommen ist das hier. Ich bin vor allem in dieses Heim gezogen, weil ich Angst hatte, weiter allein in meiner Wohnung zu leben. Ich habe doch überhaupt keine Kraft! Mich kann jedes Kind mit einem Kissen ersticken. Allerdings – Gema hätte mich eher mit einer schlimmen Krankheit infiziert! Das konnte sie besonders gut!«

»Entschuldigen Sie«, warf ich schüchtern ein, »ich verstehe überhaupt nichts. Können Sie mir das nicht ein bisschen genauer erklären?«

Anja schüttelte verwundert den Kopf. »Wie lange will ich den Menschen schon die Wahrheit sagen! Aber ich habe Angst gehabt! Gema Dautowa ist eine furchtbare Frau. Eine Viper – wunderschön anzusehen, aber mit tödlichem Biss. Gema war schön, nett und gebildet, und doch ein wahres Scheusal.«

»Vielleicht erzählen Sie mir alles der Reihe nach?«

Anja lachte wieder und nahm noch einen Schluck aus der Flasche.

»Das tue ich doch gern! Jetzt brauche ich nichts mehr zu fürchten! Und der nächste Anfall ist sowieso mein letzter.«

»Was für ein Anfall?«, fragte ich erschrocken.

»Keine Angst«, meinte Anja, »es ist nichts Ansteckendes. Ich habe Asthma, aber heute passiert nichts mehr. Wenn ein Anfall kommt, dann spüre ich das Stunden vorher. Ich sage dir alles! Wie lange habe ich davon geträumt! Hör zu!«

27. Kapitel

Anja Jachnina entstammte einer armen Intellektuellenfamilie. Ihr Vater starb, als sie erst fünf Jahre alt war. Ihre Mutter, eine Bibliothekarin, musste das Mädchen allein großziehen. Das Gehalt, das ihr die Kreisbibliothek zahlte, war winzig. Valentina Jachnina verdiente ganze 90 Rubel im Monat. Einige Jahre später übernahm sie die Leitung der Bibliothek und erhielt nun 140 Rubel. Trotzdem war es schwer, den Lebensunterhalt für sich und die Tochter zu bestreiten. Solange Anja denken konnte, musste ihre Mutter jede Kopeke zweimal umdrehen. Für einen Wintermantel, für Stiefel oder Neujahrsgeschenke wurde lange gespart. Ein Glück, dass sie wenigstens in den drei Sommermonaten zu ihrer Großmutter väterlicherseits aufs Land fahren konnte. Den Juni, Juli und August verbrachte sie in der Natur. Den Rest des Jahres saß sie in der Bibliothek. Die war von 14.00 bis 21.00 Uhr geöffnet, und da sie zu Hause allein gewesen wäre, ging Anja nach der Schule zu ihrer Mutter, machte ihre Hausaufgaben in der Stille des Lesesaales, erhielt ihr Abendbrot im Dienstzimmer der Mitarbeiter und sah dort noch ein wenig fern.

Anja machte ihrer Mutter wenig Probleme. Sie war ein stilles, folgsames und verschlossenes Kind. Als ihre Altersgenossinnen ihren eignen Willen entwickelten, sich mit ihren Eltern überwarfen, Vieren nach Hause brachten und Geld für schicke Sachen forderten, trug Anja, ohne zu murren, die billigsten Kleider heimischer Produktion, stritt nie mit ihrer Mutter und hatte nur Einsen auf dem Zeugnis.

Die Eltern ihrer Klassenkameradinnen beneideten ihre Mutter sehr. Die Mitschülerinnen dagegen mochten Anja nicht. Sie hielt sich abseits, machte deren Streiche nicht mit und benahm sich in den Pausen, als sei sie schon uralt. Wenn die anderen umherrannten, sich mit Papierkugeln bewarfen, lärmten und schubsten, saß Anja auf einer Bank mit einem Lehrbuch auf den Knien und bereitete sich auf die nächste Stunde vor. Prügel bezog sie dafür nur deswegen nicht, weil sie bei Kontrollarbeiten bereitwillig abschreiben ließ, wenn sie schon nach der Hälfte der Zeit fertig war.

Aber niemand, weder ihre Klassenkameradinnen noch die Lehrer oder ihre Mutter ahnten, welche Gedanken ihr durch den Kopf gingen. Seit der fünften Klasse wusste sie genau, was sie werden wollte: Ärztin! Aber keine gewöhnliche, die für ein paar Kopeken bei armen Leuten Hausbesuche machte. Die wie ihre Mutter zerknüllte Rubelscheine in einer Teebüchse sparte. Nein, Anja wollte die Höhen der medizinischen Wissenschaft erstürmen und ein Wundermittel erfinden wie Fleming das Penizillin. Sie wollte den Nobelpreis erringen und weltberühmt werden. Anja war sich nicht sicher, was ihr dabei wichtiger war – Ruhm oder Reichtum. Wahrscheinlich doch eher das Geld … Wenn sie nachts nicht schlafen konnte, betrachtete sie beim schwachen Licht des Mondes die abgeschabten, billigen Tapeten, die vergilbten Gardinen und die ärmliche Lampe. Nein, Ruhm war schön, aber Geld wichtiger. Den Nobelpreis musste sie sich erkämpfen. Ihre Kinder sollten einmal alles haben – ein schönes Zimmer, Spielzeug, Bücher, gutes Essen, Süßigkeiten …

Natürlich schloss sie die Schule mit einer Goldmedaille ab. Das erwarteten alle von ihr. Die Auszeichnung war hart erarbeitet. Ihre Mutter hatte nicht dem Direktor in den Ohren gelegen wie andere Eltern, den Lehrern keine teuren Geschenke zustecken können … Sie ging nur zu den Elternversammlungen in die Schule, und auch zu diesen nicht immer.

Die Aufnahmeprüfung für das Institut bestand Anja mit Leichtigkeit. Nun begann das Studentenleben. Aber wenn abends getrunken und gefeiert wurde, fehlte sie auch hier. Tag und Nacht saß sie über Büchern. Im dritten Studienjahr wurde ihr das Lenin-Stipendium verliehen, das 100 Rubel im Monat betrug, während gewöhnliche Studenten nur 35 erhielten. Sie fiel Professor Jakowlew, einer internationalen Koryphäe im Bereich der Tropenmedizin, auf. Er nahm sich des klugen, ehrgeizigen Mädchens an. Und als sie das Institut mit Auszeichnung beendete, verschaffte er ihr eine Aspirantur bei Professor Dautow.

Nun begann für Anja das wahre Leben. Sie begriff bald, dass der Weg zum Nobelpreis lang und dornig war. Auch am Institut für Tropenmedizin blieb sie einsam. Die übrigen Aspirantinnen und Aspiranten, die dort ihre Dissertation schrieben, nahmen das Leben nicht allzu schwer. Der Staat gewährte ihnen dafür drei Jahre, in denen sie monatlich ein Stipendium erhielten, dazu noch das eine oder andere Honorar für Lehrtätigkeit. In den ersten zwölf Monaten fiel das erste Examen an, im zweiten Jahr ... Niemand drängte die Aspiranten zu besonderer Eile. Die meisten gingen den größten Teil ihrer Zeit nicht wissenschaftlicher Forschung nach, sondern befassten sich mit viel angenehmeren Dingen. Sie heirateten, bekamen Kinder, ließen sich scheiden. Kaum jemand vollendete die Dissertation im vorgegebenen Zeitraum. Man kann sich vorstellen, wie unbeliebt die fleißige, arbeitsame Anja unter diesen jungen Leuten war, die in den Tag hineinlebten. Binnen eines einzigen Jahres legte sie alle Prüfungen ab, schrieb ihre Arbeit und veröffentlichte sogar die für die Verteidigung notwendigen Artikel in angesehenen wissenschaftlichen Zeitschriften.

Unter den Aspiranten unbeliebt zu sein, konnte Anja ertragen. Schlimmer war etwas anderes. Die älteren Kollegen, meist Frauen über fünfzig, die im Wissenschaftlichen Rat des Instituts saßen, mochten die eifrige und fleißige Aspirantin ebenfalls nicht. Viele hatten ihre Promotion erst mit 40 oder gar 45 Jahren abgeschlossen. Plötzlich tauchte dieses freche junge Ding auf, das noch nicht einmal dreißig war, legte der Sekretärin des Rates die fertige Arbeit auf den Tisch und erklärte: »Wenn das erledigt ist, gehe ich sofort an meine Habilarbeit.«

Dieser Satz wurde im Institut mit viel Häme kolportiert.

Bei der Verteidigung ihrer Dissertation vor dem Wissenschaftlichen Rat traf Anja auf höchst verärgerte Jurorinnen. Die hätten Neid und Missgunst vielleicht noch unterdrücken können, aber die Kandidatin, in solchen Dingen unerfahren, erschien in einem eleganten schwarzen Kleid, das ihre zarte Figur vorteilhaft unterstrich, mit einer tollen Frisur und tadellosem Make-up. Ihre großen Augen strahlten, ein zufriedenes Lächeln wich nicht aus ihrem Gesicht. Sie wirkte triumphierend und selbstsicher. Das war den Mitgliedern des Rates einfach zu viel. Keiner wusste, dass ihr das Kleid eine Freundin der Mutter für einen Tag geliehen hatte und die Frisur ein kostenloser Freundschaftsdienst ihrer Nachbarin, einer Friseuse, war.

Die Damen der Wissenschaft, die vom jahrelangen Sitzen über dem Mikroskop in die Breite gegangen waren, zogen ihre altmodischen Strickjäckchen stramm, erhoben die Köpfe mit der Dauerwelle und stürzten sich auf Anja wie Geier auf ein schutzloses Küken.

So war in diesem Institut noch nie eine Arbeit auseinandergenommen worden. Anja fiel nur aus einem Grund nicht in Ohnmacht: Sie gönnte den wütenden Weibern die Freude nicht. Daher stand sie vor ihnen mit einem Lächeln und wahrte ihr Gesicht, obwohl ihr die Knie watteweich wurden, die Hände zitterten und der kalte Schweiß ihr in Strömen über den Rücken lief. Am schlimmsten wütete Jewgenia Tscherw. Sie warf den ersten Stein, als sie Anja beschuldigte, inkompetent, oberflächlich und unfähig zu sein, die richtigen Schlüsse zu ziehen. Sie forderte auch, die Arbeit abzulehnen, womit sie andere einschüchterte, die ihre Meinung nicht teilten.

Das Ergebnis war niederschmetternd: Nur zwei Mitglieder des Rates votierten bei der geheimen Abstimmung mit Ja.

Völlig verzweifelt kam Anja nach Hause. Sie schloss sich sofort in ihrem Zimmer ein, ohne die Fragen ihrer erschrockenen Mutter zu beantworten. Da sie Fehlschläge überhaupt nicht gewohnt war, nahm sie diese Niederlage besonders schwer. Das Institut wollte sie am liebsten nie wieder betreten.

Gegen zehn Uhr abends klingelte das Telefon. »Anja, für dich!«, rief ihre Mutter.

»Ich schlafe schon!«, brummte Anja. Aber die Mutter schlug mit der Faust gegen die Tür. »Geh ans Telefon, die Frau sagt, sie weiß genau, dass du noch nicht schläfst.«

»Wer ist es?«

»Gema Dautowa.«

Anja, bass erstaunt, nahm schließlich den Hörer und sagte: »Hallo?«

»Komm runter, ich sitze im Wagen vor deiner Haustür«, sagte eine hohe Stimme.

»Vielleicht kommen Sie lieber herein?«, erwiderte Anja höflich.

»Nein, komm runter!«

Erstaunt folgte Anja der Aufforderung. Sie wusste natürlich, dass Gema die Tochter des Institutsdirektors war und dass deren Mutter im Institut ein Labor leitete. Aber sie war nicht mit Gema befreundet. Sie waren im gleichen Alter, grüßten sich, wenn sie sich im Institut begegneten, und hatten einmal länger miteinander geplaudert, als sie auf einer Konferenz zufällig nebeneinander saßen. Anja hatte den besten Eindruck von dieser Tochter hochgestellter Eltern. Die war klug, gut erzogen und ließ sie den Unterschied in ihrer gesellschaftlichen Stellung überhaupt nicht spüren. Gema bot Anja sofort das Du an, aber die blieb beim Sie …

»Steig ein«, forderte Gema sie auf und öffnete die Tür ihres Ladas.

Anja tat, wie ihr geheißen.

»Möchtest du auch eine?«, fragte Gema.

»Danke, ich rauche nicht.«

Gema nahm eine dünne Zigarette aus der Packung, zündete sie an, sog tief den Rauch ein, ließ ein blaues Wölkchen aufsteigen und sagte dann mit Nachdruck: »Das sind vielleicht Dreckstücke, diese alten Weiber! Besonders Jewgenia Tscherw! Die würde ich am liebsten im Klo ersäufen!«

Anja stiegen die Tränen in die Augen. Plötzlich heulte sie zum ersten Mal vor einer Fremden los. Gema wartete geduldig ab, bis sie sich wieder etwas beruhigt hatte. Dann sagte sie: »Weinen bringt dir nichts. Handeln musst du.«

»Was soll ich denn tun?«, fragte Anja niedergeschlagen. »Es ist alles aus, die Dissertation kann ich vergessen.«

»Mein Vater hatte eine Stinkwut, als er erfahren hat, was im Wissenschaftlichen Rat passiert ist«, sagte Gema seelenruhig. »Er hat die Hände über dem Kopf zusammengeschlagen. Richte dich darauf ein, dass der Rat am Dienstag noch einmal tagt.«

Anja dachte, sie hätte sich verhört. »Eine neue Sitzung? Und ich soll dort noch einmal verteidigen?«

»Genau so.«

»Aber das ist unmöglich! Die Dissertation ist doch bereits abgelehnt!«

Gema drückte ihre Kippe im Aschenbecher aus. »Das ist durchaus möglich. Für das Quorum sind zwölf Personen notwendig. Diese blöden Weiber waren aber nur zehn. Also ist die Verteidigung ungültig. Sie hatten gar kein Recht, die Sitzung ohne die notwendige Zahl anwesender Mitglieder durchzuführen. Das heißt, die Sache ist nur aufgeschoben. Verstehst du? Der nächste Termin ist in einer Woche. Du überschläfst das Ganze, und morgen bist du wieder im Institut. Kopf hoch, mein Vater nimmt dich unter seinen persönlichen Schutz.«

»Warum tut er das?«, murmelte Anja, völlig erschlagen von dieser Nachricht. »Weshalb kümmert er sich so um mich?«

Gema ließ ein kleines Lächeln sehen. »Du bist klug, ehrgeizig und arbeitsam. Du hast ein enormes kreatives Potenzial. Menschen wie du bringen die Wissenschaft voran. Nicht die alten Schachteln, die davor zurückschrecken, Dinge neu zu sehen. Außerdem sind wir doch Freundinnen, oder?«

Anja wollte ihren Ohren nicht trauen. Sie wusste natürlich, dass eine Verteidigung nach den Bestimmungen für die höhere wissenschaftliche Laufbahn ohne eine Mindestanzahl von Mitgliedern eines Wissenschaftlichen Rates nicht stattfinden durfte und verschoben werden musste. In der Praxis lief das aber meistens anders. Der Wissenschaftliche Sekretär rief die Kollegen an und suchte sie mit den verschiedensten Argumenten zum Erscheinen zu bewegen: »Morgen müssen Sie unbedingt kommen, eine Aspirantin von Professor Dautow verteidigt ihre Dissertation.«

Oder: »Kommen Sie doch bitte, wir haben kein Quorum, und es wäre doch schade, wenn die Verteidigung nicht stattfinden könnte. Die Kandidatin hat schon das Essen für den Empfang bestellt.«

Meistens kam die notwendige Zahl von Teilnehmern irgendwie zusammen. Es gab aber auch andere Fälle. Ein Professor schaute nur kurz vorbei, trug sich in die Anwesenheitsliste ein und verschwand wieder. Oder der Wissenschaftliche Sekretär passte ein Mitglied des Rates auf dem Korridor ab und bat: »Iwan Iwanowitsch, tragen Sie sich bitte ein, seien Sie so nett …«

Wahrscheinlich wollten die alten Damen die Sache auch

diesmal auf diese Weise regeln, aber Direktor Dautow, der eine Stinkwut auf sie hatte, ließ das nicht zu.

Gema hatte Anja die Wahrheit gesagt. Am darauffolgenden Dienstag trat der Wissenschaftliche Rat erneut zusammen. Diesmal allerdings unter Leitung von Professor Dautow persönlich, der die älteren Wissenschaftlerinnen mit finsteren Blicken maß. Er führte sein Institut wie ein absolutistischer Fürst. Man liebte und fürchtete ihn. Der Direktor konnte den Weg für einen raschen Aufstieg frei machen, aber auch einem Unbotmäßigen die Karriere verderben. Er entschied über alles – vom Gehalt bis zu Dienstreisen ins Ausland. Keiner wagte es, sich mit dem Monarchen anzulegen. Anjas zweite Verteidigung lief wie geschmiert. Lediglich Jewgenia Tscherw murrte noch einmal, die Arbeit sei bei weitem nicht vollkommen.

Professor Dautow ließ sie ausreden und bestimmte dann: »Danke, Kollegin, Ihre Meinung wird zu Protokoll genommen.«

Eine Stunde später konnte Anja die Glückwünsche der Anwesenden empfangen. Es hatte nur eine einzige Gegenstimme gegeben, garantiert von Jewgenia Tscherw, die als Einzige den Zorn des Professors nicht fürchtete.

Kaum war das Ergebnis verkündet, da stand Dautow auf, umarmte Anja und erklärte: »Sie haben Beispielhaftes geleistet! In nur einem Jahr haben Sie eine hervorragende Arbeit geschrieben. Ich sage Ihnen eine große Zukunft voraus.«

Nachdem der Direktor sich so eindeutig festgelegt hatte, drängten sich alle, Anja zu gratulieren. Da die Mitglieder des Wissenschaftlichen Rates sahen, dass der Professor das widerliche Ding so offensichtlich protegierte, quetschten sie sich ein paar freundliche Worte ab.

Braucht man noch zu erwähnen, dass Anja von nun an bereit war, für Gema durchs Feuer zu gehen? Sie wartete nur auf eine Gelegenheit, ihrer Wohltäterin zu danken. Und die kam überraschend schnell, kaum dass ein Monat vergangen war.

Wieder fuhr die Direktorentochter im Wagen bei Anjas Haus vor und bat sie nach unten. Anja lief hinaus, ohne sich auch nur eine Jacke überzuwerfen. Anfangs redeten sie über dies und das, dann erklärte Gema mit einem Seufzer: »Mein Vater ist in Schwierigkeiten.«

»Nanu?«, sagte Anja verwundert.

»Seine Neuwahl für eine weitere Amtszeit steht bevor. Diese widerwärtige Jewgenia Tscherw wühlt aber im Institut gegen ihn. Sie redet den Leuten ein, die Ära Dautow sei abgelaufen, das Institut brauche einen neuen Direktor.«

»Diese alte Vettel!«, sagte Anja aufgebracht. »Umbringen müsste man die! Wie vielen Menschen die schon mitgespielt hat, das Dreckstück!«

»Umbringen muss man sie nicht, das wäre zu viel«, brummte Gema. »Aber das Maul stopfen würde ich ihr schon gern. Und du?«

»Ich auch!«, rief Anja sofort. »Aber wie?«

Sie überlegten hin und her, aber alles schien ihnen zu wenig für den Ernst der Lage.

28. Kapitel

Anja unterbrach ihren Bericht, um wieder einen Schluck aus der Flasche zu nehmen. Dann fuhr sie mit fester, völlig nüchtern wirkender Stimme fort: »Heute weiß ich, was für eine Schlange Gema ist. Als ich im Krankenhaus zwischen Leben und Tod schwebte, hatte ich genügend Zeit, um über alles nachzudenken. Ihren Coup hatte sie von langer Hand vorbereitet. Er war schon fertig in ihrem Kopf, als sie den Vater bat, mir zu helfen. Glauben Sie nur nicht, dass ich Gema leid tat. Keineswegs. Sie hat alles exakt kalkuliert. Sie wusste genau, dass sie einen Menschen in die Hand bekam, der für sie und ihren Vater alles tun würde. Mehr noch, sie hat das Gespräch so geschickt gelenkt, dass ich von mir aus vorschlug, das Reagenzglas mit dem *delphus regal* zu beseitigen.«

Als Gema von der Idee hörte, tat sie verwundert. »Eine gute Idee, du bist ein schlaues Köpfchen, Anja. Aber vernichten solltest du den *delphus* nicht. Bring ihn mir, und ich gebe ihn meinem Vater. Der kann sich dann überlegen, was er mit der Alten macht, wenn die ihm den Bericht über den Verbrauch von Labormaterial bringt. Ich wette meinen Kopf, dass sie versucht, die Sache zu vertuschen. Wenn sie dann den gefälschten Bericht vorlegt, hält ihr mein Vater den *delphus* unter die Nase. Die macht sich vor Schreck glatt in die Hose!«

Anja lachte laut auf. Niemand konnte sich vorstellen, wie sehr sie Jewgenia Tscherw hasste!

»Also, abgemacht!«, sagte Gema und schlug mit der flachen Hand auf das Lenkrad. »Du bringst mir das Reagenzglas.«

Als Anja ins Haus ging, kam sie ins Grübeln. Die Sache war leichter gesagt, als getan. Sie konnte doch nicht einfach in ein fremdes Labor gehen. Wie sollte sie ihre Anwesenheit erklären, wenn einer der Mitarbeiter zurückkam? Außerdem saß die verdammte Jewgenia allein in einem Zimmer und schloss immer ab, wenn sie wegging. Die Sache erschien fast aussichtslos. Aber Anja wollte Gema und ihrem Vater den Gefallen unbedingt tun. Und wo ein Wille ist, ist auch ein Weg.

Dann lief es plötzlich besser, als gedacht. Die naive Angelika Weressowa entwendete für zwanzig Dollar den *delphus*. Anja brachte das Reagenzglas Gema. Dann wurde Angelika entlassen, und Anja atmete erleichtert auf. Einige Tage später ging der alte Dautow für ein halbes Jahr nach Ägypten. Er war zu Vorlesungen an der Universität Kairo eingeladen. Seine Gattin reiste mit ihm. Jewgenia Tscherw wurde friedlich und begann Anja sogar zu grüßen.

Sieben Monate lang tat sich überhaupt nichts. Dann heiratete Gema Eduard Malewitsch. Anja wurde nicht zur Hochzeit eingeladen. Ihr lag auch nicht viel daran, denn sie wusste, dass sie und Gema nicht wirklich befreundet waren. Aber im Institut wurde getratscht, die Tochter des Direktors habe sich mit einem Witwer liiert, dem Ehemann ihrer verstorbenen besten Freundin. Auch Nina Arbenis Name fiel. Anja, die für klassische Musik schwärmte, hatte oft Plakate der Geigerin gesehen. Aber dass bei der ganzen Sache etwas Unrechtes geschehen sein könnte, kam ihr nicht in den Sinn.

Einige Zeit später richtete das Institut für Tropenmedizin gegen Entgelt Lehrgänge für Ärzte ein, die sich auf dem Gebiet afrikanischer und anderer nichteuropäischer Infektionskrankheiten weiterbilden wollten. Viele Mitarbeiter des Institutes drängten sich danach, dort Vorträge zu halten und etwas dazuzuverdienen. Mit Gemas Hilfe gelangte Anja in den Kreis der Auserwählten.

Das führte zu einer wesentlichen Verbesserung ihrer finanziellen Lage. Ihre Mutter war bereits verstorben. So hatte sie nur für sich selbst zu sorgen. Sie war immer noch ohne Mann und Kind. Ab und zu kaufte sie sich etwas Hübsches zum Anziehen und erwarb schließlich sogar ein Auto – eine alte Klapperkiste, aber es gehörte ihr ganz allein. Noch vor kurzem hätte sie davon nicht zu träumen gewagt. Und all das verdankte sie Gema. Um deren Vertrauen zu rechtfertigen, gab sich Anja große Mühe, bereitete jede Vorlesung sorgfältig vor und wählte dafür besonders interessante Fälle aus. Bei den Lehrgangsteilnehmern war die junge, kompetente und gebildete Anja beliebt. Einmal trat nach einer Vorlesung, in der es unter anderem auch um den *delphus regal* ging, ein Arzt an Anja heran und fragte: »Kommt der in den Flüssen unserer Gegend vor?«

Anja erklärte ausführlich, in welchem Milieu der Parasit überleben konnte, und erkundigte sich dann: »Warum fragen Sie?«

»Ich hatte eine Patientin«, antwortete der Mann bedrückt, »die mir bis heute nicht aus dem Kopf geht, eine junge hochbegabte Frau. Sie litt an einer unbekannten Krankheit. Man hat sie wegen Krebs behandelt, aber ohne jedes Ergebnis. Manchmal denke ich, dass sie vielleicht mit diesem *delphus* infiziert war. Während Ihres Vortrages musste ich ständig an Nina denken.«

»Von wem sprechen Sie?«, fragte Anja verständnislos.

»Von meiner Patientin, Nina Arbeni. Sie war eine hoffnungsvolle Geigerin, vielleicht haben Sie von ihr gehört.«

Bei dem Namen fuhr Anja zusammen. Nina Arbeni war die Frau von Eduard Malewitsch, Gemas jetzigem Ehemann, gewesen. Ein leiser Zweifel beschlich Anja, eine diffuse Ahnung, die noch keine rechte Gestalt annahm …

»Soll ich mir die Krankengeschichte einmal ansehen?«, fragte sie den Arzt.

»Dafür wäre ich Ihnen sehr dankbar«, antwortete der erfreut. »Morgen hole ich sie aus dem Archiv und bringe sie abends zum Lehrgang mit.«

Aber am nächsten Tag erschien der Teilnehmer, peinlich berührt. »Stellen Sie sich vor, die Akte ist verschwunden. Hat sich einfach in Luft aufgelöst! Niemand weiß, wo sie geblieben ist.«

»Das soll vorkommen«, gab Anja lächelnd zurück, krampfhaft bemüht, ihre aufkommende Unruhe zu verbergen.

Aber die ließ sich nicht mehr unterdrücken. Im Gegenteil, Anja wurde immer besorgter. Sie musste daran denken, wie sie mitgeholfen hatte, das Reagenzglas aus Jewgenia Tscherws Labor zu entwenden. Schließlich entschloss sie sich, der Sache auf den Grund zu gehen. Als sie einiges in Erfahrung gebracht hatte, das nur einen logischen Schluss zuließ, wurde es Anja langsam unheimlich. Da tat sie einen unüberlegten Schritt, wahrscheinlich den einzigen in ihrem kurzen Leben.

Anja suchte Gema in ihrer Wohnung auf und berichtete ihr, was sie in Erfahrung gebracht hatte. Die Direktorentochter, die offenbar über eine eiserne Selbstbeherrschung verfügte, zog nur verwundert die feinen Brauen hoch.

»Ich verstehe gar nicht, was du von mir willst! Was redest du da? Aber was soll's, ich gebe dir 5000 Dollar, wenn du diesen himmelschreienden Unsinn nicht weiter verbreitest.«

»Ich habe dich doch nicht erpressen wollen!«

»Warum tischst du mir dann so eine idiotische Geschichte auf?«, fragte Gema achselzuckend. »Die reine Gruselstory. Also gut, wir beide haben der Tscherw gemeinsam das Reagenzglas geklaut. Aber erinnere dich, es war deine Idee. Ich habe den *delphus* meinem Vater gegeben. Wenn du glaubst, ich hätte damit Nina infiziert, dann frag am besten meinen Vater, was er mit dem Parasiten gemacht hat.«

Das hatte sich Gema fein ausgedacht. Der alte Dautow war auf Auslandsreise. Doch selbst wenn er in Moskau gewesen wäre, hätte es Anja nie gewagt, ihn auf diese Sache anzusprechen.

»Ich wollte dich einfach warnen«, antwortete Anja. »Wenn ich die Wahrheit herausgefunden habe, können das andere auch. Für mich ist die Sache erledigt, da brauchst du keine Angst zu haben.«

Gema zuckte die Achseln. »Entschuldige schon, ich weiß überhaupt nicht, wovon du redest!«

Sehr verärgert fuhr Anja nach Hause. Wie hatte sie nur so dumm sein können! Wie groß ihr Fehler aber tatsächlich war, erkannte sie erst ein Jahr später. So viel Zeit musste vergehen, bis ihre Verbrennungen vernarbt waren.

»Sie hat mich von der Hochstraße gestoßen«, stellte die Unglückliche fest. »Mit voller Absicht.«

»Und Sie irren sich nicht?«, fragte ich leise. »Verkehrsunfälle sind eine komplizierte Angelegenheit. Der dichte Verkehr, Sie haben die Kontrolle über den Wagen verloren …«

»Nein«, erklärte Anja fest. »Es war spät am Abend …«

Am Tag nach dem Gespräch mit Gema saß Anja lange an ihrem Arbeitsplatz im Institut. Als sie schließlich beim Pförtner den Schlüssel abgab, war sie wohl die Letzte in dem großen leeren Haus. Der Sommerabend war warm, es begann ein wenig zu nieseln, aber die Straßen waren noch trocken. Anja, die noch nicht sehr sicher fuhr, war am Steuer stets sehr vorsichtig. Mit niedriger Geschwindigkeit, wie es Vorschrift war, rollte sie auf die Butyrsker Hochstraße. Darunter führt die Nowoslobodskaja Uliza hindurch, die zu dieser späten Stunde beinahe völlig leer war. Auch auf der Hochstraße war Anja fast ganz allein.

Da tauchte plötzlich hinter ihr ein heller Lada auf, grau oder hellblau. Anja hielt sich rechts. Der Lada tat das Gleiche. Dann ging alles blitzschnell. Ein Schlag, ein Knirschen, Anja schrie entsetzt auf und ließ das Lenkrad los. Himmel und Erde drehten sich, dann ein wilder Schmerz … Weiter konnte sich Anja an nichts erinnern. Nicht daran, dass ihr Wagen in Brand geriet, dass der Rettungswagen kam, dass man sie herausholte, wiederbelebte und operierte …

Die Ärzte waren sich einig, dass Anja riesiges Glück gehabt hatte. Auf der leeren Nowoslobodskaja Uliza, direkt unter der Hochstraße, stand ein Wagen der Verkehrspolizei. Die Milizionäre hatten sich diesen Ort ausgesucht, weil sie in Ruhe eine Pause machen und etwas essen wollten. Sie hatten gerade ihre Esspakete und die Thermosflaschen hervorgeholt, da fiel ihnen Anjas Wagen praktisch vor die Füße. Die Ärzte in der Klinik taten alles, um Anja ins Leben zurückzuholen, aber in den Spiegel ließen sie sie lange Zeit nicht schauen. Nach einem halben Jahr wurde Anja klar, dass sie von nun an im Rollstuhl sitzen würde. Den Spiegel warf sie sofort weg, nachdem sie kurz auf ihr schreckliches Abbild geblickt hatte. Nach und nach beschlich sie immer größere Angst. Gema Dautowa hatte versucht, sie umzubringen. Es war ihr nicht gelungen. Wann würde sie es das zweite Mal probieren?

Als sie zu dieser Erkenntnis gekommen war, gab sie ihre Wohnung auf und suchte sich ein Pflegeheim. Für den Platz ging alles Geld drauf, das Anja von den Mietern der Wohnung erhielt. Aber das zahlte sie leichten Herzens, denn das Heim war bewacht. Im ersten Jahr schlief Anja kaum und fuhr bei jedem Geräusch hoch. Nach und nach wurde ihr klar, dass sie offenbar von aller Welt vergessen war. Nun zeigte sich auch, dass sie im Institut keine Freunde gehabt hatte, denn von den Kollegen ließ sich niemand auch nur ein einziges Mal im Krankenhaus oder im Heim sehen. Ihr Arbeitsbuch holte eine der Schwestern des Heims ab. Im Institut übergab man ihr Anjas Entlassungspapiere ohne ein einziges Wort des Bedauerns oder des Mitgefühls.

»Wie kommen Sie darauf, dass Gema den anderen Wagen

gefahren hat?«, fragte ich vorsichtig. »Es kann doch auch ein Betrunkener oder ein Drogensüchtiger gewesen sein.«

Anja schüttelte den Kopf. »Nein, das war eine gezielte Aktion.«

»Die Nummer haben Sie sich natürlich nicht merken können.«

Anja ließ ein unfrohes Lachen hören. »Ich habe sie gar nicht zu Gesicht bekommen. Das hat mich die Miliz auch schon gefragt. An die Farbe erinnere ich mich, es war ein heller Wagen, entweder grau oder hellblau …«

»Aber es war doch Nacht!«

»Die Hochstraße ist hell erleuchtet«, bemerkte Anja. »Dem Ermittler habe ich gesagt, was ich wusste. Er hat immer nur genickt, aber dann wurde der Fall schnell zu den Akten gelegt. Und das mit einer ungeheuerlichen Erklärung. Man behauptete, ich hätte selbst die Kontrolle über den Wagen verloren.«

»Warum haben Sie Gema und den *delphus* nicht erwähnt?«

Anja schwieg eine Weile und meinte dann verbittert: »Was hätte das denn genutzt? Ich besaß doch keinerlei Beweise! Es waren alles nur Annahmen und Vermutungen. Selbst wenn man mir geglaubt hätte, dass ich den *delphus* Gema gegeben habe, konnte die behaupten, das er vernichtet wurde. Und mit dem Unfall war es noch schlimmer. Gema hätte mich glatt wegen Verleumdung verklagen können. Vor allem aber ließ mich die Angst nicht los. Man will leben, selbst in einem so schlimmen Zustand wie ich, glauben Sie mir.«

»Sie haben also bisher niemandem etwas von der ganzen Geschichte gesagt?«

Anja schüttelte den Kopf. »Außer Ihnen nur einem einzigen Menschen, aber der … zählt nicht.«

»Wie soll ich das verstehen?«

Anja griff nach den Zigaretten, zündete sich eine an, sog den Rauch ein und erklärte dann: »Vor einiger Zeit ging es mir sehr schlecht. Ich hatte wieder einen Anfall. Nach der Operation habe ich Asthma bekommen … Die Anfälle waren erst leicht und kurz, wurden dann aber immer schwerer und immer länger. Sie zehren alle meine Kraft auf. Eines Tages sagte der Arzt deprimiert: ›Anja, Sie müssen sich schonen. Wenn sich die Krankheit weiter zuspitzt, kann das Ihr Ende sein.‹

Als ich einen Monat später den nächsten Anfall kommen spürte, glaubte ich, das sei mein Ende, und habe einen Geistlichen kommen lassen. Nur ihm, Vater Johann, habe ich alles gesagt. Es war meine Beichte vor dem befürchteten Tod.«

»Woher kennen Sie ihn?«

Anja zuckte die Achseln. »Er war mein Nachbar am Zwetnoi Bulvar. Vater Johann, mit bürgerlichem Namen Michail Kwaschnin. Er arbeitet in einer Moskauer Kirche.«

»Ein Alexander Radsinski ist nicht bei Ihnen gewesen?«

Anja zog verächtlich die Mundwinkel herunter. »Der hat sie doch nicht alle! Klar war der hier! Er kam ins Zimmer gestürzt, hat herumgeschrien und mit den Füßen gestampft.«

»Was wollte er denn?«

Anja wandte sich dem Fenster zu. »Er hat verlangt, dass ich die Geschichte mit dem *delphus* aufschreiben soll. ›Ich weiß alles, ich weiß alles!!!‹, hat er gebrüllt. So ein Idiot! Wie der wohl auf mich gekommen ist?«

»Und wie haben Sie reagiert?«

Anja verzog das Gesicht. »Ich habe die Wache gerufen. Die haben ihn rausgeschmissen.«

»Und warum wollten Sie dem Mann nicht helfen?«

Anja murmelte leise: »Er hat mir Angst gemacht. Und dann habe ich gedacht: Vielleicht hat Gema ihn geschickt, um zu testen, ob ich den Mund halten kann. Ich frage mich immer wieder, wie er mich überhaupt gefunden hat.«

»Ihre Angst vor ihm war unbegründet«, erklärte ich. »Alexander hat Nina Arbeni sehr geliebt und jahrelang nach ihrem Mörder gesucht. Jetzt ist auch er tot.«

»Wie denn das?«, fragte Anja verwundert. »Er wirkte ganz gesund. Ein Herzinfarkt? Das kann ich mir bei seinem Zustand allerdings vorstellen.«

»Nein, er ist ermordet worden. Man hat ihn in seinem Hauseingang erschossen.«

»Gema!«, rief Anja und erbleichte. »Das war Gema!«

»Da irren Sie sich. Als das passierte, war Gema Dautowa schon tot«, sagte ich.

29. Kapitel

In dieser Nacht konnte ich nicht schlafen. Ich schlug nicht einmal mein Bett auf, sondern nahm die Möpse in den Arm und legte mich, angezogen, wie ich war, darauf. In der Wohnung war es still. Alle schliefen. Nur einmal hörte ich ein leises Knarren. Ich steckte den Kopf hinaus und sah, wie Iwan erneut nur in der Unterhose aus der Wohnung schlich. Diesmal ließ ich ihn ziehen, legte mich wieder hin und versuchte, meine verwirrten Gedanken zu ordnen.

Das Bild, das sich mir bot, war nicht gerade angenehm. Gema Dautowa hatte, aus mir noch völlig unverständlichen Gründen, beschlossen, ihre beste Freundin Nina Arbeni umzubringen. Dafür dachte sie sich eine äußerst grausame, aber wirkungsvolle Methode aus, die ihr Straffreiheit garantierte. Was für einen Charakter musste eine Frau haben, die zusehen konnte, wie ihre Freundin vor ihren Augen einen qualvollen Tod starb, und die für sich behielt, dass man sie falsch behandelte und es durchaus eine Möglichkeit gab, sie zu retten? Was hatte die unglückliche Nina Gema getan? Wie konnte sie einen so glühenden Hass in ihr erzeugen?

Der heimtückische Plan ging auf. Niemand ahnte, dass man Nina bewusst infiziert hatte. Wie aber war sie selbst kurz vor ihrem Tode zu der Erkenntnis gekommen, dass jemand sie umbringen wollte? Auch Alexander Radsinski hatte im Dunkeln getappt, wollte schon aufgeben und war (übrigens zu Recht) davon ausgegangen, Nina leide an einer geheimnisvollen Krankheit. Dass er die Wahrheit schließlich doch noch herausfand, ergab sich rein zufällig. Wäre er Ngwanya nicht begegnet, dann hätte man die ganze Geschichte bald vergessen. Aber wem war Alexander im Weg gewesen?

Wieder das leise Knarren der Wohnungstür. Ich öffnete einen Spalt weit und lugte hinaus. Gerade huschte Iwan vorbei und verschwand im Wohnzimmer. Noch so ein Rätsel: Wohin trieb es den Mann nachts in der Unterwäsche? Es war zum Verrücktwerden. Ich plumpste auf mein Bett zurück. Diese nebensächlichen Dinge musste ich mir aus dem Kopf schlagen, um in der Hauptfrage weiterzukommen.

Gema infizierte Nina. Warum? Warum, warum … Sie wollte es, und gut! Jetzt war nicht wichtig, was sie zu dieser Tat trieb. Die Hauptsache war: Sie hatte sie begangen.

Ich setzte mich auf und streichelte versunken die friedlich schnaufenden Möpsinnen. Nun wusste ich die Wahrheit über Ninas Tod. Aber was brachte mir das? Eduards Mörder war trotzdem nicht gefunden. Was sollte ich tun?

Ich stand auf, ging zum Fenster und stieß auf Archie, der dick aufgeplustert auf dem Fensterbrett saß.

»Na, mein Lieber?«

Der Papagei öffnete die Augen.

»Was machst du hier?«

Archie schüttelte sein Gefieder und antwortete unerwartet: »Wau, wau!«

Das klang nach Ada.

»Archie, wenn du mir doch sagen könntest, was ich tun soll.«

Der Papagei schaute mich lange an. »Fahr nach Swetlogorsk«, teilte er mir plötzlich mit unerwartet tiefer Stimme mit. »Dort trittst du noch einmal auf, sahnst das letzte Mal ab, und dann machen wir Schluss mit der Sache.«

»Wie, Schluss?«, entfuhr es mir unwillkürlich.

»Es ist genug!«, antwortete Archie mit derselben Stimme. »Sonja soll es noch ein letztes Mal machen, Sonja, Gema, Sonja, Gema ...«

Ich starrte den Vogel entgeistert an. Wer war Sonja? Und warum nach Swetlogorsk? Dorthin war aus unerfindlichem Grund auch Alexander Radsinski geflogen. Was gab es in dieser Stadt? Lag dort des Rätsels Lösung?

Am nächsten Tag gegen 18.00 Uhr stand ich auf dem Flughafen Wnukowo und wartete auf das Einsteigen in die Maschine Moskau-Swetlogorsk.

Ehrlich gesagt, habe ich furchtbare Angst vor dem Fliegen. Schon der Anblick der Blechkiste mit den heulenden Motoren löst bei mir Entsetzen aus. Erstens will mir einfach nicht in den Kopf, wie dieser tonnenschwere Apparat sich so leicht in die Luft erheben und pfeilschnell fortbewegen kann, ohne mit den Flügeln zu schlagen. Zweitens, drittens, viertens und fünftens möchte ich um keinen Preis dabei in seinem Bauch sitzen. Das Ganze ist doch wider die

Natur! Sagen Sie selbst, ist es denn normal, sich im Bauch eines Vogels fortzubewegen? Dann lieber rittlings wie der kleine Nils auf der Wildgans …

»Wir rufen zum Boarding für den Flug Nr. 1949 Moskau-Swetlogorsk«, sagte eine unangenehme Stimme aus dem Lautsprecher.

Mir krampfte sich der Magen zusammen. Gehorsam trottete ich den anderen Fluggästen nach, bis ich mich in einem engen Sessel vor einem runden Kabinenfenster wiederfand.

Eine schmale Stewardess mit aufgesetztem Lächeln glitt zwischen den Reihen hin und her. Die Maschine war nicht einmal zur Hälfte gefüllt. Die Plätze neben mir waren leer, in der nächsten Reihe saß eine Dame, die ihren Mann mit befehlsgewohnter Stimme herumkommandierte.

»Leg das Paket ins Gepäckfach.«

Ein Poltern war zu hören.

»Nicht dorthin! Mehr nach links!«

Irgendetwas wurde über meinem Kopf hin und her geschoben.

»Die Tasche muss unter den Vordersitz! Aber doch nicht so! Gib schon her, ich mach das selber. Mein Gott, du bist aber auch zu nichts zu gebrauchen!«

»Ach, meine Liebe«, brummte jetzt eine Bassstimme friedlich, »du gehst nicht gern mit dem Hund Gassi. Dafür bin ich doch ganz gut.«

Ich musste mir das Lachen verkneifen. Entweder hatte der Mann einen erstaunlichen Humor, oder er stand völlig unter ihrem Pantoffel.

Ein Hinweisschild flammte auf. Ich legte den Sicherheitsgurt an und suchte in meinem Gedächtnis nach einem Gebet. Eine Schande, dass ich nicht einmal das *Vaterunser* bis zu Ende aufsagen konnte. Auch die anderen Fluggäste waren still geworden. Alle blickten finster drein, manche bewegten leise die Lippen. Ich hätte schwören können, dass auch sie jetzt beteten.

Die Motoren heulten auf, die Maschine erzitterte, schoss vorwärts und holperte über die Unebenheiten der Startbahn. Dann wurde aus dem Heulen ein gleichmäßiges Brummen, das Flugzeug hob ab und ging auf Kurs. Zwei Stunden Flug lagen nun vor uns. Da ich das wusste, hatte ich mir den neuesten Roman der Poljakowa eingesteckt, der mich bald gefangennahm.

Vielleicht kam es daher, dass das Flugzeug so leer war oder dass Aeroflot bei europäischen Fluggesellschaften gelernt hatte, die die Fluggäste mit Fürsorge überschütten, jedenfalls waren die Stewardessen so aufmerksam, dass es mir fast zu viel wurde. Sie reichten Wasser und Saft, brachten etwas zu essen, verteilten Decken, Zeitungen und Zeitschriften. Alle fünf Minuten tauchte eine mit offiziellem Lächeln auf und fragte: »Ist Ihnen auch nicht kalt? Möchten Sie noch etwas Wasser?«

Das Einzige, was mir überhaupt nicht gefiel, war die bezaubernde Blondine, die sich gleich zu Anfang in den Gang stellte und ihren auswendig gelernten Text herunterleierte: »Sehr geehrte Gäste, Aeroflot heißt Sie zum Flug Nr. 1949 Moskau-Swetlogorsk herzlich willkommen. Unsere Flugzeit beträgt eine Stunde und 52 Minuten. Wir fliegen in einer Höhe von 10000 Metern, die Außentemperatur misst minus 52 Grad Celsius. Der Kapitän ist der Pilot erster Klasse …«

Wieder packte mich die Angst. Aus welchem verdammten Grund musste die Schönheit mir Geschwindigkeit und Höhe des Fluges mitteilen? Kaum hatte ich mich dank der Poljakowa ein bisschen abgelenkt, da erinnerte man mich schon wieder daran, dass ich in dieser Blechkiste saß, die in wahnsinniger Höhe mit atemberaubender Geschwindigkeit dahinraste!

Ohne sich darum zu kümmern, was sie für einen Eindruck machte, sagte das blonde Weib immer schrecklichere Dinge: »Jetzt möchte ich Ihnen die Benutzung der Sauerstoffmasken erklären. Falls es zum Druckabfall in der Kabine kommen sollte …«

Ich steckte meine Nase wieder in meinen Kriminalroman, aber die schrille Stimme der Stewardess ging mir durch und durch.

»Setzen Sie sich zunächst selbst die Maske auf und erst dann Kindern oder anderen hilfsbedürftigen Personen …«

Die konnte mich mal! Hörte das denn gar nicht auf?

»Wenn Sie feststellen, dass ein Fluggast ohnmächtig wird oder die Orientierung verliert, dann informieren Sie bitte unverzüglich …«

Nein, ich musste etwas tun. Ich winkte eine der Stewardessen heran. »Ich hätte gern ein Glas Kognak!«

»Entschuldigung, das geht leider nicht.«

Ich seufzte ergeben. »Dann eben Wodka.«

»Auf Inlandsflügen schenkt Aeroflot keinen Alkohol aus. Möchten Sie ein Glas Wasser?«

»Nein, danke.«

»Vielleicht Saft?«

»Auch nicht.«

»Tee oder Kaffee?« Die Dame ließ nicht locker.

»Kein Bedarf.«

»Oder eine Zeitung?«

»Hören Sie!«, platzte ich wütend heraus, »ich habe einfach Angst. Ich dachte, nach einem Gläschen schlafe ich ein. Kognak wirkt auf mich wie ein Schlafmittel. Aber wenn nicht, dann eben nicht!«

Die Stewardess lächelte unentwegt weiter. »Es besteht

überhaupt kein Grund zur Besorgnis! Unsere Maschine, die Jak 42, ist absolut sicher. Möchten Sie vielleicht ein Beruhigungsmittel?«

Ich nickte. Die Stewardess entfernte sich leichten Schrittes.

Eine Jak 42? Und die behauptete, das sei eine absolut sichere Maschine? Eine eisige Hand griff nach meinem Herzen. In den Zeitungen hatte doch gestanden, das mit einer Jak 42 der kritische Fernsehjournalist Artjom Borowik abgestürzt war. Oder irrte ich mich? War es vielleicht eine Jak 40 gewesen? Himmel, hilf!

Während ich auf das Medikament wartete, schloss ich die Augen. Mein Kopf war vollkommen leer.

»Bitte schön«, hörte ich eine Stimme sagen.

Ich öffnete die Augen. Vor mir stand die Stewardess mit einem schiefen Lächeln. In ihren zitternden Händen hielt sie ein Tablett, auf dem eine Flasche Kognak und Gläser standen.

»Bedienen Sie sich!«

»Aber Sie haben doch gerade gesagt, dass auf diesem Flug kein Alkohol ausgeschenkt wird!«, entgegnete ich ihr.

Die junge Frau lächelte weiter gequält. »Unser Kapitän hat heute Geburtstag. Das schickt er Ihnen. Trinken Sie auf seine Gesundheit.«

Ich griff zögernd nach der Flasche. Hier stimmte doch etwas nicht! Kennen Sie die Werbung für Karamelbonbons von Meller? Wo eine Passagierin den Piloten fragt: »Ist Ihr Flugzeug auch sicher?« Statt der Antwort hält er ihr ein Karamelbonbon hin und schiebt sich seitlich, damit die Arme nicht bemerkt, dass er sich schon einen Fallschirm auf den Rücken geschnallt hat, an ihr vorbei zum Notausstieg. »Du hast noch Zeit für ein Meller-Karamel«, lautet der makabre Werbespruch.

Die Stewardess, die mir den Kognak gereicht hatte, schaute genauso drein wie der Pilot in dieser Werbung! Ich blickte in den Gang. Überall boten die Stewardessen, alle leichenblass, jetzt Kognak an.

»Pupsik«, ertönte wieder die launische Frauenstimme hinter mir, »wie lange fliegen wir schon?«

»Zweieinhalb Stunden, mein Häschen«, antwortete der Mann.

»Ist das nicht ein bisschen lange?«

»Ja, das ist merkwürdig«, stimmte ihr Pupsik zu. »In der Tat, wir ziehen jetzt schon die zweite Schleife über dem Flughafen.«

Ich schaute zum Fenster hinaus. Unten waren Lichterketten zu erkennen. Fünf Minuten später begriff auch ich, dass wir tatsächlich über Swetlogorsk kreisten.

»Was ist passiert?«, kam es jetzt von rechts.

»Na, was denn wohl?«, kreischte das Weib hinter mir. »Wir stürzen ab! Wir gehen alle drauf!«

In der Kabine wurde es laut. Da erschien auch schon der Pilot in der Tür.

»Werte Fluggäste! Unsere Maschine ist sicher, aber wir haben ein kleines Problem, deshalb müssen wir noch etwas Treibstoff verbrauchen.«

»Denk nicht, du kannst uns über den Löffel balbieren!«, blaffte da ein Mann, der auf der anderen Seite des Ganges saß. »Bereitest du eine Notlandung vor? Weshalb musst du sonst Benzin in die Luft blasen? Was ist los, sag die Wahrheit!«

»Wir haben alles unter Kontrolle«, brummte der Pilot und verschwand wieder.

»Wir werden alle sterben!«, kreischte die Dame hinter mir wieder. »Wir fallen runter und sind platt wie Pfannkuchen!«

»Ruhig, mein Häschen, ruhig.«

»Halt dein Maul, du Idiot!«, heulte die Frau auf.

Da erschienen wieder die Stewardessen mit den Tabletts.

»Wer möchte, kann ein zweites Mal essen.«

»Das soll wohl die Henkersmahlzeit sein?«, rief eine polternde Männerstimme.

»Nein«, gab eine Frau von rechts zurück. »Die wollen nur, dass die Maschine bei der Landung etwas leichter ist, deshalb werden wir noch einmal abgefüttert.«

»Das ist aber nicht logisch, meine Dame«, meldete sich jetzt Pupsik. »Wo ist der Unterschied, ob die Fressalien in der Küche oder in unseren Mägen liegen? Das Gewicht bleibt dasselbe. Da müssten sie die Sachen schon aus der Maschine werfen!«

In diesem Moment heulte der Motor auf.

»A-a-a-a!«, fielen die Passagiere ein.

Ich legte die Arme fest um meinen Kopf, aber Schreie, Weinen, Stöhnen und Schimpfen drangen weiterhin an mein Ohr. Dann holperte das Flugzeug über die Landebahn.

»Unsere Maschine ist in Swetlogorsk gelandet«, erklang aus dem Lautsprecher eine triumphierende Stimme. »Bitte bleiben Sie auf Ihren Plätzen, bis das Flugzeug zum völligen Stillstand gekommen ist und die Motoren abgeschaltet sind.«

Ich lehnte mich in meinem Sessel zurück. Dem Schöpfer sei Dank! Zurück wollte ich mit dem Zug fahren, nein, am besten im Pferdewagen oder Hundeschlitten, möglichst ganz und gar zu Fuß. Das war langsam, aber sicher.

In Swetlogorsk empfing mich stockfinstere Nacht.

»Brauchen Sie ein Taxi?«, sprach mich ein junger Bursche in abgeschabter Lederjacke an. »Für 30 Dollar bringe ich Sie in die Stadt, wohin Sie wollen.«

»Gibt es hier ein Hotel?«

»Sogar gleich drei.«

»Ich möchte zu dem, das nicht so teuer ist.«

»Dann gehen Sie am besten ins *Maiglöckchen*«, meinte der Fahrer aufgeräumt. »Das ist ein Geheimtipp. Sie haben Glück, dass Sie auf mich gestoßen sind. Steigen Sie schon ein.«

Er schob mich förmlich in den Wagen und fuhr los. Draußen flog die fremde Stadt vorbei, kaum beleuchtet und unheildrohend. Abgestumpft starrte ich hinaus. Weshalb war ich hierhergekommen? Ich wusste es selber nicht mehr.

»Da sind wir!«, teilte mir der Chauffeur mit. »Das Hotel *Maiglöckchen*. Ich bringe Sie rein, meine Tante arbeitet hier. Die hat bestimmt ein hübsches Plätzchen für Sie.«

Wir traten ins Vestibül. Das Erste, worauf mein Blick fiel, war ein riesiges Plakat an der Wand: »Gema Dautowa, die beste Wunderheilerin Russlands. Nur zwei Wochen in Swetlogorsk. Filmtheater *Lasur*. Telefonische Kartenbestellung: 224486.«

»Wann war die Dautowa in Swetlogorsk?«, fragte ich die betagte Frau an der Rezeption, die mir den Zimmerschlüssel reichte.

»Wieso war?«, erwiderte die verwundert. »Sie ist doch noch hier. Ich bin gestern dort gewesen. Es ist wie ein Wunder. Ich habe wieder normalen Blutdruck! Mein ganzes Leben lang quäle ich mich mit allen möglichen Tabletten und Tropfen herum. Aber die hat kaum 15 Minuten gebraucht, und erledigt! Teuer ist es schon! 300 Dollar ...«

»So viel kostet der Eintritt?«, fragte ich erstaunt.

Die Frau schüttelte den Kopf. »Nein, der Eintritt kostet nur 100 Rubel. Aber dann ...«

»Was ist dann?«

Die Frau seufzte. »Zuerst kommt eine Vorführung für's

Publikum ... Stellen Sie sich vor, da war ein sechzehnjähriger Junge mit seiner Mutter. Er ging auf Krücken. Als Kind hatte er Kinderlähmung. Die hat ihn ganz zusammengezogen. Kaum zum Anschauen. Und die Mutter – in Tränen aufgelöst. Bevor es losging, ist sie überall herumgegangen und hat gejammert: ›Herr im Himmel, niemand kann mir helfen! Die Dautowa ist meine letzte Hoffnung ...‹ Und Sie werden nicht glauben, was dann passiert ist!«

»Was denn?«, fragte ich, obwohl ich die Antwort schon wusste. »Was denn?«

»Der Junge hat seine Krücken fortgeworfen, sich aufgerichtet, ist durch den Saal gelaufen und hat geschrien: ›Mama, ich kann gehen!‹ Allen sind die Tränen gekommen...«

»Und wann verlangen sie die 300 Dollar?«

»Lassen Sie mich doch erst mal ausreden!«, sagte die Frau ärgerlich. »Nach der allgemeinen Veranstaltung wählt sie diejenigen aus, die sie persönlich behandeln will. Sie geht einfach durch die Reihen und sagt: ›Sie, Sie und Sie ...‹ Das erklärt sie so: ›Allen kann ich nicht helfen, dafür reichen meine Kraft und meine Energie nicht aus. Deshalb nehme ich die, denen ich eine Besserung garantieren kann.‹ Das waren ziemlich viele. Außer mir noch etwa zwanzig Leute. Nach der Privatkonsultation muss man bezahlen. Bei ihrem Mitarbeiter, einem schrecklich unangenehmen jungen Mann. Leonid heißt er, der sammelt die Dollars ein, der Hundsfott ...«

»Warum ist er unangenehm?«

»Er ist ein knallharter Geschäftsmann«, antwortete die Frau. »Er setzt für jeden den Preis fest. Mich hat er nur einmal kurz angeschaut und gesagt: ›Dreihundert!‹ Aber Iwan Pawlowitsch wurde noch viel ärger gebeutelt!«

»Wer ist das?«

»Der Direktor unserer Porzellanfabrik. Der musste sogar seine Frau zum Geldholen nach Hause schicken! Wie viel der am Ende hingelegt hat, weiß ich nicht.«

Am nächsten Morgen um neun Uhr war ich am Kino *Lasur*. Gema Dautowas Veranstaltung begann erst nachmittags um drei. Ich dachte bei mir, ihre Leibwächter würden bestimmt niemanden hinter die Bühne lassen. Um halb zehn Uhr morgens gab es im *Lasur* aber eine Kinovorstellung, die Schwerbeschädigte und Rentner kostenlos besuchen konnten. Ich kaufte mir eine Karte, mit der ich ohne Probleme in den Saal kam. In einem günstigen Augenblick, als alle Zuschauer davon gefesselt waren, wie eine nackte Blondine auf der Leinwand stöhnend wilde Leidenschaft heuchelte, schlüpfte ich durch eine kleine Seitentür neben der Bühne. In diesem Milieu kannte ich mich aus. Lange genug hatte ich selbst Konzerte gegeben. Ich wusste: Wollte man auf die Seite der Darsteller geraten, musste man nach einer unscheinbaren Tür neben der Bühne oder am Ende des Foyers suchen. Denn der offizielle Bühneneingang war meist scharf bewacht, um wild gewordenen Fans den Weg zu versperren. Um die inoffiziellen Übergänge vom Zuschauer- zum Bühnenbereich kümmerte sich in der Regel niemand.

Hinter den Kulissen war es dunkel und roch für mich sehr anheimelnd. Bald hatte ich den Gang mit den Garderoben gefunden. An einer Tür entdeckte ich einen Zettel mit der Aufschrift: Nur für Frau Dautowa. Ich drückte auf die Klinke und war fest überzeugt, die Tür sei verschlossen. Aber unerwartet ging sie auf, und ich trat ein. Es war ein relativ großer Raum, eingerichtet wie das Behandlungszimmer eines Arztes. Da standen ein Schreibtisch, ein Sessel und eine Liege. Aus dem Rahmen fiel lediglich eine Frisierkommode mit großem dreiteiligem Spiegel, die mit

Döschen, Fläschchen und Näpfchen vollgestellt war. Davor, mit dem Rücken zur Tür, saß eine Frau.

»Entschuldigen Sie«, sagte ich zögernd.

»Wollen Sie zu mir?«, fragte die Dame und drehte sich um.

Als ich ihr Gesicht sah, wäre ich beinahe in Ohnmacht gefallen.

»Gema! Wie ist das möglich …? Gema …«

Die kniff die schwarz umrandeten Augen zusammen. »Kennen wir uns?«

»Haben Sie mich denn schon vergessen?«

»Entschuldigen Sie, mein Gedächtnis ist nicht besonders gut«, sagte mein Gegenüber mit einem freundlichen Lächeln. »Ich habe jeden Tag mit so vielen Menschen zu tun …«

»Aber … Sie haben mir eine große Summe gezahlt, damit ich Eduards Mörder finde. Entschuldigen Sie, ich habe Sie mit eigenen Augen tot auf Ihrem Bett liegen sehen. Ich habe sogar die Miliz gerufen … Wieso sind Sie noch am Leben?«, murmelte ich.

Die Frau atmete erleichtert auf. »Sie sind also Ermittlerin?«

»Ja, Privatdetektivin.«

»Ein Glück, ich dachte schon, eine Verrückte sei hier eingedrungen«, antwortete die Frau, nahm mit einer raschen Handbewegung die Perücke ab und erklärte: »Ich bin nicht Gema.«

»Wer dann?«, fragte ich töricht und betrachtete ihren fast glattrasierten Kopf.

»Ich bin Sonja Erastowa.«

»Wer?«

»Also gut, ich habe noch ein bisschen Zeit. Hören Sie zu.«

30. Kapitel

Ihre Methode, Geld zu machen, war so einfach wie jede geniale Idee. Als ihr berühmter Vater starb, war Gema Dautowa klar, dass sie die Wissenschaft aufgeben musste. Ohne seine Protektion waren ihre Karrierechancen gleich Null. Einige Zeit hatte sie nichts zu tun, dann aber geriet sie per Zufall in eine Vortragsreihe über Okkultismus, die ein gewisser Semjon Shadow durchführte.

Der sonderte unter der Masse halbverrückter Leute, die sich für den Messias hielten, sofort Gema aus. Erstens, weil sie eine solide medizinische Ausbildung hatte und im Unterschied zu den meisten Zuhörern nicht die Leber mit der Galle verwechselte. Zweitens besaß Gema durchaus Voraussetzungen für einen passablen Hypnotiseur. Der mit allen Wassern gewaschene Semjon hatte sofort einen Plan, was man aus ihr machen konnte. Zunächst schickte er Gema an die Psychologische Fakultät der Moskauer Universität und danach zu einigen weiteren Bildungsveranstaltungen. Nach einem Jahr war Gema in der Lage, ein großes Publikum zu manipulieren.

An Semjon war offenbar ein Regisseur verlorengegangen, denn seine Shows inszenierte er nach allen Regeln der Kunst. Kaum hatte Gema ihre Vorführung begonnen, da kam es im Saal zur ersten Wunderheilung. Semjon stand ein ganzes Ensemble von Schauspielern zur Verfügung, das die verschiedenen Episoden aufführte: die Mutter mit dem an spinaler Kinderlähmung erkrankten Sohn, das blinde Mädchen oder der im Tschetschenienkrieg verwundete Soldat im Rollstuhl. War das erste »Wunder« geschehen, dann hatte Gema das Publikum in der Hand.

Das Erstaunlichste an der Sache war, dass es vielen nach einer Behandlung bei ihr tatsächlich besser ging. Frauen in den Wechseljahren berichteten, sie hätten keine Hitzewellen mehr, Stotterer fanden ihre Sprache wieder, Kinder machten nicht mehr ins Bett, ihre Eltern wurden Kopf- und Zahnschmerzen los, oder ihr Blutdruck normalisierte sich.

Das alles hatte mit Wundern nichts zu tun. Die Seele des Menschen ist ein so rätselhaftes, so wenig erforschtes Gebiet, dass jeder gute Psychologe die von Gema ausgelösten Phänomene leicht hätte erklären können. Ihre Patienten glaubten so sehr an sie, dass sich ihr Zustand besserte. In der Medizin nennt man das den Placebo-Effekt. Der Arzt kommt ins Krankenzimmer zu seinem Patienten, steckt ihm ein paar knallrote Pillen zu und sagt im Flüsterton: »Bitte zu niemandem ein Wort. Das ist das Neueste aus Amerika, nur für Sie über private Beziehungen beschafft. Hier sind sechs Tabletten für drei Tage, die helfen Ihnen bestimmt. Aber Sie müssen den Mund halten, denn für alle haben wir solche Wundermittel nicht.«

Der dankbare Patient schluckt die Tabletten und kommt wieder auf die Beine. Daran ist nichts Merkwürdiges außer einem kleinen Detail: Die Wunderpillen enthalten nichts als Traubenzucker. Der Kranke glaubt so fest an deren Wunderkraft, dass die Heilung gelingt. Ein solches Placebo war Gema.

Anfangs beschränkte man sich auf Massenvorführungen. Später wählte man aus dem Publikum einzelne Fälle aus. Die gibt es überall, und man findet sie mit einer einfachen Methode. Gemas Helfer liefen zum Beispiel mit einem Reagenzglas voller Leitungswasser durch die Reihen. Sie hielten es verschiedenen Leuten unter die Nase und behaupteten: »Ein wunderbares Parfüm, riechen Sie den Duft?«

Die meisten Leute antworteten: »Ich rieche gar nichts.«

Aber es gab immer zehn bis fünfzehn Personen, die freudig riefen: »Ja, einfach wunderbar!«

Die wurden dann zur persönlichen Behandlung eingeladen. Ich gebe das sehr vereinfacht wieder. Gema und ihr Gefolge gingen wesentlich raffinierter vor. Das Geld floss in Strömen. Semjon bedauerte nur, dass seine Meisterschülerin nicht an mehreren Orten zugleich sein konnte.

Eines Tages tauchte in seinem Lehrgang eine junge Frau auf, die Gema zum Verwechseln ähnlich sah. Er begriff sofort, welche Chance das bot. Sonja wurde ausgebildet, leicht geschminkt und mit einer Perücke versehen. Selbst Leute, die Gema persönlich kannten, bemerkten den Unterschied nicht. Die natürliche Ähnlichkeit wurde durch absolut gleiche Kleidung, Make-up und Frisur perfekt gemacht. Nun lief das Projekt Gema II an. Jetzt verdiente man wirklich Geld. Semjon aber blieb vorsichtig. Wenn Gema nach Nowosibirsk flog, schickte er Sonja nach Ufa, und wenn eine zweite Einladung aus Nowosibirsk kam, nahm die unbedingt wieder Gema wahr. Er wollte jedes Risiko vermeiden.

Ich starrte Sonja entgeistert an. Das war Gemas Gesicht! Ich konnte keinen Unterschied feststellen. Die Frau schien Gedanken lesen zu können, denn sie meinte lakonisch: »Gemas Nase war länger.«

Ich betrachtete sie genauer. Tatsächlich, und auch das Kinn schien mir ein wenig anders geformt.

»Außerdem haben wir nicht die gleiche Augenfarbe«, erklärte Sonja weiter. »Ich muss immer abgestimmte Kontaktlinsen tragen.«

»Sie wollen also weiter unter Gemas Namen auftreten?«

Sonja seufzte. »Das ist jetzt nicht mehr möglich. Ehrlich gesagt, haben wir geglaubt, in der Provinz werde man nichts von Gemas Tod erfahren. Deshalb habe ich den Auftritten hier noch einmal zugestimmt, um die Chance nicht zu vergeben. Aber gestern kam ein junger Mann in meine Garderobe und erklärte frech: ›Soviel ich weiß, ist Gema Dautowa gestorben!‹« Sonja hatte sich irgendwie herausreden können, war aber nun sehr verunsichert.

»Wir haben beschlossen, die Sache zu beenden. Die heutige Vorstellung fällt aus. Um 15.00 Uhr fliegen wir nach Moskau zurück.«

»Was werden Sie jetzt anfangen?«

Sonja zuckte die Achseln. »Ich werde mich äußerlich verändern und unter meinem eigenen Namen auftreten. Es ist natürlich schade, eine so populäre Figur aufgeben zu müssen, aber ich denke, in einem Jahr werde ich ebenso berühmt sein. Ich übernehme Gemas Mannschaft. Wir haben jetzt allerdings einen neuen Manager. Er heißt Leonid, ein sehr fähiger Mann. Entschuldigen Sie, dass ich frage, aber Gema stand mir sehr nahe. Haben Sie Eduards Mörder gefunden?«

»Hat Eduard gewusst, dass es Sie gibt?«

»Natürlich«, meinte Sonja lächelnd.

»Nein«, antwortete ich niedergeschlagen, »ich habe diesen Fall bisher nicht lösen können. Darüber bin ich sehr bedrückt. Ich habe viel herausbekommen, aber dieser Mord ist mir bis jetzt ein Rätsel geblieben!«

»Seien Sie nicht traurig«, sagte Sonja aufmunternd. »Sie haben sich alle Mühe gegeben, doch es hat nicht sein sollen. Das kommt vor. Am besten, Sie vergessen das Ganze!«

»Gema hat mir 6000 Dollar bezahlt! Ich habe dieses Honorar nicht verdient.«

Sonja winkte ab. »Die grünen Scheine können Sie mit gutem Gewissen behalten. Sie haben sie sich verdient. Gema ist tot, Eduard auch. Wem wollen Sie das Geld denn zurückgeben? Und was machen Sie eigentlich in Swetlogorsk?«

»Sagen Sie bitte, ist Alexander Radsinski bei Ihnen gewesen?«

Sonja runzelte einen Moment die Brauen, bevor sie antwortete: »Nein.«

»Sind Sie sicher?«

»Absolut sicher. Ein Alexander Radsinski war nicht hier.«

Da knarrte die Tür.

»Ach, Leonid«, rief Sonja erfreut und erklärte: »Unser Manager. Hast du die Flugtickets bekommen?«

»Mit großer Mühe, aber es hat geklappt«, antwortete eine Stimme, die ich so gut kannte, dass es mir einen Stich gab.

Ich fuhr herum. Vor mir stand ... Wolodja Kostin. Eine Sekunde lang starrten wir beide uns wortlos an. Kostin fasste sich als Erster.

»Sehr angenehm, Leonid Sobolewski.«

»Äh, äh«, stotterte ich, »Tatjana Romanowa. Nett, dass ich Sie auch kennenlerne.«

»Na, wunderbar«, rief Sonja erfreut. »Das heißt, in einigen Stunden sind wir hier weg. Und Sie bleiben noch?«

»Also, wahrscheinlich ... Ich weiß nicht ... Ich muss wohl auch zurück.«

»Aber unsere Bekanntschaft sollten wir vorher begießen«, sagte Sonja mit einem Lächeln. Rasch holte sie aus einer großen Tasche eine Flasche Kognak und eine Zitrone hervor und sagte: »Leonid, sei so nett und schneide die Zitrone auf.«

Kostin nahm die Frucht und ging hinaus. Ich wäre ihm am liebsten nachgelaufen. Ich machte sogar schon einen Schritt zur Tür.

»Reichen Sie mir doch bitte das Messer, wenn es Ihnen nichts ausmacht«, bat Sonja.

»Gern, aber wo ist es denn?«

»Es muss dort im Schreibtisch sein.« Ich trat zum Fenster, zog die Schreibtischschublade auf und wühlte darin herum.

»Oh, Entschuldigung«, sagte Sonja, »hier auf dem Tisch liegt es ja.«

Ich wandte mich um.

Sie hielt mir ein Glas entgegen.

»Lassen Sie uns zuerst darauf trinken, dass die Seele der armen Gema endlich Ruhe findet«, sagte Sonja mit einem Seufzer.

»Vielleicht warten wir noch einen Moment, bis Leonid die Zitrone bringt, um etwas nachzuessen.«

»Er ist gleich wieder da«, antwortete Sonja und erhob das Glas. »Möge ihr die Erde leicht werden.«

Sie kippte den Inhalt hinunter, und ich griff nach dem Glas, das mir zugedacht war. Da sprang die Tür auf, und Wolodja rief: »Nicht trinken, Tanja!«

Ich starrte ihn verständnislos an und führte das Glas zum Mund. Ohne ein Wort sprang er herbei und schlug es mir aus der Hand.

»Was soll denn das?«, rief ich empört.

»Gib mir sofort deine Hand!«, befahl Wolodja und öffnete rasch eine Flasche des Mineralwassers *Heilige Quelle*. »Her mit der Hand, und beweg dich nicht.«

»Leonid, was geht hier vor?«, fragte Sonja verwundert.

»Und du mit dem Gesicht zur Wand und die Arme hinter den Kopf!«, kommandierte er weiter.

»Aber …«

»Tu, was ich dir sage, ich bin von der Miliz!«, blaffte der Major. »Aber schnell! Bist du taub?«

»Der muss verrückt geworden sein«, fauchte Sonja, tat aber, wie ihr geheißen.

Wolodja goss Mineralwasser über meine Hand.

»Wozu denn das?«, fragte ich böse.

»Halt den Mund!«, gab Kostin wütend zurück.

Da war ein leises Knarren zu hören. Ich fuhr herum. An der Wand stand niemand mehr.

»Verdammt!«, brüllte Wolodja und stürzte in den Korridor. Im Laufen zog er ein kleines Mikrofon aus der Jackentasche und sprach hinein: »An eins, hier acht. Objekt ist flüchtig, Türen und Fenster sichern!«

Seine Stimme entfernte sich, ich stand allein in dem Raum und starrte entgeistert auf die Pfütze, die sich langsam auf dem Parkett ausbreitete.

Drei Tage später saß ich gegen 18.00 Uhr abends in Wolodjas Büro und schaute ihm um Vergebung heischend in die Augen.

»Hast du mir jetzt alles gesagt?«, fragte Wolodja finster.

»Ja.«

»Und nichts für dich behalten, wie ich es von dir kenne?«

Ich schüttelte den Kopf.

»Bist du nach wie vor der Meinung, dass es für dich nichts Besseres gibt, als Privatdetektiv zu spielen? Hast geglaubt, du wärest Sherlock Holmes und Hercule Poirot in einer Person?«

»Ganz so ist es nicht …«

»Wie denn dann?«

»Ich wollte mein eigenes Geld verdienen! Ich mag mich nicht ständig von Katja aushalten lassen.«

»Ach, du Sensibelchen, was hat denn deine Familie gesagt, als sie von mir erfuhr, dass du gar keine Freundin auf der Datsche besucht hast, sondern nach Swetlogorsk geflogen bist? Warum sagst du nichts? Wie hat zum Beispiel Serjosha reagiert?«

Ich schwieg.

»Na?«

Sie hatten es mir ordentlich gegeben. Besonders Serjosha konnte sich gar nicht wieder beruhigen. Was er mir an den Kopf geworfen hat, könnte ich zwar wiederholen, aber auf keinen Fall aufschreiben. Nie hätte ich geglaubt, dass er solche Ausdrücke kennt. Aber was uns nicht umbringt, macht uns stark. Als die lauten Vorwürfe schließlich etwas abebbten, wagte ich sogar zu widersprechen.

»Na gut«, meinte Wolodja. »Wenn du darauf nicht antworten willst, dann die nächste Frage. Hast du ordentlich verdient? Hat sich die Sache gelohnt? Du schweigst ja schon wieder. Dann die dritte Frage, und zwar die entscheidende: Also, mein Engel, meine liebe Freundin, wer hat denn nun Eduard Malewitsch umgebracht, he?«

Mir blieb nichts weiter übrig, als einzugestehen: »Ich weiß es nicht.«

»Genauso ist es! Vielleicht bäckst du doch lieber Piroggen und überlässt das Aufklären von Verbrechen anderen?«

»Du weißt es doch auch nicht!«, rief ich wütend.

»Und ob ich es weiß!«

»Na, wer war es denn?«

Wolodja schwieg.

»Siehst du!«, sagte ich triumphierend. »Einen Namen nennen kannst du auch nicht!«

Der Major schnaufte ärgerlich. »Also, Tanja, jetzt erkläre ich dir in allen Einzelheiten, wie die Sache zusammenhängt. Und dann wirst du einsehen müssen, dass du für die Ermittlertätigkeit völlig ungeeignet bist! Du wirst mir dein Ehrenwort geben, künftig nie mehr deine Nase in derartige Sachen zu stecken!«

Mein Drang, endlich die Wahrheit zu erfahren, war so groß, dass ich heftig nickend sagte: »Ganz bestimmt, aber erst, wenn ich alles weiß.«

»Und da sage einer, Neugier sei keine Sünde«, meinte Wolodja niedergeschlagen. »Willst du einen Kaffee?«

Ich signalisierte Zustimmung. Jetzt war ich schon zu allem bereit, selbst zu seinem abscheulichen Nescafé.

»Du kannst es wohl gar nicht erwarten?«, brummte Wolodja zufrieden. In aller Ruhe kippte er das braune Granulat in zwei Tassen, gab Zucker hinzu, goss heißes Wasser auf, rührte mit einem Löffelchen in dem widerlichen Zeug, kostete, zündete sich eine Zigarette an, hüstelte ...

»Nun reicht's aber!«, sagte ich böse. »Rede endlich!«

Der Major warf mir einen belustigten Blick zu.

»In einem Reich hinter den sieben Bergen lebten einst zwei Mädchen – Gema Dautowa und Nina Arbeni. Sie waren Freundinnen, beide ausgezeichnete Schülerinnen, die reine Freude für ihre Eltern und Lehrer. Aber niemand wusste, welch böse Geister die eine in ihrem Herzen verbarg ...

31. Kapitel

Wolodja erzählte mir eigentlich gar nichts Neues. Ich wusste, dass Gema Nina beneidet hatte, machte mir aber keine Vorstellung davon, wie heftig dieser Neid gewesen war.

Es begann mit Kleinigkeiten. Ninas Kleider waren schöner, ihr Spielzeug interessanter, ihre Bücher bunter. In ihrem Zimmer stand ein Fernsehapparat. Das war Anfang der siebziger Jahre ein teures Stück, und kaum eine Familie konnte sich damals zwei Fernseher leisten. Nina durfte Freundinnen einladen und sie mit Tee bewirten. Gemas Mutter konnte Lärm nicht ertragen, weshalb bei ihr selten jemand vorbeischaute.

Die Zeit verging, die Mädchen wuchsen heran, und auch der Neid wurde größer.

Ninas Mutter ging mit der Zeit. Sie erlaubte ihrer Tochter, sich modisch zu kleiden und sogar ihre Kosmetik zu benutzen. Gema konnte nicht einmal an Maniküre denken. Nina war ein offener Charakter, immer fröhlich und guter Dinge. Wo sie auftauchte, flogen ihr die Männerherzen zu. Schon mit vierzehn hatte sie Rendezvous und erhielt Liebesbriefe von Jungen aus der zehnten Klasse. Gema dagegen war bei Schulfesten immer ein Mauerblümchen, für das sich niemand interessierte.

Gott ist ungerecht, er liebt manche seiner Geschöpfe mehr als andere. Nina schenkte er zu Schönheit, Charme und Freundlichkeit auch noch ein außergewöhnliches Talent. Alle Lehrer von der Schule bis zum Konservatorium waren sich darin einig, dass sie als echte Tochter ihres berühmten Vaters eine glänzende Zukunft vor sich hatte.

Die Zuhörer waren ähnlicher Ansicht. Schon im zweiten Studienjahr feierte Nina auf dem Konzertpodium ihre ersten Erfolge.

Von der Bühne träumte auch Gema. Den Saal voller applaudierender Menschen und das Blumenmeer sah sie deutlich vor sich. Aber für sie blieb es ein Traum. In der Realität fiel das alles nur Nina zu. Sie fuhr abends in einem Wagen voller Blumen nach Hause, sie bat man um Autogramme. Über sie berichtete die Presse… Gema dagegen hatte man bereits in der Musikschule mit Bedauern gesagt: »Deine Stimme ist schön, aber zu schwach. Für die große Bühne reicht sie nicht aus. Versuch es doch mit der leichten Muse. Editha Piecha hat auch keine besondere Stimme und ist ein großer Star geworden.«

Aber erstens wollte Gema keine zweite Piecha werden, sondern träumte vom Bolschoi Theater oder zumindest vom Großen Saal des Konservatoriums. Und zweitens, was noch wichtiger war, ihre Eltern wollten von »leichter

Muse« überhaupt nichts hören. Ihr Vater bekam bei der Vorstellung beinahe einen Herzinfarkt. »Meine Tochter in einer Revue mit Clowns und dressierten Affen! Um Gottes willen! Ein Glück, dass dein Großvater das nicht mehr erleben muss!« Um dieser »Schmach« vorzubeugen, wurde Gema eine medizinische Laufbahn verordnet.

Da zersprang das angeschwollene Ei des Neides, und aus ihm kroch der Hass. Der wuchs zu einem wahren Monster heran, als Nina der besten Freundin Eduard Malewitsch ausspannte. Das tat sie, ohne es zu ahnen.

Gema besuchte Nina häufig im Konservatorium, kannte ihre Kommilitonen und ging mit ihnen aus. Eduard gefiel ihr sofort. Aber er nahm keinerlei Notiz von ihr. Als auf einem Studentenfest einmal Damenwahl verkündet wurde, fasste sich Gema ein Herz und forderte Eduard auf. Sie redeten ein wenig miteinander, und Eduard holte sie zum nächsten Tanz. Sie verbrachten den ganzen Abend miteinander, und er bat sie um ihre Telefonnummer. Ihre Beziehung währte eine Woche lang. Dann ließ sich Eduard nicht mehr sehen und rief auch nicht mehr an. Später erfuhr Gema, dass er jetzt Nina den Hof machte.

Natürlich war Gema bei der rauschenden Hochzeit die Trauzeugin. In einem rosa Kostüm, mit elegantem Hut und einem Strauß zarter Nelken stand sie neben Nina, die einen weißen Hosenanzug trug und ebensolche Nelken im Arm hatte. Auf den ersten Blick konnte man gar nicht erkennen, welche der beiden Freundinnen die Braut war. Beide lächelten und wirkten glücklich. Gema verlangte dieses Lächeln allerdings alle ihre schauspielerischen Fähigkeiten ab. Denn in ihrer Seele herrschte rabenschwarze Nacht, und in ihrem Kopf pochte der Gedanke: Wenn Nina doch jetzt tot wäre, dann trauerte Eduard ein wenig und heiratete anschließend sie, Gema. Wie sie wohl auf diese Idee kam? Ringsum gab es schönere und jüngere Frauen zuhauf, aber sie war sicher: Eduards Herz und Hand würden ihr gehören.

Wie sehr Gema litt, als sie das Glück der Jungvermählten mit ansehen musste, weiß niemand. Sie selbst hatte keine Verehrer. Jede freie Minute verbrachte sie bei ihrer Freundin Nina. Neid und Hass wuchsen ins Unermessliche. Gema wollte Eduard unbedingt für sich haben. Effekt der unterbrochenen Handlung nennen das die Psychologen. Das ist so, als wollten Sie um jeden Preis ein weinrotes Kleid besitzen, das Ihnen in einem Schaufenster aufgefallen ist. Sie tun alles, um das Geld dafür zusammenzukratzen. Sie träumen schon nachts davon. Dann haben Sie den Betrag in der Hand, eilen in das Geschäft und müssen erfahren, dass man es vor einer Viertelstunde an eine andere Kundin verkauft hat. Man bietet Ihnen schönere, elegantere und nicht so teure Kleider an. Keine Chance! Sie wollen unbedingt das haben, das Sie nicht mehr bekommen können. Die Handlung ist unterbrochen, der Wunsch nicht erfüllt. Es wird noch viele neue Kleider und Kostüme in Ihrem Leben geben, aber dieses weinrote geht Ihnen nicht aus dem Kopf. So war auch Gema auf Eduard fixiert. Der Gerechtigkeit halber muss man allerdings sagen, dass die Männer bei ihr nicht gerade Schlange standen. Im Grunde gab es überhaupt keine Bewerber. Aber von allein wäre Gema der teuflische Gedanke, Nina umzubringen, vielleicht nie in den Sinn gekommen. Darauf brachte sie … ausgerechnet Eduard.

Einmal unterhielt sie sich mit Nina über den Film *Die zweite Liebe*, den beide gerade gesehen hatten. Die Geschichte ist schnell erzählt. Auf dem Totenbett fleht die Heldin ihre beste Freundin an, ihren Mann zu heiraten. Aber der weigert sich, diesen letzten Wunsch seiner Frau zu erfüllen.

»Ich würde meine Freundin niemals um so etwas bitten!«, sagte Gema empört. »Hat sie ihren Mann denn gar nicht geliebt?«

»Eher im Gegenteil«, meinte Nina mit einem Seufzer. »Sollte ich sterben, dann könnte ich Eduard durchaus darum bitten, dich zu heiraten.«

Gema lachte. »Und der würde davonlaufen, so weit ihn seine Füße tragen!«

Aber Eduard, der das Gespräch mit anhörte, sagte plötzlich in vollem Ernst: »Da irrst du dich aber. Von allen Frauen, die ich kenne, gefallen mir nur Nina und du. Sollte Nina einmal sterben, was Gott verhüte, dann würde ich nur dich heiraten.«

Gema war, als dringe ein glühender Stahl in ihr Herz. Sie schützte Kopfschmerzen vor, ging an diesem Abend bald nach Hause und schloss sich in ihrem Zimmer ein.

Es heißt, dass ein genialer Gedanke den Menschen wie ein Blitz trifft. Dem großen Mendelejew erschien das Periodensystem der Elemente im Traum. Die *Marseillaise* wurde in einer einzigen Nacht komponiert. Die Mathematiker der ganzen Welt plagten sich bis zum Ende des 20. Jahrhunderts damit herum, den Großen Fermatschen Satz zu beweisen, den Pierre Fermat 300 Jahre früher aufs Papier gebracht hatte – vor einem Duell, in dem man ihn tötete. Viele Wissenschaftler und Künstler kennen Augenblicke, da die reale Welt versinkt und die Hand zu langsam ist, um eine geniale Eingebung aufzuschreiben. Allerdings weiß ich nicht, ob auch das perfekte Verbrechen aus einem solchen Geistesblitz geboren wird.

Gemas Plan stand augenblicklich fest. Sie hatte ihn sofort fertig im Kopf. Jewgenia Tscherw selbst den *delphus regal* zu entwenden, wagte sie nicht. Aber da spielte ihr der Zufall die ehrgeizige Anja Jachnina in die Hände, deren

Dissertation die missgünstigen Weiber hatten durchfallen lassen. Das willige Werkzeug war gefunden.

»Das ist ja furchtbar«, flüsterte ich. »Sie hat ihre beste Freundin dem Tod geweiht, obwohl sie wusste, wie man sie hätte retten können! Kannst du dir so etwas vorstellen?«

Wolodja entgegnete finster: »Entschuldige, ich kann mir nicht einmal vorstellen, dass ich einem anderen die Brieftasche klaue, aber die Menschen sind verschieden, und sie können sehr grausam sein: Betrunkene Obdachlose, die sich wegen einer Flasche billigen Wodkas den Schädel einschlagen, sind da bei weitem nicht die Schlimmsten. Ich könnte dir von Männern und Frauen erzählen, die die perfekte Selbstbeherrschung besitzen, in teuren Autos umherfahren und nur in Handschuhen dort auftauchen, wo andere Menschen sind. Überall Lack und Glanz, aber wenn man ein wenig daran kratzt, dann wird es einem angst.«

Als Nina endlich tot war, fürchtete Gema, bei einer Obduktion könnten Fragen auftauchen. Daher riet sie Ninas Vater, diese zu verhindern. Auch das tat sie sehr geschickt. Sie spielte dem gramgebeugten Professor ein Boulevardblatt mit einer ganzseitigen Reportage aus dem Leichenschauhaus zu. Als der die blutigen Fotos sah, fiel er fast in Ohnmacht und ließ Ninas Leichnam sofort nach Hause holen.

Er ordnete eine Feuerbestattung an. Alle Beweise, die man hätte finden können, zerfielen in den Flammen.

Für Gema begann ein neues Leben. Aber die Ehe mit Eduard gelang nicht. Malewitsch, der die lebenslustige Nina gewohnt war, hatte die ernste Gema bald satt. Auch die musste begreifen, dass sie sich als engste Freundin des Ehepaares von Eduard ein ganz anderes Bild gemacht hatte. Im Alltag erschien er ihr plötzlich viel weniger attraktiv. Er erlaubte sich, vor ihr in Unterhosen herumzulaufen. Er mochte gern Bier, das nach Gemas Meinung nur Proleten tranken. In Gesellschaft konnte man mit ihm leicht und locker über Kant, Sartre oder moderne Kunst plaudern, vor dem Schlafengehen aber griff er nach billigen Krimis oder Pornoheften. Nach und nach lernte Gema Eduard kennen, wie er wirklich war. Eines Tages durchfuhr sie der Gedanke, ob sie ihn vielleicht gar nicht liebte, sondern nur immer hatte haben wollen, was Nina gehörte? Sie wollte die lästige Vorstellung sofort wieder vertreiben, aber da förderte ihr Gedächtnis eine lange vergessen geglaubte Episode zutage.

Als Nina dreizehn war, hatte sie zu Neujahr ein umwerfendes himmelblaues Kleid aus dem damals hochmodernen Jersey geschenkt bekommen. Gema lobte es gebührend, lief nach Hause, brach in Tränen aus und bat ihre Mutter, ihr das gleiche zu kaufen. Das tat sie ohne jede Hoffnung, den Wunsch je erfüllt zu bekommen. Aber ein Wunder geschah. Ihre Mutter ließ sich die Adresse der Händlerin geben, legte die Wahnsinnssumme von 150 Rubeln hin und brachte Gema das gleiche Kleid, nur in Salatgrün. Gema schlüpfte hinein und sah auf den ersten Blick, dass es ihr überhaupt nicht stand. Der kurze Rock entblößte ihre spitzen Knie, und die Abnäher, die vom Halsausschnitt bis zur Taille liefen, ließen ihre schmale Figur geradezu dürr erscheinen. Das Kleid stand der etwas fülligeren Nina so gut, weil es sie schlanker machte. Gema entstellte es geradezu. In dem billigen Fähnchen, das die Mutter sie zuvor im Kaufhaus GUM anprobieren ließ, hatte sie wesentlich besser ausgesehen als in dem teuren Stück. Aber Gema wollte immer haben, was Nina hatte, ohne darüber nachzudenken, ob es auch zu ihr passte.

Nun erlebte sie mit Eduard ein Déjà vu. Als sie ihn näher kennenlernte, zeigte sich, dass er absolut nicht ihr Traummann war. Sie hatte einen furchtbaren Fehler begangen.

Streit kam zwischen ihnen auf, aber davon ließen sie nichts nach außen dringen. Dann brach sich Eduard die Hand und ergab sich dem Alkohol. Gema machte als Wunderheilerin Karriere. Erst jetzt erlebte sie echte Glücksmomente. Sie brauchte niemanden mehr zu beneiden. Im Gegenteil, man beneidete sie – um ihre gute Ehe, um ihre wunderbaren Gaben … Wenn sie in einem Saal stand, wo die Menschen sich drängten, dann brachte ihr das Erfüllung. Sie hätte diese Rolle auch gespielt, wenn sie nicht so einträglich gewesen wäre. Das Gefühl, Macht über die Menge zu besitzen, berauschte sie. Aber ihre Auftritte ließen zudem die Kasse kräftig klingeln. Und als auch noch Sonja in das Geschäft einstieg, ging auf sie alle ein wahrer Goldregen nieder.

Mochte Eduards und Gemas Ehe nicht glücklich sein, die beiden hielten zusammen. Ihr Verhältnis normalisierte sich. Eduard wurde Friedhofsdirektor und hatte sein eigenes bescheidenes Einkommen. Er trank nicht mehr, verfiel aber einem nicht weniger kritischen Laster: Er lief den Frauen nach.

Anfangs tat Gema, als bemerke sie nichts. Dann aber führte sie mit Eduard ein ernstes Gespräch. Das Ergebnis stellte beide zufrieden. Sie beschlossen, Freunde zu bleiben. Eine Scheidung wollten weder sie noch er. Gema kam die Stellung als verheiratete Frau durchaus zupass. Und auch Eduard ersparte sich viele Probleme, wenn er seinen wechselnden Geliebten erklären konnte, er sei verheiratet und werde seine unheilbar kranke Frau nicht im Stich lassen.

So hatten beide ihre Nische im Leben gefunden. Sie stritten nicht mehr miteinander. Gema und Eduard wurden in der Tat Freunde. Was man einem Ehemann vorwarf, das konnte man einem guten Freund durchaus verzeihen. Der Mensch ist schon ein merkwürdiges Wesen. Wenn ich als Frau nach Hause komme und in der Küche sich das schmutzige Geschirr häuft, schimpfe ich mit Mann und Kindern. Wenn es dagegen von einer Feier mit Gästen stammt, dann stehe ich danach lächelnd in der Küche und denke beim Abwaschen an den schönen Abend. Das ist doch nicht logisch. Gegenüber der Familie müsste man nachsichtiger sein. Sie müsste man mehr lieben!

Wie dem auch sei, Gema und Eduard hatten ihren Lebensstil gefunden. Dann aber passierten Dinge, die schreckliche Folgen nach sich zogen.

Es begann damit, dass Sonja, die viel weniger verdiente als Gema, den Aufstand probte und die gleiche Gage forderte wie sie. Semjon und Gema versuchten ihr zu erklären, das sie in dem Geschäft nur eine Nebenrolle spiele. Das wollte Sonja nicht einleuchten.

Im Oktober jenes Jahres wurde Eduard auf dem Friedhof von einem seiner Mitarbeiter, Michail Kwaschnin, angesprochen. Der war als Künstler angestellt und spielte unter anderem auch den Geistlichen, der den verstorbenen Tieren seinen Segen gab. Das Wort »spielen« trifft nicht ganz den Kern der Sache, denn Michail war unter dem Namen Vater Johann einmal Geistlicher gewesen. Man hatte ihn entlassen, weil er sich zu sehr für junge, hübsche Kirchengängerinnen interessiert hatte.

Nun trat er verlegen von einem Bein aufs andere und murmelte unverständliche Dinge in seinen Bart, bis Eduard ihn ärgerlich anfuhr: »Jetzt red doch mal Klartext! Was ist denn passiert?«

Und Michail Kwaschnin legte los. Während er sprach, wurde Eduard von blankem Entsetzen gepackt.

Michail wohnte am Zwetnoi Bulvar. Seine Nachbarin war Anja Jachnina gewesen, mit der er immer gut ausgekommen war. Dann hatte Anja einen Autounfall erlitten und war in ein Heim für Behinderte gezogen. Mit der Zeit hatte Michail sie fast vergessen. In diesem Herbst aber wurde er von einem Arzt aus dem Heim angerufen, der ihn höflich fragte: »Verzeihen Sie, Vater Johann, kennen Sie Anja Jachnina?«

»Natürlich«, antwortete Michail, »die kenne ich gut.«

»Sie bittet darum, dass Sie ihr die Beichte abnehmen.«

»Steht es so ernst um sie?«, fragte Michail.

»Sehr ernst«, lautete die Antwort des Arztes.

Zu dieser Zeit war Michail bereits kein Kirchenmann mehr und hatte nicht das Recht, die Beichte abzunehmen. Aber der Doktor sagte noch: »Beeilen Sie sich bitte. Anja hat gesagt, Sie mögen auf ihre Kosten ein Taxi nehmen.«

Michail glaubte, Anja liege im Sterben, und stürzte aus dem Haus. Schließlich hielt ihn Anja für einen Geistlichen und wollte ihre Seele erleichtern. Einer Sterbenden die Beichte abzunehmen gestattete die Kirche ohnehin jedermann.

In Anjas Bericht tauchten Namen von Personen auf, die Michail kannte. Nun hörte er genauer hin. Als sie geendet hatte, war er geradezu entsetzt. Er sprach sie von ihren Sünden los. Jetzt aber quälte ihn selbst das Gewissen. Er wusste nicht, ob er Eduard berichten durfte, was er erfahren hatte.

Zwei Wochen lang schwankte er hin und her. Schließlich suchte er Eduard auf und erzählte dem die ganze Geschichte. Der fiel aus allen Wolken.

An jenem Tag fuhr Eduard nicht nach Hause, sondern zu Lena, der Frau, die er angeheuert hatte, um seine Affäre mit Shanna, der Frau des Tollwütigen, zu vertuschen. Aber sein Gefühl für Shanna war erkaltet. Daher hatte er das Arrangement mit Lena kündigen wollen, war jedoch noch nicht dazu gekommen. Nun konnte ihm die ehemalige Striptänzerin nutzen, indem sie ihm Unterschlupf gewährte.

Einen ganzen Monat lang war Eduard fast ununterbrochen betrunken. Mehrmals griff ihn die Miliz auf, aber Lena holte ihn immer wieder heraus. Gema, die ihn mehrfach auf dem Handy anrief, fertigte er mit einem einzigen Satz ab: »Lass mich in Ruhe! Ich hasse dich!«

Gema begriff nicht, was in ihm vorging. So tauchte sie schließlich in Lenas Wohnung auf und forderte von Eduard eine Erklärung. Der eröffnete seiner Frau, er wisse die Wahrheit über den *delphus* und Ninas Tod.

Gema bot ihre ganze Selbstbeherrschung auf und lachte laut. »Diese Jachnina ist doch nicht ganz normal! Aber dass sie sich so was ausdenkt! Wenn du willst, bringe ich dich mit Jewgenia Tscherw zusammen. Die wird dir bestätigen, dass an der Geschichte kein Wort wahr ist!«

Aber Eduard glaubte ihr nicht. Er weigerte sich, nach Hause zurückzukehren, und sagte nur: »Ich reiche die Scheidung ein!«

Gema musste unverrichteter Dinge wieder abziehen. Als sie gegangen war, trat Lena aus dem Badezimmer. Sie war nach Hause gekommen, als beide im Wohnzimmer stritten, und hatte sich erschreckt dorthin zurückgezogen.

»Nimm dich vor dieser Frau in Acht«, riet sie Eduard. »Die bringt es fertig und jagt dich mit dem Auto in die Luft. Warum hast du ihr überhaupt gesagt, dass du alles weißt? Sei bloß vorsichtig!«

Eduard neigte zur Panik. Er bekam einen furchtbaren Schreck. Bevor er jetzt sein Kabrio bestieg, schickte er unter den verschiedensten Vorwänden andere Personen vor, um nicht selbst den Wagen öffnen zu müssen.

»Ach, du meine Güte!«, entfuhr es mir.

»Was ist denn?«, fragte Wolodja verwundert.

»Als wir bei McDonalds saßen, hat mich Eduard nach seinem Gelenktäschchen zu dem Wagen geschickt. Ich dachte noch bei mir, was für ein ungehobelter Kerl er ist, aber er hat behauptet, er hätte gerade einen Hexenschuss. Dabei ...«

»Du vermutest ganz richtig«, meinte der Major. »Du solltest testen, ob das Ding in die Luft geht. Aber warum hat er immer nur an eine Bombe gedacht?«

Ich blickte ihn begriffsstutzig an.

»Hat wirklich Gema ihn umgebracht?«

»Nicht sie selber«, antwortete Wolodja. »Dazu ist die Dame viel zu gerissen. Sie hat einen professionellen Killer beauftragt. Das ist doch heute kein Problem mehr. Du brauchst nur die *Zweite Hand* aufzuschlagen. Da findest du jede Menge Annoncen mit dem Angebot: Erledige für gutes Honorar jeden Auftrag.«

»Aber man hat ihn mit einem Messer ...!«

»Na und?«

»Auftragskiller schießen doch.«

»Nicht immer«, brummte Wolodja. »Das kommt auf die Umstände an.«

»Aber wie konnte der Mörder Eduard so nahe kommen?«

»Du kannst Fragen stellen! Bei McDonalds! Ein Restaurant, eng vollgestellt mit Tischen, zwischen denen Kellner hin und her laufen. Der Täter brauchte nur dicht an Eduard heranzutreten und zu bitten: ›Machen Sie doch ein bisschen Platz, damit ich durchgehen kann.‹ Außerdem war Eduard überzeugt, Gema wolle ihn mit seinem Wagen in die Luft sprengen. Vor dichtem Gedränge hatte er offenbar keine Angst.«

»Der Kerl hätte mich glatt hopsgehen lassen!«

Darauf sagte der Major nichts.

»Das heißt, hinter dem Mord an Eduard steckt Gema! Sie hat befürchtet, dass er die Sache mit dem *delphus* ausplaudern könnte.«

»Nicht nur das«, wandte Wolodja ein. »Eduard hat sich sehr dumm angestellt. Zuerst erklärte er, er werde zur Miliz gehen und dort aussagen. Dann drohte er Gema sogar, er werde ans Licht bringen, wie sie mit Sonjas Hilfe die Leute hinters Licht führe. Das war der Tropfen, der das Fass zum Überlaufen brachte. Gema fühlte sich so in die Enge getrieben, dass sie handeln musste. Übrigens: Sie hat auch Lena auf dem Gewissen.«

»Wie denn das?«, schrie ich auf. »Wie hat sie das gemacht?«

»Lena ist die Geldgier zum Verhängnis geworden. Als sie erfuhr, dass Eduard tot ist, rief sie Gema an und verlangte einen Haufen Dollars als Schweigegeld. Außerdem behauptete sie, sie besäße ein Foto, wo Gema zusammen mit Sonja zu sehen sei.«

Auch hier benutzte Gema einen Auftragsmörder. Den Zugang verschaffte sie ihm selbst. Sie klingelte bei Lena und forderte: »Mach auf, ich bringe dir das Geld und möchte das Foto haben!« Die geldgierige Lena öffnete dem Tod selbst die Tür. Als sie Gema den Umschlag mit dem Foto übergeben hatte, packte sie der Mörder, zerrte sie ins Bad und feuerte seine Waffe auf sie ab. Aber Lena war nicht sofort tot.

Deshalb hat sie gemurmelt: »Sie … ist seine …«

»Wahrscheinlich wollte sie mir sagen: ›Sie ist seine Frau‹!«, rief ich entsetzt. »Und dieser Satz: ›Es waren zwei …‹. Du meine Güte, wieso habe ich das nicht begriffen?!«

Aber etwas passte da trotzdem nicht zusammen.

»Moment mal, Wolodja, so kann das nicht gewesen sein.«

»Wieso nicht?«, fragte der Major. »Was ist denn nun schon wieder?«

»Gema hat mich selbst zu Lena geschickt, Eduards Handy zu holen. Da war die noch quicklebendig. Sie ist ja sogar anschließend zur Disko gegangen. Geschossen hat man erst später auf sie. Aber da war Gema schon tot. Sie hat doch Gift genommen. Ich habe sie selbst in ihrer Wohnung gefunden!«

»Soso, sie hat sich vergiftet …«, sagte Wolodja gedehnt.

»So war es.«

»Tatsächlich?«

»Na klar! Als sie von Eduards Tod erfuhr, war sie wie von Sinnen, hat geweint und geschrien, ständig von ihrer Liebe zu ihm gesprochen. Und dann ist sie aus dem Leben geschieden. Nur – bisher habe ich gedacht, sie wollte nicht ohne ihren Mann weiterleben. Jetzt wird mir klar, dass sie ein schlechtes Gewissen hatte – wegen Nina und Eduard.«

»Haben solche Unmenschen ein Gewissen?«, fragte der Major unerwartet. »Ach, Tanja, du durchschaust die Dinge immer noch nicht. Lenas Mörder hat von Gema seinen Auftrag bekommen.«

»Sie hat ihn beauftragt und ist dann selber gestorben?«

»So ein Unsinn!«, rief Wolodja aufgebracht. »Nun überleg doch mal ein wenig! Die hat nie daran gedacht, zu sterben! Sie ist frisch und munter bis zum heutigen Tag! Ihre Gesundheit und ihre Nerven solltest du haben! Das müssen wahre Drahtseile sein!«

»Wieso ist sie noch am Leben?«, fragte ich verdutzt. »Wer hat denn dann Selbstmord begangen? Ich habe Gema doch tot auf dem Bett liegen sehen und sogar ihren Abschiedsbrief gelesen. Wer lag denn sonst dort? Wer hat das Gift genommen?«

»Sonja!«, antwortete Wolodja, als sei das die normalste Sache der Welt, und goss sich Kaffee ein.

»Was soll denn das nun wieder?!«, rief ich empört. »Wieso Sonja?! Und wo ist Gema?«

»Du hast dich mit ihr in Swetlogorsk doch so nett unterhalten!«

»Jetzt red nicht solchen Blödsinn!«, fauchte ich und stampfte mit dem Fuß auf. »Ich habe Gema gekannt und kann mit hundertprozentiger Sicherheit sagen: Das in Swetlogorsk war sie nicht!«

»Aha? Wieso nicht?«

»Gema hat einen hellen Teint, und Sonja ist ein wesentlich dunklerer Typ. Sie hat außerdem dichtere Brauen, eine kräftigere Nase und vollere Lippen. Von fern sehen sie sich wirklich sehr ähnlich, aber aus der Nähe betrachtet …«

»Ach, Tanja«, meinte Wolodja seufzend. »Du hast Gema ein einziges Mal gesehen – zu Hause und ohne jedes Make-up. Bedenke, in Swetlogorsk war einige Zeit vorher Sonja aufgetreten. Nun tat Gema alles, um ihr zu gleichen wie ein Ei dem anderen. Wozu gibt es denn Kosmetik? Die Gesichtsfarbe! Bräunungscreme kannst du an jeder Straßenecke kaufen, und im Nu ist der dunklere Teint fertig! Gema wusste genau, dass sie gute Bekannte nicht hinters Licht führen konnte. Bei dir ist sie davon ausgegangen, dass du sie nicht erkennst.«

»Aber die Frau in Swetlogorsk hat sich doch als Sonja vorgestellt«, stammelte ich.

Wolodja schaute mich mitleidig an. »Glaubst du immer alles, was man dir sagt? Übrigens hat auch Shanna, Madame Podolski, dir etwas vorgelogen, als sie dir von der fiktiven Ehe mit dem Tollwütigen erzählte. Und du hast es geglaubt. Dabei ist die Sache doch nicht schwer zu durchschauen. Warum, meinst du wohl, hat sich Shanna so umständlich abgesichert, als sie sich mit dir in der Poliklinik traf? Hast du darüber mal nachgedacht?«

»Das heißt …«

»Ja, ja, sie hat dir was vorgespielt. Shanna hat ihren Mann tatsächlich mit Eduard betrogen. Und die beiden wären längst im Jenseits, hätte er je davon erfahren.«

»Aber was sollte dann die ganze Geschichte mit der Scheinehe?«

»Die hat sie dir erzählt, du Dummchen, damit du mit der Sache nicht zu ihrem Mann läufst. Das war ein Meisterstück. Sie ist ja sogar mit dir zu Gena ins Büro gefahren, damit du ihr wirklich glaubst. An der Nase hat sie dich herumgeführt, meine Liebe. Shanna war über den Tollwütigen voll im Bilde, und die beiden führen eine richtige Ehe. Kannst du dir vorstellen, wie wir gelacht haben, als ich die Geschichte aus ihr herausgeholt habe?«

»Und wie bist du auf Madame Podolski gekommen?«, brummte ich mürrisch.

»Ja, glaubst du denn wirklich, du könntest mit zwei Mopswelpen das Schweigen meines Kollegen Gena Jurow erkaufen?«

»Jetzt verstehe ich überhaupt nichts mehr …«

»Das ist doch ganz einfach«, meinte Wolodja achselzuckend. »Gema musste ein Problem loswerden. Und sie hat es geschafft, zwei Fliegen mit einer Klappe zu schlagen.«

Sonja war mit ihrer Forderung zu weit gegangen. Am Ende verlangte sie 70 Prozent der Einnahmen. »Wenn ich die nicht kriege«, drohte das freche Weib, »dann stecke ich alles der Presse!«

»Dass ich nicht lache!«, rief Gema. »Was willst du denn damit erreichen? Unser Geschäft platzt, und du stehst selber ohne eine Kopeke da!«

»Ich finde schon wieder was Neues«, parierte Sonja. »Aber mit dir ist es aus!«

Gema fühlte sich arg in die Enge getrieben. Von einer Seite drohte ihr Eduard, von der anderen bedrängte sie Sonja. Da kam ihr die rettende Idee. Einen Mord hatte sie sowieso schon auf dem Gewissen – die arme Nina. Jetzt aber wollte sie Eduard und Sonja erledigen und die Sache so hinstellen, als habe sich Gema selbst umgebracht, weil sie ohne den geliebten Mann nicht weiterleben konnte. Sie besaß noch ein Fläschchen Gift, mit dem man im Institut für Tropenmedizin Versuchstiere tötete. Als sie es bei ihrem Weggang aus dem Institut mitnahm, wusste sie selbst nicht recht, warum. Jetzt kam es ihr sehr zupass.

Eduard wurde von einem Auftragskiller aus dem Wege geräumt. Am selben Tag rief Gema Sonja zu sich. Sie ging auf deren Forderung ein, und beide unterzeichneten ein Papier. Dann erklärte Gema: »Damit ist das für mich erledigt. Lass es uns begießen.« Sie reichte Sonja ein Glas vergifteten Kognak.

»Und die hatte keine Bedenken, mit Gema zu trinken?«

»Nein, Sonja wusste doch nicht, dass sie eine erfahrene Mörderin vor sich hatte. So gebildet, wohlerzogen und zerbrechlich, wie Gema wirkte. Sonja trank den Kognak, nur das Gift war kein Strychnin oder Zyankali und wirkte nicht schnell. Sonja glaubte, ihr Herz mache ihr Schwierigkeiten, und legte sich aufs Bett. Dann verlor sie das Bewusstsein. Da klingelte es, und vor der Tür stand Tanja Romanowa, die von Eduards Tod berichtete. Gema begriff sofort, welche Chance sich ihr nun bot. Das war die Zeugin, die allen erklären würde, welch tragischer Schlag Eduards Tod für Gema gewesen sei.«

Als Wolodja einen Moment innehielt, fragte ich: »Und warum, verdammt noch mal, hat sie mich mit der Ermittlung beauftragt?«

»Damit du, meine Liebe, der Miliz erzählst, wie sehr

Madame Dautowa ihren Gatten geliebt hat. Sie hat dir doch ihre Variante der Familiengeschichte aufgetischt – die Sache mit Ninas Tod und deren letzten Wunsch, sie möge ihren Mann heiraten …«

Ich nickte.

»Aber wieso hat sie nicht befürchtet, dass ich die Wahrheit herausfinden könnte?«

Jetzt lachte Wolodja so herzhaft, dass ihm die Tränen kamen.

»Entschuldige schon, Tanja, dir sieht man halt an, dass du keine Miss Marple bist! So eine ehrliche Haut wie dich gibt es nicht noch mal! Jede andere hätte die 6000 Dollar eingesteckt und keinen Finger gerührt! Davon ist sie natürlich ausgegangen! Du warst lediglich eine wertvolle Zeugin für sie. Deine Aussage und ihr Abschiedsbrief sollten der Miliz klarmachen: Gema hat Selbstmord begangen, und alle Nachforschungen erübrigen sich.«

»Aber wieso hat sie mich dann zu Lena geschickt, Eduards Handy holen?«

»Auch dafür gibt es eine logische Erklärung. Erstens rang nebenan Sonja mit dem Tod, als du noch in der Wohnung warst. Zweitens konnte Gema sich schließlich nicht vor deinen Augen umbringen. Du musstest zeitweilig aus der Wohnung verschwinden und dann wiederkommen, um den Selbstmord zu bestätigen und den Abschiedsbrief zu finden. Verstehst du?«

»Alexander Radsinski wurde auch von ihr umgebracht?«

»Der lebt«, erklärte Wolodja seelenruhig.

»Jetzt verstehe ich überhaupt nichts mehr!«, rief ich niedergeschlagen.

»Er fuhr nach Swetlogorsk und ging zu Gemas Veranstaltung. Im Unterschied zu dir kannte er sie sehr gut. Aber auch er dachte zunächst, das sei nicht sie. Von Sonjas

Existenz wusste er nichts. Daher glaubte er, eine Betrügerin habe sich Gemas Namen angeeignet. Als er jedoch begriff, dass er dort tatsächlich Gema gesehen hatte, kam er sofort nach Moskau zurück und suchte uns auf. Wir mussten seine Aussage nachprüfen. Allerdings war uns inzwischen über Gemas Machenschaften eine ganze Menge bekannt.«

»Aber warum habt ihr ihn für tot erklärt?«

»Alexander passte Gema am Bühneneingang ab, um sie aus der Nähe zu betrachten. In der Menge bemerkte sie ihn nicht. Doch wir waren trotzdem um seine Sicherheit besorgt und wollten auf jeden Fall ausschließen, dass ihm etwas passiert.«

»Wie konntet ihr das tun! Seine Mutter ist vor Kummer fast gestorben!«

»Stell dir vor, wie sie sich jetzt freut«, antwortete Wolodja ziemlich gefühllos.

»Wieso hat Gema es überhaupt gewagt, nach ihrem angeblichen Tod noch öffentlich aufzutreten?«

Der Major zuckte die Schultern. »Ich denke, auch bei ihr war es Geldgier. Sie wollte noch ein letztes Mal richtig absahnen. Wahrscheinlich hat sie gedacht, Moskau sei weit, und bis nach Swetlogorsk sei die Nachricht von ihrem Tod noch nicht gedrungen«

»Du meinst, sie wollte wirklich aufhören? Das ist nicht ganz logisch, denn Sonja hat sie doch umgebracht, um ihr Geschäft weiterführen zu können.«

»Jetzt gibt sie selber zu, dass sie eine Dummheit begangen hat. Mit Sonjas Vergiftung war das Geschäft kaputt. Aber auch sie ist eben kein Automat und kann sich irren. So dumm war ihr Vorgehen übrigens gar nicht. Sie wollte etwas Zeit verstreichen lassen und dann unter Sonjas Namen weitermachen.«

»Was ist eigentlich mit ihrem Regisseur, diesem Semjon Shadow? Hat er nicht mitbekommen, wen er tatsächlich vor sich hatte?«

»Er behauptet, nein. Das nehme ich ihm aber nicht ab. Als ich mich dort eingeschlichen habe, konnte ich alle möglichen Machenschaften feststellen – Steuerhinterziehung, Betrug bei den Eintrittsgeldern und bei den individuellen Behandlungen …«

»Mann, bin ich erschrocken, als du in Swetlogorsk aufgetaucht bist!«

Wolodja lächelte. »Und ich erst, als mir klar wurde, dass Gema drauf und dran war, dich zu vergiften! Sie bittet mich, die Zitrone aufschneiden, und mir wird erst draußen klar, warum sie mich aus dem Zimmer geschickt hat! Ich bin sofort zurückgestürzt und zum Glück gerade noch zur rechten Zeit gekommen.«

»Warum wollte sie mich denn umbringen? Und dazu noch vor Zeugen? Auch ohne Polizist zu sein, wäre dir doch klar geworden, dass da etwas nicht stimmt.«

»Jetzt siehst du wieder nicht durch, Tanja. Ihr war klar geworden, dass du drauf und dran bist, ihre Machenschaften zu durchschauen. Ihr Gift wirkt erst nach einer halben Stunde. Und du warst bereits beim Gehen. Dir wäre irgendwo schlecht geworden, und niemand hätte gewusst, woran es liegt. Es hätte ein Herzinfarkt sein können. Gema konnte einfach nicht zulassen, dass du weitermachst. Ist das nicht klar?«

»Nein.«

»Wieso nicht?«

»Na, wer war zum Beispiel die große Frau mit dem hellblauen Lada und der Endnummer 267?«

»Das war Gema.«

»Aber die ist doch höchstens so groß wie ich!«

»Sie hat einfach Stiefel mit einer fünfzehn Zentimeter hohen Plateausohle angezogen und sich durch das Outfit ein paar Jahre jünger gemacht. Der Lada ist übrigens hellgrau, und die Nummer nicht 267, sondern 287. Das hast du verwechselt. Das ist das alte Auto von Nina Arbeni, das neun Jahre lang in der Garage stand. Ich kann es zwar nicht beweisen, aber ich denke, dass Gema es auch benutzt hat, als sie Anja Jachnina von der Hochstraße drängte. Da war Gema noch eine bescheidene Mitarbeiterin des Instituts für Tropenmedizin und konnte sich keinen Auftragsmörder leisten. Später ist sie, verschleiert und um einige Zentimeter gewachsen, auf ihrer eigenen Beerdigung erschienen …«

»Warum hat sie das getan?«, fragte ich verwundert.

»Warum zieht es wohl den Mörder immer wieder an den Ort seiner Tat zurück?«

»Aber sie war zu dieser Zeit doch in Swetlogorsk!«

»Sie hat sich krank gemeldet und die Vorstellungen für einen Tag ausgesetzt.«

»Na, dann wäre auch das geklärt«, konstatierte ich.

»Was?«

»Ach, nichts weiter«, murmelte ich. Mir war gerade der flotte Großvater eingefallen, der der bösen Apothekerin geraten hatte, nach Swetlogorsk zu fahren und Gema zu konsultieren. Er hatte berichtet, er habe selbst den langen Flug auf sich genommen, um sich von Gema »runderneuern« zu lassen. Aber ihre Sitzung an jenem Tag war ausgefallen.

»Gema ist zur Beerdigung gekommen, am selben Tag mit dem Mörder bei Lena aufgetaucht und dann hochzufrieden nach Swetlogorsk zurückgeflogen. Sie hatte Glück, aus ihrer Mannschaft ist niemandem etwas aufgefallen. Das Flugticket hatte sie auf den Namen der Empfangsdame des

Hotels buchen lassen und der für den Gefallen hundert Dollar zugesteckt. Sie hatte ihr vorgelogen, sie wolle in der Stadtbibliothek von Swetlogorsk ein Buch holen, bekomme es aber nur, wenn sie einen Ausweis mit Swetlogorsker Adresse vorweisen könne. Die Empfangsdame hatte ihr die Geschichte abgenommen. Gema glaubte, sie hätte damit ein hieb- und stichfestes Alibi. Der Mord an Lena war für 13.00 Uhr festgesetzt, da glaubte sie eben, sie könnte auch bei der Beerdigung vorbeischauen.«

»Das war aber dumm von ihr, den Mörder selber zum Opfer zu führen.«

»Gema wollte unbedingt das Foto haben, auf dem sie zusammen mit Sonja zu sehen war. Das hatte Eduard gemacht. Er hatte es mitgenommen, als er bei Lena unterkroch. Eine kleine Fotografie kann man in einer Wohnung gut verstecken. Gema befürchtete, sie müsste lange danach suchen, wollte aber um keinen Preis den Rückflug nach Swetlogorsk verpassen. Denn am selben Abend um 20.00 Uhr musste sie wieder auf der Bühne stehen. Tauchte sie dort nicht auf, dann platzte ihr Alibi. Deshalb sollte Lena ihr das Foto unbedingt selbst aushändigen. Ist das klar?«

Ich schwieg. Ob wohl Wolodja am Ende recht hatte? Vielleicht sollte ich wirklich besser Musikunterricht geben?

»Sei nicht traurig«, meinte Wolodja lachend. »Jetzt nehmen wir deine Aussage erst einmal zu Protokoll. Hast du das Geld dabei?«

»Hier, nimm!«, sagte ich und legte die Bündel Banknoten auf den Tisch.

Epilog

Eigentlich möchte ich Gema schnell vergessen, aber die Geschichte muss nun zu Ende erzählt werden.

In der Untersuchungshaft nahm sich Gema das Leben. Vielleicht quälte sie ihr Gewissen, oder sie hatte Angst vor langer Lagerhaft. Auf jeden Fall fanden sie ihre Zellengenossinnen am Morgen des 21. November tot auf ihrer Pritsche. Wie es ihr gelungen war, an das Gift zu kommen, ob ihr ein Gefängniswärter oder ein Anwalt bei der Beschaffung half, ist ein Geheimnis geblieben. Wegen des Todes der Hauptangeklagten gibt es nun auch keinen Prozess. Post mortem wird in Russland niemand verurteilt. Bei uns tilgt der Tod alle Verbrechen.

Alexander Radsinski ist wieder zu Hause. Anastasia kann ihr Glück immer noch nicht fassen.

Anja Jachnina ist Anfang Dezember verstorben. Sie tut mir leid. Andererseits, wenn ich mir vorstelle, wie es ist, mit entstelltem Gesicht und einem behinderten Körper das ganze Leben im Rollstuhl zu verbringen, dann ist der Tod vielleicht eine Erlösung.

Shora Sawrassow bettet immer noch Tiere zur letzten Ruhe. Olga Malewitsch spielt weiter das Orakel von Delphi. Viktor Podolski lebt einträchtig mit Shanna zusammen. In seiner Frau hat er offenbar seine Meisterin gefunden.

Jewgenia Tscherw forscht am Institut für Tropenmedizin und hat keine Ahnung, welche Leidenschaften der verschwundene *delphus regal* ausgelöst hat.

Iwan hat endlich unsere Wohnungstür beschlagen. Am 8. Dezember gegen Mitternacht war er damit fertig.

»He!«, rief er, »kommt und seht euch das an!« Die ganze Familie kam – im Pyjama oder in der Unterwäsche – auf den Treppenabsatz heraus, um das Werk zu bestaunen. Er hat es wirklich sehr gut hingekriegt. Nirgendwo ein Fältchen, das Kunstleder glatt wie ein Kinderpopo.

»Morgen kommen noch die Schmucknägel dran«, erklärte er mit einem Gähnen.

»Jetzt aber ab ins Bett!«, befahl Katja.

Alle verschwanden in ihren Zimmern. Ich kroch unter meine Decke und nahm die dicke Mulja als lebende Wärmflasche mit. Als mir schon die Augen zufielen, drang wieder dieses leise Knarren an mein Ohr.

Sofort war ich hoch und stürzte in den Korridor. Iwan war schon zur Tür hinaus. Diesmal sollte er mir nicht entkommen.

So schnell ich konnte, lief ich ins Zimmer zurück, um mir die Jeans überzustreifen. Dabei stolperte ich über den Teppichrand und ging zu Boden. Verzweifelt suchte ich einen Halt und warf dabei den Schäferhund aus Porzellan herunter, der auf einem Tischchen stand.

»Was ist denn hier los?«, rief Julia erschrocken und steckte den Kopf zu meiner Tür herein.

»Gibt es denn heute überhaupt keine Ruhe?«, nörgelte Kira.

»Aber wirklich!«, fiel Lisa ein.

»Sogar mich habt ihr munter gekriegt!«, murmelte Serjosha.

»Hast du dich verletzt, Tanja?«, fragte Katja besorgt.

»Nein«, antwortete ich. »Aber Iwan ist schon wieder in Unterhosen hinausgelaufen.«

»Jetzt hör endlich auf damit!«, winkte Julia ab.

»Hast du immer noch diese Halluzinationen?«, fragte Kira.

»Leg dich wieder hin, Tanja, du bist einfach übermüdet«, riet Katja.

»Wo du recht hast, hast du recht«, stimmte ihr Julia zu. »Es ist längst Schlafenszeit. Aber die Scherben müssen wir schon noch zusammenfegen.«

Jetzt traten sich alle gegenseitig auf die Füße. Einer holte den Besen, ein anderer den Staubsauger, und ein dritter kam mit einem Lappen. Es gab lange Debatten darüber, wie das Unglück am besten zu beseitigen sei. Darüber verging fast eine Stunde. Mitten in dem Durcheinander knarrte wieder die Eingangstür. Vor uns stand Iwan, fast nackt, in lächerlichen Boxershorts – rot mit weißen und blauen Punkten – eine wandelnde russische Trikolore!

»Was macht ihr denn alle hier?«, fragte er verblüfft.

»Da seht ihr es!«, kreischte ich. »Ich habe doch die Wahrheit gesagt!«

»Wo warst du?«, fragte Serjosha streng.

Iwan hüllte sich in Schweigen.

»Kurz auf ein Bier?«, fragte Kira naseweis.

»Jetzt sag endlich, was los ist!«, knurrte ich ihn böse an.

»Na, also ...«, stotterte Iwan, »so ist das eben: Ich bin Junggeselle... und sie ist auch allein, ohne Mann ...«

»Ich verstehe kein Wort!«, blaffte Lisa.

»Na, das ist doch völlig normal«, sagte Iwan jetzt entschlossen, »aber hier, vor den Kindern ...«

»Versteht ihr, was er meint?«, fragte Katja.

»Ich schon«, teilte Serjosha mit. »Unser Iwan geht zu Lussja ...«

»Wozu?«, fragte Lisa.

»Na«, gab Iwan zurück und wurde rot, »das ist doch wohl klar.«

»Aber warum in der Unterhose?« Lisa begriff immer noch nicht.

Da beugte sich Kira zu ihr hin und flüsterte ihr etwas ins Ohr. Das Mädchen lief an wie eine reife Tomate.

»Zu Lussja?«, brüllten alle Erwachsenen im Chor. »Zu unserer versoffenen Nachbarin?«

»Sie ist eine nette Frau!« Unser Handwerker stellte sich schützend vor seine Liebe. »Und den Wodka treibe ich ihr schon noch aus.«

»Was ist denn das für ein Geschrei mitten in der Nacht?«, erklang es jetzt aus dem Treppenhaus. Wolodja Kostin schaute völlig verschlafen zur Wohnungstür herein. »Ist was passiert? Oh, eure Tür ist ja wie neu!« Bei diesen Worten wollte er die Tür schließen, aber die entglitt ihm und fiel geräuschvoll ins Schloss. Dabei sank der neue Beschlag lautlos zu Boden.

Am meisten wunderte sich Iwan. »Wie kann denn das passieren?«, fragte er völlig entgeistert.

»Der schöne Beschlag!«, sagte Wolodja mit einem Augenzwinkern. »Das muss ja das Werk eines Meisters sein!«

»Statt den Weibern nachzulaufen, hättest du lieber deine Arbeit richtig machen sollen!«, rief Serjosha erbost.

Iwan kratzte sich am Hinterkopf. »Keine Ahnung, wie das passieren konnte. Aber keine Sorge. Ich ziehe bei Lussja ein und bin jetzt euer Nachbar. Ich mach das Ganze noch einmal, als ob ihr meine Verwandten wärt!«

»Wie für deine Verwandten hast du es schon gemacht«, erklärte Katja mit einem Seufzer.

»Genau«, pflichtete ihr Julia bei. »Jetzt mach es bitte wie bei fremden Leuten, vielleicht hält es dann besser.«

Die Fälle der POLINA DASCHKOWA

Die leichten Schritte des Wahnsinns
Kriminalroman
Aus dem Russischen
von Margret Fieseler
454 Seiten
ISBN 978-3-7466-2372-6

Als Lena vom Tod des Bruders ihrer Freundin Olga erfährt, gerät ihr Leben aus den Fugen. Sie kann im Gegensatz zur Polizei nicht glauben, dass sich Mitja im Drogenrausch in seiner Wohnung erhängt hat. Mitja stand kurz vor seinem Comeback als Liedermacher und hatte noch nie Drogen konsumiert. Als Lena zu ermitteln beginnt, gerät sie plötzlich selbst ins Fadenkreuz der Gewalt.

»Russlands Star-Autorin Polina Daschkowa brilliert mit diesem Polit-Thriller.« VOGUE

Die leichten Schritte des Wahnsinns
Kriminalhörspiel
2 CDs. 99 Min.
ISBN 978-3-89813-315-9

Niemand schreibt so fesselnd und so atmosphärisch wie Polina Daschkowa – die unterhaltsamste und authentischste Dokumentarin des »neuen Russlands«. Natalia Wörner und Axel Milberg in einer meisterhaften Inszenierung des Westdeutschen Rundfunks.

»Wie ein guter Wodka.« PENTHOUSE

Club Kalaschnikow
Kriminalroman
Aus dem Russischen
von Margret Fieseler
445 Seiten
ISBN *978-3-7466-2379-5*

Die attraktive Primaballerina Katja wird von ihrem Mann Gleb ständig betrogen. Als reicher Casinobesitzer und Sohn eines berühmten Schauspielers hat Gleb Zugang zu den höchsten und zwielichtigsten Kreisen. Als er vor seiner Haustür erschossen wird, verdächtigt die Miliz Olga – Glebs Geliebte. Doch Katja zweifelt an deren Schuld. Erst recht, als ein zweiter Mord geschieht.

»Daschkowa befindet sich in bester Gesellschaft internationaler Krimiliteratur.« MITTELDEUTSCHE ZEITUNG

Club Kalaschnikow
Kriminalhörspiel
2 CDs. 114 Min.
ISBN *978-3-89813-262-6*

Auch als Kriminalhörspiel bietet »Club Kalaschnikow« einen glänzenden Krimiplot und zeichnet ein scharfes Bild des Russland von heute. Spannend inszeniert mit Dörte Lyssewski, Anna Thalbach und vielen anderen.

»Krimi-Hörspiel-Entdeckung des Jahres.« BRIGITTE

Russische Orchidee
Kriminalroman
Aus dem Russischen
von Margret Fieseler
435 Seiten
ISBN 978-3-7466-2393-1

War es wirklich der kleine Geschäftsmann Sanja, der den Fernsehmoderator Butejko erschossen hat? Borodin von der Moskauer Miliz ahnt, dass der Fall viel komplizierter ist. Wer erpresst die Nachrichtenmoderatorin Lisa und was hat der sagenhafte Diamant »Pawel« mit dem Mord zu tun? Ein Roman über Intrigen in der Medienwelt, über Korruption, Besessenheit, Liebe und Verrat.

»Ein Blick in die russische Seele.« FRAU IM SPIEGEL

Lenas Flucht
Kriminalroman
Aus dem Russischen
von Helmut Ettinger
233 Seiten
ISBN 978-3-7466-2381-8

Lena hat Angst um ihr ungeborenes Baby. Ärzte reden ihr ein, es sei bereits tot. Instinktiv flieht sie aus der Klinik. Doch die Miliz glaubt ihr nicht. Als in Lenas Wohnung eingebrochen wird und man sie verfolgt, erkennt sie, dass es um viel mehr geht als um eine medizinische Fehldiagnose.

»Polina Daschkowa erzählt filmreif.« F. A. Z.

Keiner wird weinen
Kriminalroman
Aus dem Russischen
von Ganna-Maria Braungardt
406 Seiten
ISBN *978-3-7466-2374-0*

Ein Junge aus dem Waisenhaus wird zum gefürchteten Bandenchef. Ein anderer verliert alle seine Verwandten durch einen grausamen Mord. Rache wird zu seinem Lebensinhalt. Die meisterhafte Geschichte eines Mörders aus »niederen« und eines Mörders aus »edlen« Motiven – und wie sie dazu werden konnten.

»Daschkowas Krimis machen süchtig.« SÄCHSISCHE ZEITUNG

Für Nikita
Kriminalroman
Aus dem Russischen
von Ganna-Maria Braungardt
408 Seiten
ISBN *978-3-7466-2395-5*

Es war die ganz große Liebe – Nika und Nikita. Doch Nika heiratet einen einflussreichen Politiker. Als Nikita dessen Biographie schreibt, gerät er in tödliche Gefahr. Die Geschichte einer Frau zwischen zwei Männern, die einst eine falsche Entscheidung traf und dafür fast mit dem Leben bezahlt.

»Unglaublich dicht und spannend.« BRIGITTE

Deon Meyer
Der traurige Polizist
Kriminalroman
Aus dem Englischen von Ulrich Hoffmann
452 Seiten
ISBN 978-3-7466-2170-8

Der beste Krimiautor Südafrikas

Seit Mat Joubert seine Frau verloren hat, ist er kaum noch fähig, seinen Dienst zu verrichten. Doch dann bekommt er einen Chef, der ihm mit Entlassung droht, und gleichzeitig beginnt eine mysteriöse Mordserie, die ganz Kapstadt in Aufregung versetzt. Mit einer alten deutschen Waffe werden Weiße umgebracht, die scheinbar nichts miteinander zu tun haben.

»Deon Meyer ist ein überragend spannender Chronist einer Gesellschaft im Aufbruch.« Tobias Gohlis, Die Zeit

»Deon Meyer versteht es, einen gierig Seite um Seite umblättern zu lassen.« Sylvia Staude, Frankfurter Rundschau

Mehr Informationen erhalten Sie unter
www.aufbau-verlag.de oder in Ihrer Buchhandlung

aufbau taschenbuch